U0165553

(第三版)

聲韻學
聲韻之旅

竺家寧 ◎著

五南圖書出版公司 印行

自序

　　聲韻學的知識不但是我們通讀古書的重要基礎，也是我們賞析文學作品的重要工具，更是所有治文史的學者們應該具備的重要法門，所以自古以來，把聲韻學的知識稱之為「小學」。所謂「小學」，是「基礎學科」的意思，正強調了這門知識的重要性。各大學的中文系也都把聲韻學定為必修科目，進行兩個學期的教學，使中文系的同學都能具備這種基本知識。這些年來，由教育部部編的大學用書，國立編譯館主編，五南書局出版的《聲韻學》一書，逐漸成為各大學的主要教材或主要參考書，然而，這部教科書的初版在1991年，距離今天已經二十餘年了，這段期間，聲韻學的研究不斷地發展、不斷地更新，亟須做較大規模的修訂。聲韻學是一門講求客觀的科學，更需要不斷地隨著該項領域研究的進展同步更新，以適時地反映最新的研究成果，這樣才能在教學上，讓學生有機會接觸新的資訊，而不是在舊資料中打轉。本書的另外一個目標是在表現方式上，求更加地通俗化，讓過去一向被視為絕學的聲韻學，讓每一個人都能看懂學好，也就是盡可能地做到深入淺出。在這樣的前提下，本書運用了較多的圖表方式來呈現。本書的修訂，還考慮了份量的問題，1991年的版本，共有七百零九頁，超過了大學部學生一年的學習量，所以教學上必須分為初階和進階兩個部分開處理：初階是大學部同學應該了解的基本知識，進階是未來繼續做深入研究需要鑽研的部分。目前的修訂版本，把份量縮減為二十萬字以內，這樣更能夠切合大學聲韻學課程一年之所需，也能夠減少學生購書的經濟負擔。

　　本書作者，在聲韻學的教學崗位上，轉眼已超過四十年，這部新的聲韻學教材，同時也反映了這四十年來的教學心得，充分考慮了教學效果、學生的基本需求、通俗性、趣味性，希望透過這部教材，能夠對大學聲韻學的教學提供更大的助益，使同學們不再把學習聲韻學視為畏途，甚至能夠從當中發現聲韻學的實用性，能夠在學理的基礎上對古典詩歌的賞析、華語教學的應用發揮一些作用，這是筆者最大的企望。

竺家寧　2015年7月30日

目　録

第一編

緒　論

第一章
什麼是聲韻學？

　　所謂「聲韻學」，就是研究漢語古音的一門學科。傳統上，把每一個漢字的發音分成兩部分，前一段叫做聲母，簡稱「聲」，後一段叫做韻母，簡稱「韻」，這就是「聲韻學」這個名稱的來源。漢字的字音，組成的要素，除了聲母和韻母之外，還有聲調。傳統研究聲韻學的學者，把聲調這個要素歸併到「韻」的部分，所以古代的「反切注音」只需要用兩個字來注一個字的音，這兩個字，一個代表「聲」，一個代表「韻」和「調」。古代文學作品的押韻，大部分也把韻母和聲調視為一個單位。

　　我們認識一個學科的首步工作，通常要面對三個「w」。除了了解「what」的問題（什麼是聲韻學？），還想知道「why」的問題（為什麼要學習聲韻學？）、「how」的問題（如何學習聲韻學？）。

　　上面我們說了「what」的問題。至於為什麼要學習聲韻學的問題，我們可以回顧歷史，自古以來，人們把三個學科稱為「小學」，指的就是聲韻學、文字學、訓詁學。小學的「小」字，意思是「基礎學科」，無論你研究的方向是經、史、子、集，哪一個領域，都得從「小學」開始，所以「小學類」的書籍，在古書分類上都歸在地位最高、列於首位的「經部」裡頭，說明了它的重要性。清代學者段玉裁，曾經說過一句名言：「音韻明而六書明，六書明而古經傳無不可通。」正是他一生治學的經驗之談。即使古代的佛門子弟也不能例外，宋代的大儒鄭樵也說過一句名言：「釋氏以參禪為大悟，通音為小悟。」意思是說，音韻學不但是一般讀書人必備的知識，也是出家人閱讀佛典的基本功夫。他勉勵出家人，不要只專注於心靈的修為禪定，或佛學思想義理的探索而已，聲韻的知識是每個讀

書人必備的基本能力與基本條件。正因為聲韻知識的重要性，所以今天每個大學中文系的聲韻學課程都列為必修，因為這門知識可以讓我們在了解古代文化、閱讀古代書籍的時候，不但能知其然，還能知其所以然。

最後就是「how」的問題。

由於聲韻學是一門科學，它面對的是一個古代曾經發生過的實際現象，就是古代語言的音系。可是，語音現象一發即逝，我們不能把別人講的話、發的音留下痕跡，又怎麼能夠了解古人如何發音呢？原來，這個道理跟我們尋找侏儸紀公園的恐龍是一樣的道理，我們沒有人親眼見過恐龍，動物園也找不到恐龍的欄位，為什麼大家都相信恐龍的存在呢？答案就是許多的考古發掘，揭露了恐龍的化石、骨骼、腳印、糞便，再加上古生物學的知識，我們就可以重建恐龍的形像和生態。雖然我們今天不能親耳聽到古音，但是它一樣有許多的「化石」，保留在古代文獻的「地層」中，例如，韻書、等韻圖、反切注音、押韻、假借、讀若、聲訓等等，再加上語音演化的高度規律性，我們就可以重建古代的音值。重建古代音值的工作叫做「古音擬構」，簡稱「擬音」。所以，聲韻學是一種求「真」的科學，在方法上，跟文學很不一樣。一個是理性的，一個是感性的；一個是求真的，一個是求美的；一個是客觀的，一個是主觀的。我們在學習過程中，最重要的，是「理解」。要不斷地思考「為什麼」這樣、「為什麼」那樣，不怕打破砂鍋問到底，只怕不求甚解，含混帶過，有一分證據說一分話。這就是我們學習聲韻學最重要的原則。

學好聲韻學，我們可以歸納為下面三個要訣：

第一，重視術語的精確性，要能精確地運用每一個專業的術語。

因為每一個術語都代表一個概念，如果術語的運用常常出現同名異實，或者異名同實的現象，那麼整個概念，必然缺乏邏輯性。學生在學習的時候，必然會陷入一片迷糊狀態，弄不清狀況。清儒的小學很發達，但是往往會留下一個弱點，就是術語的運用不夠精確。例如清儒提到「聲」字，有時指的是「聲音」，或漢字的發音，有時

指的是「聲母」，有時指的是「聲調」，有時指的是形聲字的「聲符」。讀者往往要從上下文當中，去猜測這個「聲」字到底代表什麼意義。又比如說，早期的聲韻學家，把中古韻書反切系聯的結果（代表六朝隋唐音）訂定出一個聲母，叫做「照母」，但是宋代的三十六字母當中，也有一個「照母」，兩者的具體內涵並不相同，卻具有相同的名稱，這也是初學者常常會混淆的地方。後來的學者，就把反切上字系聯的聲母名稱，更正為「章母」了。這樣才能以不同的「名」，代表不同的「實」。名實的精確，這是聲韻學的一項進步。

第二，**應重視理解，取代傳統的背誦方式。**

因為聲韻學是一門科學，科學就必須「有一分證據，說一分話」。所以，在學習過程當中，一定要不斷地提出「為什麼這樣？」、「為什麼那樣？」，這跟傳統的讀書方法，不太一樣。傳統的小學家或是經師們，依照文學作品的學習方式，比較鼓勵背誦的方式，讓腦中記憶了一大堆資料，以強記資料作為學習的目標。對聲韻學這門學科來講，這個方法不見得有效，初學者記了一大堆反切上字、下字，結果仍然不知道做什麼用，或者花了很多時間，填寫《廣韻》作業，結果也不知道做什麼用，或者背誦出每一個字的上古聲母、上古韻部，以為這樣就是學好了聲韻學，結果記得快，忘得也快，完全沒有能力活用於通讀古書，不能利用聲韻知識解決文獻的問題，也不知道怎樣利用聲韻學的知識處理日常生活有關的音讀困擾（例如破音字、讀音／語音、正讀／又讀等），從活用聲韻中找出答案。所以，會讓初學者感到聲韻學是一門「沒有用」的學科，因而往往望之卻步，視為畏途。如果我們換一個角度，能用「理解」取代背誦，那麼其中的任何一個問題，都能夠引發許多的思考，都能夠激盪出無窮的趣味，這才是正確的途徑。

第三，**要重視現代語音學的知識。**

聲韻學的研究目標是古代的語音現象，語音是一種看不見、摸不著的東西，一發即逝，十分抽象，漢字又不是一種精確的標音符號，不像ㄅㄆㄇㄈ，不像ABCD，能純粹表音，這些特性，也造成了

我們學習上的困難。現代語音學的發展，對語音現象有了更完善的認識，透過這方面的知識，去掌握古音，就能夠把抽象的古音變得更具體，更容易抓得住它。語音學的知識，包含了國際音標怎麼使用、語音有哪些演變規則、語音系統的結構是怎樣形成的，等等，這些知識。古代沒有精確而方便的標音工具，就好像學習音樂的人沒有了五線譜一樣。今天我們學習了國際音標，就可以把無形的聲音，轉化成了有形的符號，於是，我們就能看到聲音、掌握聲音、研究聲音了。小小的一個音標符號，裡頭就蘊藏了精確而完整的聲音訊息，例如，注音符號的ㄅ，古代稱為「幫母」，用國際音標寫作[p]，這個[p]就代表了「不送氣、雙唇、清塞音」，種種語音訊息，都蘊藏在其中了。因此，有了音標，所有的古音現象，都能夠說清楚、弄明白，很容易掌握這個音和那個音到底差在哪裡，又同在哪裡，是發音部位不同？還是發音方法不同？而不像古人那樣，要用一大堆的文字來描述怎麼唸的問題。所以，語音學是我們學習聲韻學的基礎。

思考與討論

1. 學習聲韻學是否有助於了解漢字？試就你所知，發表意見，提出討論。對於漢字「六書」的了解，哪些地方需要運用到聲韻學的知識？

2. 聲韻學的知識可以幫助我們解決日常生活中遇到的的許多字音問題，使我們不但知其然，還能知其所以然，例如破音字、讀音、語音、正讀、又讀等。你能夠找出這樣的實例嗎？

3. 我們在賞析古典詩歌時（包含詩詞歌賦的賞析），聲韻學能提供什麼幫助？請依據你的個人經驗來談談，並提出一些實例（例如唐詩、李白、杜甫的作品）。

4. 我們應當如何更有效地學習聲韻學？試著在老師的引導下，提出幾個主要的原則。

5. 要學好聲韻學，語音學是很重要的基礎，請說明其中的緣故。

6. 每一個「漢字」的聲音（音節結構），通常會包含哪些成分？能否試著由自己的名字開始，分析看看，分至聲音的最小單位，其中由哪些音素組合而成？

7. 聲韻學的知識，對辨別古代的偽書能提供什麼幫助？請查考相關書籍，提出討論。

8. 聲韻學的研究，應從聲、韻、調三方面做觀察分析。試著分析漢字當中的語音要素，看看，漢字的發音是如何組合而成的？其中有沒有規律？

9. 到圖書館找出五本古代的「韻書」，試著比較看看，你了解哪些？不了解哪些？在老師的引導下，做簡單的介紹。

10. 請寫出你曾經讀過的聲韻學著作三本，分別介紹其中的內容，說說看，你能看懂哪些？看不懂哪些？

11. 聲韻學的知識和方言研究，有什麼關聯？試從你知道的方言觀察，並舉例說明。

12. 舉例說明「韻」和「韻母」這兩個概念到底有什麼區別。

13. 對於歷代工具書、字典的利用，聲韻學知識能提供什麼幫助？

14. 談談你對聲韻學過去的印象，以及未來學習的期待和建議，寫成三百字的短文。

15. 聲韻學在通讀古書上，段玉裁曾經說過什麼名言？

16. 通讀古書，必須先通小學，而小學的關鍵又在聲韻之學，清儒曾經就這個問題歸結他們畢生的治學經驗。請舉出例證。

17. 聲韻學可以幫助我們欣賞歷代韻文，試從聲母方面（頭韻現象）舉例說明之。

18. 學習聲韻學，在學習態度上、方法上，你認為應該注意的有哪幾方面？

19. 聲韻學可以運用於文學的賞析，請就「音韻上的對偶現象」舉出實例，加以說明。

20. 聲韻學的學習，為何需要具備精密的歷史觀念？試申論之。

21. 學習聲韻學和學習訓詁學有何密切的關係？

第二章
古音的分期

　　漢語古音的歷史很長，為了研究的方便，一般都分作下面三個時期：

一、上古音（周秦兩漢）

二、中古音（魏晉至宋）

三、近代音（元至今）

　　這樣的畫分，主要是著眼於材料上。「上古音」最主要的兩種語料是**古韻語**和**形聲字**，這是我們認識上古音的兩大支柱。古韻語最重要的就是《詩經》。其次有先秦兩漢文獻中的通假字、漢代的聲訓（《毛詩》、《說文解字》、《釋名》等）、《說文解字》的讀若，和同族語言（漢藏語言）等，都是我們了解上古音的重要憑藉。

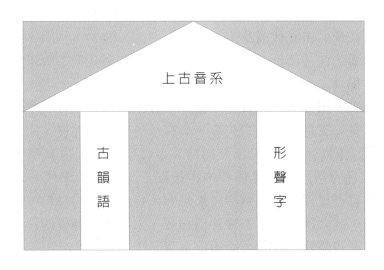

　　「中古音」的語料十分豐富，最重要的是「**韻書的反切**」和「**等**

韻圖」，這是我們認識中古音的兩大支柱。其次，有直音、對音、域外借詞等。「直音」是用同音字來注音的方法，是歷代文獻中使用頻率僅次於反切的注音方式。「對音」指用漢字標注的外國話，留下的資料當中，最最豐富的就是翻譯佛經的「梵漢對音」。

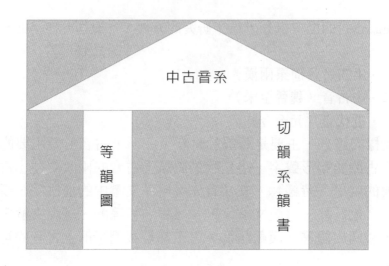

「近代音」由元代周德清的《中原音韻》開始，到明、清的許多韻書、韻圖，往往都反映了當時的實際語音，對我們了解近代音的演化過程，提供了相當完整的資料。

近年來，宋代語音的研究，獲得了豐碩的成果，發現宋代音既不同於中古音，又是近代音的先導，具有承先啟後的性質，所以也有學者在分期上把它併入近代音，稱為「近代前期」，也有學者仍然歸之於中古音的階段，稱之為「中古後期」。總之，宋代語音極具特色，當然也可以獨立為一個階段來研究。這個時期的材料，包括了宋詞的押韻、《九經直音》、聲音倡和圖、朱熹的《詩集傳》、《古今韻會》、《四聲等子》、《切韻指掌圖》等等。

過去的學者，由於尊古的觀念，往往只把關注的焦點放在中古的《切韻》音系或上古的先秦古音，對近代音比較忽視。我們今天的看

法是：語音史的每個階段，其價值是相等的，沒有輕重的差別。我們固然要研究上古音、中古音，也不能忽略近代音，才能建構一個完整的漢語語音史。

不過，在初學聲韻學的人來說，其步驟應由「中古音」著手入門，特別是《廣韻》這部韻書。學習聲韻的人，先得熟悉《廣韻》，懂得解讀潛藏在《廣韻》當中的古音痕跡。《廣韻》之於聲韻學，其重要性，就如同《說文解字》之於文字學一樣。中古音弄清楚了，我們才能以中古音為基礎，進而推求上古音；又以中古音為基礎，往下了解近代音的演變。所以，「中古音」的知識是我們學習聲韻學的主要關鍵，也是我們貫串整個漢語史的第一步。

思考與討論

1. 請參考王力的《漢語語音史》，了解他的古音分期有哪幾個階段，並和其他的聲韻學專著當中的分期問題做一個比較。
2. 上古音、中古音和近代音各有什麼研究的材料？試分別舉出來加以討論。
3. 什麼是上古音系的兩大支柱？試加以討論。
4. 什麼是中古音系的兩大支柱？試加以討論。
5. 周德清的《中原音韻》是一部怎樣的書？請參考圖書館的相關資料寫成一份報告。
6. 宋代的語音可以反映在哪些材料當中？試著從圖書館找出這些材料，做一個初步的了解。
7. 試著從《全宋詞》當中看一看它的押韻狀況，並找出相關的論文，進一步了解：宋詞的押韻具有哪些特色？這樣的知識，對我們賞析宋詞，有什麼幫助？
8. 我們研究聲韻學，為什麼需要從中古音著手入門？試著思考其中的原因。

第二編
近代音

第三章
漢民族共同語的產生

自古以來，我們的語言一直是雙軌的：一條是大家的語言，就是共同語；一條是私有的語言，就是方言。共同語和方言形成社會分工，分別在不同的語境、不同的時機使用，相輔相成，這種現象，在人類文化史上是很獨特的。上古時代的漢民族共同語稱爲「雅言」，當初用這個名稱，其中的「雅」字，意義和今天的用法不太相同。古代「雅」字的定義：雅者，夏也；雅者，正也。「雅言」也就是「華夏民族的正音」。古代所謂「正音」，就是共同語的意思。《論語・述而篇》記載：當時孔子和弟子們講《詩》、《書》用的是雅言，執行重要典禮、儀式的時候，也要使用共同的語言 —— 雅言來溝通。孔子回到家中，卻是講自己山東的方言。也就是說，共同語在公共場合使用，方言在家人之間，或村里鄉人的相聚場合使用，這就是漢民族自古以來，雙軌並行的語言現象。**每個時代，共同語都有個專名**。先秦的雅言，到了漢代稱爲「通語」。揚雄《方言》裡蒐集了許多詞彙資料，以方言和通語相比較，留下了寶貴的漢代語言實錄，例如卷一收羅了有關「女子美好」的詞彙。在那個時代，說「你好漂亮！」沒人會聽得懂，因爲當時還沒有「漂亮」這個詞。當時會怎麼說這句話呢？揚雄做了完整的紀錄：

秦曰「娥」，宋、魏之間謂之「嬿」。秦晉之間凡好而輕者謂之「娥」，自關而東，河濟之間謂之「媌」，或謂之「姣」，趙魏燕代之間曰「姝」，或曰「妦」；自關而西，秦晉之故都曰「妍」。「好」，其通語也。

　　依照他的體例，先介紹各地方言的說法，最後再介紹當時國語（通語）怎麼說。我們今天還可以藉著揚雄這部書，了解當時方言和通語的概況。

　　明清時代的共通語稱爲「官話」；民國初年正式稱爲「國語」，沿用至今；民國三十八年（1949）以後，大陸上稱爲「普通話」；新加坡及海外地區則稱爲「華語」。名稱雖異，實質上是相同的。在臺灣，一般的用法，對內稱爲「國語」，例如國語課、國語辭典等，對外國人的教學則稱爲「華語」，例如華語教學、華語所等。

　　民族的共同語是經過怎樣的程序凝聚而成的呢？我們通常都會覺察到這樣的現象：當不同方言口音的人交談時，往往會下意識地去模仿對方的腔調，套用別人的措詞。在歷史漫長的時光中，不同方言區的人們，爲了溝通的需要，不斷地相互模仿，相互遷就，相互調整，相互融合，經過相當的時間之後，在這個社會群體間，便自然孕育出一種彼此都能懂、一種中間形態的語言來。不同地區，講不同方言的人們，相聚的時候，自然而然，就會使用這種你也懂、我也懂的聲音來溝通。共同語就是這樣逐漸凝聚產生的。

　　在古代的社會結構中，有三種人必須要學會共同語，一是公職人員，一是知識份子，一是商人，因爲這些行業都必須走出鄉里，和不同地方的人接觸。古代只有一種人不需要說共同語，那就是「生於斯、長於斯、老於斯」的農人。農人一輩子守著自己的田地，所接觸的都是家人和村裡的人，自然使用方言就足夠應用了。

　　共同語產生後，它仍然會繼續隨著社會的變遷，不斷演化，不斷更新。演化過程中，一方面不斷吸收各方言的成分，以豐富自己；另一方面，也會不斷創造出新詞彙，適應社會的變遷，讓共同語與社會同步發展。因此，共同語不是形成後就固定了的，它是不斷在變動，在新陳代謝的，其生命力特別表現在詞彙上。我們可以用下圖表示：

　　共同語一方面吸收融合各方言成分，一方面由全民不斷孳生創造新詞。我們且以現代的國語為例：在國語詞彙中，要麼就是吸收各方言共有的成分，要麼就是吸收各方言獨有的成分。例如，吸收吳方言的特殊詞彙有：尷尬、噱頭、名堂、苗頭、揩油、吃不消（吃勿消）、硬碰硬、煞有介事……等；吸收贛方言的詞彙有：榔頭（西南稱「釘錘」，北京稱「錘子」，國語兼收並用）等；吸收湘方言的詞彙有：餃子、邋遢等；吸收西南官話的詞彙有：要得、冰棒（廣東稱「雪條」，北京稱「冰棍」，國語未採用）、泛指性動詞「搞」（如「搞丟了」、「搞不好」、「搞什麼的」……）等；吸收客家方言的詞彙有：板條、煤炭、水田、老弟、工錢等；吸收粵方言的詞彙有：香肉、買單、老千、雪糕、老公、飲茶、炒魷魚、擺烏龍、單車（北京稱「自行車」，閩南方言稱「腳踏車」，國語兼收並用）等；吸收北京方言的詞彙有：抬槓、捅漏子、泡蘑菇、泡湯、來著等；吸收閩南方言的詞彙有：冬粉、蓋仙、假仙、雞婆、漏氣、尾牙、豆奶、豆乾、收驚、灌風、歌仔戲、落翅仔、蚵仔、抓狂、古錐、水「滾」了、買「一尾」魚、記「一支」過、唱「一條」歌等。

　　由這些例子可以看出國語的融合力與包容性。因為國語不等於哪個地方的話，它是所有方言的融合體。

　　一個語言通常在結構上，可以分為三個層面：**語音、詞彙、語法**。在語音層面，國語音系基本上是採用北京音的音位系統，因為音系不能像詞彙一樣混雜吸收各地方言成分，但也不是沿襲北京的整個

唸法。例如，國語的捲舌音不再那麼捲，兒化韻母消失，或把詞尾「兒」單獨唸成一個音節，輕聲已不太講求。在北京方言裡，「東西」、「答應」、「漂亮」、「新鮮」、「交代」、「玻璃」、「客人」等，第二個字都得唸輕聲。

　　就**詞彙層面**觀之，北京話的詞彙很多沒有被國語吸收，例如：

> 他為人挺四海的。（四海即豪爽）
> 那件事想起來就窩心。（窩心，感到委屈）
> 幾句話就把他問短了。（問短，答不出）
> 他今天穿得挺打眼。（打眼，引人注目）
> 事不能老那麼闌干著，快辦吧！（闌干，擱著不做）

　　又如北京人稱「番茄」為「西紅柿」；稱漫不經心為「喇忽」；稱吹毛求疵為「挑眼」；稱「巷子」為「胡同」；稱「媽」為「娘」……等。

　　由上可知，國語實際上不等於北方話，更不等於北京話。北京話和國語在性質上不同，一是方言，一是共同語；在具體內涵上也不同，包含語音不同、詞彙不同，句法也不同。我們試著到圖書館找一本《北京話詞典》看看，會恍然大悟，原來，國語和北京話是兩回事。董同龢在〈國語與北平話〉一文裡說：北平與國語發生關係，只是說國語的人一向以那個地方做活動的中心而已（《董同龢先生語言學論文選集》，丁邦新先生編，臺北：食貨出版社，1974）。

　　國語和北京話語音方面不同，例如：

	北京音	國語音
伯	ㄅㄞˇ	ㄅㄛˊ
臂	ㄅㄟˋ	ㄅㄧˋ
落	ㄌㄠˋ	ㄌㄨㄛˋ

	北京音	國語音
勒	ㄌㄟ	ㄌㄜˋ
迫	ㄆㄞˇ	ㄆㄛˋ
色	ㄕㄞˇ	ㄙㄜˋ
逮	ㄉㄟ	ㄉㄞˇ
學	ㄒㄧㄠˊ	ㄒㄩㄝˊ

　　國語的來源還有一個誤解，以爲是民國初年開會制定的，更有人開玩笑說，是投票選出的。事實上是民國初年，教育部委託吳稚暉先生主持的國音審定工作，有各省的語言學者共同參與，目的在規範共同語的音讀，並編成《國音字典》，作爲教學的依據。後來以訛傳訛，變成了「制定國語」或「投票選國語」了。事實上，國語是兩千年來就一直存在的，只是以前在名稱上沒把它叫做「國語」而已。

　　共同語不是固定不變，而是與時推移、不斷新陳代謝的。是誰主導它的變化呢？不是政治家、語言學家、而是使用它的全民。社會裡的每個份子都在不知不覺中影響著國語，只是有些人的影響大一點，有些人小一點，像播音員、節目主持人、老師、記者等的影響力就比較顯著。一種新的唸法、特別的腔調、新的措詞往往透過這些人的傳播，增廣了使用範圍。舉一個例說，也許某一天，在一個班級裡，有位同學突然爆出一句俏皮話，創造了一個有趣的新詞，或者是一個怪發音，而這些語言成分是過去所沒有的，聽到的人覺得新鮮有趣，就模仿起來，於是成了這個班級裡的新詞語，於是一個新詞誕生了！

　　試看看年輕人的新詞：

　　我可以帶我們家那隻閃光一起來跨年嗎？
　　小花是個**超正妹**，班上有許多男生都在偷偷暗戀她耶！
　　阿呆一看就知道是個**宅宅**耶！

　　也許過了一兩個禮拜，這個新成分的新鮮感消失，於是這個新的語言成分也跟著消失了。但也可能不是這樣，而是經由社團活動的接觸，被別班的同學模仿了，於是這個新成分散布得更廣更遠了，逐漸地成為全校的用語；然後，也可能消亡，也可能繼續擴大，經過一些有影響力的人的使用，最後成為全社會的用語。這種現象，古人稱之為「約定俗成」，其道理和今天生物學講的選擇淘汰、物競天擇，道理很類似。開始的時候，一般人會以「新詞」、「年輕人說的話」、「不登大雅」視之，傳播日久，也可能進入文人雅士的口中、出現在筆下，進入了標準語的行列，不再被認為是俚俗不登大雅的新詞語了。「校園新詞」正是這類創造物，因為年輕人是最富創造力的，共同語的變遷、新陳代謝，年輕人往往是原動力。當一些新成分已流行於全社會時，要再去找出誰是第一個這樣說的，往往已無跡可循。但可以肯定的，主導共同語變化的，是使用它的全民。

　　我們可以歸納出共同語的三個特性：

1. 融合性：共同語不斷地吸收、融合各方言成分，既展現了包容性，也使本身的表現力更為豐富。
2. 全民性：共同語的發展、變化是由使用它的全民所主導，社會中每個份子都或多或少地對它產生影響。
3. 橋樑性：使用不同方言母語的人，藉著共同語得以相互交流、溝通、聯繫了感情，消除了隔閡。

　　由於共同與具有這樣的特性，所以歷代政府的「正音」運動，正是共同語的推行工作，這是歷來朝廷或政府一致重視的事。例如，南北朝是個國家分裂的時代，而雙方政府都不約而同地朝這個目標努力。《南史・胡諧之傳》有這樣的紀錄：南齊皇帝蕭道成委任江西南昌人胡諧之為江州治中，可是他的家人都講南昌方言，於是皇帝派了幾位語言教師到胡宅，教他們標準國語。三年以後，有一次皇帝想起這件事，便問胡諧之學習效果如何，胡很不好意思地說：「因為我家人口多，家教只那麼幾位，結果不但沒學好國語，連幾位家教都改說方言了。」皇上聽了哈哈大笑。由這個故事，可以知道南朝政府對推

行國語的重視。那麼，北朝方面呢？魏孝文帝也有「詔斷北語，一從正音」的政策，規定三十歲以下的年輕人，若不會說國語，即「降爵黜官」。

古代的知識份子又如何思考這個問題呢？隋代陸法言的《切韻》說，他編纂這部韻書的原則是「論南北是非，古今通塞」，也就是不依據某一單一的方言，而是會合各種方言，創造出一套綜合兼容的語音系統。這就代表了知識份子對語言共同化的理想。他的理想受到所有知識份子的響應，唐、宋所編的韻書大都以它為藍本，形成了一批「《切韻》系的韻書」。元代的周德清，在所編的《中原音韻》中說：「混一日久，四海同音，上至搢紳講論治道，下至訟庭理民，莫非中原之音。」可見當時的共同語流通得很廣。他的書一方面是曲韻的參考書，一方面也具有推廣共同語的意思。

清代雍正帝曾下詔興辦「正音書院」，也是為推行共同語而設，目的在教習官吏使用國語。古代的書院，是使用共同語的一個重要標誌，讀書人聚在書院切磋論學、推廣教育、開學術會議，都是使用當時的共同語。

臺灣的書院，自古以來就十分發達，因為臺灣是一個多元社會，多元多語的社會，需要一個共同的聲音，來擔負橋樑的任務。臺灣各種方言匯聚，南腔北調，因此，國語正擔負這樣的功能，把來自各地的移民緊密地聯繫起來，不分彼此，成為一體。臺灣的歷史，在清代已經普遍使用國語（當時叫做「官話」）：鄭成功、劉銘傳處理公務，用的是官話；各地的書院，培育了無數秀才、舉人，甚至進士，他們在書院中論學切磋，用的是官話；鄭芝龍龐大的商船隊，來往於五湖四海，與北到日本、南到蘇門答臘的華人圈貿易通商，用的是官話。在台南市，1683年（康熙二十二年）開辦第一所書院──「西定坊書院」，1704年又出現規模完善的「崇文書院」，此類學校為公有私辦，到光緒年間，臺灣創辦了無數規模不等的書院，反映了清代的臺灣，官話的普遍通行。

臺灣北部的第一座書院就是明志書院。十八世紀初期，大陸福

建、廣東兩省的漢人才大量地移入臺北淡水河流域開墾，隨著漢人社
會的建立，中國傳統的文化亦影響本地。乾隆二十八年（1763），
設立「義學」，取名「明志」，校址就在淡水廳興直堡山腳（即
今之泰山），成為**臺灣北部第一所最高學府——明志書院**，代表了
1763年間，臺北地區的共同語已經相當普及。明志書院今天還保留
遺跡。從明末各地商人的雲集，到清代的設治，擔任公務者、知識
份子，都講官話（當時的國語）；即使日據時代初期，仍未完全消
滅。日本學者國府種武曾記載據台初期，日人欲與本島人說話，須
先找懂官話的日人，和能說官話的台人溝通（見張振興〈臺灣社會
語言學史五十年評述〉一文，收入《語言教學與研究》1988年2
月）。說明了國語在臺灣的消失，大約在日據五十年間。因此，光
復後恢復共同語成為多元社會一件重要的工作。

思考與討論

1. 國語在歷史上曾以不同的名稱出現，試著列舉出來。
2. 古代的行業，往往世襲，試說明哪幾個行業必須要使用共同語。
3. 從語音、詞彙、語法，說明國語和北京話的不同。
4. 試著閱讀臺灣早期的方志，從當中了解明清時代官話的使用，與
   社會行業分布的關係。
5. 嘗試閱讀揚雄的《方言》一書，透過注解的幫助，看看漢代共同
   語和方言的狀況。
6. 觀察現代國語當中的新詞，校園中、網路上，由此了解共同語如
   何具有「全民性」的特質。
7. 觀察現代國語當中吸收的方言成分，由此了解共同語如何具有
   「融合性」的特質，並列舉出來，其中哪些是吸收閩南語的詞
   彙。
8. 從網路上檢索，看看臺灣早期書院有哪些，並在地圖上標出這些
   書院的分布，藉以了解臺灣歷史上共同語使用的狀況。
9. 到圖書館找一部《北京話詞典》，看看和國語有何不同。

第四章
元代的早期官話
北曲與《中原音韻》

　　早期官話的資料中，時期最早，且與戲曲文學有密切關係的是元
周德清的《中原音韻》。

　　《中原音韻》專爲唱曲、作曲之人審音辨字而設，其標準爲北曲
作家「關鄭馬白」的作品，而彼之作品皆「韻共守自然之音，字能通
天下之語」，故《中原音韻》實爲早期官話的語音實錄。

一、《中原音韻》的聲調

　　《中原音韻》共收錄韻腳字五六千個，分爲十九韻類。與傳統韻
書之不同：

1. 傳統韻書，一個韻只包含一種聲調。
2. 《中原音韻》每韻類包含四種聲調。換句話說：傳統韻書先分聲
   調，後分韻類；《中原音韻》先分韻類，後分聲調。
3. 《中原音韻》的聲調系統，不是傳統韻書的平、上、去、入，而
   是平聲陰、平聲陽、上聲、去聲。
4. 《中原音韻》的九個陰聲韻，有所謂「入聲作平聲」（只作陽
   平）、「入聲作上聲」、「入聲作去聲」。
5. 說明了《中原音韻》「入聲」在北曲語言中已經消失，變入平上
   去中，因此無須分列。不過，周德清爲江西人，江西話是有入聲
   的，不免受自己方言的影響，認爲作曲者和他一樣「**呼吸言語
   間，還有入聲之別**」，只是作曲時爲「廣其押韻」而派入三聲。
6. 《中原音韻》各聲調之下，同音字列在一起，用圈隔開，且「以
   易識字爲頭，不另立切腳」。如此，則在同韻類、同聲調之下，

字音再有不同，便有三種可能：

⑴聲母不同，韻母同。

⑵聲母同，韻母不同（介音）。

⑶聲母、韻母皆不同。

7. 現代國語的聲調調值可以憑具體的音感，記錄下來（例如國語第一聲是55調），《中原音韻》各字的調類雖然分得很清楚，調值怎麼發音，就無法重現了。這一點，和聲母、韻母可以擬定音值，情況不同。

8. 中古入聲字，至北曲時代，輔音韻尾[-p]、[-t]、[-k]消失，成為開尾（沒有韻尾）或元音韻尾之陰聲字，故入聲字散見於九個陰聲韻之平上去當中，而不在陽聲韻類出現。

二、《中原音韻》的聲母系統

《中原音韻》的聲母有下面幾個特徵，和國語不同：

㈠《中原音韻》有唇齒濁擦音[v-]聲母

我們如何證明v-母的存在呢？

從《中原音韻》的歸字排列上可以顯示出來。

忙○亡○王（江陽、平）

1. 國語「亡」、「王」同音，可是《中原音韻》以上三個字不同音，用圈隔開。據今方言，「亡」假定可以擬定為vaŋ，「王」可以擬定為o/uaŋ。

2. 閩廣「亡」音m-，《中原音韻》不從此音，乃是因為還有一個用圈隔開的「忙」，所有方言都唸m-，「亡」就不可能唸m-了。且假定為m-的話，亦不能解釋其演變。

3. 「亡」、「王」亦不能假定兩字為韻母同，只是聲母有異：v/uaŋ與o/uaŋ。因各種方言中，凡v-為聲母的，只和單元音u相配（如魚模韻「無」vu）；其他v-皆配開口韻母。

4. 亡vaŋ→o/uaŋ↑，國語聲母失落、u介音為v-失落後，留下之痕跡，

於是「亡」字乃由開口變成了合口韻。

　　下面是《中原音韻》的原文中這三個字的排列狀況：

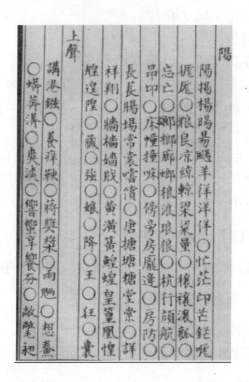

模〇無〇吾（魚模、平陽）

1. 國語「無、吾」兩字同音，《中原音韻》「無、吾」兩字不同音，依據方言，定為：無vu，吾o/u。

2. 閩廣地區「無」音m-，《中原音韻》不會是這個唸法，因另有全國方言一致的「模m-」與「無」圈開，所以「無」不可能是m-。

3. 模mu→muoˊ，為單元音分化，變成了今天的上升複元音。-uo是由後高元音u的舌位移向半高的o而成。

　　下面是《中原音韻》的原文中這三個字的排列狀況：

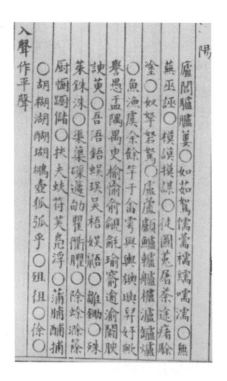

梅○微○圍（齊微、平陽）

1. 國語「微、圍」同音，《中原音韻》據現代官話方言，定爲：微 vi，圍o/uei

2. 開封、太原、西安等北方官話，「微」韻母皆爲-i；國語「微」字 vi>o/ui>o/uei↗，乃u和i之間，產生一個過渡音e而成。

3. 「微」不據閩廣擬作「m-」，因爲必須和「梅」m-區別。

下面是《中原音韻》的原文中這三個字的排列狀況：

㈡《中原音韻》聲母是否發生顎化？

　　所謂「顎化」現象，指的是今天國語ㄐㄑㄒ這幾個聲母，它們是由古代的ㄗㄘㄙ、ㄍㄎㄏ加上介音[i]形成的（帶介音[i]的，叫做細音）。

ts	ts´	s	細音→國語tɕ　tɕ´　ɕ
k	k´	x	

姜○漿（江陽）	奇○齊（齊微）	虛○須（魚模）	
tɕ	ɕ	ɕ-	國語兩類字同音
k- , ts-	k´- , ts´-	x- , s-	閩廣兩類字有別
tɕ , ts-	tɕ´ , ts´-	ɕ- , s-	太原、西安、開封兩類字有別

考之方言，前後兩字的不同，有如上表所列。

　　《中原音韻》的情況又如何呢？

　　先看江陽韻「姜○漿」：

江陽

平聲

陰

姜江杠䕪彊殭僵○邦邡封峰○桑喪○

雙䑶霜孀鶬驦○章漳獐樟璋彰麞張○商

傷殤觴湯（洸）○漿螿將○莊裝椿○岡剛

鋼綱缸扛缸亢○康糠○光胱○當璫簹襠

臕○荒稴肓○香鄉○鋣澇雺○腔硿蜣羌

○鴛央狹袂浹○方芳枋妨坊肪○昌猖娼

　　再看齊微韻「奇○齊」：

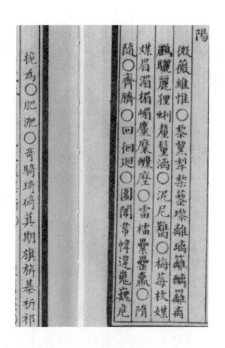

再看魚模韻「虛○須」：

1. 凡一方言，k k´ x不配細音，其tɕ tɕ´ ɕ必來自k k´x的細音。

2. 開封的k k´ x只配洪音，故知配細音的k k´ x已變為顎化的tɕ tɕ´ ɕ。

3. 如果北曲的k k´ x也只配洪音韻母，則「漿」與「姜」的區別是ts ts´ s與tɕ tɕ´ ɕ。但是，《中原音韻》庚青韻有「京、庚」二字同音，國語卻有tɕ-與k-的不同

   ⑴ 所以，《中原音韻》「京、庚」要就都唸tɕ-，要就都唸k-。

   ⑵ 如《中原音韻》「京、庚」為tɕ-，必無變為今日k-的道理（「庚」字）。

   ⑶ 由《中原音韻》的排列狀況，只有解釋為「京、庚」都唸k-聲母，「京」字的演化是kiəŋ→tɕiŋ˥經歷了聲母顎化，主要元音消失。「庚」字的演化是kiəŋ→kəŋ˥介音消失，所以聲母不會產生顎化。

   ⑷ 由此可見，k k´ x在北曲中也配細音，《中原音韻》沒有產生顎化。

4. 故北曲「姜」與「漿」的不同，和k k´ x可配細音的閩廣人相同。

5. 國語k k´ x、ts ts´ s都只配洪音，其細音完全顎化，變成tɕ tɕ´ ɕ。故《中原音韻》k k´ x、ts ts´ s這兩類聲母的範圍比國語大，《中原音韻》涵蓋了洪音、細音兩類；國語只包含洪音一類，細音都轉成了顎化的tɕ tɕ´ ɕ（ㄐㄑㄒ）了。

㈢ 《中原音韻》知照系字是否發生捲舌化？

國語的捲舌音是來自古代的知、照兩系字。例如：

知系字：智知豬中追張竹陟、丑勑褚絺、宅棖持池丈除直佇。

照系字（包含更早的莊系和章系）：莊初楚叉傪菊士仕鋤助山數師疏、之職旨脂諸支章止處充昌車杵尺赤叱食乘實神繩失矢施識式商傷詩始書舒成是氏視承丞署寔植常市時殊蜀豎樹。

另外，還有日母，變成現代的捲舌音ㄖ，或零聲母：如汝而耳人

日儒兒爾仍。

　　在官話的演化歷史上，現代捲舌音的來源是舌尖面音：

　　tʃ　tʃˊ　ʃ　ʒ　→　tʂ　tʂˊ　ʂ　ʐ

　　《中原音韻》這類字的排列狀況，和現代方言的唸法如下：

梳○書○蘇 （魚模）		抄○超○操 （蕭豪）		鄒○周 （尤侯）		
s-	ʃ-	s-	tsˊ-	tʃˊ-	ts-	tʃ-	（閩廣）
s-	ts-	s-	tsˊ-	tʂˊ-	ts-	tʂ-	（太原、西安、開封）

　　《中原音韻》原書這類字的排列是：

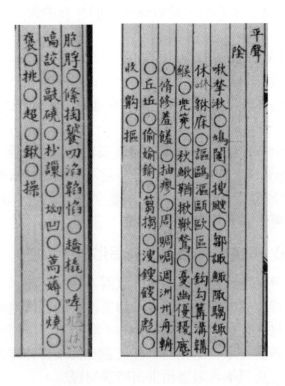

1. 考之方言，《中原音韻》（北曲）前後隔開的二字，皆聲母之不同。

2. 假定北曲「梳」爲su，則與全國方言音讀一致的「蘇」su衝突。

3. 假定北曲「梳」擬爲siu，無方言爲佐證，「書」才有唸細音者。

4. 假定北曲兩者的不同是「梳」ṣu、「書」ṣiu，但是，ṣ無配細音者，捲舌音一般是不適於配細音的。

5. 故北曲前後兩字不同，應屬韻母之不同，非聲母不同，魚模韻之韻母只有-u、-iu二類，又只有舌尖面的ʃ可配洪、細兩類韻母，故假定北曲「梳」ʃu、「書」ʃiu。

6. 音值上，「梳」ʃu一讀不帶舌面的i，所以舌尖成分多些，發音近似ṣ。「書」ʃiu則舌面成分多些，發音近似ɕ。

7. 不分別擬定爲ṣu與ɕiu，爲音系的經濟性原則，避免聲母系統太過繁瑣。

國語	《中原音韻》（北曲）
tɕ　tɕˊ　ɕ　ʑ（只配細音）	→只用tʃ　tʃˊ　ʃ　ʒ一套，兼配洪細
tʂ　tʂˊ　ʂ　ʐ（只配洪音）	

8. 《中原音韻》抄tʃˊau、超tʃˊiau亦同理，是洪細的不同，只有「操」是聲母的不同，擬爲tsˊau。

9. 《中原音韻》鄒tʃou、周tʃiou，雖無第三字可比較，但與前例屬同組聲母，演化情況相同。

10. 鄒tʃou→tʂou，國語唸不捲舌音tsouɭ爲例外音變。

tʃ　tʃˊ　ʃ　ʒ	《中原音韻》兼配洪細
↓　↓　↓　↓	
tʂ　tʂˊ　ʂ　ʐ	國語只配洪音。其原本的細音至後代皆脫落介音，而成爲洪音，因捲舌音，不適於配細音

㈣《中原音韻》有否舌根鼻音[ŋ-]聲母的問題

　　國語沒有舌根鼻音[ŋ-]聲母；《中原音韻》某些排列現象，顯示有少數的[ŋ-]聲母存在。

　　《中原音韻》的排列如下：

仰○釀○樣（江陽去）　　　　　傲○奧（蕭豪去）
相鄰　　　　　　　　　　　　　不相鄰

業○拽○聶捏（車遮入作去）　　我○呵（歌戈上）
相鄰

　　董同龢認為：

1. 「仰、釀」之間，「業、拽」之間的圈是後人誤加的。
2. 「我、娿」是韻母的不同。
3. 「傲」是唯一有ŋ-母者，單單存在於一個韻母之前，是受周德清自己方言影響，未與「奧」合併者。

　　因而，董同龢不承認北曲有ŋ-母的存在。但是，許詩英師認為：

1. 謂傳抄之誤，應據版本的校勘證明，今可見之最早《中原音韻》為元刻鐵琴銅劍樓本，其間仍有圈隔開。
2. 董同龢自己把「仰、業、我」的ŋ-都取消了，要不然ŋ-也可出現在-iaŋ、-ie、-o和-au韻母之前，而不是「單單存在於一個韻母之前」了。
3. **因此，北曲可能還有少數舌根鼻音做聲母的事實，只不過漸趨消**失而已，不如現在南方之方言，很多方言的ŋ-母都在消失中，吳語ŋ-母較閩南語少，閩南語又較客語少。

三、《中原音韻》的韻母系統

東鍾　uŋ　iuŋ

　　東鍾是一個-uŋ型的韻類。

　　「崩[p-]、烹[pʻ]、蒙[m-]、風[f-]」一組字，「蒙、風」未入庚青[-əŋ]，故《中原音韻》讀爲-uŋ。其他二字兼入庚青，國語-uŋ韻母之唇音皆變爲-əŋ，屬於「異化作用」，因u爲圓唇音，聲母皆爲雙唇音，兩種唇音相鄰，乃生異化，國語「甭」爲「不用」的合音，沒有讀作puŋˊ，而音pəŋˊ，道理相同。

濃niuŋ	龍liuŋ	蹤tsiuŋ	從tsʻiuŋ	松siuŋ
膿nuŋ	籠luŋ	宗tsuŋ	叢tsʻuŋ	鬆suŋ

1. 這兩組字，國語上下同音，而北曲分列，表示發音有別。
2. 如期間的不同，爲聲母之異，無方言的佐證。
3. 故上下兩組發音的區別，只有洪細的差異了
4. 山東濟寧、煙台的方言，可完全分別上下兩組。
　　《中原音韻》東鍾韻還有下面幾項語音演化特徵：
1. 「東、冬」兩字《廣韻》不同音，北曲及今之方言皆變同音。
2. 「鍾」tʃiuŋ→tʂuŋˊ，中古音與近代方言此類字有唸細音者，故北曲擬定爲-iuŋ；國語讀爲洪音，乃聲母起變捲舌之故，捲舌不便配細音。
3. 《中原音韻》「邕」o/iuŋ→o/yuŋˊ，爲同化作用之一種，展唇之i受其後之圓唇u影響，舌位高低不變，口形則由展唇的i變爲圓唇的y，稱爲「唇化作用」。
4. 「穹」kʻiuŋ→tɕʻyuŋ，韻母發生唇化作用，聲母受舌面前高元音i影響，發音部位由舌根變向舌面前，稱爲「顎化作用」。k kʻ x、ts tsʻ s細音變爲tɕ tɕʻ ɕ，皆爲顎化作用。

江陽 aŋ iaŋ uaŋ

　　江陽是一個-aŋ型的韻類。

章	昌	商	穰	閩廣-iaŋ
				北方官話-aŋ
莊	牕	雙		閩廣-aŋ
				北方官話-uaŋ

　　二組字聲母相同。韻母在方言中有兩種情形：閩廣系、北方官話系。

1. 由歷史的觀點看，中古「章、昌、商、穰」為細音，故《中原音韻》擬定為-iaŋ。
2. 《中原音韻》「莊、牕、雙」應同閩廣抑或北方官話？此依照國語，擬定為-uaŋ。
3. 「章」tʃiaŋ→tʂaŋ˥變為洪音，為聲母變捲舌之故。「昌、商、穰」同。

　　《中原音韻》江陽韻還有下面幾項語音演化特徵：

《中原音韻》	→國語
1.漿tsiaŋ 姜kiaŋ	→tɕiaŋ →tɕiaŋ
2.搶tsʻiaŋ 腔kʻiaŋ	→tɕʻiaŋ →tɕʻiaŋ
3.湘siaŋ 香xiaŋ	→ɕiaŋ →ɕiaŋ

　　上列的「漿、姜」兩系字，今北方官話部分地區有ts ts´ s與tɕ tɕ´ ɕ之異，南方方言為k k´ x與ts ts´ s之不同，國語則兩系字成為同音，可見語音演變速度的快慢不同。

支思　ï

　　支思是一個具有舌尖元音韻母-ï型的韻類。

　　我們來看看舌尖元音韻母-ï在國語的出現範圍：

1. 在國語中，ï代表ɿ、ʅ、ɚ三個韻母。注音符號[ɿ]、[ʅ]為空韻，省略不標寫出來，例如「資疵思、知吃師日」，注音符號都只標聲母，省略韻母不標寫，但是仍然要唸出來。例如：「資」注音符號作ㄗ，國際音標作[tsɿ]；「知」注音符號作ㄓ，國際音標作「tʂʅ」；[ɚ]注音符號用ㄦ標寫，例如「兒、爾、二」等字。

2. 國語舌尖前高元音ɿ只在ts ts´ s後頭，單獨做韻母用，沒有複元音形式，不和其他元音組合，也不搭配其他聲母。舌尖後高元音ʅ只在tʂ tʂ´ ʂ ʐ後單獨做韻母用，沒有複元音形式，不和其他元音組合，也不搭配其他聲母。

3. 國語舌尖中度元音[ɚ]永遠單獨做韻母用，前無聲母、介音，後無韻尾。

4. 國語的三個舌尖元音ɿ、ʅ、ɚ國際音標可以用同一個[ï]符號代表，因為在國語的音系結構中，三個舌尖元音不可能同時出現於相同的聲母之後，三個音彼此形成互補：如果我們標寫[tsï]，當中的ï，必定代表ɿ；如果我們標寫[tʂï]當中的ï，必定代表ʅ；如果我們標寫零聲母的[o/ï]當中ï的必定代表ɚ；完全可以從聲母類別來決定代表的舌尖元音是哪一個。

　　我們再看看舌尖元音韻母-ï在《中原音韻》的出現範圍：

1. 支思韻當中的ï只代表兩類韻母發音：ɿ出現在ts ts´ s後頭，ʅ出現在tʂ tʂ´ ʂ ʐ後頭。

2. 北曲時代尚無ㄦ ɚ這個音產生。

　　《中原音韻》的支思韻，還有下面這些特點：

1. 《中原音韻》「塞、澀」二字上加了注音，爲《中原音韻》之唯一例外，別的字都不加注音。

　「塞音死」，《中原音韻》sï→國語ㄙㄞˇ。北曲時代如唸爲ㄙㄜˋ，必然不會放到支思裡頭。「死」國語唸ㄙˇ [sï]，北曲同。

　「澀（澀之俗寫）音史」，《中原音韻》ʃï→國語ㄙㄜˋ。由注音爲「史」可推測聲母爲ʃ-。不入齊微韻，可推測其元代發音不是ʃi而是ʃï（元代「史」ʃï→國語ʂï）。

2. 「兒」、「爾」、「二」，《中原音韻》ʒi→國語ㄦ，北曲沒有唸ㄦ的韻。中古日母字，今國語除少數爲零聲母o/ㄦ外，其餘都唸作ʐ-，如「汝、人、蕊」等字。故國語ʐ-來自中古日母字，再經由北曲ʒ-變來。

中古日母	→《中原音韻》ʒ	→國語o/ㄦ（爾、二、兒）
		→ʐ（汝、人、日、蕊、如）

3. 《中原音韻》的支思韻還有「詞」字，音sï→國語tsʻï，國語的唸法是一項例外音變。「詞」字原本應該唸ㄙ聲母，不是ㄘ聲母。中古音「似茲切」，屬於邪母字，隋唐唸z-，正常的演變，應該清化爲s-聲母。《中原音韻》依照正常的演變發音，可知國語的訛變，發生在元代之後。

齊微　i　ei　uei

　齊微是一個帶有i元音的韻類，這個i是主元音，也是韻尾。例如：

杯	歸	機
-ei	-uei	-i

　1.依照現代國語的唸法，-ei類型的「杯、歸」可以同押一韻，

而北曲-i類型的「機」字也可以一起同押，可見元曲作家的音感，認為這兩種類型的韻母，在韻律上是可以和諧的；雖然它們的主元音並不相同，「杯、歸」的主元音是e，「機」的主元音是i。這種現象，和中國戲曲往往尾音拖長了吟詠，有密切的關係。「杯、歸、機」這幾個字，拖長了吟詠，都帶有明顯強烈的i音，所以歸納元曲押韻而成的《中原音韻》就歸入同一個齊微韻了。

知	痴	實	日
tʃi	tʃ´i	ʃi	ʒi

　　這幾個字，國語讀爲舌尖元音-ï，《中原音韻》未入支思韻，故知元代這些字非舌尖後高元音的-ï，而爲舌面前高元音i韻母。

　　《中原音韻》「比○彼」用圈隔開，國語同音，北曲分列。現代方言，「比、彼」聲母皆爲p-，故《中原音韻》應爲韻母之異，又古今皆無唸合口者，故必爲i與ei之別。由現代方言可知，「彼」音pei，「比」音pi，又「披p´ei○批p´i」二字同理。

　　《中原音韻》「墨」字國語韻母爲-uo，北曲未入歌戈韻，故此字元代唸法當與現代四川人同音，唸作mei。

　　《中原音韻》「劾」字國語韻母爲-ɣ，北曲時代尙無舌面後展唇半高元音ㄜ，由現代方言推知《中原音韻》爲xei。

　　《中原音韻》「餒、雷」國語爲開口音-ei，而中古爲合口洪音，帶有u介音，今方言亦多爲合口，故定《中原音韻》爲-uei。

薺tsi○機ki	國語皆變爲	tɕi˥
妻ts´i○溪k´i	國語皆變爲	tɕ´˥
西xi○希si	國語皆變爲	ɕi˥

　　其中「溪」字國語有邊讀邊，積非成是爲ɕi，原本應唸tɕ´i，北

曲未與「西」同列，故知當時尚未誤讀。

　　「奇」字《中原音韻》有兩讀：

　　「奇」k´i（平聲陽）──由中古群母 g´變來。（與「期」同
　　　　音）

　　　　ki（平聲陰）──由中古見母 k變來。（與「機」同音）

魚模　u iu

　　魚模是一個-u型的韻類，本韻的-iu和–u，主要元音相同，又都
不帶韻尾，故可同押。

　　這個韻具有下列語音特點：

1. 「魚」字國語-y，然北曲作家絕不致誤以-y與-u韻之字同押。故知
　　當時尚未發展至-y的階段，而為-iu。
2. 由古代的iu→國語y，這種演化稱為「唇化作用」。i的舌位保持不
　　變，嘴唇受後面u的影響變圓，乃形成了y，原有的u則消失。
3. 「模」國語-uo，北曲尚未入歌戈韻，而在魚模韻，故知其韻母
　　為-u。
4. u→uo此類單元音變複元音，為近代音最容易產生的變化。收音
　　時，由舌面後高元音的舌位移向半高。
5. 「做」國語-uo，未入歌戈韻，故北曲的唸法與今吳語同，讀
　　為-u。
6.

足（入作上）	促（入作上）	俗（入作平）	粟（入作上）
tsiu	ts´iu	siu	siu
卒（入作上）	簇（入作上）		速（入作上）
tsu	ts´u		su

　　上下兩列國語同音，聲母方面《中原音韻》分列為不同音，現代
各方言皆為ts ts´ s。既然同韻類、同聲調，兩音再有差異，必在
介音上，故知當為-iu與-u之不同；現代山東煙台、濟寧方言可辨

別之。

「足、促、俗」後世介音消失，乃由-iu→-u，否則聲母必將顎化。

3.

諸	樞	書
tʃiu	tʃ´iu	ʃiu
阻	初	梳
tʃu	tʃ´u	ʃu

《中原音韻》上下兩列不同音，但國語同音。聲母方面，現代各方言皆同；唯有韻母方面，上為細音，下為洪音。

「諸、樞、書」後世聲母變捲舌，凡是捲舌音，介音i必失落，故由細音變為洪音。

4. 其中「樞」國語音ʂuˊ為積非成是，依照中古音「昌朱切」應演變為tʂ´uˊ，否則必與「書」同列。《中原音韻》與「初」分開為兩音，可知元代當時尚未產生誤讀。

5.

「居」kiu	→tɕyˊ	「疽」tsiu	→tɕyˊ
「區」k´iu	→tɕ´yˊ	「蛆」ts´iu	→tɕ´yˊ
「虛」xiu	→ɕyˊ	「須」siu	→ɕyˊ

《中原音韻》左右兩組字不同音，國語變為同音，《中原音韻》的區別在聲母。後世i介音使聲母分別向前（「居」）及向後（「疽」）顎化。u又使i轉變為圓唇，u本身失落。

此類與上述「足」tsiu→tsu之演變路線不同，「足」之介音脫落，故未顎化，韻母亦不唇化為圓唇的y。

皆來 ai iai uai

皆來是一個-ai型的韻類。

　　本韻的「則、責、客」，國語爲-ɣ（ㄜ），元曲時尙無此音，故除此韻外，凡是國語唸ㄜ的字，《中原音韻》又散見於支思（「塞、澀」）、齊微（「劾」）等處，因此依據現代北方方言，擬定爲-ai。

皆	揩	鞋	挨	（二等韻，後代方言有洪亦有細音）
kiai	kʻiai	xiai	o/iai	
該	開	孩	哀	（一等韻，後代方言皆爲洪音）
kai	kʻai	xai	o/ai	

　　《中原音韻》上下兩組字不同音。

　　「皆、鞋」，國語-ie，《中原音韻》未入唸-ie的車遮韻，故擬定爲-iai。

　　「揩、挨」，國語-ai，但《中原音韻》不與「開、哀」同列，亦不能是合口，因中古音，以及現代方言皆無合口一讀，故擬定爲-iai。

　　《中原音韻》「皆、鞋」二字的語音演化如下：

皆	（平聲陰）	kiai	→	kia	→	tɕia	→	tɕieˈ
			→	或		kie	→	tɕieˈ
鞋	（平聲陽）	xiai	→	xia	→	ɕia	→	ɕieˈ
			或		→	xie	→	ɕieˈ

　　其演化過程是：
　　⑴ 消失韻尾i。
　　⑵ 聲母顎化。
　　⑶ a受i之同化作用，舌位升高爲e。
　　《中原音韻》「揩、挨」二字的語音演化如下：

「揩」	kʻiai	→	kʻai
「挨」	o/iai	→	o/ai

　　這兩個字，由於介音消失，故顎化無從產生，後世乃與「開、哀」同音，此與「皆、鞋」二字選擇了不同的演變路線。

　　「劃」國語-ua，《中原音韻》未入讀爲a類韻母的家麻韻，故擬爲-uai；後世i韻尾失落，故國語變爲-ua。

眞文　ən　iən　uən　yən

　　眞文是一個-ən型的韻類。

恩	○	因	○	溫	○	氳
o/ən		o/iən		o/uən		o/yən

　　《中原音韻》四字不同音。

　　同韻類，同見平聲陰，同爲零聲母，而四字分列，故知《中原音韻》以介音不同而分爲四類韻母。國語「因、氳」的央元音消失，唸成了-in、-yn。

　　吞○暾　國語同音，北曲分列。兩字的中古聲母皆「透」母，故區別不在聲母。中古韻母「吞」在痕韻，「暾」在魂韻，二者以開合之不同分韻。故知《中原音韻》吞字讀爲開口音tʻən，江蘇北部及廣州話仍保留此音。tən→tuən˥之演變不合語音規則，故爲積非成是的現象。

　　新○莘　國語同音，北曲分列。可擬定爲「新」siən→in˥。「莘」ʃən→çin˥。「莘」爲積非成是的現象，按演變規則應唸爲ʂən˥。今國語「新、莘」二字同音，爲誤讀偏旁造成。一般稱爲有邊讀邊，屬於一種受字形影響的語音類化演變。

真	嗔	申	人
tʃiən	tʃ´iən	ʃiən	ʒiən
榛	（襯）	莘	
tʃən	tʃ´ən	ʃən	

　　上下兩組字，國語同音，北曲分列，依據現代方言，上列為細音。

倫（平聲陽）	遵（平聲陰）	皴（平聲陰）	筍（入聲）
lyən	tsyən	ts´yən	syən
崙	尊	村	損
luən	tsuən	ts´uən	suən

　　上下兩組字，國語同音，北曲分列。聲母方面，現代各方言皆無異，可知《中原音韻》當為合口洪細之不同，現代山東濟寧、煙台方言可辨別。

-yən	→	-uən	「倫、遵、皴、筍」循此演變路線。
-yən	→	-yn	央元音消失，聲母顎化。與「皴」同音之「逡、竣」循此路線演變。

　　本韻的「諄、春、瞬、潤」據歷史觀點（中古音）可定為-yən，不過，依據今方言的唸法，《中原音韻》亦可能為-uən，這個唸法，沒有其他字與之衝突對立。
　　本韻的「洵、荀、詢」屬於平聲陰，今國語唸陽平為積非成是。
　　本韻凡細音之央元音，國語皆消失。iən→in，yən→yn。

寒山　an　ian　uan

　　寒山是一個-an型的韻類。

　　漢語中-an型的韻類，凡是細音，演化模型如下：

　　模型一　ian→ien　主要元音受i同化作用，舌位升高（由寒山韻轉入先天韻）。

　　模型二　yan→yen　主要元音受y同化作用，舌位升高（由寒山韻轉入先天韻）。

　　元曲時代，細音的介音未把主元音的舌位完全提高，故仍有an與en二類韻母的區別，一在寒山韻，一入先天韻；國語則細音全變爲-ien、-yen韻母。

　　元曲時代y介音已把a之舌位全部提高，故沒有-yan，只有-yen，此類字全部都入先天韻。因此，寒山韻只有三類韻母，獨缺-yan，說明了漢語中，i的同化力沒有y強大，故二者之變化有快慢之別。上述的模型一，演化較慢；模型二，演化較快。

姦kian	慳k´ian	閑xian	顏o/ian
干kan	刊k´an	寒xan	安o/an

　　上列國語讀爲-ien，《中原音韻》未入唸爲-ien的先天，證明北曲「姦、慳、閑、顏」尚存-ian的唸法；但現代許多方言仍唸洪音-an。

　　因爲上下列字《中原音韻》未合併，故擬爲開口洪細之別。上列皆中古二等韻字，後代方言有洪有細；下列爲一等韻字，後代方言皆變爲洪音。故定「姦、慳、閑、顏」爲細音的-ian。正因爲早期官話本是細音，所以國語聲母產生顎化。

　　統計國語-ien（注音ㄧㄢ）韻母的字，主要來自《中原音韻》的寒山韻與先天韻。

　　如寒山「姦」、先天「堅」，國語同音。

　　姦kian→tçien　堅kien→tçien

《中原音韻》先天——「堅、牽、賢、延」	收ian已變ien者	國語上下列
《中原音韻》寒山——「姦、慳、閑、顏」	收ian之未變者	同音

桓歡 on

桓歡是一個-on型的韻類。

搬pon	潘p´on	瞞mon	桓歡韻
班pan	攀p´an	蠻man	寒山韻

上下兩列字，國語同音，而北曲分見二韻：桓歡和寒山。傳統韻書有以介音分韻者，北曲無以介音分韻之例，必為主要元音不同或韻尾不同。例如：

1. 真文-ən、先天-en、寒山-an、桓歡-on，為主要元音異而韻尾同，國語很多都變為同音（-m與-ŋ各韻皆此例）。皆來-ai、齊微-ei，亦主要元音異而韻尾同（蕭豪-au、尤侯-ou皆此類）。

2. 寒山-an、江陽-aŋ、鹽咸-am、皆來-ai、蕭豪-au、家麻（開尾），皆主要元音同而韻尾異。

《中原音韻》桓歡韻之非唇音字國語皆變為-uan，占十之八九。唇音字因異化作用（-u與聲母p皆唇音），今日國語變為-an〔-on→（uan）→an〕。

非唇音字如「端」ton→tuan、「官」kon→kuan（乃與寒山之「關」同音）、「剜」o/on→o/uan（乃與寒山之「彎」同音）。

唇音字如「搬」pon→（puan）→pan，乃與寒山之「班」同音。

《中原音韻》「殷」有二音，一在真文o/iən，一在寒山o/ian→o/ien（國語乃與先天之「煙」變成同音）；國語今日正有相應的一ㄣ、一ㄢ兩讀。

先天　ien　yen

先天是一個-en型的韻類，本韻只有細音字。

北曲已無yan類韻母，所有的yan皆經歷同化作用，變為yen，歸入先天韻。北曲仍有ian類韻母，歸入寒山韻；變ien類韻母者，歸入先天韻。

煎tsien		千ts´ien		先sien	
	→國語tɕien		→國語tɕ´ien		→國語ɕien
堅kien		牽k´ien		軒xien	
宣syen					
	→國語ɕyen				
喧xyen					

上下兩組字，國語同音，《中原音韻》不同音。《中原音韻》上下差別在聲母。

《中原音韻》平聲陰「痊」ts´yen→tɕ´yen→今國語唸陽平為積非成是，誤讀偏旁造成。

「展、廛、扇、然」，國語-an，《中原音韻》未入-an類發音的寒山，故擬為-ien。

「攣、臠、戀」未入寒山，故擬為-yen。

「專、川、軟」，國語-an，未入寒山，故擬為-yen。

平		上	去	入	
軒	弦	顯	縣		（ɕien）
喧	玄	泫	炫		（ɕyen）

《中原音韻》本韻上下兩組字不同音，軒類字為開口細音，喧類

字爲合口細音，兩組的不同在介音。

蕭豪　ɑu　au　iau（uau）

　　蕭豪是一個-au型的韻類。

　　《中原音韻》「褒、包、標」三字同韻類，同聲調，同聲母而不同音，故擬定爲兩組開口洪音，「褒」爲中古一等字，讀後元音-ɑu，「包」爲中古二等字，讀前元音-au，兩者差別極微細，故北曲作家同押爲一韻。

　　「末、縛、作、錯」國語讀爲-uo，「閣、鶴」國語讀爲-ɣ（さ），《中原音韻》都歸入蕭豪韻，故擬定爲-ɑu，這些字中古都屬一等韻，故不擬爲二等韻的-au。

　　以下三組字，廈門、福州、廣州、客家各地方言能分開，不能同押韻，北曲歸入同一個蕭豪韻，必定爲可相互押韻的韻母。

包 pau	交 kau	敲 kʻau	哮 xau	坳 o/au	→二等韻
褒 pɑu	高 kɑu	考 kʻɑu	蒿 xɑu	爊 o/iɑu	→一等韻
標 piau	嬌 kiau	趫 kʻiau	囂 xiau	邀 o/iau	→四等韻

　　在演化上，中古音一等字後世皆洪音，二等字有洪有細，三、四等字皆細音。

　　「褒、高……」等字上述南方方言之主要元音皆-o，必定源自後元音-ɑ。

昭tʃau	超tʃʻau	燒ʃiau	饒ʒiau
抓tʃau	抄tʃʻiau	梢ʃau	

上下兩組字，國語同音，北區分列，對照現代方言，可知上列讀為細音。

「郭、廓、鑊」，國語-uo，未入歌戈韻，中古為合口，今方言亦合口，故《中原音韻》擬定為o/uau。

「交」kau→kiau→tɕiau
「敲」kʻau→kʻau→tɕʻiau

本韻中，凡中古一等字，皆擬定為-ɑu，二等字皆擬定為-au。

本韻「入聲作平上去」的字與歌戈韻重見者極多，表示北曲有兩種唸法。

歌戈　o　io　uo

歌戈是一個-o型的韻類。

本韻「歌、可、何、餓」，國語音-ɤ（ㄜ），北曲無此類韻母，故擬為-o。

本韻「課、禾、訛、俄」，國語音-ɤ（ㄜ），中古為合口，方言亦合口，故擬定為-uo。

本韻「他」字不歸入唸-a的家麻韻，而歸入本韻，當讀作tʻuo。

本韻「波」puo國語唸送氣音，為積非成是，本應讀為ㄅㄛ。

本韻與蕭豪韻重見之字，國語多有二種讀音，如：「虐」-ye、-iau；「學」-ye、-iau；「著」-uo、-au；「杓」-uo、au。

家麻　a　（ia）　ua

家麻是一個-a型的韻類。

本韻「家、恰、蝦、鴨」，應和國語一樣，讀為-ia，但也可能同一些現代方言一樣，讀為洪音的-a。這類字的語音演化過程如下：

ka→kia→tɕia

xa→xia→ɕia

o/a→o/ia→o/ia

元代的北曲發展到哪一個階段，已無材料可證。

本韻「抓」有二音，一見蕭豪tʃau，一在家麻tʃua

本韻「查」tʃa→tʂa（國語ㄓㄚ），今姓氏仍存此音。

車遮　ie　ye

車遮是一個-e型的韻類，本韻只有細音字。

本韻「遮、車、奢、惹」，國語讀爲-ɤ（ㄜ），《中原音韻》和廣州話相同，唸爲-ie。

本韻「拙、啜、說」，國語讀爲-uo，本韻當爲-ye。

國語讀舌面後展唇半高元音-ɤ（ㄜ）的字，《中原音韻》分散見於六韻中，可證元曲時代這個元音還沒產生。例如：

支思——塞、澀

齊微——劾

皆來——則、責、客

蕭豪——閣、鶴

歌戈——歌、戈、可、賀

車遮——車、遮、奢、惹

庚青　əŋ　iəŋ　uəŋ　yəŋ

庚青是一個-əŋ型的韻類，本韻開齊合撮，四類韻母皆備。

庚京	觥	坰
kiəŋ	kuəŋ	kyəŋ

　　《中原音韻》三類不同音，既然同韻類、同聲母、同聲調而分列，其不同只有在介音上，加上沒有介音的-əŋ，故擬定本韻爲四類韻母。

　　本韻「崩、烹、甍」等字與-uŋ韻母的東鍾韻重見，可知一部分北曲作家口音已發生異化作用（圓唇音u受雙唇音p-影響，變爲央元音ə），演化爲爲-əŋ韻母；另一部則否，保留-uŋ韻母的唸法。這是當時方言的差異，同時吸收進入共同語中，故周德清將之分別歸入兩韻中。歌戈韻與蕭豪韻之重見，即反映了北曲作家口音之差異。

征tʃiəŋ	稱tʃiəŋ	聲ʃiəŋ	仍ʒiəŋ
箏tʃəŋ	鐺tʃəŋ	生ʃəŋ	

　　上下兩組字，國語同音，北曲分列。既然屬於同韻類、同聲調、同聲母，其不同只有在介音上。兩組字古今皆無唸合口者，由現代方言看，上列《中原音韻》爲細音，下列《中原音韻》爲洪音。

　　泓o/uəŋ　　○嫈o/yəŋ　　○英、嬰o/iəŋ

　　上面三組字，同韻類、同聲調、同韻母而分列，《中原音韻》的差別應在介音。

　　「泓」，國語積非成是，誤讀了偏旁；《中原音韻》不誤。此字與東鍾韻重見。

　　「嫈」，國語積非成是，因爲「英」之同音字多有「嬰」偏旁之字，故受字形影響而類化過去，也唸成了-iŋ。

　　「頃」kʼyəŋ，國語應變爲tɕʼyuŋ，今卻讀爲tɕʼiŋ，是積非成是的現象。

　　「熒」xyəŋ，國語應變爲ɕyŋ，今卻讀爲o/iŋ，也是積非成是的現象。

「京、庚、更」kiəŋ，國語由兩條路徑演化下來，一爲消失央元音，聲母再顎化，一爲消失介音。

kiəŋ	→kəŋ	消失介音（庚、更）
	→kiŋ央元音消失	→tɕiŋ聲母顎化（京）

本韻「泓、宏、舥、轟」-uəŋ→國語-uŋ，央元音消失。

本韻「艋、萌、橫、迸、孟」-uəŋ→國語-əŋ，唇音聲母發生異化作用。

本韻「扃、坰、兄、瓊、迥、夐」-yəŋ→國語-yuŋ，同化作用，央元音ə受圓唇介音y影響，變成圓唇的u。

本韻與東鍾重見之字極多。

尤侯　ou　iou

尤侯是一個-ou型的韻類。

周tʃiou	抽tʃ´iou	收ʃiou	柔ʒiou
鄒tʃou	簍tʃ´ou	溲ʃou	

上下兩組字，國語韻母同，北曲分列。據現代方言，可知上列爲細音。

本韻「啾ts-：鳩k-」、「修s-：休x-」、「秋ts´-：丘k´-」三組字，《中原音韻》不同音，國語同音。乃ts-系字、k-系字，受到細音韻母-iou的影響，發音部位分別發生向前、向後顎化的結果。

本韻「宿」入作上sou→國語su，另外有去聲一讀siou→國語ɕiou。

本韻「貿」未入蕭豪，故擬爲-ou。

侵尋　əm　iəm

侵尋是一個-əm型的韻類。

　　國語沒有-m韻尾，皆變為-n韻尾，變得和與真文-ən不分。本韻的演化：

iəm→iən→in

針tʃiəm	琛tʃˊiəm	深ʃiəm	任ʒiəm
簪tʃəm	岑tʃˊəm	森ʃəm	

　　上下兩組字，國語同音，北曲分列，參照現代方言，上為細音。

監咸　am　iam

　　監咸是一個-am型的韻類。

　　國語-m皆變為-n韻尾，故與寒山韻不分（am→an）。

　　細音的iam→iem，北曲未全變，不變者留在監咸韻，唸-iam，已變者入廉纖韻，唸-iem。

　　這種演化，使下面四類字，由不同音，變成同音tɕien。

「兼」廉纖kiem→tɕien

「監」監咸kiam→tɕien

「堅」先天kien→tɕien

「姦」寒山kian→tɕien

　　四類字的演化過程是：

1. 雙唇鼻音韻尾-m，皆變為舌尖鼻音韻尾-n。

2. 介音i影響主要元音升高舌位。

3. 介音i又使聲母產生顎化。

監kiam	嵌kˊiam	咸xiam	渰o/iam
甘kam	堪kˊiam	憨xam	庵o/am

　　上面兩組字，同韻類，同聲母，同聲調，其不同當在介音。由現代方言可知，下列皆洪音，上列有洪有細，所以擬定上列爲細音。

　　本韻「鴿」，《廣韻》「苦咸切」→kʻiam→tɕien，又音「竹咸切」→tʃiam→tʒan。《中原音韻》「鴿」與「嵌kʻiam」分隔排列，可以推測，「鴿」在本韻應是從「竹咸切」演化而來，讀爲tʃiam。

廉纖　iem

　　廉纖是一個-iem型的韻類。

　　國語廉纖與先天不分（iem→ien）。

瞻tʃiem	襜tʃʻiem	苫ʃiem	髯ʒiem	→廉纖
詀tʃam	攙tʃʻam	杉ʃam		→監咸

　　國語上下兩組字同音，《中原音韻》分屬廉纖韻和監咸韻，可知上一組的主要元音，受到i介音影響，已提高了舌位，變成了e。國語因爲聲母捲舌化的結果，使介音i失落，因此仍保留主元音a。

　　最後，我們可以整理一下，看看《中原音韻》各韻的韻母數目究竟有多少：

一類韻母的韻　桓歡　支思　廉纖
二類韻母的韻　東鍾　家麻　魚模　先天　車遮　侵尋　監咸
　　　　　　　尤侯
三類韻母的韻　江陽　皆來　寒山　歌戈　蕭豪　齊微
四類韻母的韻　真文　庚青

思考與討論

1. 比比看，國語唸的ㄍㄎㄏ、ㄗㄘㄙ聲母的字和《中原音韻》當中的這類字，發音有什麼不同？

2. 比比看，《中原音韻》姜○漿（江陽）、奇○齊（齊微）、虛○須（魚模），圈前後這兩組字，在閩南話裡有區別否？為什麼？

3. 《中原音韻》的-m韻尾，在現代方言中，有哪些字仍然讀為-m？

4. 從本章中，看到了很多同化作用、異化作用的例子，這是漢語音變的一個重要方式。能否舉一反三，觀察並舉出其他這類演化的實例？

5. 試說明「兼、姦、堅、監」四個字從不同音到同音的音變過程。

6. 《中原音韻》有許多重見兩個韻的字，表示在元代就有兩個不同的唸法，嘗試把這些字找出來，看看這種兩讀的現象，是否也存在國語當中。

7. 《中原音韻》記錄了元曲的語音，讀元曲時，是否可以把本章所得的知識，運用在元曲韻律的分析上？

8. 嘗試歸納「關鄭馬白」的作品，看看他們如何押韻？是否符合《中原音韻》的十九個韻類？

9. 打開《中原音韻》，看看裡頭的歸字，比較一下：哪些同音字，國語唸起來不同音；哪些不同音的字，國語唸起來卻是同音。思考其中的原因是什麼。

第五章
南方官話
《古今韻會舉要》

一、《古今韻會舉要》的形成

　　中國歷史上，雖然有共同語的存在，但是一直存在南北兩個大同小異的官話體系，這種情況，從南北朝就已經開其端，當時的文化中心、經濟中心，都在南方的吳地。南方所使用的語言，不僅僅是吳方言，知識份子還使用一個受吳方言影響的共同語。到了南宋，南方的影響力更爲明顯，這時的南方官話已經涵蓋整個吳閩地區，福建的理學、書院、印刷業都領先全國。明代的共同語，更是以南方官話爲代表，通行全國，所以明代的韻書都帶有入聲、帶有濁音等等南方音的特色。明太祖在南京建都，也反映了南方文化、南方官話在當時的主導地位。元代北音的《中原音韻》，和南方官話的《古今韻會舉要》（以下簡稱《韻會》），正是南北兩個官話系統的代表。

　　《古今韻會舉要》三十卷，是元代熊忠依據南宋黃公紹的《古今韻會》改編的。黃氏的原本現已散佚。黃公紹，字直翁，號在軒，南宋度宗咸淳年間（1265-1274）進士，不久南宋亡（1279），入元不仕。黃氏《韻會》作於元至元二十九年（1292）之前，因爲今本《韻會》前有盧陵劉辰翁於「壬辰十月望日」寫的序，壬辰正當1292年。其書「編帙浩瀚，四方學士不能遍覽」，因此熊忠「取《禮部韻略》，增以毛、劉二韻及經傳當收未載之字，別爲《韻會舉要》一編」。黃、熊二人都是福建邵武人（閩北），很可能《韻會》的「字母韻」正是反映了當時的閩北通行的南方官話系統。我們可以由幾個跡象看出來：

1. 《古今韻會舉要》成書於1297年，比《中原音韻》〔代表當時的

北方大都音，書成於泰定甲子（1324）年，到至正元年（1341）刊行〕只早二十多年，兩者無論在聲、韻、調各方面都不太相同。是否《韻會》反映了較古的音呢？應該不是，因為《韻會》的外表雖然沿襲了平水韻，而內裡卻完全設計了一套新的系統，在聲母方面有新的三十六字母系統（和傳統的三十六母有很多不同的地方），在韻母方面有完全和舊韻不同的「字母韻」。所以，我們可以判斷，《韻會》的作者目的在描寫一個和舊韻不同的語音系統，它和《中原音韻》的差異是南、北語音的不同，不是傳統和當時實際語音的不同。

2. 《韻會》的韻母和現代的閩北音有許多類似的地方，入聲-p -t -k 韻尾的混而為一，也和現代閩北音一致。由此，我們推測《韻會》所表現的語音，正是反映了作者黃、熊二人生長區域的語音。《韻會》為什麼要以「舊瓶新酒」的方式來表現這個迥異於《切韻》的語音系統呢？如果黃、熊二人不拿當時流行的「平水韻」作為外衣，而直接按他們設計的「字母韻」編排，我們可以想像，在保守性很強的古代學術界，這部書必然很難被接受，最後很可能免不了亡佚的命運。這就是熊忠還得在序中和《禮部韻略》拉點關係的理由。

黃氏編輯此書，頗重訓詁，本於《說文解字》，復參以古籀隸俗，以至律書、方技、樂府、方言、經史子集、六書、七音，靡不研究，所以徵引的典故很豐富。後來，熊忠覺得「編帙浩瀚，四方學士，不能遍覽」，「因取《禮部韻略》，增以毛、劉二韻及經傳當收未載之字，別為《韻會舉要》一編」（見熊忠自序），可知熊忠增補的資料有丁度的《禮部韻略》、毛晃的《增修禮部韻略》，以及劉淵的《壬子新刊禮部韻略》。

熊忠字子忠，和黃公紹同鄉，都是福建邵武人。王力在《中國語言學史》中說，邵武在今甘肅省張掖市，因此《韻會》所反映的語音是元代西北的方音，這個說法並不正確。實際上，邵武在今福建省邵武縣附近（見日人青山定雄編的《中國歷代地名要覽》），此關係到

《韻會》的地域背景，不可不辨。其理由有二：

㈠《韻會》卷首有廬陵劉辰翁序文：「江閩相絕，望全書如不得見。……」此所謂「江」即江西廬陵，是劉氏自己的籍貫，「閩」指福建邵武，是《韻會》作者的籍貫。

㈡代表元代北方通行語音的《中原音韻》，其聲母已完全清化，而時間只早二十多年的《韻會》（1297年，《中原音韻》1324年）卻完整地保留了濁音聲母（例如群、定、並、奉、從、澄、邪、禪、匣都還保留在《韻會》中），而《韻會》的性質是反映現實語音的，不是因襲傳統的。這樣看來，《韻會》所反映的是南方音的可能性要大些。

　　熊氏成書的時間，依其自序，是丁酉歲，也就是元成宗大德元年（1297）。全書分一百零七韻，其卷首凡例云：「舊韻上平、下平、上、去、入五聲，凡二百六韻，今依平水韻，併通用之韻為一百七韻」，亦即上平十五韻，下平十五韻，上聲三十韻，去聲三十韻，入聲十七韻。和今日流行的詩韻一百零六韻比較，多了一個「拯韻」。

　　韻數簡併的原因是語音的變遷，使許多個韻類之間的區別消失了。《韻會》上平聲韻目後案語說：

　　舊韻（案指二○六韻）所定不無可議，如支脂之、佳皆、山刪、先仙、覃談本同一音，而誤加釐析，如東冬、魚虞、清青，至隔韻而不相通，近平水劉氏壬子新刊韻始併通用之類，以省重複。

　　《韻會》的組織，受當時等韻學說的影響很大，《四庫提要》說：

　　自金韓道昭《五音集韻》，始以七音、四等、三十六

母，顛倒唐宋之字紐，而韻書一變；南宋劉淵淳祐壬子所刊《禮部韻略》，始合併通用之部分，而韻書又一變。忠此書，字紐遵韓氏法，部分從劉氏例，兼二家所變而用之，而韻書舊第，至是盡變無遺。

《提要》所說的兩變，一是上述各韻的併合，一是韻內各字的組織化。舊韻書的韻內各字全無次序，任意安排，到了金代的韓道昭《五音集韻》（1212年成書），才把每一韻的字統以字母，以牙音「見母」為首，終於「來日」兩母。非但分紐，而且每紐各分四等。《韻會》承襲了這個方法，所以《提要》說「字紐遵韓氏法」。《韻會》凡例云：「舊韻所載，本無次序；今每韻並分七音四等，始於見，終於日，三十六母為一韻。」可知其各韻的組織和《五音集韻》相同。

熊氏書表面上雖然依照傳統的分韻（平水韻），實際上卻隱藏著元代南方的語音系統。其凡例云：

舊韻所載，考之七音，有一韻之字而分入數韻者，有數韻之字而併為一韻者，今每韻依七音韻，各以類聚。注云：已上案七音屬某字母韻。

這是因為韻目雖然承襲舊制，當時的實際語音卻已有不同，作者為了把這些不同的地方顯示出來，於是每字之下加注「屬某字母韻」以表示其界限。例如「東韻」分成了下面幾類：

公、空、東、通……稱為「公字母韻」
弓、穹、窮、嵩……稱為「弓字母韻」
雄稱為「雄字母韻」

　　這樣，東韻就有了三類韻母。這就是「數韻之字而併爲一韻者」。至於「一韻之字而分入數韻者」，例如「公字母韻」分見於下面幾個韻中：

　　　　東韻　　公、空、東、通……
　　　　登韻　　肱、朋、弘……
　　　　庚韻　　觥、盲、橫……

　　因此，我們把《韻會》的「字母韻」做一歸納、分析，便可求出其韻母系統。熊忠《舉要》序云：「聲音之起，而樂生焉。古先聖人以聲爲律，有以也，言語文字云乎哉！今之人終身由之而不知其道，反區區取信於沈、陸。」這番話和周德清「韻共守自然之音」多麼相似！由此可以見出《韻會》一書在語音歷史上的重要地位。

二、《古今韻會舉要》的語音依據

　　《韻會》所表現的語音可以從兩個角度來看，由外表看，它有一百零七韻，這是承襲了平水韻，由《切韻》系統簡化而成的。由內層看，它隱藏了二百一十六個「字母韻」（陽聲一百零二韻、入聲二十九韻、陰聲八十五韻），分散的附注在各韻之內，它代表了當時的實際語音。

　　《韻會》爲什麼不乾脆用字母韻來組織全書呢？事實上，在保守性很強的古代社會，若冒然採用新系統，必然不易被學者接受，甚至使這部作品無法生存，很可能像《蒙古韻編》、《蒙古韻略》一樣，難免於亡佚的命運。所以不得不採用舊瓶新酒的辦法，爲它的「字母韻」披上件「傳統」的外衣，並且在序文中要鄭重強調《韻會》的依據是：「本之《說文》，……又檢以七音六書，凡經史子集之正音、次音、叶音……莫不詳說而備載之。」又云：「取《禮部韻略》，增以毛、劉二韻，及經傳當收未載之字。」在凡例中也一再地

提到《韻會》和地位崇高、作爲科舉考試標準的《禮部韻略》的關係。

至於它「字母韻」的依據，所反映的是當時的北方語音呢？還是南方語音？我們可以從下面幾點考慮：

第一，《韻會》的作者熊忠和黃公紹都是福建人。

第二，《韻會》的聲母還有全濁音，而當時的北方音（如《中原音韻》）已經沒有全濁音（已經清化）。

第三，《韻會》還有入聲（有二十九個獨立的入聲「字母韻」），而當時代表北方音的《中原音韻》已經派入平上去聲中了。

第四，《韻會》經常引述「蒙古韻」和《韻會》語音的不同來做比較。「蒙古韻」顯然是代表了北方官話系統，既然和北方音不同的語言，自然是南方官話的系統了。例如：

> 「瞢」音與「蒙」同，蒙古韻入微母（《韻會》屬明母）。
>
> 「揆」巨癸切，蒙古韻屬癸母韻（《韻會》屬啓韻）。
>
> 「焉」音與「延」同，蒙古韻音疑母（《韻會》屬喻母）。
>
> 「牙」牛加切，蒙古韻音入喻母（《韻會》屬疑母）。
>
> 「位」喻累切，蒙古韻音入魚母（《韻會》屬喻母）。

何以知道「蒙古韻」是北方音呢？鄭再發在《蒙古字韻跟八思巴字有關的韻書》中列出《古今韻會舉要》和蒙古韻的不同，在聲母方面有二十四例，在韻母方面有二十一例。而在聲母中，蒙古韻把疑母唸成喻母的占了十四例，這種舌根鼻音大量失落的情況，正是北方音的特色（可參考《中原音韻》的疑母字）。況且當時蒙古人的政治中心在北方，稱爲「蒙古韻」應指北方音才是。因此，「蒙古韻」和

《韻會》是不屬同一語音系統的。

第五，和《中原音韻》不同，和蒙古韻不同的語音，當然也有可能是某一種偏僻的北方方音，但是以一個福建人（《韻會》作者）來說，竟然花這麼大功能夫去描寫一個偏僻的北方方音，似乎是難以想像的，只有說他們所描寫的，是自己熟悉的家鄉語言才比較近理。

第六，黃公紹作了《古今韻會》，何以熊忠特別看中這部韻書，而為它做了舉要？何以熊忠沒有選擇別的韻書？我們只要注意到黃公紹是邵武人，熊忠也是邵武人，這也許不只是個偶然的巧合。如果說這部韻書所表現的，正符合他們南方家鄉的語言，正因為這種親切感，所以熊忠選擇了一部同鄉的書做了舉要。

第七，黃公紹是南宋咸淳元年（1265）進士，當時疆域範圍只包括南方，他的活動區域也只限於南方，不太可能去記錄一個北方方言。南宋亡後，他沒有再做官，而隱居於樵溪。在他的文學作品中，都是歌詠南方的景物，從來看不出一點去過北方的跡象：例如：「儘教看得幾吳舠」、「飛過蘇堤健鬥風」、「懷王去後去沉湘」、「躍來奪錦看吳兒」、「朝了霍山朝嶽帝，十分打扮是杭州」、「西泠橋畔草連汀」、「欲學楚歌歌不得」（以上〈瀟湘神・端午競渡棹歌〉）、「柳絲染出西湖色」（〈滿江紅花朝雨作〉）、「庾嶺未梅，陶園休菊」（〈踏莎行〉）、「見說郴江，父老多時問來暮」（〈洞仙歌・劉守之任〉）。由此可以看出，黃公紹的生平活動範圍，全不出南部地方。因此，我們說《韻會》的語音依據是元代的南方官話，應當是近乎情理的。

古代的共同語，不像今天這樣有高度的規範，古代只求能彼此聽得懂就達到目的了。所以，帶有地區性特色的共同語是必然會存在的，正如今天尚且會有「廣東國語」、「上海國語」、「臺灣國語」的說法，更不用說交通不如今日發達的古代了。大略分起來，宋元以來，就存在著南北兩個官話系統，元代北方以《中原音韻》的大都音為代表，南方官話則以《韻會》為代表。南方官話的通行範圍，大約在吳閩到南京一代，到了明代，南方官話的影響力甚至超過

了北音，這就是爲什麼朱元璋要建都南京的原因之一。也就是爲什麼明代的韻書，都反映了「帶有入聲」這個南方的特質。一直到清代，南方官話的優勢才逐漸爲北音所取代。

思考與討論

1. 中國歷史文明的發展，起源於北方的黃河流域，後來南方如何逐漸超越北方，試著從歷史做一觀察。
2. 到圖書館找一本《古今韻會舉要》，看看裡頭的「字母韻」是如何呈現的。
3. 「平水韻」是宋代韻書發展的一項重要特色，試比較一下，和近代作舊詩參考使用的《詩韻集成》有什麼異同。
4. 編寫《韻會》，前有南宋的黃公紹，後有元代的熊忠，試著查考資料，找出這兩個人的生平資料，做一比較。思考一下，這些資料和《韻會》的語音背景是否有關聯？
5. 從網路上的學術論文，蒐集北方官話和南方官話的研究資料，從當中了解這兩個共同語系統，在歷史上的影響與互動。

第六章
反映明清時代官話的韻書和韻圖

　　明清時代，有一些韻書和韻圖，反映了當時的語音，透過這些資料，我們可以看出：明清時代，我們的語言發生了哪些變化？和今天的國語有哪些異同？下面選擇其中幾部做一介紹。

一、《洪武正韻》

　　這是一部明初官修的韻書，用於考試時作為統一的押韻標準，1375年成書。雖以傳統韻書為依據，卻受當時官話系統的影響，聲調分為平上去入，入聲有-p、-t、-k尾。聲母共三十一類，有濁塞音、濁塞擦音與濁擦音。

　　《洪武正韻》分韻共七十六韻，平上去可配成二十二組。與《中原音韻》比較，有下列異同：

1. 《洪武正韻》「支、紙、寘」除包含《中原音韻》支思外尚有齊微-i韻母之一部分字，如「知、痴」等。可知，元代有些-i韻母，明代已變舌尖元音-ï。
2. 《中原音韻》的齊微韻，《洪武正韻》區分為兩個韻，把[i]和[e]兩種不同的主元音分開，表現了審音較元代已進步，不是只憑文學押韻的主觀感覺而已，有了語音分析的概念。

齊微	→齊薺霽（-i）	
	→灰賄隊（-ei）	審音較元代已進步

3. 《中原音韻》的魚模韻，《洪武正韻》區分為兩個韻，模韻主元音為[u]，魚韻主元音為[y]。由於主元音有別，所以《洪武正韻》分成了兩個韻，這是語音演化的結果。在《中原音韻》時代，這

兩類字都屬於同一個主元音[u]。

魚模	→模姥暮（-u）
	→魚語御（-iu→y）

4. 《洪武正韻》「寒、旱、翰」除了包含《中原音韻》桓歡外，尚有寒山-an韻的一部分字，如「干、看、寒、安」等。這個韻皆古一等韻。

5. 《中原音韻》蕭豪韻，到了《洪武正韻》區分為蕭、肴兩個韻。顯示了它們的主元音有別，《中原音韻》蕭豪韻以[a]為主元音，《洪武正韻》則在[i]介音的影響下，把主要元音之舌位升高了，產生了iau→ieu的演化，於是蕭、肴便分成了兩個韻。這個現象和今天的福州方言相同。

6.

蕭豪	→蕭筱嘯（iau→ieu）
	→肴巧效（-au）

因此，《洪武正韻》比《中原音韻》多了三韻。

在聲母方面，《洪武正韻》的三十一個聲母，包含了十五個濁音。

重唇音	p	pʻ	bʻ	m	
輕唇音	f	v	ɱ		
舌尖音	t	tʻ	dʻ	n	
舌面音	tɕ	tɕ	dɕʻ	ɕ	ʑ
舌尖音	ts	tsʻ	dzʻ	s	z
舌根音	k	kʻ	gʻ	ŋ	
喉音	ʔ	x	ɣ	o/-	
來母、日母	l	nʑ			

二、《韻略易通》

　　《韻略易通》是雲南人蘭茂（挺秀）作於明代中葉英宗正統壬戌年（1442），分二十韻，先陽聲後陰聲，韻目選字先陰平、後陽平，相配而成。二十韻如下表：

　　　東洪、江陽、真文、山寒、端桓、先全、庚晴、侵尋、
　　　緘咸、廉纖、支辭、西微、居魚、呼模、皆來、蕭豪、
　　　戈何、家麻、遮蛇、幽樓。

　　《韻略易通》與《中原音韻》在韻母系統上的差異：

1. 《中原音韻》魚模韻《韻略易通》分爲居魚（[-iu]→[y]）、呼模 [-u]兩個韻。
2. 《韻略易通》-i與-ei、-uei未分開，這一點反而不如《洪武正韻》精密。
3. 《韻略易通》聲母二十類，寫成二十字的一首詩來代表，如此做法，前無古人，後無來者：「東風破早梅，向暖一枝開，冰雪無人見，春從天上來。」
4. 《韻略易通》聲調有五，有入聲，附於前十個陽聲韻內。
5. 聲母已無ŋ-存在。

　　下面我們分別來看看《韻略易通》的每一個韻：

1. 東洪

東t	（平）東冬…	
	（上）董…	
	（去）動洞…	「動」中古音爲上聲。《中原音韻》開始，已經發生濁上歸去，成爲去聲
	（入）篤…	
風f-	（平）風楓…○馮…	

平聲之下用圈隔開，爲陰平、陽平之分別。《韻略易通》的韻目，也
選擇陰平、陽平的字組成。除廉纖韻外，皆前陰後陽排列。《中原音
韻》的東鍾改爲東洪、寒山改爲山寒，即此理。

一o/-	（平）容…○鎔…	此處未按先陰平、後陽平之例
	（平）翁…	此處平聲分兩行，爲介音不同
向x-	（平）洪紅…○烘…	陰平、陽平未按前後次序排列
	（平）雄熊…○凶胸…	前後兩組，以介音不同而分
來l-	（平）龍…○籠…	前後二字尚有洪細音之別
暖n-	（平）膿…○濃…	前後二字尚有洪細音之別

2. 江陽

	（平）陽羊…○央秧殃…（-iaŋ）	
一o/-	（平）昂…（-aŋ）	介音之異，而分三行
	（平）王○汪…（-uaŋ）	
無v-	（平）亡忘…（vaŋ）	二者仍有分，v母未消失
一o/-	（平）王…○/uaŋ	

3. 眞文

天	（平）吞暾（t´uən）	「吞、暾」已積非成是爲同音。「吞」本屬開口。
雪	（平）新辛（siən）	
上	（平）莘 （ʃən）	「新、莘」仍分列，尚未如國語積非成是。
來	（平）倫 （lyən） （平）崙 （luən）	「倫、崙」仍有洪細之分。
早	（平）遵尊（tsuən）	「遵、尊」北曲不同音，此已成同音。

從　　　（平）皴（ts´yən）

　　　　（平）村（ts´uən）　　　　「皴、村」與北曲同，有洪細之分

雪　　　（上）筍（syən）

　　　　（上）損（suən）　　　　「筍、損」與北曲同，有洪細之分

4. 蕭豪

冰　　　（平）褒包（pau）　　　已無前a、後ɑ之別，元曲還有區
　　　　　　　　　　　　　　　　別。

　　　　（平）標　　　　　　　　讀爲平聲細音。

一　　　（平）爊坳（○/au）　　　二字同音，亦無後ɑ、前a之別。

　　　　（平）邀　（○/iau）　　　讀爲平聲細音。

見　　　（平）高　（kau）

　　　　（平）交嬌（kiau）　　　已變爲細音（kau→kiau），聲母
　　　　　　　　　　　　　　　　尚未顎化。

開　　　（平）考　（k´au）

　　　　（平）敲趬（k´iau）　　　二等字已變細音，產生出介音i。

向　　　（平）蒿（xau）

　　　　（平）哮嚻（xiau）　　　已變爲細音，聲母尚未顎化。

本韻的變化，和中古音分等的關係：（前元音簡化爲一類）

一等　　　　褒高考蒿爊　　　　–ɑu（後ɑ）→-au

二等　　　　包交敲哮坳　　　　–au（前a）→-au

三、四等　　標嬌趬嚻邀　　　　–jeu、–jæu、jɛu→-iau

由此可看出唐代和明代發音的差異。此外，「姦、堅、監、兼」四
字，也可以作爲近代音音變的指標；四字在《韻略易通》中仍然不同
音，仍有ian與ien之別，和《中原音韻》情況相同。

見　　　　　（平）姦　　　　　（山寒）kian

見	（平）堅	（先全）kien
見	（平）監	（緘咸）kiam
見	（平）兼	（廉纖）kiem

三、《韻略匯通》

　　《韻略匯通》爲山東人畢拱辰作於明崇禎壬午年（1642），代表明代末年語音系統。分爲十六韻：

　　　　東洪、江陽、真尋、庚晴、先全、山寒（此六韻四聲俱全）
　　　　支辭、灰微、居魚、呼模、皆來、簫豪、戈何、家麻、遮蛇、幽樓（此十韻無入聲）

　　明末的《韻略匯通》把明代中葉的《韻略易通》真文、侵尋兩個韻合併爲一個真尋韻，說明了當時-m尾消失，都變成了一樣的-n韻尾了。《韻略匯通》以「新、辛、心」同音，不像《易通》「新、辛」在真文（-n）、「心」在侵尋（-m）：

　　　　雪（平）新辛心……

　　《韻略匯通》把《韻略易通》的「山寒、先全、緘咸、廉纖」四個韻合併爲一個「先全」韻：

《韻略匯通》	《韻略易通》	《中原音韻》
先全（-ien）	山寒（-ian）	寒山（-ian）
	先全（-ien）	先天（-ien）
	緘咸（-iam）	監咸（-iam）
	廉纖（-iem）	廉纖（-iem）

這種現象說明了下列的音變：

1. -m韻尾消失，皆變爲-n。
2. 所有-ian皆變-ien，發生了同化作用。
3. -on韻母消失，唇音變-an，非唇音變-uan。
4. 此外，《韻略匯通》的聲母尚未顎化爲tɕ tɕˊ ɕ。

作爲近代音音變指標的「姦、堅、監、兼」四字，《韻略匯通》已經變成同音，放置在先全韻的同一個位置上：

見（平）姦堅監兼…（kien）

《韻略匯通》的山寒韻，合併了《韻略易通》的山寒、端桓、緘咸幾個韻：

《韻略匯通》	《韻略易通》	《中原音韻》	《韻略匯通》的音值
山寒-an	山寒（-an，-uan）	寒山	見（平）干甘…（kan）
	端桓（-on）	桓歡	（平）關官…（kuan）
	緘咸（-am）	監咸	冰（平）班搬…（pan）

《韻略易通》不同音的，《韻略匯通》都放在同一個山寒韻-an，開啓了現代國語音系的先河，左右兩個原本不同音的字，從明末開始都讀爲同音了：

《韻略易通》	干（山寒）	甘（緘咸）
	關（山寒）	官（端桓）
	班（山寒）	搬（端桓）

下面我們再分別看看各韻的狀況：

1. 東洪

東洪	n	濃膿[nuŋ]（平聲陽）	
	l	龍籠[luŋ]（平聲陽）	《中原音韻》有洪細之別，《韻匯易通》已同音
	ts	蹤宗[tsuŋ]（平聲陽）	
	s	松鬆[suŋ]（平聲陽）	中古有洪細之分，《韻匯易通》已同音
	ts´	從叢[ts´uŋ]（平聲陽）	

2. 江陽

　　無（平）亡忘[vaŋ]

　　一（平）王　[uaŋ]

　　由此排列，「亡」、「王」不同音，可見明末清初尚有v-母，至國語方消失。

3. 眞尋

　　本韻歸字所反映的幾個音變：

　　天（平）吞暾[t´uən]　　「吞」字由開口變成了合口。

　　雪（平）新辛[siən]

　　上（平）莘[ʃən]　　「新、莘」二字分列，反映了明末二字尚未變爲同音。

　　來（平）倫崙　　「倫、崙」二字《韻匯易通》仍有洪細之分，明末已成同音。

　　早（平）尊遵　　「尊、遵」二字北曲不同音，明中葉的《韻匯易通》即已成爲同音。

　　從（平）皴

　　　（平）村　　「皴、村」二者明末仍有介音之異，國語才成爲同音。

　　由上可知，「倫崙、尊遵、皴村」在語音演化速度上並不一致。

4.蕭豪

　　本韻「褒……」、「包……」、「標……」三組字情形同《韻略
易通》：

　　　蕭豪　（平）褒包　（平）標

　　《韻略匯通》顎化作用尚未產生，直到明末 k k´ x、ts ts´ s還
可以搭配細音韻母。

四、《山門新語》

　　《山門新語》爲清代周子美著，自序作於光緒十九年
（1906），刊行於同治二年（1863）。周氏爲寧國人（安徽），地
屬江淮官話區。

　　趙蔭棠《等韻源流》云：「《山門新語》作者周子美，寧國
人。自序作於光緒十九年；然書前更有黃容保序，時在同治癸亥
（1863），此蓋其書初次告成之年也。是書亦名《周氏琴律切
音》，昔與半農先生共詆爲附會之談。」

　　李新魁《漢語等韻學》云：此書主張以琴律爲切音之定法，即他
所謂「切音當求其律於琴也」。因此，他把書名又稱爲《周氏琴律切
音》。他的理論，頗有繼承葛中選編的《泰律篇》（成書於明神宗萬
曆四十六年，1618年）之處，而與邵雍及祝泌的學說，也有一脈相
承的地方。

　　他所做的韻圖按韻排列，一圖之首，註明開闔，寫上韻目，標示
「音首」（即小韻代表字）有多少字。橫列六個聲調，縱分十九聲
母，五正音在上，四變音在下。平、去聲並列三行字，照所謂「散
聲、陰聲（按）、陽聲（泛）」排列，上聲和入聲只列一行，各聲
調字之旁均注上反切，切語是他自己制定的。他的反切上字頗有特
點：陰聲韻、陽聲韻字用入聲字爲切上字，與呂坤（1536-1618）
《交泰韻》的做法大體相同，這是爲了體現「同位相應，同氣相

求」的道理。

　　周氏此書除了這個《三十韻母音經聲緯按序切音圖》之外，他還寫了一個《琴律四聲分部合韻同聲譜》，將那些可以「合韻」的韻部所轄的字匯列在一起，按聲調的「平、上、去、入」四聲統韻，如「呱、居」合韻、「江、光」合韻、「加、瓜」合韻等，把同音的字歸在一起，是一個同音的字表。

　　作者周子美雖是安徽人，地屬江淮官話區，而書中除了帶有安徽話的成分之外，還帶有客家話的痕跡。是否意味著一百多年前的安徽還分布著客家方言呢？或者這兩個方言間，在一百多年前具有某種聯繫關係？例如：「居」字在《山門新語》中有ky、ki兩讀。ki一讀與今日的梅縣客家話相同。又，《山門新語》的「兒」字讀與今日的梅縣客家話相同，音[i]。又，「寅」字在《山門新語》中也是唸作[i]的陽平。《山門新語》卷二〈論沈約以吳音切韻〉：如古文「寅」字，中劃從「人」，「人」與「寅」同音，而「寅」之轉韻爲「夷」，韻轉音不轉，「寅」與「夷」皆爲喉陽泛聲，今中州音讀「寅、夷」、「仁、人」同爲喉音。可知「寅」字是由[in]的唸法失落鼻音韻尾而成，讀法與今日的梅縣客家話也完全相同。

　　其書分韻母爲三十類，各有韻名，並「合韻」爲十四類，其合韻狀況如下：（各韻之後注上本文所擬定的音讀。右欄資料，爲原書所注之開合）

三十韻合為十四韻表

1.呱u	2.居y		兩闔
3.江iaŋ	4.岡aŋ	5.光uaŋ	兩開後闔
6.昆uən	7.根ən		前闔後開
8.加a	9.瓜ua		前開後闔
10.戈uo	11.哥o		前闔後開
12.鉤ou	13.鳩iou		兩開

14.交iau	15.高au		兩開
16.干an	17.官uan		前開後闔
18.乖uai	19.佳ai		前闔後開
20.庚əŋ	21.經iəŋ		兩開
22.堅ien	23.涓yen		前開後闔
24.君yən	25.巾iən		前闔後開
26.姬i	27.圭ui	28.璣ï	兩開中闔
29.宮yuŋ	30.公uŋ		兩闔

　　聲母有十九類：呱枯烏　都菟駑　逋鋪模　租粗蘇　朱初疏　呼
擄敷濡
　　耿振生《明清等韻學通論》認為這個音系是徽州音與官話音互相
夾雜，而聲母比明代的〈早梅詩〉少一個日母，多一個微母。實際上
其中的「濡」就是日母，倒是沒見微母。〈早梅詩〉反而有「無」
母，正是微母。
　　至於聲調分為六類，平去兩調分陰陽：
　　陰平　陽平　上陽　陽去　陰去　入陰
　　趙蔭棠《等韻源流》云：「是乃著者所沾沾自喜者。實在若從元
明清的曲韻看起來，去聲分陰陽的，范善溱已早開其端。若以清濁為
陰陽，每聲俱可分為二，豈特去聲乎？」
　　李新魁《漢語等韻學》云：周氏此書最突出之點，是發現聲調有
六聲，六聲即陰平、陽平、上聲、陰去、陽去、入聲。他記述他發現
六聲的過程說：

　　　能言時，授經祖膝，初學韻語，教以四聲，每舉一平
　　　聲，使自別之，輒讀去聲為二，而誤以其次聲為入聲。
　　　及九歲教以五聲，因思平聲既有陰陽，則去聲亦有陰

陽，乃悟向之所以誤以為入聲者，即去聲之陰聲耳。大
父笑曰：昔人學由悟入，汝乃由誤入耶！」凝神而首肯
者久之。徐謂去聲誠有二音，第其陰陽先後須有確據而
後可行……因集其字為六聲圖。去聲之陰陽即以平聲之
相應者分之，而去聲陰陽之先後即以平聲相應之先後定
之。舉以相質，大父大加欣賞，為此亦眼前妙理，何以
數千年來無人道破，一旦被小子拈出，而四聲、五聲、
六聲遂皆為我周氏所分，非兩世間奇事。

周氏對這個發現自矜為獨得之祕，所以把他的堂屋稱為「六聲
堂」。

在聲調問題上，不僅有類變的問題，還有個別字音分化的問題。
在近代漢語演變的歷史上，聲調的「濁上歸去」是一項重要的演化規
律。許多學者已分別就近代音的語料在此方面做過研究，發表過不少
篇相關的論文。在其音系當中，全濁上聲字大部分仍讀為上聲，濁上
已變去聲者，在《山門新語》中數量不大，例如：

三江	仗	昌諒、上　商羕
二十三湔	撰	齹願
二十七圭	罪	猝位
二十八機	祀	塞字（《唐韻》上聲）按此字已**變讀去聲**故特註明《唐韻》上聲

這裡呈現一個有趣的現象：濁上已變去聲者，一律是齒音字。我
們知道，在漢語語音史裡，聲調的演變往往和聲母有著相互制約的關
係，因此上述的規律性應該不是偶然的。這表示在《山門新語》的方
言系統裡，濁上歸去的演變是由齒音字開始的。這個情況也說明了近
代漢語的某一項音變往往不是全部字同時發生變化的，而是一批一批

字逐漸擴散的。

《山門新語》濁音清化的規律

　　中古音的濁聲母到現代有下面幾種演變類型：第一，濁音完全保留，例如吳方言。第二，濁音清化，全部變讀爲不送氣清音，例如閩南方言。第三，濁音清化，全部變讀爲送氣清音，例如客家方言。第四，濁音清化，平聲字變讀爲送氣清音，仄聲字變讀爲不送氣清音，例如北京方言。

　　《山門新語》的情況又如何呢？由十九類聲母的系統看，濁音已經清化。在庚經韻裡，不送氣音的那一列，都只有中古清聲母字，沒有中古濁聲母字；而送氣音的那一列，中古的清聲母和濁聲母並列，凡陰平、陰去調屬中古清聲母，凡陽平、陽去調屬中古濁聲母。換句話說，**中古的清聲母和濁聲母變成同一個唸法，都是送氣音**。例如下面的字，《山門新語》放在同一列（括號內註明中古的清濁）：

　　k'-母同列的字有：硻（清）、輕（清）、琴（濁）、慶（清）、競（濁）

　　t'-母同列的字有：騰（清）、鄧（濁）、汀（清）、廷（濁）、聽（清）、定（濁）

　　p'-母同列的字有：烹（清）、朋（濁）、膨（濁）、娉（清）、平（濁）、聘（清）、病（濁）

　　ts'-母同列的字有：層（濁）、蹭（清）、贈（濁）、清（清）、情（濁）、倩（清）、淨（濁）

　　tʃ'-母同列的字有：棖（濁）、鵃（濁）、瞪（濁）、青（清）、呈（濁）、秤（清）、鄭（濁）

　　此外，由韻圖當中的注音來看，也可以發現「白、宅、竭」幾個

字做反切上字，國語這幾個字都是不送氣音。而《山門新語》卻放在送氣聲母的行列裡，他們所注的字多屬送氣音。例如（後註明《廣韻》反切）：

烹（白琤）	庚	撫庚
朋（白根）	登	步崩
膨（白鳩）	庚	薄庚
棖（宅騰）	庚	直庚
朕（宅等）	寢	直稔
瞪（宅鄧）	證	丈證
琴（竭平）	侵	巨金
頃（竭景）	靜	去潁
輕（竭娉）	清	去盈
慶（竭聘）	映	丘敬
競（竭病）	映	渠敬

　　上述的反切上字「白、宅、竭」幾個字屬入聲，國語凡仄聲都變為不送氣，但是《山門新語》不論平聲或仄聲一律都變成了送氣音。故濁音的「白、宅、竭」清化後《山門新語》都念送氣音，它所注的「競朕瞪」也都念送氣音。這個現象和今天的客家話是一樣的。

《山門新語》主元音的特色

　　《山門新語》有些字的唸法和今天很不一樣，有下面幾種狀況：

1. 「榜、槍、嘡、忙、盲、闖」，《山門新語》在庚韻，主元音是央元音，而國語唸-ang韻母。現代方言已經沒有唸央元音的例子，顯然這是《山門新語》音系的特色。

2. 「轟、閎、宏」，《山門新語》也在庚韻，主元音是央元音，而

國語唸-ung韻母。今天的合肥方言唸作xən，和《山門新語》一
樣，主元音是央元音。

3. 「瓊」、「兄」在經韻，「永」在梗韻，主元音是央元音，而國
語唸-yung韻母。現代方言雖然沒有唸央元音的例子，但是合肥方
言唸作-yn，或-ing，很可能是-yən，或-iəng失落央元音而成，和
同屬江淮方言的《山門新語》音系仍然有淵源。

上面兩項屬於同一種狀況，就是-əng、-ung的變化。《山門新
語》的庚經韻後有案語云：

> 古人「衡、橫」通用，則必同音。《唐韻》以呼宏切
> 「訇」，以戶萌切「橫」，人始讀「訇」為「昏」，
> 讀「橫」為「魂」，而呵氣閉音遂變為呼氣闔音，此
> 切韻之變古音也。《唐韻》以許榮切「兄」，以是
> 征切「成」，而近世謂「兄」為「凶」，讀「成」為
> 「呈」，此今人變《唐韻》之音也。古人「行衡橫」一
> 音也。（見韻圖）

《山門新語》韻書中以「行、衡、橫」列為同音，表示在其方
言系統中這幾個字都唸作[xəng]。上面這段話目的在證明這樣的唸法
「於古有據」。

《山門新語》又認為自從《唐韻》開始，把「訇（《山門新
語》與『亨』同音，屬陰平）橫（《山門新語》與『宏』同音，屬
陽平）」變成為不同的讀法。國語「訇、轟、宏」是[xung]韻母，
「亨、橫」是[xəng]韻母。

《山門新語》的「成」唸擦音，「呈」唸塞擦音，當時已有一
些地方像現在的國語，唸成了同音，所以說「今人變《唐韻》之
音」。

至於「兄」字，《山門新語》唸作[xiəng]，和「興」字同音。

而當時也有一些地方像現在的國語，唸成了「凶」字的音。這也是
[-ung]類韻母和[-əng]類韻母的交替現象。。

《山門新語》又云：

> 《廣韻》「成」是征切，於琴律為羽泛聲，今人多讀為
> 「呈」，則按聲矣。「行」互庚切，於六氣屬心聲，
> 今人多讀為「型」，則肺聲矣。然僅變其聲與氣，而
> 於韻尚未變也。至若讀「肱」為「公」，讀「訇」為
> 「烘」，讀「宏」為「紅」，讀「扃」為「君」，讀
> 「兄」為「凶」，則併其韻而變之矣。此不特古今方音
> 之變遷，抑亦切韻之支離，有以誤之。切韻於同聲異形
> 之字，必殊其切法以別之，不知字形之殊，初不假切
> 法而別，而音韻之異，反因切法而淆。人見「肱」之
> 切法與「庚」別，則強別其音於「庚」，不得不讀為
> 「公」，欲與「庚」異，反與「公」同矣。則蒸韻與東
> 韻淆矣。

這段話正是說明[-ung]韻與[-əng]韻的變化問題。「肱、訇、
宏、兄」《山門新語》都唸[-əng]，「公、烘、紅、凶」《山門新
語》都唸[-ung]，可是當時已有人都唸成一樣的[-ung]韻，所以說
「併其韻而變之」，「蒸韻與東韻淆」。

《山門新語》又云：

> 人見「兄」之切法與「興」別，則強別其音於「興」，
> 不得不讀為「凶」，欲與「興」異，反與「凶」同矣。
> 則庚韻與冬韻淆矣。試舉庚青蒸侵四韻而統核之，按以
> 琴律，則音母止分清濁二宮，驗諸六氣，則不出心肺兩

藏，試之讀法，則皆為開音，二母不能分四韻，一母不能分兩藏，開母不能生闔音，今欲與庚青蒸侵之音相韻，而求其母於喉之天音，則濁宮止一庚音，清宮止一經音，此琴律所以合四韻而為兩韻也。

這段話也在說明[-ung]韻與[-əng]韻的變化問題。「兄、興」《山門新語》都唸[-əng]，「凶」《山門新語》唸[-ung]，可是當時已有人都唸成一樣的[-ung]韻，所以說「庚韻與冬韻淆」，「二母不能分四韻」。「二母」指的是「庚」和「經」。「四韻」指的是[-ung]韻與[-əng]韻再各分為洪音和細音。也就是說，不能像當時某些方言一樣，把「訇、亨、兄、興」等字唸成四種不同的發音。

《山門新語》又云：

濁宮生濁音，清宮生清音，此「登朋」所以屬庚韻，而「精征」屬經韻也。惟庚韻為開口呵氣之心聲，故知「肱」即庚音，「訇」與「亨」同音，「宏」與「衡」同音，若讀為「公烘紅」，則變闔口呼氣之脾聲而為公韻矣。惟經為開口唏氣之肺聲，故知「扃」即經音。「兄」與「興」同音，若讀為「君凶」，則變闔口噓氣之肝聲而為君與冬韻矣。

這段話仍在說明[-ung]韻與[-əng]韻的變化問題。強調「肱、訇、宏、兄」《山門新語》都唸[-əng]，不能像「公、烘、紅、凶」唸成[-ung]。

《山門新語》又云：

按《虞書》「璿璣玉衡」，「衡」即「橫」也。《戰國

策》「縱橫」皆作「縱衡」，是古人「衡、橫」同音
也。《廣韻》「行衡珩」同為戶庚切，是「行、衡」
又同音也。而「橫」與「宏」則同為戶萌切，是「橫、
宏」與「衡、行」皆同音也。切之之字雖不同，而所切
之音，未嘗不同，適以歧誤後世耳。是編凡一字而諸家
切法不同者，則**從時音之所同**，但不離母，**何必違眾？**
乃「成、承、丞、臣」，及「行」字，自《唐韻》以及
《正韻》切法皆同，實不敢徇時而戾古。然吾邑城尚讀
「成、承」等字為泛聲，江西人皆讀「行」為「衡」，
古音原未盡失也。（見韻書的案語）

　　這段話在說明「橫、衡、行」都唸成[-əng]的依據。強調既不
失古人的唸法，又能夠「**從時音之所同**」。此外，「成」字唸為擦
音，《廣韻》是「征切」，原本就是禪母擦音，和塞擦音「呈」字的
唸法實不相同，所以說「不敢徇時而戾古」，不能像當時的一些方言
把「呈成」唸為同音。

五、《韻籟》

　　《韻籟》為華長忠著，四卷。長忠（1805-1858），字葵生，天
津人。華氏生平未詳。書前有高陽李鴻藻序文一篇，時在光緒十五
年（1889）。序稱其為「津門世家」，可知華氏為天津人。李氏序
云：

　　　此書係津門世家華公諱長忠所著，叩音辨韻，精詳明
　　　晰，韻學中之第一書也。伊孫印聽橋者，恐其不傳，欲
　　　以壽世，因付手民。總衍五十章，刻未畢而有赴奧之
　　　行，不遑自述其顛末。茲已告竣，梓民請序於余，細閱
　　　一過，分韻切音，補前人之所未有。其總數若干，皆備

於原序中，無煩余之再贅焉。

書首有總圖，上列聲母各音，凡十四組，右列韻目，則十二韻。聲母十四組如下：喉音（崗、康、杭、昂）、舌頭音（當、湯、囊、郎）、舌上音（狄、惕、娘、良）、半舌半齒（瀼）、正舌音（獨、禿、鹿、訥、弱）、唇外音（邦、龐、尨、方）、唇內音（必、僻、覓）、正齒音（角、闕、月）、齒上音（江、腔、香、央）、半牙半喉音（光、匡、荒、汪）、輕齒音（臧、倉、桑）、重齒音（張、昌、商）、輕牙音（莊、窗、霜）、重牙音（椿、撞、雙）。

關於作者問題，馮志白〈《韻籟》作者考辨〉一文云：《韻籟》目前只見到光緒十五年（1889）松竹齋的一種刊本。在希圖搞清華氏是否寫有《韻籟》一書的同時，發現在現在有關史料中，記載《韻籟》的作者不是華長忠，而是華長卿。華長卿是華長忠的同曾祖父的堂兄，生於嘉慶十年（1805），卒於光緒七年（1881）。在許多史料中，都載有他的傳記，介紹他的著作，或者開列他的撰著書目。這些資料主要有下列數種：㈠〈開原縣訓導華君墓表〉；㈡《華氏晴云派天津支宗譜》；㈢《（光緒）畿輔通志》；㈣《大清畿輔先哲傳》；㈤《大清畿輔書徵》；㈥《華梅莊先生傳略》；㈦《天津縣新志》；㈧《津人著述存目》；㈨《津門精華實錄》；㈩《天津志略》。以上十種資料均載有對華長卿著作的介紹。值得注意的是，它們無一例外地都著錄有《韻籟》一書。馮志白認為《韻籟》作者的問題，並非今天才發現。1937年寫定的《津人著述存目》中，作者於著錄「《韻籟》四卷，清華長卿撰」之下曾有一案語云：「《販書偶記》卷四作華長忠撰，光緒十五年精刊本。」查《販書偶記》卷四所錄《韻籟》一書，確作華長忠撰。不過，毫無疑問，這也是《偶記》的作者從刊本的李鴻藻序中照錄的。在這裡，《存目》的作者雖然看出了《韻籟》作者有問題，但未做任何辨證。歸納起來，可以得到這樣的結論：㈠《韻籟》的作者不是華長忠，而

是華長卿，李鴻藻序文中的說法應予否定。㈡《韻籟》撰著的年代不在光緒年間，而在道光四年到咸豐四年，即1824至1854年間。㈢《韻籟》原名作《韻類》，一卷；後來才易作今名，並分爲四卷。

依據上述馮志白的考訂，《韻籟》的時代距今將近兩百年。

華氏此書，以聲母爲綱，分章五十，每章以一字爲代表，而加一「衍」字，如「各衍章、各衍章」等皆是。又華氏分章雖有五十之數，實則聲母並未有五十之眾。

耿振生《明清等韻學通論》認爲聲母系統所體現的特點與現代天津方言基本一致。如尖團音不分（「角、闕、雪」三母）；古日母字一部分變成齊齒呼的零聲母；古喻母字有的歸入弱母（如「雍、邕、庸、勇、用」等）；零聲母開口呼產生出一個[ŋ]聲母（額母）。

本書共有三十八個韻母，在卷首總表上列爲十二行。華氏將介音的區別歸於聲母，韻母方面只從韻腹來區分，所以概括爲十二類。李新魁《漢語等韻學》（中華書局1983年11月）認爲這部韻圖既反映了共同語的實際語音，也帶有某些方音的特點。

《韻籟》音讀受字形的類化

漢字的音變，有時候不是語音本身造成的，而是受到字形的影響，即所謂的「有邊讀邊」。這種音變方式，我們稱之爲「受字形的類化」，這是漢語音變特有的現象，不存在於西方的語音演變中，它是經由語音和文字形體的互動中產生。現代國語音讀中充斥著這樣的音變。這種音變方式也不始於今日，早在宋代的《九經直音》就已經出現這樣的現象（見拙著〈宋代語音的類化現象〉）。《韻籟》這種狀況例如：

所列的資料依次是：《韻籟》聲母 / 《廣韻》聲母 / 《廣韻》反切 / 《韻籟》韻目 / 《廣韻》韻目 / 《韻籟》韻字 / 《韻籟》調類

1.「泓」字《韻籲》音「弘」

　　或／影／烏宏／庚／耕／泓／陰平

　　「泓」字國語與「弘」同音，中古音屬於影母字，應該變為零聲母，國語的唸法顯然是受到聲符偏旁的影響，類化為「弘」音。這種有邊讀邊的字形類化現象由這一條例子可知在《韻籲》時代就已經發生了。因為《韻籲》把「泓」字歸入「或」母，而沒有歸入零聲母。

2.「肱」字《韻籲》音「紘」

　　或／見／古弘／蒸／登／肱／陰平

　　國語「肱」音「工」，和《廣韻》一致，但是《韻籲》歸入「或」母，音「紘」，顯然是受到「紘」字聲符的影響。

3.「懁」字《韻籲》音「還」

　　或／見／古縣／先／霰／懁／陰平

　　國語「懁」音「還」，可是《廣韻》是個見母字（音ㄍ）。《韻籲》歸入「或」母，表示已經變讀為h-聲母，和國語相同。這是受到「還、環、寰、繯」等字的影響而變讀的。

4.「恢、詼」字《韻籲》音「灰」

　　或／溪／苦回／灰／灰／恢詼／陰平

　　國語「恢、詼」音「輝」，原本應該讀為「虧」音，從《韻籲》開始，其唸法就受到聲符「灰」的影響而發生了改變。

5.「薈」字《韻籲》音「會」

　　或／影／烏外／泰／泰／薈／去聲

　　國語「薈」音「會」，《廣韻》「薈」是個影母字，理應讀為零聲母。從《韻籲》已經改歸入「或」母，表示變讀為h-聲母。這是受到聲符「會」字的影響而變讀的。

　　有很多國語符合中古音的例子，《韻籲》卻受到字形的類化，而變讀成另外一個唸法。可知《韻籲》的時代「有邊讀邊」的風氣十分

興盛。這種情形多出現在罕用字，古人見到不會唸的字往往採用類推的辦法，由字形上找線索，用一個平常最熟悉的唸法來唸它，這種習慣自古以來一直存在著。這樣造成的音變是西方語言所沒有的現象，是漢語音變的一個特色。

思考與討論

1. 由本章的敘述，觀察國語同音的三組字「倫崘、尊遵、皴村」，從不同音到同音的歷程，這種歷程反映在哪些語料中？

2. 《山門新語》聲母有十九類：「呱枯烏　都菟駑　逋鋪模　租粗蘇　朱初疏　呼攄敷濡」，可否用你所有會唸的音判斷一下（國語和方言），它們都各自代表了什麼發音？

3. 《山門新語》聲調分為六類，平去兩調分陰陽：「陰平、陽平、上聲、陽去、陰去、入聲」。試著比較一下，和吳、閩、客、粵幾個南方方言的聲調分類有何異同？

4. 漢字的唸法常常會採取「有邊讀邊」的方式類推，這種現象，自古有之。試著找找看國語的現代唸法，有哪些字是這樣造成的？

5. 明清時代的韻書數量很多，除了本章所介紹的明清時代韻書，請參考圖書館、網路、期刊論文，找出其他韻書，分組作業，每組一部，提出報告。

第三編

中古音

第七章
通音與悟道
佛經翻譯對聲韻學的影響

一、韻圖產生的背景

中國聲韻學的歷史上，有兩次受到外來的影響，產生了巨大的變化。頭一次是東漢開始的佛教傳入，這一次的文化接觸，帶來了文學、繪畫、雕刻、哲學思想的深遠影響，同時，這種影響也由社會的上層階級隨著宗教的普及而滲入下層階級，影響了人們的人生觀和生活方式。

在聲韻學上，也不能例外，古代印度的聲韻研究十分發達，其「聲明論」、「悉曇章」正是這方面的學問。印度的文字——梵文又是一種拼音文字，其特點正是音理的精確分析。於是，隨著佛教的流布，譯經、讀經工作的進行，知識份子有機會接觸了梵文，研究梵文，也懂得了印度的音韻學，由此，刺激了漢語音韻學的快速成長，到了唐末，代表中國古代音韻學最高成就的「等韻圖」終於誕生了。

第二次的外來影響，是近代西方語言學的輸入。本來，西方也和中國一樣，語言研究受著通經、訓詁觀念的支配，目標完全在詮釋古代的文獻典籍，形成傳統的語文學。自從十九世紀，歷史比較語言學興起，西方才有了比較清晰的語言觀念。到了二十世紀，進入結構語言學的時代，西方學者對語言的了解，又更進了一層。中國方面，二十世紀是西學大輸入的時代，所產生的文化上的衝擊更甚於當初佛教帶來的影響。就中國音韻學而言，標誌了這個重要里程碑的著作，就是1915至1926年高本漢的《中國音韻學研究》。從此以後，中國音韻學由通經、訓詁的附庸地位獲得了獨立的生命，在研究方法

上，也邁向客觀化、科學化、系統化的道路。

　　接著，我們把焦點放在中古漢語，看看等韻圖的出現和佛教的關係。

二、等韻圖的組織

　　「等韻圖」是一種字音表，其基本架構是「橫列字母，縱分四聲、四等」，再把一個個的漢字，依其發音，填入適當的格子裡。這樣的圖表，在今天來看，也許不是什麼太困難的事，但是，在沒有字音分析觀念的時代，這卻是相當了不起的一項突破。我們知道，漢字不是一種記音的工具，不像拼音文字，要把每一個音節裡的組成音素一一分列出來，一個漢字即是一個完整的「音節」，至於音節之下又是如何，這是使用漢字系統的人可以不必考慮的。直到中國人接觸了梵文，始訝異於其音素分析之細密，於是，回過頭來留意自己的漢字。第一步，悟出漢字的發音是可以切分為前後兩半的，於是把前半叫做「聲」，後半叫做「韻」，這樣的體認，竟促成了漢字標音法的大革命——反切的發明。這是發生在東漢的事。到了六朝，反切注音法風靡一時，大多數的書都採用了反切注音，例如《爾雅音義》、《毛詩音》等。

　　六朝時代還流行「雙聲」、「疊韻」之說。把聲母相同的字類聚起來，謂之「雙聲」；凡韻母相同的字，謂之「疊韻」。詩歌本來是押「韻」的，和聲母無關。在六朝，有人異想天開，寫了一些「雙聲詩」；甚至有人連講話都故意使用「雙聲語」，讓句子中反覆出現聲母相同的字。可見這種隨佛教而傳入的字音分析知識，在當時，引起了多大的狂熱。

　　由東漢到唐代的幾百年間，人們只知道漢字發音可以切分成兩部分，至於再細微的語音分析，當時還沒能做到。唐代末年，隨著「字母」和「四等」觀念的產生，終於對字音又有了進一步的認識，接著，逐字分析音素的「等韻圖」就誕生了。

三、中文「字母」的產生

　　既有了「雙聲」字的觀念，進一步就是把一批雙聲字中，選擇一字來做代表，作爲這一類雙聲字的總名，於是中國最早的「字母」就誕生了。因此，字母實際上就是「聲母的代字」、「聲母的標目」，正如同歸納出同一批可以押韻的字，便設置了「韻目」——「東多鍾江」一樣，當時的語言學家們，也爲同聲母的字設置了「聲目」，習慣上把這些「聲目」叫做「字母」。而字母的產生過程，其間無不受著佛教的影響。下面，我們來看看這種影響。

1. 最早的「字母」——竺法護譯《光讚般若》

　　竺法護爲印度高僧，晉武帝時（265-289）攜《賢劫》、《法華》、《光讚》等梵經一百五十六部來華，沿途傳譯。在其《光讚般若波羅密經·觀品》（286年譯）中有「圓明字輪四十二字」，這就是最早的「字母」。不過，它所代表的聲母音讀是梵文，而不是漢語。例如「波」（ba）、「那」（na）、「羅」（la）、「陀」（da）、「多」（ta）、「娑」（sa）、「摩」（ma）、「嗟」（tsa）、「頗」（p´a）等，用漢字來代表某一類梵文聲母的發音。於是，人們開始思考：既然用漢字能標梵文的聲母，爲什麼不用漢字也來標漢字自己的聲母呢？於是，漢字字母的產生，從這裡獲得了莫大的啓示。

　　在竺法護之後，佛經往往用漢字來標示梵文聲母的發音，只是各人選用哪個漢字來標同一個梵文的音，稍有差異而已。例如，東晉法顯（337-422，山西人，俗姓龔，二歲出家。399年由長安入西域求經，歷十四年，遊印度、錫蘭等三十餘國，著有《佛國記》）的《大般泥洹經·文字品》即列有「四十八字母」。至《大般涅槃經·文字品》（法顯初譯，劉宋謝靈運、釋慧觀、釋慧嚴又整理過），增加爲五十字母。

　　到了唐代玄應的《一切經音義·文字品》又轉爲「字音十四字」、「比聲二十五字」、「超聲八字」。除「字音十四字」外，所

表示的，都是梵文的聲母發音。

2.漢語字母的開始

等韻圖的產生，必以漢語字母形成為前提，由晉到唐，先有標示梵文的字母出現，到了唐代末年，便正式誕生了漢語本身的字母，這就是「三十字母」。漢語字母的形成，除了得到梵文的啓示外，「雙聲」的觀念，也是漢語字母形成的重要因素。最早分析聲母類別的「雙聲字表」，是原本《玉篇》中的「切字要法」，共列了二十八對雙聲字。依學者們的看法，這份資料是依據藏文字母而來。藏文字母有三十個，但其中有兩個發音是漢語所無的，所以表中從缺，只得二十八類。

依據漢語聲母所訂定的字母，最早的是唐末的「三十字母」，這份資料到了光緒末年才從敦煌石室發現。資料有二，一是《歸三十字母例》，一是《守溫韻學殘卷》，兩者都是唐代的寫本。其中《歸三十字母例》，每母下有四個雙聲字，顯示了「雙聲觀念」和「雙聲字表」是字母產生的重要媒介。

《守溫韻學殘卷》的標題寫著「南梁漢比丘守溫述」。羅常培認為：「此三十字母乃守溫所訂定。今所傳三十六字母，則為宋人所增改，而僞託諸守溫者。」但依據明代呂介孺《同文鐸》記載：「大唐舍利創字母三十，後溫首座益以孃、牀、幫、滂、微、奉六母，是為三十六母。」則三十字母為沙門舍利所創。無論始創三十字母的人是守溫大師，或是舍利大師，總之，其出自佛教僧人之手，是可以斷言的。

在三十字母從敦煌出土以前，人們只知有三十六字母，因為今存的中古等韻圖都是以三十六字母系統為其架構的。三十字母在讀書人的腦中，早已忘記它的存在；三十六字母系統則是讀書人從小的入門功課，故能由宋代一直流傳到今天。

四、「四聲」與佛教的關係

「平上去入」四聲的發現，也與佛教有密切的關係，而「四聲」
的區分，正是等韻圖主要架構中的一個成分。

陳寅恪先生曾著《四聲三問》探討這個問題，認為四聲實起源於
佛經之轉讀。他說：

> 南齊武帝永明七年十二月二十日，竟陵王子良大集善聲
> 沙門於京邸，造經唄新聲。……此四聲說之成立，適值
> 南齊永明之世，而周顒、沈約之徒又適為此學說代表
> 人。

又引《高僧傳·卷十三》云：

> 天竺方俗，凡是歌詠法言，皆稱唄。至於此土，詠經則
> 稱為轉讀，歌讚則稱為梵唄。

我們認為，四聲與佛教有關係，但不是陳氏所論的「轉讀」關
係。聲調是漢語本有的語音成分，在上古時代，人們只是習焉而不
察。到了東漢，佛教傳入，人們逐漸認識了梵文，於是對漢、梵兩種
語言有了對比的機會，因而發現有一種音韻成分是漢語獨有，而梵
語所無的，那就是「音高」的辨義作用。接著，學者們（多半是僧
人）便對這些不同的音高模式，進行分析和分類，終於了解，漢語原
來有四種不同的音高變化，稱之為「四聲」。有了這項發現，於是聲
調知識在六朝時代，成為一時的風尚。像沈約《四聲譜》這樣的著
作，以四聲為名的就有好多部，如張諒《四聲韻略》、周顒《四聲
切韻》、劉善經《四聲指歸》、夏侯詠《四聲韻略》、王斌《四聲
論》等。

五、「四等」與佛教的關係

　　等韻圖把所有的漢字歸成四個「等」，其區別在韻母發音開口度的大小。口張得最大的，叫做「一等字」，依次排列，口張得最小的，叫做「四等字」。最早分「等」的資料，是敦煌出土的唐寫本《守溫韻學殘卷》。裡頭記錄了「四等輕重例」，就是這樣分的，已具備等韻圖的雛形。守溫既是唐代沙門，可知「等」的區分，也是由精通音韻的僧人所開創的。僧人之能精通音韻，自然是透過譯經，研習了拼音文字的梵文，由此獲得的啓示。

六、「轉」、「攝」與「門法」

　　韻圖中的每一個圖不稱為「第幾圖」，而稱為「第幾轉」或「某某攝」。例如早期韻圖《七音略》和《韻鏡》有四十三圖，即稱為四十三「轉」。宋元韻圖《四聲等子》與《切韻指南》有十六「攝」，每攝都有個名稱，例如「通攝」、「止攝」等。這種「轉」和「攝」的用語，也是取自佛教。

　　趙蔭棠《等韻源流》云：

> 轉，如輪轉之轉。視《大毘盧遮那成佛神變加持經》卷第五有「字輪品」可證。所謂「字輪」者，從此輪轉而生諸字也。

趙氏又引空海對悉曇字母「迦」等十二字之解釋云：

> 此十二字者，一個迦字之轉也。……一轉有四百八字。如是有二合、三合之轉，都有三千八百七十二字。

於是，趙氏歸結云：

轉是拿著十二元音與各個輔音相配合的意思。以一個輔音輪轉著與十二元音相拼合，大有流轉不息之意。《韻鏡》與《七音略》之四十三轉，實係由此神襲而成。

「攝」字也出自佛教，有「統攝、總持」之義。唐代日僧安然撰《悉曇藏》云：

> 又如真旦《韻銓》五十韻頭，今於天竺悉曇十六韻頭，皆悉攝盡，更無遺餘：以彼羅、家，攝此阿、阿引；以彼支、之、微，攝此伊、伊引……。

在佛教典籍裡，這個「攝」字十分普遍，如熊十力《佛家名相通釋》「四分」云：

> 此四分或攝為三，第四攝入自證分故。或攝為二，後三俱是能緣性故，皆見分攝。或揖為一，相離見無別體故。

又如無著菩薩作有《攝大乘論》（有後魏佛陀扇多譯本及陳眞諦譯本）、佛教稱「收其放心」謂之「攝心」、平日常用之「攝取」一詞亦出自《無量壽經·上》：「我當修行攝取佛國清淨莊嚴無量妙土。」《觀無量壽經》：「念佛眾生攝取不捨。」與「攝取」相對的，又有「攝受」一詞：《勝曼經》：「願佛常攝受。」門前設茶布施僧人叫做「攝待」。又，「攝境」之義爲：「萬法者唯識之所變，故攝千差萬別之境，而歸於一」、《唯識述記一本》：「攝境從心，一切唯識。」《指月錄》：「斂容入室坐禪，攝境安心。」佛教宗派又有「攝論宗」。

因此，等韻圖的「攝」源自佛教，是毫無疑問的。

　　至於韻圖中的「門法」一詞，指的是解說韻圖編排規則的條文，則來自佛書中的「法門」。如《心地觀經》：「四眾有八萬四千之煩惱，故佛為之說八萬四千之法門。」凡宇宙間之真理，佛教皆謂之「法」，通往真理的途徑就是「門」。如華嚴宗「現象圓融界」有「十玄門」：

　　　　同時具足相應門　　廣狹自在無礙門
　　　　一多相容不同門　　諸法相即自在門
　　　　隱密顯了俱成門　　微細相容安立門
　　　　因陀羅網法界門　　託事顯法生解門
　　　　十世隔法異成門　　主伴圓明具德門

淨土宗往生方法中有「五念門」：

　　　　禮拜門　　讚歎門　　作願門　　觀察門　　迴向門

密宗欲證成佛法，也有「發心門、修行門、菩提門、涅槃門」等途徑。等韻圖中，最早載有門法的是《四聲等子》，其中列有：

　　　　辨窠切門　　　辨振救門　　　辨正音憑切寄韻門法例
　　　　正音憑切門　　寄韻憑切門　　互用憑切門
　　　　喻下憑切門　　日母寄韻門法

《切韻指南》書末的〈門法玉鑰匙〉是集門法之大成的資料，其中也有：

　　　　辨窠切門　　　輕重交互門　　振救門
　　　　正音憑切門　　精照互用門　　寄韻憑切門

　　喻下憑切門　日寄憑切門　通廣門　侷狹門

由此看來，等韻圖和佛經裡頭，「門」字的用法多麼相似！

七、早期等韻圖與佛教的關係

　　一般所謂的「早期等韻圖」指的是《韻鏡》和《七音略》，現傳的本子雖刊印於宋代，可是其原型當出自唐末五代之間。《韻鏡序》云：

> 《韻鏡》之作，其妙矣夫。……釋子之所撰也，有沙門神珙，號知音韻，嘗著《切韻圖》，載《玉篇》卷末，竊意是書作於此僧。

　　序中又說此書的來歷是「梵僧傳之，華僧續之」，明示了韻圖和佛教的密切淵源。

　　《七音略》序云：

> 七音之韻起自西域，流入諸夏。梵僧欲以其教傳之天下，故為此書。雖重百譯之遠，一字不通之處而音義可傳，華僧從而定之。

又云：

> 臣初得《七音韻鑑》，一唱而三歎，胡僧有此妙義而儒者未之聞……釋氏以參禪為大悟，通音為小悟。

從這段序文中，揭示了等韻學與僧人的密切關係。

八、宋元韻圖與佛教的關係

　　所謂「宋元韻圖」包含了《四聲等子》、《切韻指掌圖》、《切韻指南》三部。

　　《四聲等子》序云：「切韻之作，始乎陸氏；關鍵之設，肇自智公。」又云：「近以《龍龕手鑑》重校，類編於《大藏經》函帙之末。」

　　《龍龕手鑑》一書爲遼僧行均所作，沙門智光爲之序，爲解釋佛經用字之字典。至於「肇自智公」之「智公」當即沙門智光。可知《四聲等子》之作，主要在於將《龍龕》之字音歸納爲圖表，以便於閱讀佛經時檢覽字音之用。

　　《切韻指掌圖》卷首有手掌圖形，於五指上標明字母，其形制與佛經類似，而「指掌」一詞也帶有濃厚之佛教意味。如《楞嚴經·二》：

> 如人以手指月示人，彼人因指，當應看月，若復觀指，以月為體，此人豈亡失月體，亦亡其指？

　　明代瞿汝稷又編有佛教的語錄《指月錄》。又佛家謂心爲「指多」，謂手墨印紙爲「指印」，佛家敬禮之一稱「合掌」。《觀音經義疏》：「合掌者，此方以拱手爲恭，外國以合掌爲敬。」又，「彈指」在佛經中既表示許諾，如《增一阿含經》：「如來許請，或默然，或儼頭，或彈指。」又表示歡喜，如《法華經·神力品》：「一時謦欬，俱共彈指。」又表示警告，如《法華義疏》：「爲令覺悟，是故彈指-此說明了《切韻指掌圖》卷首的手掌圖形，正是佛門的標誌。

　　《切韻指南》現流行之版本爲「明弘治九年金台釋子思宜重刊本」，書末有「助緣比丘道謹」一行。其他現存的版本亦多半與僧人有關，如「明成化丁亥至庚寅金台大隆福寺集貲刊槧本」、「明正德

丙子金台衍法寺釋覺恆刊本」、「明嘉靖甲子金台衍法寺怡庵本讚捐貲重刊本」、「明萬曆己丑晉安芝山開元寺刊本」，可見佛教對韻圖之流傳，影響極大。

思考與討論

1. 試著上網查一查古代印度的「聲明論」和「悉曇章」是些什麼東西，並在圖書館翻查《大藏經》當中的這些資料，在課堂上做一個報告。
2. 高本漢的《中國音韻學研究》是現代聲韻學的開拓者，試著找出這本書，閱讀其中的部分，在課堂上討論各自的心得感想。
3. 等韻圖是中國早期的拼音圖表，試著比較看看，跟現代的國語拼音表，有什麼異同。
4. 什麼叫做「雙聲」、「疊韻」？試著舉出國語的雙聲字和疊韻字。
5. 中國最早的字母在什麼時代產生？其內容如何？
6. 有聲調的區別是中文的重要特色，古代學者什麼時候開始發現中文有四聲？想想看，孔子是否也了解四聲？
7. 古代的僧人往往兼聲韻學家，試討論原因何在。

第八章
古人怎麼注音？
「反切」透露了古音的訊息

一、漢字的標音觀念

　　漢字跟世界其他民族的文字最大的不同，就是漢字不採用拼音符號的方法，而比較傾向於一種視覺符號系統，所以自古以來，語文的學習必須要有一套為漢字注音的方法。

　　漢字標音，最早的概念就是形聲字，今天的漢字有百分之九十以上屬於形聲構造，形聲字裡頭都有一個「聲符」，這個聲符就具有注音的作用。在中國注音的歷史上，使用最久、最普遍、最著名的注音方式有兩種，第一種叫「直音」，第二種叫「反切」。

　　所謂「直音」，就是拿同音字來注音，例如「豭音家」、「竺音竹」。通常用來表示注音的字，必須是大家比較熟悉的常用字，用常用字來注冷僻字，這樣才能達到注音的效果。但是，直音法有時也有所窮，第一，如果某個冷僻字沒有同音字，不就沒法注音了嗎？第二，如果那個冷僻字雖然有同音字，可是都一樣地冷僻，那不是注了等於白注嗎？於是，聰明的古人，想出了一個變通的方法，就是用來注音的字，找一個聲調不必相同，只要大家都認識的字來作為注音字，這時只要另外再加上一個改變聲調的小注，這樣做一樣可以達到注音的效果。例如「巧言令色，鮮矣仁」當中的「鮮」字，要讀成「癬」音，可是「癬」比「鮮」還罕見，如果用「癬」來注音，不符合注音的原理，所以這個時候，古人就會把「鮮」字注音為「仙上」，神仙的「仙」字是古代每個人所追求的理想，大家都認識這個字，所以拿它來注音，再加個「上」字，表示把「仙」改唸成上聲，這樣就可以拼出「鮮矣仁」的正確讀音了。古代利用直音來注音

的書，最著名的就是宋代的《九經直音》，這是宋代讀書人科舉考試的重要參考書，往往人手一冊，十分普及，裡頭的注音就完全使用最簡便的直音法。

　　所謂「反切」，就是用兩個字來注一個字的音，前一個叫「反切上字」，代表聲母的唸法，後一個叫「反切下字」，代表韻母和聲調的唸法。例如「同，徒紅切」，這裡的反切上字是「徒」，唸ㄊ的音，反切下字是「紅」，唸ㄨㄥˊ的音，我們只要把這兩個音組合起來，就可以發出「同ㄊㄨㄥˊ」的音。這種注音法就叫做「反切」。

　　直音和反切都使用了一千多年，由於它們用來注音的符號還是漢字，不是音標，這個漢字的發音會隨著時間、空間而改變，所以今天我們運用這些古代的注音資料，首先要注意的是，它的時代性，唐代的注音是用唐代的語言來發音，宋代的注音是用宋代的語言來發音，如果我們用國語來唸它，往往會發生錯誤。所以，我們解讀古代的注音，除了知道它的拼音方法之外，還必須要帶入音變的規則，音怎麼變，這就是聲韻學的知識了。

二、如何由反切找出古音？

　　《廣韻》的成書在西元1008年，正值北宋時代，可是它是一部《切韻》系的韻書，它所反映的語音並不是宋代的音，而是六朝隋唐以來的「中古音」。所以，我們如果依照清代陳澧的系聯方法去歸納反切上字和下字，所得出來的聲母類別和韻母類別，不是宋代的音系，而是六朝隋唐的音系。

1. 基本系聯條例

　　陳澧的《切韻考》當中，提供了我們三個方法，去歸納反切，找出中古音的聲母和韻母。第一個方法叫做「基本系聯條例」。凡是反切上字發生「同用、互用、遞用」三種情形之一的話，那麼這些字的聲母在中古時代一定唸得一樣。

　　什麼叫做「同用」呢？例如，「冬，都宗切」、「當，都郎切」，這兩個字的反切上字都是「都」，所以可以推論在注這個音的時代，「冬」和「當」兩個字的聲母唸法一定相同，這就是「同用」。

　　什麼叫做「互用」呢？例如，「當，都郎切」、「都，當孤切」，這兩個字互為彼此的反切上字，也就是說，「當」的反切上字是「都」，「都」的反切上字是「當」。由此可以推論，在注這個音的時代，「當」和「都」兩個字的聲母唸法一定相同，這就是「互用」。

　　什麼叫做「遞用」呢？例如，「冬，都宗切」、「都，當孤切」，我們要判斷「冬」和「都」這兩個字在中古時代聲母是否相同，這時，我們看到「冬」的反切上字正好是「都」，由此線索就可以推論，在注這個音的時代，「冬」和「都」兩個字的聲母唸法一定相同，這就是「遞用」。換句話說，「互用」是交叉的雙線關係，「遞用」是單線的關係。

當，都郎切

都，當孤切　　　這是聲母互用

冬，都宗切

都，當孤切　　　這是聲母遞用

以上是把「基本系聯條例」應用在「聲母」的系聯上，如果把「基本系聯條例」應用在「韻母」上，也可以使用「同用、互用、遞用」

的原則。只不過，把觀察的焦點從「反切上字」改爲「反切下字」而已。

　　什麼叫做韻母的「同用」呢？例如「東」、「公」兩個字，我們想要知道它的中古韻母發音是不是相同，我們就可以從它們的反切下字來觀察。「東，德紅切」、「公，古紅切」，這裡，我們看到「東」、「公」兩個字的反切下字是一樣的，都用「紅」字作爲反切下字。這就說明了，這兩個字在一千年前的中古音中，韻母的唸法是相同的，這就是「同用」。

　　韻母的「互用」又是什麼呢？例如「公」、「紅」兩個字，我們想要知道它的中古韻母是不是相同，一樣可以從反切下字來觀察。「公，古紅切」、「紅，戶公切」，這裡顯示了「公」、「紅」兩個字互爲彼此的反切下字。也就是說，「公」的反切下字是「紅」，「紅」的反切下字是「公」。由此可以推論，在注這個音的時代，「公」和「紅」兩個字的韻母唸法一定相同，這就是「互用」。

　　至於韻母的「遞用」，例如，「東」、「紅」兩個字，我們要判斷「東」和「紅」這兩個字在中古時代韻母是否相同，可從反切下字來推敲。「東，德紅切」、「紅，戶公切」，我們看到「東」的反切下字正好是「紅」，由此線索就可以推論，在注這個音的時代，「東」和「紅」兩個字的韻母唸法是相同的，這就是「遞用」。換句話說，「互用」是交叉的雙線關係，「遞用」是單線的關係。

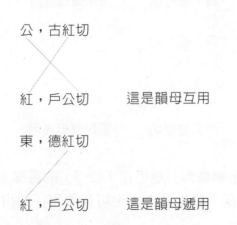

公，古紅切

紅，戶公切　　　這是韻母互用

東，德紅切

紅，戶公切　　　這是韻母遞用

　　以上我們介紹的是「基本系聯條例」。我們如果把《廣韻》的反切一個一個地連連看，只要有同用、互用、遞用，任何一種關係的，它們就能夠連在一起，說明它們的中古發音是一樣的。把《廣韻》的所有反切都做了系聯之後，就能夠得出一個「反切上字表」，和「反切下字表」。也就是顯示了中古音的聲母有多少種唸法、韻母又有多少種唸法。通常反切上字的歸納，是把《廣韻》所有的反切逐一系聯，可以連在一起的放作一堆，不能系聯在一起的放在另外一堆，就這樣，我們最後看看一共連成了多少堆，那就是聲母的分類結果了。至於韻母，我們通常是把《廣韻》的一個韻、一個韻為單位地系聯，透過系聯，可以了解這個「韻」裡頭有多少種不同的「韻母」。例如，「東」韻系聯的結果，就有兩類韻母。凡是反切下字用「紅東公」的都可以系聯在一起，凡是反切下字用「弓、戎、中、融、宮、終」的，也都可以系聯在一起。說明了，「東」韻有兩種韻母的唸法，我們如果再進一步考察現代方言的具體發音（例如閩南話），就可以得知「紅、東、公」這一組的韻母是洪音，也就是不帶[i]介音的韻母-ung；「弓、戎、中、融、宮、終」這一組的韻母是細音，也就是都帶[i]介音的韻母-jung。

　　把《廣韻》的二百零六個韻，逐韻系聯之後，就能知道每個韻有多少種韻母的唸法，全部加起來，就可以知道整個中古音系總共有多少種韻母的唸法。

　　這裡我們還需要說明的是，「韻」和「韻母」是不同的概念。我們通常所說的押韻的「韻」，或者《廣韻》的某一個「韻」，所涵蓋的範圍比較大，它可以包含幾個不同的韻母。例如，國語「分」和「敦」可以在一起押韻，「家」和「瓜」也可以在一起押韻，所以，「分」和「敦」是一個韻、「家」和「瓜」也是一個韻。可是，「分」和「敦」是兩個不同的韻母，一個有介音[u]一個沒介音[u]，「敦」古人叫做「合口字」，帶[u]介音；「分」古人叫做「開口字」，也就是不含[u]介音。「家」和「瓜」也是一樣的情況，「家」是不帶[u]介音的開口字，而「瓜」則是帶有[u]介音的合口

字。以上這兩個例子可以看出，雖然押同一個「韻」，但它們卻可以分屬不同的「韻母」。

　　由此我們可以明白，押韻的「韻」，或者《廣韻》的某一個「韻」，是包含了主元音和韻尾相同的一群字，而「韻母」的概念不僅僅包含主元音和韻尾，還要加上介音。因此，在《廣韻》的一個「韻」裡頭，如果系聯出兩類或者三類的韻母，它的意義也就是說，這個「韻」有兩類或三類不同的介音存在。舉例說：

韻	韻母
東韻	-uŋ
	-juŋ
戈韻	-uɑ
	-jɑ
	-juɑ

東是一個「韻」，卻有兩種「韻母」，戈是一個「韻」，卻有三種「韻母」。

2. 分析條例

　　陳澧的《切韻考》當中，提供我們的第二個方法叫做「分析條例」。上面介紹的「基本系聯條例」是把所有反切連連看，目的在「求其合」，而「分析條例」的目的卻是「求其分」。看看哪些反切之間有界限的，就把它分開，於是，該合的都合併了，該分的也都分開了，這樣才能歸於至當，客觀地描繪出古音的系統。

　　「分析條例」的前提是，《廣韻》同音的字絕不會出現兩個「正切」——正式的注音，因此，如果我們發現兩個反切的下字是同一種發音，那麼我們就可以推斷，它的反切上字一定不同音。因為，假若下字已經同音了，上字再同音，不就違背了那個前提，變成同音字而有兩個正切出現了？舉例說：「紅，戶公切」、「烘，呼東切」，

我們要判斷：「紅」和「烘」這兩個字，中古音的聲母是否唸得一樣？現在，我們從反切中發現，「紅」和「烘」的反切下字「公」和「東」，依據上面說過的「基本系聯條例」是同一種韻母唸法，於是我們就可以推斷，「紅」和「烘」的反切上字「戶」和「呼」，代表的一定是不同唸法的聲母。由此又得知，「紅」和「烘」這兩個字，儘管我們現在把聲母都唸成一樣的「ㄏ」，可是在中古音裡，它們是不同的聲母。這就是「分析條例」。

　　以上是「分析條例」運用到聲母的判斷上，如果運用到韻母上，道理是一樣的。例如「弓，居戎切」、「公，古紅切」，我們要判斷「弓」和「公」這兩個字，中古音的韻母是否唸得一樣，就可以看它們的反切上字是否唸得一樣。如果唸得一樣，那麼，「弓」和「公」的韻母必然不同。當我們查考「弓」和「公」的反切上字「居」和「古」，可以證明這兩個字依據「基本系聯條例」可以連在一起，表示它們所代表的聲母是一樣的，古代叫做「見母」，發的都是[k-]的音；因此，由此推斷，「弓」和「公」的反切下字「戎」和「紅」必然代表著不同的韻母唸法，這就是「分析條例」。由此我們可以明白，這就是分析條例「求其分」的意義。

　　陳澧的《切韻考》當中，提供我們的第三個方法叫做「補充條例」。這個條例通常只有補充的作用，所以運用的機會不大，我們就省略不介紹了。

三、反切有哪些陷阱？

　　我們透過反切去研究古音，必須先確定反切的正確性。可是，反切的形成是經過長時間累積起來的，是先先後後造出來的，造反切的人審音的能力不同，所以有時候也會產生一些不夠精確的反切注音。另外一種狀況是，由於古書傳抄既久，在輾轉抄寫的過程中，也可能會發生誤抄。所以，我們利用反切研究古音，不可不謹慎。

1. 先天造成的錯誤反切

我們需要注意的，有下面幾種狀況：

第一是製作反切的人，對於夾在聲母和韻母中間的介音，往往無法清楚地辨析，不知道是由上字表達呢？還是由下字來表達呢？這樣就很可能會產生介音有問題的反切。例如，「為，薳支切」，「為」是一個帶[u]介音的合口字，正常的狀況，這個[u]成分，應該由反切下字來反映，可是，這裡卻用了不帶[u]的「支」字做反切下字。原來，製作這條反切的人，把這個[u]介音，放到了反切上字「薳」當中。於是，就這樣形成了不合常理的反切。原本反切的原則是用反切下字來表示韻母，包含了介音、主元音和韻尾。介音在正常情況之下，是不能用反切上字來表達的。這樣的反切，必然會影響到我們系聯的結果，造成韻母分類的錯誤，混淆了開口和合口兩類發音的字，所以必須先加以篩選、排除，不把這類反切列入系聯的資料當中。

又如「豐，敷空切」，「豐」古代是一個細音字，也就是帶有[j]介音的字，可是它的反切下字「空」，古代是一個洪音字，也就是不帶[j]介音的字，這個反切的原作者，似乎是把這個[j]介音，算到了反切上字「敷」字上了（「敷」字中古音有[j]介音）。這樣又造成了另外一種不合常態的反切，進行系聯的時候，也需要先加以排除。

2. 後天造成的錯誤反切

以上所提到的介音錯誤，屬於先天性的錯誤，也就是造反切之初，就發生了問題。還有一種情況，是後天性的錯誤，那就是反切在輾轉傳抄的過程當中，誤抄了某一個字；這種錯誤又分成兩種類型，一種是「形近而誤」，一種是「音近而誤」。例如，「齎，相稽切」，我們看了這個反切，一定會疑惑，反切上字「相」，怎麼能夠拼出「齎」的聲母來呢？因為「相」古今都是唸擦音（ㄐㄑㄒ的ㄒ），「齎」古今都是唸塞擦音（ㄐㄑㄒ的ㄐ），它們的音類根本

不一樣。原來，「相稽切」是「祖稽切」的錯誤，「祖」和「齎」一樣都是塞擦音，自然可以拿來彼此注聲母的發音。由於「祖」和「相」字形相近，所以傳抄的時候就發生了筆誤，把「祖」字寫成了「相」字，這就是「形近而誤」。至於「音近而誤」，例如，「眞，側鄰切」，反切上字有誤，原來，早期原先的注音是「職鄰切」，反切上字「側」代表的是中古[tʃ]音，「職」代表的是中古這[tɕ]音，「眞」字的古代聲母應屬後者，可是，兩種發音相去不遠，都是不送氣的清塞擦音，容易聽錯，因而產生了錯誤的反切上字，這就是「音近而誤」。

　　我們可以推想，形近而誤一定是「窮書生」造成的，因為他必須親自抄寫經籍，用眼睛邊抄邊看，而音近而誤一定是「富書生」造成的，身邊有個書僮爲他唸原文，他邊聽邊抄，聽音而抄，聽錯了也就抄錯了。

3. 語音演化造成的問題

　　反切還有另外一個陷阱，會使我們系聯的時候產生誤導，那就是「類隔反切」。所謂「類隔反切」指的是時代的變遷造成了音讀的變化，使得原先所製造的反切，用後代的音去拼讀，由於語音的變化，會產生拼音上的誤差，無法讀出正確的發音。這類反切並不是反切本身的錯誤，而是語音演變所造成的不合現象。

　　類隔反切依照它的發音類型，可以分作三種狀況：

　　第一種叫做「唇音類隔」，例如「卑，府移切」，反切上字是ㄈ的音，被注的字卻是ㄅ的音，似乎無法正確地拼讀出來。原來，在製造這個反切的年代，「府」字並不是ㄈ的音，而是ㄅ的音，後來，ㄅ有些變成了ㄈ。這就是漢語音變規則中著名的「古無輕唇音」現象。ㄈ這類音，古代的音韻學家把它稱爲「輕唇音」，ㄅ這類音稱爲「重唇音」，凡是後代的輕唇音，通通是中古早期的重唇音演化而來，這就是所謂的「古無輕唇音」。

　　第二種叫做「舌音類隔」，例如，「湛，徒減切」，反切上字是ㄊ的音，可是被注字卻是ㄓ的音，這樣就不能正確地拼出音讀了。原

來，在製造這個反切的時代，有些ㄓ、ㄔ的音唸作ㄉ、ㄊ，後來發生音變，才演化成捲舌音ㄓ、ㄔ。這個現象，在古音學上稱為「古無舌上音」。現代讀ㄓ、ㄔ類的音，往前推到中古時代，有些是唸作舌上音[ȶ]（舌面前音），可是在更早的時代，中古早期則唸作ㄉ、ㄊ類的舌頭音（舌尖塞音）。這就是「古無舌上音」的規律，在反切殘留了痕跡，就形成了「舌音類隔」了。

　　第三種叫做「齒音類隔」，例如，「覽，子鑑切」，反切上字的聲母是ㄗ，而被注字的聲母是ㄓ（音ㄓㄢˋ），這樣就無法拼出正確的音讀了。原來，今天唸ㄓ的一部分字，在中古初期有的還保存上古的唸法，唸作ㄗ的音（叫做精母字，屬於舌尖塞擦音），後來才演變成ㄓ的音。所以，這個反切在製造之初，並沒有問題，反切上字和被注字原本都是ㄗ的音，唸起來不合，是後來音變的結果。這就是「齒音類隔」。齒音類隔古代聲韻學家又叫做「精莊互用」。因為ㄗ類字古代稱為精系聲母，而今天唸ㄓ的一部分字，古代稱為「莊系」聲母。它們之間有音變的關係，所產生的類隔反切，就叫做「精莊互用」了。

　　以上這些現象，是我們進行系聯工作，歸納中古音系的時候，應該加以注意的地方，把不適合拿來系聯的反切，先加以排除，這樣才能系聯出正確的中古音聲母系統。

四、中古音的聲母系統

　　中古的聲母系統可以透過下面五個線索進行復原重建：反切的系聯、等韻圖的知識、現代方言的唸法、域外的借音（日本、韓國、越南的漢字音）、佛經的梵漢對音。由這些線索，可以重建隋唐時代的中古音。各母的具體發音如下：

中古聲母系統

　　　　　幫p　　滂pʻ　　並b　　明m
　　　　（非pf　　敷pfʻ　　奉bv　　微ɱ）

端t	透tʻ	定d	泥n	來l
知ʈ	徹ʈʻ	澄ɖ	娘ɳ	
精ts	清tsʻ	從dz	心s	邪z
莊tʃ	初tʃʻ	崇dʒ	生ʃ	俟ʒ
章tɕ	昌tɕʻ	船dʑ	書ɕ	禪ʑ	日ɳʑ
見k	溪kʻ	群g	疑ŋ	
影ʔ	曉x	匣ɣ	云ɣj	以ø

以下有幾點常識需要了解：

1. 非敷奉微，古人稱為輕唇音，產生得比較晚，到宋代才進入當時的主流語言當中，成為知識份子熟悉的聲母。隋唐時代還沒普遍產生這一套發音，只在某些方言中開始萌芽而已。

2. 日母的唸法，是一個「鼻塞擦音」。日母的發音經歷長久的過程，從先秦時代唸成鼻音n-，之後經過三等介音的顎化作用，變成「舌面鼻音」，然後又發生了「去鼻音化」，變成「舌面鼻塞擦音」。之後，完成了「去鼻音化」的過程，變成了同部位的「舌面前濁擦音」。之後，由舌面前向舌尖發展，經歷了「舌尖面濁擦音」的過程，變成了今天的「舌尖後濁擦音」。整個過程雖然複雜，其實發展方向只有兩個：前期是「去鼻音化」，後期是「舌尖化」。現代國語中，只有少數幾個字變成了零聲母：「兒、爾、二」。用音標表示如下：

$$n\text{-} > ȵ > ȵʑ > ʑ > ʒ > ʐ \text{（部分變 ɚ）}$$

3. 中古音字母中的「禪母」應該如何唸？

「禪」字國語有兩讀，ㄔㄢˊ和ㄕㄢˋ，前者是塞擦音，後者是擦音。在學習聲韻學時，我們應該如何唸正確的音呢？在唐代的字母中，它放在等韻圖的齒音第五行，這個位置所代表的發音是一個擦音（國語唸ㄕ），不是塞擦音，等韻圖的齒音第三行才

是塞擦音（國語唸ㄔ）。「字母」是某一種發音的代表字，不能任意讀之，所以在字母系統當中，「禪母」既然是擦音的符號，國語的正確唸法應當是擦音的「ㄕㄢ丶母」，不能唸成塞擦音的「ㄔㄢ✓母」。唸爲「ㄔㄢ✓母」就和三十六字母中的「床母」弄混了，所以是錯誤的唸法。

4. 匣母和云母，兩種聲母在上古同源，都唸作「舌根濁擦音」。到了中古，云母字由於只出現在三等，受到半元音-j-介音的影響，發音上帶有顎化的傾向，所以云母的發音是一個「顎化的舌根濁擦音」。到了中古後期，也就是宋代的「三十六字母」，云母的濁聲母消失，於是就和零聲母的以母合併，稱爲「喻母」了。其演變如下：

上古音	中古早期	中古晚期
匣母ɣ	匣母ɣ	匣母ɣ
	云母ɣj	喻母ø
以母r	以母ø	

5. 中古聲母的名稱方面，早期學者有一套稱爲「照穿神審禪」，名稱上容易跟「三十六字母」的「照穿牀審禪」混淆。所以，後世改爲「章昌船書禪」，這樣就不會產生同名而異實的現象。名稱對照如下：

隋唐中古音	
黃侃的名稱	董同龢的名稱
照穿神審禪	章昌船書禪

6. 中古聲母的名稱方面，早期學者另外有一套稱爲「莊初牀疏」，名稱上也容易跟「三十六字母」的「照穿牀審禪」混淆。所以，後世改爲「莊初崇生俟」，這樣就不會產生同名而異實的現象。

早期莊系字只有四母，遺漏「俟母」，後來董同龢依據等韻圖《韻鏡》的排列，以及早期反切的注音（「俟、漦」二字聲母互用，系聯為一類），確定莊系字應有五母。

隋唐中古音	
黃侃的名稱	董同龢的名稱
莊初牀疏	莊初崇生俟

7. 中古聲母的名稱方面，早期學者把「云母」稱為「為母」，把「以母」稱為「喻母」，名稱上也容易跟「三十六字母」的「喻母」混淆。所以，後世改為「云母」和「以母」，不重複用三十六字母的喻母，這樣就不會產生同名而異實的現象。

隋唐中古音		宋代音（三十六字母）
黃侃的名稱	董同龢的名稱	
喻母	以母	喻母
為母	云母	

8. 隋唐中古音和宋代三十六字母比較，時代不同，聲母狀況也發生了一些變化。其情況如下：

隋唐中古音	宋代音（三十六字母）	語音演化類型
章昌船書禪	照穿牀審禪	語音合併
莊初崇生俟		
幫滂並明	幫滂並明	語音分化
	非敷奉微	
云母	喻母	語音合併
以母		

五、反切上字表

依照陳澧的反切條例，可以把《切韻》的四百多個反切上字系聯為下面幾類（反切依據《全王》，括號內是反切注音）：

(一)幫母──p
1.北（波墨）、波（博何）、逋（博孤）、補（博古）、伯百（博白）、博（補各）、彼（補靡）、兵（補榮）、并（補盈）
2.必（比蜜）、比（卑履）、卑（府移）、方（府長）、分（府文）、封（府容）、甫府（方主）、鄙（方美）、筆（鄙密）
3.非（匪肥）、匪（非尾）

以上反切可以系聯為一類，彼此都可以找到「同用、互用、遞用」的關係，凡是用以上各字做反切上字者，中古音的聲母唸法完全相同。上下三組字，能夠連成一類聲母發音，是運用了下列證據：
1. 《廣韻》「彼、兵、并」三字以「甫、府」為其反切上字，說明「彼、兵、并、甫、府」五個字的聲母發音相同，所以第1、2組可以合併。
2. 《康熙字典》引《唐韻》「非」字「甫微切」，說明「非、甫」二字的聲母發音相同，所以第2、3組可以合併。以下各母的系聯都可以找到這樣的線索，方法上依此類推。

(二)滂母──p´
1.滂（普郎）、普（滂古）
2.譬（匹義）、匹疋（譬吉）
3.敷孚（撫扶）、撫（孚武）、披（敷羈）、芳（敷方）、妃（芳非）

(三)並母——b

1. 薄（傍各）、白（傍百）、旁傍（步光、蒲浪）、盆（蒲昆）、平（蒲兵）、蒲蒲（薄胡）、步（薄故）、裴（薄恢）、萍（薄經）

2. 父（扶雨）、防（符方、扶浪）、馮（扶隆）、扶符苻（附夫）、附（符遇）、房（符方）、皮（符羈）、縛（符玃）、浮（縛謀）、毗（房脂）、便（房連、婢面）、婢（便俾）

(四)明母——m

1. 莫（慕各）、慕（莫故）、謨（莫胡）

2. 美（無鄙）、蜜（無必）、武（無主）、無（武夫）、亡（武方）、妄（武放）、忘（武方、武放）、明（武兵）、彌（武移）、眉（武悲）、文（武分）、靡（文彼）

(五)端母——t

1. 德得（多特）、多（得河）

2. 冬（都宗）、當（都郎）、都（丁姑）、卓（丁角）、胝（丁私）、丁（當經）

(六)透母——t´

他（託何）、託（他各）、吐（他古、湯故）、湯（吐郎）

(七)定母——d

徒（度都）、度（徒故）、杜（徒古）、陀（徒何）、大（徒蓋、唐佐）、特（徒德）、唐堂（徒郎）

⑻泥母——n

那（諾何）、諾（奴各）、內（奴對）、乃（奴亥）、妳（奴解）、年（奴賢）、奴（乃胡）

⑼來母——l

1. 落洛（盧各）、勒（盧德）、盧（落胡）、練（落見）、路（洛故）

2. 郎（魯當）、魯（郎古）

3. 閭（力魚）、呂（力舉）、慮（力據）、羸（力為）、六（力竹）、力（良直）、里李理（良士）、良（呂張）、離（呂移）

⑽知母——ȶ

智（知義）、知（陟移）、豬（陟魚）、中（陟隆）、追（陟佳）、張（陟良）、竹（陟六）、陟（竹力）

⑾徹母——ȶʿ

丑（勅久）、勅（褚力）、褚（丑呂）、絺（丑脂）

⑿澄母——ȡ

宅（棖百）、棖（直庚）、持（直之）、池（直知）、丈（直兩）、除（直魚）、直（除力）、佇（除呂）

⒀娘母——ȵ

儜（女耕）、娘（女良）、尼（女脂、）女（尼與、娘據）、《廣韻》的反切是：尼（女夷）、拏（女加）、女（尼呂）、穠（女容）、挍（穠用）、檸（拏梗）

⒁精母——ts

祖（則古）、則（即勒）、資（即夷）、觜（即委）、將（即良）、子（即里）、即（子力）、作（子洛）、借（子夜）、茲（子慈）、紫（茲爾）、姊（將幾）、醉（將遂）、遵（將倫）

⒂清母——ts´

麁（倉胡）、采（倉宰）、千（倉先）、倉（七崗）、取（七庾）、且（七也）、翠（七醉）、淺（七演）、親（七鄰）、雌（七移）、七（親日）、此（雌氏）

⒃從母——dz

1. 昨（在各）、在（昨宰）、組（昨姑）、才（昨來）、慙（昨甘）

2. 秦（匠鄰）、疾（秦悉）、慈（疾之）、字（疾置）、匠（疾亮）、情（疾盈）、自（疾二）、漸（自冉）、聚（慈雨）

⒄心母——s

速（送谷）、送（蘇弄）、素（蘇故）、先（蘇前）、蘇（息吾）、桑（息郎）、思司（息茲）、辛（思鄰）、私（息脂）、斯（息移）、悉（息七）、雖（息遺）、胥（息魚）、相（息良）、息（相即）、須（相俞）

⒅邪母——z

隨（旬為）、旬（詳遵）、似（詳里）、詳（似羊）、囚（似由）、詞辭（似茲）、徐（似魚）、寺（辭吏）、敘（徐呂）

⒆莊母——tʃ

側（阻力）、阻（側呂）、莊（側羊）、責（側革）

㈩初母——tʃˊ

初（楚魚）、楚（初舉）、廁（初吏）、叉（初牙）、愴（初亮）、測惻（愴力）、蒭（測禹）

㈢崇母——dʐ

士仕（鋤里）、鋤（助魚）、助（鋤據）

㈢生母——ʃ

山（所閒）、色（所力）、數（所矩、色句）、所（疏舉）、師（疏脂）、疏（色魚）

㈢俟母——ʒ

漦（俟淄）、俟（漦史）

㈢章母——tɕ

之（止而）、職（之翼）、旨（職雉）、脂（旨夷）

諸（章魚）、支（章移）、章（諸良）、止（諸市）

㈢昌母——tɕˊ

處（昌與、杵去）、充（處隆）、昌（處良）、車（昌遮）、杵（昌與）、尺赤（昌石）、叱（尺栗）

㈥船母——dʑ

食（乘力）、乘（食陵、實證）、實（神質）、神（食鄰）、繩（食陵）

(古)書母──ç

失（識質）、矢（式視）、施（式支）、識式（商職）、商傷（書羊）、
詩（書之）、始（詩止）、書舒（傷魚）

(云)禪母──z

成（是征）、是氏（丞紙）、視（承旨、常利）、承丞（署陵）、署（常
據）、寔植（常職）、常（時羊）、市（時止）、時（市之）、殊（市
朱）、蜀（市玉）、豎（殊主）、樹（殊遇）

(元)日母──nz

如（汝魚）、汝（如與）、而（如之）、耳（而止）、人（如鄰）、日（人
質）、儒（日朱）、兒（汝移）、爾（兒氏）、仍（如承）

(宰)見母──k

1. 古（姑戶）、孤姑（古胡）、公（古紅）、各（古落）、加（古牙）、
   格（古陌）

2. 居（舉魚）、駒俱（舉隅）、久九（舉有）、君（舉云）、舉（居許）、
   紀（居以）、幾（居履）、詭（居委）、癸（居誄）、軌（居洧）、
   吉（居質）、基（居之）

(三)溪母──k´

1. 苦（康杜）、康（苦岡）、口（苦厚）、空（苦紅）、枯（苦胡）、
   恪（苦各）、客（苦陌）

2. 去（羌舉、却據）、卻（去約）、丘（去求）、羌（去良）、匡（去
   王）、窺（去隨）、詰（去吉）、傾（去營）、氣（去既）、區驅（氣
   俱）、墟（去魚）、起（墟里）、綺（墟彼）

⊟群母——g

曁（其器）、衢（其俱）、巨（其呂）、求（巨鳩）、強（巨良）、臼（強久）、渠（強魚）、其（渠之）、奇（渠羈）、葵（渠佳）、逵（渠追）、狂（渠王）

⊟疑母——ŋ

1. 五（吾古）、吾吳（五胡）

2. 魚（語居）、牛（語求）、虞愚（語俱）、語（魚舉）、宜（魚羈）、危（魚為）

⊟曉母——x

1. 呼（荒烏）、荒（呼光）、火（呼果）、海（呼改）、虎（呼古）、呵（虎何）、霍（虎郭）

2. 虛（許魚）、香（許良）、況（許妨）、羲（許羈）、許（虛呂）、希（虛機）、興（虛陵）

⊟匣母——ɣ

何（韓柯）、韓（胡安）、戶（胡古）、侯（胡溝）、黃（胡光）、下（胡雅）、胡（戶吳）、痕（戶恩）、諧（戶皆）、鞋（戶佳）

⊟云母——ɣj

1. 雲云（王分）、筠（王麕）、韋（王非）、王（雨方、于放）、羽雨（于矩）、尤（羽求）、于（羽俱）

2. 蒍（為委）、為（蒍支、榮偽）

3. 榮（永兵）、永（榮丙）、洧（榮美）

(七)影母──ʔ

1.烏（哀都）、阿（烏何）、安（烏寒）、愛（烏代）、哀（烏開）
2.於（央魚、哀部）、一（於逸）、乙（於筆）、伊（於脂）、憂（於求）、央（於良）、應（於陵）、英（於京）、依（於機）、謁（於歇）、憶（於力）、紆（憶俱）

(兄)以母──ø

夷（以脂）、以（羊止）、羊（與章）、弋翼（與職）、移（弋支）、余餘（與魚）、與予（余呂）、營（余傾）

六、中古音的韻母系統

　　反切下字依據「同用、互用、遞用」的關係，可以把各「韻」內部系聯爲不同的幾類「韻母」。下面每一格是一個「韻」，每一格當中不同編號的字，是系聯出來的不同「韻母」。由此可以看出，系聯的結果，呈現每一格韻母的不同，都是在介音的差異。或分洪細（有或沒有j介音），或分開合（有或沒有u介音）。而既屬同一格，是同一個「韻」，凡是同一個「韻」，主元音和韻尾一定相同。我們如果讀唐詩，想要了解其中的韻律，只需要先查出每個字在韻書中的反切注音，再檢查用了下表中的哪一個字做反切下字，就可以知道李白、杜甫的韻母發音了。再加上前面的聲母，就可以拼出一個完整的隋唐古音了。我們可以由此途徑查出唐詩的音讀，找出唐音的韻律，對文學的賞析，就能夠更爲深入了。

東 1.紅東公-uŋ 　2.弓戎中融宮終-juŋ	董　孔董動揔蠓-uŋ	送 1.貢弄送凍-uŋ 　2.仲鳳眾-juŋ	屋 1.谷卜祿-uk 　2.六竹逐福菊匊宿-juk

冬	宗冬-uoŋ	（併入腫韻）-uoŋ	宋	綜宋統-uoŋ	沃	毒沃酷篤-uok
鍾	容恭封鍾凶庸-juoŋ	腫 1.尨鳥湩（冬上） 2.隴勇拱踵奉冗悚冢-juoŋ	用	用頌-juoŋ	燭	玉蜀欲足曲綠-juok
江	雙江-ɔŋ	講 項講熻-ɔŋ	絳	巷絳降-ɔŋ	覺	角岳覺-ɔk
支	1.支移離知-je 2.宜羈奇-je 3.規隨隋-jue 4.為垂危吹-jue	紙 1.氏紙爾此豸侈-je 2.綺倚彼-je 3.婢彌俾-jue 4.委累捶詭毀髓靡-jue	寘	1.義智寄賜豉企-je 2.恚避-je 3.偽睡瑞累-jue		
脂	1.夷脂尼資飢私-jei 2.追悲佳遺眉綏維-juei	旨 1.幾履姊雉視矢-jei 2.軌鄙美水洧誄壘-jei 3.癸-juei	至	1.利至四冀二器自-jei 2.類位遂醉愧祕媚備萃寐-jei 3.季悸-juei		
之	之其茲持而（j）i	止 里止紀士史（j）i	志	吏記置志（j）i		
微	1.希衣依-jəi 2.非韋微歸-juəi	尾 1.豈狶-jəi 2.鬼偉尾匪-juəi	未	1.既豙-jəi 2.貴胃沸味畏未-juəi		
魚	魚苦諸余菹-jo	語 呂與舉許巨渚-jo	御	據倨恕御慮預署洳助去-jo		
虞	俱朱無于輸俞夫逾誅隅芻-juo	麌 矩庾主雨武甫禹羽-juo	遇	遇句戌注具-juo		

模　胡都孤乎吳 　　吾姑烏-uo	姥　古戶魯補 　　杜-uo	暮　故誤祚 　　暮-uo	
齊 1.奚雞稽兮迷 　　鼟-iɛi 　　2.攜圭-iuɛi	薺　禮啓米弟-iɛi	霽 1.計詣-iɛi 　　2.惠桂-iuɛi	
		祭 1.例制祭憩弊 　　袂蔽罽-jæi 　　2.芮銳歲劇衛 　　稅-juæi	
		泰 1.蓋太帶大艾 　　貝-ɑi 　　2.外會最-uɑi	
佳 1.佳膎-æi 　　2.媧蛙緺-uæi	蟹 1.蟹買-æi 　　2.夥-uæi	卦 1.懈隘貢-æi 　　2.卦-uæi	
皆 1.皆諧-ɐi 　　2.懷乖淮-uɐi	駭　駭楷-ɐi	怪 1.拜介界戒-ɐi 　　2.怪壞-uɐi	
		夬 1.犗喝-ai 　　2.夬邁快 　　話-uai	
灰　回恢杯灰 　　胚-uʌi	賄　罪猥賄-uʌi	隊　對內佩妹隊 　　輩績-uʌi	
咍　來哀才開 　　哀-ʌi	海　亥改宰在乃紿 　　愷-ʌi	代　代漑耐愛 　　概-ʌi	
		廢　廢穢肺 　　-jɐi³-juɐi	

眞 1.鄰眞人賓珍-jen 2.巾銀-jen	軫　忍珍引敏-jen	震　刃覲晉遴振印-jen	質 1.質吉悉栗必七畢曰一比-jet 2.乙筆密-jet
諄　倫勻遵脣迍緡句筠贇-juen	準　伊準允殯-juen	稕　閨峻順-juen	術　律聿卹-juet
臻　臻銑-en	（併入隱韻）	（併入震韻）	櫛　瑟櫛-et
文　云分文-juən	吻　粉吻-juən	問　問運-juən	物　勿物弗-juət
欣　斤欣-jən	隱　謹隱-jən	焮　靳焮-jən	迄　訖迄乞-jət
元 1.言軒-jɐn 2.袁元煩-juɐn	阮 1.偃幰-jɐn 2.遠阮晚-juɐn	願 1.建堰-jɐn 2.願萬販怨-juɐn	月 1.竭謁歇許-jɐt 2.月伐越厥發-juɐt
魂　昆渾尊奔魂-uən	混　本損忖袞-uən	慁　困悶寸-uən	沒　沒骨忽勃-uət
痕　痕根恩-ən	很　很懇-ən	恨　恨艮-ən	（併入沒韻）
寒　干寒安-ɑn	旱　旱但笴-ɑn	翰　旰案贊按旦-ɑn	曷　割葛達曷-ɑt
桓　官丸潘端-uɑn	緩　管伴滿纂緩-uɑn	換　貫玩半亂段換喚算-uɑn	末　括活潑栝末-uɑt
刪 1.姦顏-an 2.還關班頑-uan	潸 1.板赧版-an 2.棺鯇-uan	諫 1.宴諫澗-an 2.患慣-uan	黠 1.八黠-at 2.滑拔（八）-uat
山 1.閑山閒-æn 2.頑鰥-uæn	產 1.限簡-æn 2.綰-uæn	襉 1.莧襉-æn 2.幻辦-uæt	鎋 1.鎋瞎轄-æt 2.刮頒-uæt
先 1.前賢年堅田先顚煙-iɛn 2.玄涓-iuɛn	銑 1.典殄繭峴-iɛn 2.泫畎-iuɛn	霰 1.甸練佃電麵-iɛn 2.縣-iuɛn	屑 1.結屑蔑-iɛt 2.決穴-iuɛt

仙 1.連延然 　仙-jæn 2.乾焉-jæn 3.緣專川宣全 　-juæn 4.員圓攀權 　-juæn	獮 1.善演免淺謇辇 　展辨剪-jæn 2.兗轉緬篆-jæn	線 1.戰扇膳-jæn 2.箭線面賤碾 　膳-jæn 3.戀眷捲卷囀 　彥-juæn 4.絹掾釧-juæn	薛 1.列薛熱滅別 　竭-jæt 2.悅雪絕熱劣 　輟-juæt
蕭　聊堯么彫 　蕭-iɛu	篠　了鳥晈皛-iɛu	嘯　弔嘯叫-iɛu	
宵 1.遙招昭霄邀 　消焦-jæu 2.嬌喬囂瀌 　-jæu	小 1.小沼兆少-jæu 2.夭表矯-jæu	笑 1.照召少笑妙 　肖要-jæu 2.廟-jæu	
肴　交肴茅嘲-au	巧　巧絞爪飽-au	效　教孝皃稍-au	
豪　刀勞袍毛曹 　遭牢褒-ɑu	皓　皓老浩早抱 　道-ɑu	號　到報導耗 　倒-ɑu	
歌　何俄歌河-ɑ	哿　可我-ɑ	箇　箇佐賀个 　邏-ɑ	
戈 1.禾戈波婆 　和-uɑ 2.伽迦-jɑ 3.靴𩨌胠-juɑ	果　果火-uɑ	過　臥過貨 　唾-uɑ	
麻 1.加牙巴霞-a 2.瓜華花-ua 3.遮邪車嗟奢 　賒-ja	馬 1.下雅賈疋-a 2.瓦寡-ua 3.者也野冶姐-ja	禡 1.駕訝嫁亞 　罵-a 2.化霸-ua 3.夜謝-ja	
陽 1.良羊莊章陽 　張-jaŋ 2.方王-juaŋ	養 1.兩丈奬掌 　養-jaŋ 2.往-juaŋ	漾 1.亮讓向 　樣-jaŋ 2.放況妄 　訪-juaŋ	藥 1.略約灼若勺 　爵雀虐-jak 2.縛钁籰-juak

唐 1.郎當岡剛-ɑŋ 2.光旁黃-uɑŋ	蕩 1.朗黨-ɑŋ 2.晃廣-uɑŋ	宕 1.浪宕-ɑŋ 2.曠謗-uɑŋ	鐸 1.各落-ɑk 2.郭博穫-uɑk
庚 1.庚行-ɐŋ 2.橫盲-uɐŋ 3.京卿驚-jɐŋ 4.兵明榮-juɐŋ	梗 1.梗杏冷打-ɐŋ 2.猛礦覺-uɐŋ 3.影景丙-jɐŋ 4.永憬-juɐŋ	映 1.孟更-ɐŋ 2.橫-uɐŋ 3.敬慶-jɐŋ 4.病命-juɐŋ	陌 1.格伯陌白-ɐk 2.虢攫（伯）-uɐk 3.戟逆劇郤-jɐk
耕 1.耕莖-æŋ 2.萌宏-uæŋ	耿　幸耿-æŋ	諍　迸諍-æŋ	麥 1.革核厄摘責-æk 2.獲麥擭-uæk
清 1.盈貞成征情并-jɛŋ 2.營傾-juɛŋ	靜 1.郢井整靜-jɛŋ 2.頃潁-juɛŋ	勁　正政盛姓令-jɛŋ	昔 1.益石隻亦積易辟迹炙-jɛk 2.役-juɛk
青 1.經丁靈刑-ieŋ 2.扃螢-iueŋ	迥 1.挺鼎頂剄醒辛-ieŋ 2.迥潁-iueŋ	徑　定徑佞-ieŋ	錫 1.歷擊激狄-iek 2.闃臭鶪-iuek
蒸　仍陵冰蒸矜-jəŋ 兢膺乘升-jəŋ	拯　拯庱-jəŋ	證　證孕應食夌甗-jəŋ	職　力翼側職直-jək 逼即極-jək
登 1.登滕增棱崩朋桓-əŋ 2.肱弘-uəŋ	等　等肯-əŋ	嶝　鄧贈隥互-əŋ	德 1.則得北德勒墨黑-ək 2.或國-uək
尤　鳩求由流尤周秋州浮謀-ju	有　九久有柳酉否婦-ju	宥　救祐又咒副僦溜富就-ju	
侯　侯鈎蔞-u	厚　后口厚苟垢斗-u	候　候奏豆遘漏-u	
幽　幽蚴彪烋-jəu	黝　黝糾-jəu	幼　幼謬-jəu	

侵	林尋心深針淫金今音吟岑-jem	寢	荏甚稔枕朕凜錦飲-jem	沁	禁鴆蔭任譖-jem	緝	入立及戢執汁急汲-jep
覃	含南男-Am	感	感禫唵-Am	勘	紺暗-Am	合	合答閤沓-Ap
談	甘三酣談-ɑm	敢	敢覽-ɑm	闞	濫暫日敢瞰蹔-ɑm	盍	盍臘榼雜-ɑp
鹽	1.廉鹽占-jæm 2.淹炎-jæm	琰	1.琰冉染斂漸-jæm 2.檢險儉-jæm	豔	1.豔贍-jæm 2.驗窆-jæm	葉	1.涉葉攝接-jæp 2.輒-jæp
添	兼甜-iɛm	忝	忝點簟玷-iɛm	㮇	㮇念店-iɛm	帖	協愜牒頰-iɛp
咸	咸饞-am	豏	減斬嫌-am	陷	陷貝廉韽-am	洽	洽夾-ap
銜	銜監-ɐm	檻	檻黤-ɐm	鑑	鑑懺-ɐm	狎	狎甲-ɐp
嚴	嚴韋㠯-jɐm	儼	广掩-jɐm	釅	釅欠 -jɐm	業	業怯劫-jɐp
凡	凡芝（咸）-juɐm	范	犯范錽-juɐm	梵	1.梵泛-juɐm 2.劍欠-juɐm	乏	法乏-juɐp

七、中古音的介音

中古音的介音系統如下（ø代表零介音）

	開口	合口
一等字	-ø-	-øu-
二等字	-ø-	-øu-
三等字	-j-	-ju-
四等字	-i-	-iu-

思考與討論題

1. 到圖書館找出一本《康熙字典》，觀察裡面的注音方式，有哪些類型，在課堂上，發表讀後心得。

2. 形聲字的聲符是最早的注音觀念，試著打開《說文解字》看看其中的形聲字，哪些聲符的注音到今天仍然不變，還保有注音的作用，哪些聲符的發音已經變了，把這些例子，列出來做一個觀察與思考。

3. 文獻古籍中，使用最久的注音方式是反切，嘗試從圖書館中找出不同時代的古籍，觀察漢代的反切、唐代的反切、宋代的反切，比較看看它們之間的注音，有沒有什麼不同和變化。

4. 清代的聲韻學家陳澧，發明了研究反切的方法，請依照他的基本系聯條例，分析《廣韻》的東韻，看看可以系聯成幾類？並由此觀察，其中有多少類韻母？

5. 試著思考與討論陳澧的基本系聯條例和分析條例，這兩類的設計原理和精神所在是什麼？

6. 嘗試思考與討論，為什麼錯誤的反切，常常會發生在介音的判斷上？

7. 唇音類隔和舌音類隔所反映的古音，至今還保存在閩南話當中，試著從《廣韻》各卷卷末的類隔資料，看看閩南話會怎麼唸。

8. 試著從中古音的聲母系統當中，找出現代國語還保留不變的發音是哪幾個？

9. 中古後期三十六字母系統的輕唇音，音值是什麼？試著從語音學的角度來了解這種發音。

10. 「日母」的語音演化曾經過長久的歷程，試著觀察其中的每一步變化，是否都分別殘留在現代方言中。

11. 中古字母的「禪母」，其中的「禪」字，國語應該如何唸？試論述其原因。

12. 由反切系聯出來的中古聲母的名稱，早期學者和現代學者稍有不

同，試比較並討論其中的差異。

13. 試著把本書的「反切上字表」各母的分類，用其中所列的反切進行聲母系聯，看看如何聯為一類。

14. 中古音「紅東公」和「弓戎中」兩類字韻母不同音，試著用現代方言唸唸看，能否找出它們不同音的痕跡。

15. 中古音的「歌」和「戈」兩個韻，韻母唸成〔a〕。試試看在現代方言中，有哪幾個方言。還保留這樣的發音？試著把《廣韻》這兩個韻的字，都用方言唸唸看。

16. 《廣韻》有九個韻的韻母，是雙唇鼻音-m收尾，試著看看現代方言中，有哪些方言還保留這個-m的尾音。

17. 「東，德紅切」這個反切為什麼用第二聲來注第一聲的音？詳細說明其演化狀況。

18. 何謂「正切」和「又切」？為什麼說「正切表全體，又切表個體」？試舉例說明之。

19. 什麼叫做「類隔反切」？有哪些類型，試分別舉例說明之。

20. 什麼叫做「基本系聯條例」？試舉例說明之。

21. 切韻系韻書中，錯誤的反切有哪幾種狀況？舉例說明之。

22. 什麼是陳澧的「分析條例」？試舉例說明之。

23. 錯誤的反切有些是「形近而誤」，有些是「音近而誤」，試舉例說明之。

24. 何謂「宋韻之祖」？試論述之。

25. 反切上字系聯的結果，與三十六字母有何不同？時代性又如何？

26. 反切產生以前，古人是如何標示音讀的？試分類敘述之。

27. 「寒、桓」二韻之區別為何？

28. 「魚、虞」二韻之區別為何？

29. 《廣韻》庚韻有四類韻母，其區別為何？試說明之。

30. 反切之錯誤，可能為「先天」所造成，亦可能為「後天」所造成，試舉例說明之。

31. 《廣韻》同一字不做二切，若下字同類，那上字如何？試舉例說

明之。

32. 舉例說明，反切系聯中，何謂「遞用」。

33. 「卑，府移切」，代表了什麼反切現象？試過正之。

34. 「弓，居戎切」、「公，古紅切」，試從「分析條例」說明「弓、公」兩字是否同音。

第九章

夜永酒闌，論及音韻
「切韻系韻書」的誕生

一、「韻書」反映了古音訊息

　　韻書就是古代作詩押韻的參考書，是古代讀書人必備的資料，每個讀書人幾乎人手一冊。因為讀書人都要參加考試，考試就要作詩，作詩就得押韻，押韻必須按照官定的標準來押。因此，韻書就成了讀書人最重要的參考書了。

　　韻書的產生在魏晉時代，中國第一部韻書是魏李登的《聲類》和晉呂靜的《韻集》，從此以後韻書就大量地出現。六朝時候出版了各種各樣的韻書，不過，這些韻書後來都失傳了。因為，六朝是一個國家分裂的時代，所編的韻書都帶著地方的色彩，即當時所謂的「各有土風，遞相非笑」。其後，到了國家統一的隋代，出現了兼收並蓄、包容南北的韻書《切韻》。於是，六朝帶著方言地域特色的韻書，就逐漸都消失了。

　　隋朝出現一本很重要的韻書，就是陸法言的《切韻》。書名為什麼叫「切」？這跟切西瓜的切沒有關係，「切」就是注音的意思，注音的韻書就叫做《切韻》。現存的《切韻序》提供了我們三個重要訊息：第一個：是「《切韻》編纂的依據是什麼？」第二個是：「《切韻》編纂的原則是什麼？」第三個是：「《切韻》編纂的過程怎麼樣？

　　《切韻‧序》提到，《切韻》編纂的依據有三：「諸家音韻、古今字書、前所記者。」所謂「諸家音韻」，指的是六朝的韻書。所謂「古今字書」，指的是《說文》、《字林》一類的字典。所謂「前所記者」，就是陸法言以前所做的討論會紀錄。至於《切韻》編纂的原

則，是「論南北是非，古今通塞」，也就是把各種方言綜合起來，形成了一部具有包容性融合性的綜合音系。《切韻》正是一部兼顧所有南北方音，也包容古今各種音系的著作，所以叫做「南北是非，古今通塞」。《切韻》兼顧了各地語音的特點，即所謂「酌古沿今，折衷南北」，這是它的原則。

至於《切韻》編纂的過程，這個要說到隋代開皇初年的時候，有劉臻等八個人，一起到陸法言家去住。大家就在一起吃飯喝酒，於是，「夜永酒闌，論及音韻」開始討論聲韻學，這就是一場別開生面的聲韻學討論會，一共有九個當時著名的聲韻學家參與，討論了當時聲韻的各種問題，彼此交換意見，其中有兩個人意見最多，出了很多主意，一個是蕭該，一個是大名鼎鼎寫過一本書叫《顏氏家訓》的顏之推。

這個時候其中一位叫魏淵，他跟陸法言說：「我們討論聲韻的各項問題，疑難的地方都已經搞清楚了，我們何不隨口記下來，因為我們這幾個人討論的結論，就是天下的共同結論了。」由於他們九個人的身分，確實是當時最偉大的聲韻學家，這九個人聚在一起，當然他們說了就算數，討論的結果就是定論，別人也不可能有什麼意見，所以這句話「我輩數人，定則定矣」至今還常常被引用，成了一句名言。

接著，他們就推選陸法言擔任記錄，因為他年紀最輕。他立刻就在燈下拿起筆來，大略地把他們討論的內容記下來。這件事之後，匆匆十多年過去了，因為陸法言做官，工作很忙，沒有空來整理這份筆記資料。其後，陸法言「今返初服」，退休回家。於是，他就教家鄉村里之間的小朋友念書，在教學當中，他深深感覺，文學賞析，談詩吟誦，必須先把聲韻弄清楚，才能更有效地提升文學的認識。於是，他根據了「諸家音韻、古今字書、前所記者」，就撰修完成《切韻》一書，時間是在大隋仁壽元年，西元601年，《切韻》在這一年誕生了。

這部韻書在國家統一的隋唐時代，成為科舉考試的標準官韻。在

唐代出現了一系列的《切韻》系的韻書，都是《切韻》的修訂本、增訂本。例如，李舟《切韻》、孫愐《唐韻》、王仁昫《刊謬補缺切韻》等。一直到宋代的《廣韻》、《集韻》，都屬於《切韻》系的韻書，可見這個系統的影響既深且遠。它反映了中古的語音面貌，所以，我們今天要了解中古音，這些韻書是最主要的依據。特別是其中的《廣韻》，到今天完整地保留下來，不像其他大部分韻書，都只剩下了斷簡殘編。《廣韻》是宋代的陳彭年編纂的，當時是讀書人考試的參考書，是國家的標準韻書，到了今天，可以作爲一部很好的字典、工具書，也是我們考訂中古音的主要憑藉。

　　下面摘錄了韻書的樣本，可以看出它的編輯體例。首先是第一卷的平聲韻目表。

下面是第一個韻，東韻的內容：

韻上平　一東　七　宋琚

側詵　臻第十九　分
武分　文第二十　欣同用
巾許　欣第二十一
語元（表語）元第二十二　魂痕同用
戶昆　魂第二十三
戶恩　痕第二十四
胡安　寒第二十五　相同用
平官（桓）第二十六
所姦　刪第二十七　山同用
所開（山）山第二十八

一。東　春方也。說文曰動也。从日在木中。亦東風菜，廣州記云：陸地生菫，赤和肉作羹，味如酪，香似蘭。吳都賦云：草則東風扶留。又姓。舜七友有東不訾。又漢複姓十三氏，左傳魯郷東門襄仲後，因氏焉。齊有大夫東郭偃。又有東宮得臣。晉有東關嬖五。神仙傳有廣陵人東陵聖母，適杜氏。齊景公時有隱居東陵者，乃以爲氏。世本宋大夫東郷爲貢。執英賢傳云：今高密有東郷姓。宋有員外郎東陽無疑，撰齊諧記七卷。昔有東間子，嘗富貴乞於道，云：吾爲相六年，未薦一士。夏禹之後，東樓公封于杞後，以爲氏。莊子東野稷。漢有平原東方朔。曹瞞傳有南陽太守東里昆。何氏姓苑有東野風菜義見上注。東萊氏德紅切十七。

菄　上注俗加艸
鶇　鶇鶋鳥名美形，出廣雅亦作鶇
辣（蝀）　各獸

東郡見　館名　涷古文道經

山海經曰泰戲山有獸狀如羊一角一目目在耳後其名曰𡚇又音陳晉棟

凍鳩山入於河又都貢切　蝀又音董　凍又都

陳儱儸僋伇出字詁　陳同陳凍凌志云

貢魚名　鯟魚名行　崍山名　埬地名　蟲科斗活東郭璞云蝦蟆子

切字俗　覷兒也。同吾獻其西河地於秦七國歷有六同亦州春秋時晉夷齊也共也輩也合也律歷時屬魏秦并天下為內史之地漢武更名馮翊又有九龍泉有九源同為一流因

童獨也言童子未有室家也又姓漢有琅邪內史童仲玉　僮交阯刺史僮尹出風俗通　僮僮僕又頑也癡也又姓漢有　銅金之　全道書　童古文出

一桐木名月令曰清明之日桐始華又桐君藥錄兩卷　峒崆峒山名　硐磨也　硐舩獸　銅之品廬縣在睦州亦有桐君

筒竹筩又竹名射筒吳都賦曰其竹則射筒　瞳目瞳子　瓵瓦器　甌同上　幢車上網又音衝

永出　筒潼水名出廣漢郡亦通衝二音　瞳瞳曨日欲明又他孔切　洞洪洞縣名在晉州北又徒泰山　潼關名又通衝二音

無角　橦竹也關名又鍾橦二音　烔熱氣烔烔　鵚鵚鶖水鳥黃喙喙長

懂牛　橦木名花可為布出廣漢郡

切　侗楊子法言云侗倥侗顓蒙　橦韻字書又鍾橦二音

弄　侗倥侗顓蒙

韻上平　一東　八　宋琚

　　清朝的學者已經注意到了《廣韻》在研究古音方面的價值，其中最著名的，就是陳澧曾經對《廣韻》做了全盤的分析，寫成了《切韻考》這部書。他在這部書裡頭，應用「系聯」的方法，來歸納反切上字，由此可以知道中古音的聲母有多少種不同的唸法；又用系聯的

方法歸納反切下字，由此可以知道中古音的韻母有多少種不同的唸法。這樣，中古音的輪廓、架構就顯現出來了。陳澧所用的這種反切系聯法，一直到今天，都是我們研究反切的重要方法。

　　一千年來，讀書人對韻書中的「韻目表」東冬鍾江，都非常熟悉，都能朗朗上口背誦出來，許多的字典、工具書採用「音序檢索」的，也往往按照「韻目表」的順序來排列，它的功能就是古代的ABCD或ㄅㄆㄇㄈ。因此，我們今天如果從事文史研究，需要應用古代的資料文獻，如果能夠熟悉這個韻目表，一定能提供很大的方便。記誦韻目表最有效的方法，就是用歌唱的方式來學習，過去我們在教學上曾經編纂了〈平聲韻目歌〉（又名〈東冬鍾江歌〉），套用了家喻戶曉的〈兩隻老虎〉的旋律，填上平聲韻目作為歌詞。這樣的記誦方法，取得了很好的學習效果。其歌譜、歌詞如下：

《廣韻》的韻數雖然多達二百零六韻，並不表示《廣韻》的韻母

類型有這麼多，因爲《廣韻》是先分聲調，再分韻類的，所以同一類型的韻母就被分成了平、上、去、入四套，如果不計聲調的不同，實際上只有六十一個韻類。我們把韻母類型相同的平、上、去、入四韻合併起來，就成爲下面的六十一組：

1. 東董送屋　2. 冬〇宋沃　3. 鍾腫用燭
4. 江講絳覺　5. 支紙寘〇　6. 脂旨至〇
7. 之止志〇　8. 微尾未〇　9. 魚語御〇
10. 虞麌遇〇　11. 模姥暮〇　12. 齊薺霽〇
13. 〇〇祭〇　14. 〇〇泰〇　15. 佳蟹卦〇
16. 皆駭怪〇　17. 〇〇夬〇　18. 灰賄隊〇
19. 咍海代〇　20. 〇〇廢〇　21. 真軫震質
22. 諄準稕術　23. 臻〇〇櫛　24. 文吻問物
25. 欣隱焮迄　26. 元阮遠月　27. 魂混恩沒
28. 痕很恨〇　29. 寒旱翰曷　30. 桓緩換末
31. 刪潸諫黠　32. 山產襉〇　33. 先銑霰屑
34. 仙獮線薛　35. 蕭篠嘯〇　36. 宵小笑〇
37. 肴巧效〇　38. 豪皓號〇　39. 歌哿箇〇
40. 戈果過〇　41. 麻馬禡〇　42. 陽養漾藥
43. 唐蕩宕鐸　44. 庚梗映陌　45. 耕耿諍麥
46. 清靜勁昔　47. 青迥徑錫　48. 蒸拯證職
49. 登等嶝德　50. 尤有宥〇　51. 侯厚候〇
52. 幽黝幼〇　53. 侵寢沁緝　54. 覃感勘合
55. 談敢闞盍　56. 鹽琰艷葉　57. 添忝㮇帖
58. 咸豏陷洽　59. 銜檻鑑狎　60. 嚴儼釅業
61. 凡范梵乏

二、如何閱讀韻書？

　　韻書的結構是按照四聲來排列的，四聲之下再分「韻」。每個韻都有一個名字，這就是「韻目」。每個韻內部會把同音字類聚在一起，每一組同音字之間，用一個小圈隔開，每一組同音字的頭一個字下面會加上注音。這些注音是依照當時最通行的注音方法──「反切」，來標注的。

　　所以，韻書的體例是先分四聲，再分韻類。四聲就是「平、上、去、入」四種聲調，其中因為平聲字特別多，韻書往往分成兩卷來容納，所以一般韻書總共分為五卷，平聲兩卷，再加上「上、去、入」各一卷。

　　中文的聲調區分，是中古時代新興的知識，由於受佛教傳入的影響，僧侶們在翻譯佛經過程中，發現了梵文和中文最大的不同，在於中文有音高的區別，用這種區別來辨別意義，這就是「聲調」。於是，再分析聲調的類別，然後得出「平、上、去、入」四聲。然而，我們要了解的是，聲調現象在中文裡自古有之，孔子的語言也一樣有聲調，只是當時習焉而不察，一直要到中古時代，透過不同語言（印度的梵文）的比較，才被人們自覺地發現。自從發現聲調以後，一時蔚為風潮，講究聲調，成為流行的顯學。甚至影響到文學的創作，產生了聲律論、永明體，講究「四聲八病」，講究「前有浮聲，後需切響」。接著，在文學上，就產生了「平仄律」，利用聲調的音高變化，來構成詩歌的韻律美感，由此產生了「近體詩」─律詩、絕句，造成了唐詩的輝煌時代。這是聲韻學對文學產生的重大影響。這種四聲的知識，就成為韻書編纂的基礎。

　　反切又是一種怎麼樣的注音法呢？它是利用兩個字來注一個字的發音，上字代表聲母，下字代表韻母。例如，「同，徒紅切」，兩個字拼起來就是ㄊㄨㄥˊ。我們現在一樣也可以用這種方式注音，如果你想注出「寧」字的發音，用反切注音法就可以寫成「寧，年蘋切」，年是ㄋ的音，蘋是ㄧㄥˊ的音，兩個字拼起來就是

ㄋㄧㄥˊ。你不妨也可以把它當作一種遊戲，試試看用這種方式來注現代的音，體會一下古人一千年來正是用這種方式注音的。不過，我們讀古人的反切注音，要注意的是，它是用當時的音來拼讀的，如果我們用國語來拼讀古人所注的反切，往往會發生一些誤差，因為語音是會變化的。同一個漢字，在不同的時代、不同的地區，會有不同的發音。因此，我們必須要了解一些中文聲韻演變的知識。在閱讀古代反切注音的時候，還需要帶入語音演變的因素，例如，「多，得何切」、「龜，居追切」，其中「何」字的韻母發生了演變，「居」字的聲母發生了演變，所以用國語來拼讀，就沒有辦法得出「多」和「龜」的音來。我們必須透過聲母和韻母的古今演變規則，才能有效地讀懂古代的反切注音。

　　最早使用反切注音始於什麼時代呢？反切注音法的發明，和佛教的輸入有密切的關係，由於印度自古具有精密的語音分析觀念，他們的梵文就是一種拼音文字，他們也發展出「聲明論」、「悉曇章」，這就是印度的語音學，這些知識都隨著佛教而傳入中國。從此，中國人也知道，一個漢字原來並不是語音的最小單位，還可以一切為二，分析成前半的「聲母」和後半的「韻母」。於是，就想到各用一個字來表達，把兩個字拼合起來，不就可以注出音來了嗎？反切注音法就在東漢時代開始使用了。例如，東漢應劭在《漢書・地理志》裡就使用了反切注音，東漢的服虔、馬融、鄭眾、杜林也都用過反切注音。此後的一千多年間，每個讀書人都會用這種方法來注音。早期的注音都用「某某反」，到了唐代末年，由於藩鎮割據，朝廷對「反」字比較有忌諱，於是改成了「某某切」。其中的「反」和「切」這兩個字，在古代都有「注音」的意思，有時在古書中，它們還用作動詞，例如，「反A為B」、「A切為B」，都是「把A唸成B」的意思。後人把具有注音涵義的這兩個字並列在一起，就把這種注音法叫做「反切」了。我們今天如果看到古書的注音是「某某反」，它必定是唐代或唐代以前的注音，如果看到古書的注音是「某某切」，那就是唐末以後的注音了。

　　在韻書裡，反切注音都會出現在一串同音字的頭一個字下面，代表這一串同音字的共同唸法，這就叫做「正切」，韻書中還有另外一種「又切」，表示這個字的不同唸法，因為古代也有破音字的區別，一個字往往不只一種唸法。「又切」在前頭必然有個「又」字，例如，《廣韻》志韻「植，直吏切，又市力切」，其中的「直吏切」就是正切，「又市力切」是又切，說明「植」這個字在古代有兩種唸法。而一般不同的唸法會互注正切與又切，也就是說，在第一個唸法中的又切，到了第二個唸法的位置就會變成正切，而第一個唸法的正切，在第二個唸法的位置上就會變成又切。這種情況叫做「互注切語」。這種情況有如我們今天的字典，如果按ㄅㄆㄇㄈ編排，那麼你要查「行」這個字，必須查「ㄏ」部，上面會注音「ㄏㄤˊ」，接著也會告訴我們它的另外一個唸法：「又音ㄒㄧㄥˊ」，前者就有如正切，後者是又切。我們再到字典的「ㄒ」部，也可以看到「行」這個字，這時的正式注音是「ㄒㄧㄥˊ」，接著會告訴我們它的另外一個唸法：「又音ㄏㄤˊ」。這就是互注切語的意思，《廣韻》的注音正是用這樣的方式呈現。

　　以前的人讀古書首先都需要習其句讀，總是從圈讀古書著手，如果我們要透過《廣韻》去學習當中的反切上字和反切下字，由此了解古音的聲母、韻母系統，最好的方法就是圈讀《廣韻》。圈讀《廣韻》的方法應該如何做呢？第一步，把《廣韻》當中，每個韻的同音字第一個字用紅筆圈起來，然後在下面找出它的反切注音，在反切旁邊用紅筆畫一條線，這時我們要注意，只畫正切，不畫又切。第二步工作是，根據反切上字，依據聲韻學書中的「反切上字表」，看看中古音屬於哪一個聲母，把這個聲母用音標標注在這個反切正上方的書眉空白處。第三步工作是，根據反切下字，查出聲韻學書中的「反切下字表」，看看中古音屬於哪一個韻母，把這個韻母用音標標注在這個反切的正下方，本頁頁末的空白處。在我們做這個工作的時候，一面可以思考古音和現代音的對應關係，也就是說，當我們唸什麼音的時候，古音往往是哪一類音。這樣的工作在做完《廣韻》五卷中的前

兩卷時，對《廣韻》的反切上下字以及聲母、韻母的狀況，就已經十分熟悉了。這是不必依賴死背的學習方法。熟悉古音的狀況，是在圈讀的過程中逐漸體會出來的。此外，這樣圈讀後的《廣韻》還有一個附帶的功能，那就是把《廣韻》變成了一部很容易查閱使用的字典。翻開某一個字，立即就可以從頁上端和頁下端所注的音值，得知這些字的古音唸法。例如下圖所示：

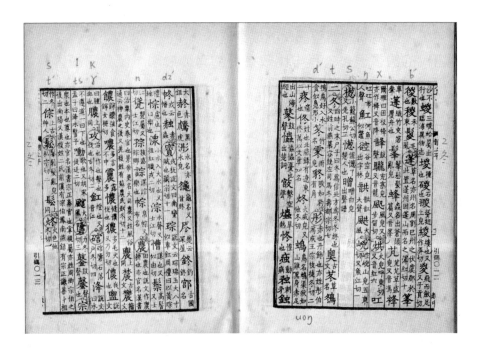

思考與討論

1. 試討論古代韻書是做什麼用途的。

2. 試思考與討論：為什麼陸法言的《切韻》出現後，所有六朝的韻書都消聲匿跡了？其中的關鍵原因是什麼？

3. 《切韻·序》記錄了當時的一次「聲韻學研討會」，能否依據

《切韻・序》把其中的過程說出來？

4. 《廣韻》的「上平聲」和「下平聲」是否就是現代的第一聲和第二聲？試討論之。

5. 韻書的韻目順序「東冬鍾江……」有如今天的「ABCD……」，是否可以用歌唱的方式來記誦？嘗試把這首歌改編成一個多媒體檔案，加上自己的設計，作為你聲韻學學習的成果之一。

6. 依照本書所介紹的《廣韻》圈讀法，試著把《廣韻》的平聲圈讀完畢，作為你學習聲韻學的成果之一。

7. 唐代的韻書很多，其中比較重要的有哪幾部？試參考圖書館中的資料，分別介紹之。

8. 《切韻・序》談到了《切韻》編纂的過程、依據和原則？試就這三方面論述之。

9. 舊說發明反切的人是三國時代的孫炎，此說是否成立？試論述之。

10. 唐代韻書中，哪一部被稱為「宋韻之祖」？其原因如何？試論述之。

11. 《廣韻》四聲的配合為什麼參差不齊？其原因何在？試分項論述之。

12. 印度的語音知識傳入中國，促成了聲韻學的發展，在六朝時代又對文學產生了什麼影響？試論述之。

13. 《廣韻》一書有何價值？試就古代和現代兩方面做一論述。

14. 何謂「《切韻》系的韻書」？有哪些屬於「《切韻》系的韻書」？

15. 《廣韻》平聲有哪些「陽聲韻」？試分別註明其韻尾類型（用音標）。

16. 《廣韻》裡頭的「後增字」如何辨識？

17. 《廣韻》分韻，與介音之關係如何？試就介音問題，試著在老師的指導下，做一分析討論。

18. 擬定中古音值，主要的依據是什麼？試分項論述之。

19. 《廣韻》開合相對的韻是哪幾個？（兩韻的區別只在開合）

20. 《廣韻》分韻為何高達二百零六韻，分韻龐雜的原因何在？

21. 試論「中古音」之包含範圍與研究材料有哪些？

22. 「韻母」的構成成分為何？試舉例分析之。

23. 押韻的「韻」、韻書的「韻」，如何從聲韻的角度，界定其意義。

24. 什麼是古代的四聲？「天子聖哲」四字來代表四聲，這個例子典出何處？

25. 「平上去入」四種調類，在古代表是怎樣的發音？試著從文獻資料，以及現代學者的研究中查考。

26. 中國古代何時開始使用「反切」來注音？試論證之。

27. 反切如何標注字音？試舉例說明之。

28. 一字之「清濁」，依據反切上字還是下字做區別？又「洪細」之分呢？試舉例說明之。

29. 中國最早的韻書是哪一部？

30. 東韻有幾類韻母，各屬幾等字？請各舉一例，並列出其音值？

第十章
四十三圖的等韻模型
拼音表的緣起

一、古代的拼音圖表——等韻學

　　受印度語音學影響而產生的等韻圖，自唐代以來，是僧人專有的一門知識，一般文人學士了解得不多，但是那又是一份很重要的拼音圖表，可以反映當時的語言發音，於是就有人專門撰寫了一些解說的文字，來告訴大家如何閱讀等韻圖，這些解說的文字就叫做「門法」。從早期的等韻圖當中，就記錄了一些門法資料，例如《韻鏡》、《七音略》的開頭，就列出了一條一條的這類解說文字。這是早期的門法，到了宋元等韻圖，例如北宋的《四聲等子》、南宋的《切韻指掌圖》、元代的《切韻指南》也一樣列有這些門法資料，但是內容更精密了，其中最著名的就是《切韻指南》裡頭的〈門法玉鑰匙〉，編寫的人是元代的劉鑑。其中列出了十三條規則條例，很清楚地說明了等韻圖編排的規則，包含正例與變例，我們今天能夠讀懂等韻圖，就是以這十三個條例作為基礎的，特別是近代的聲韻學家董同龢，就是根據〈門法玉鑰匙〉而寫成了〈等韻門法通釋〉，使現代的等韻學露出了曙光。

　　到了明代，有一位真空大師，也編寫了一套門法，共有二十條，被認為支離瑣碎，大不如劉鑑，從這裡也反映了明代等韻學的衰微。

　　今天我們學習等韻圖，可以把昔日門法所講的那些知識，重新條理化、系統化，轉成現代人可以理解的一套知識，所以不必再借重古代的「門法」了。我們現代的等韻學，就是這種重新整理過的一套知識。這個單元，我們要談的，就是昔日門法知識的條理化。

二、古代僧人設計的中文字母

　　古代的讀書人，從小就學習三十六字母，「幫滂並明」耳熟能詳，就像我們今天唸ㄅㄆㄇㄈ是一樣的道理。從宋代到民國初年，都是如此。那麼，三十六字母是怎麼產生的呢？最初，字母的產生受到佛教傳入的影響，人們逐漸對於拼音學理有了認識。三十六字母的前身，是唐代末年的一位和尚，守溫大師設計出來的。在整個六朝到隋唐的時代，僧人們都精通音韻，所以，鄭樵《七音略·序》中曾說過：「釋氏以參禪爲大悟，通音爲小悟。」可見，當時的僧侶們把修習聲韻和參禪學佛並列爲最重要的兩件事。從這樣的背景，我們就很容易了解，爲什麼古代的字母和等韻圖都出自僧侶。

　　守溫大師最早設計出來的字母只有三十個，後來逐漸發展，到宋代終於定型爲三十六字母。三十六字母的內容如下：

		全清	次清	全濁	次濁	又次清	又次濁
唇	重唇	幫	滂	並	明		
	輕唇	非	敷	奉	微		
舌	舌頭	端	透	定	泥		
	舌上	知	徹	澄	娘		
齒	齒頭	精	清	從		心	邪
	正齒	照	穿	牀		審	禪
牙		見	溪	群	疑		
喉		影			喻	曉	匣
	半舌				來		
	半齒				日		

　　最後兩欄的「又次清、又次濁」是清朝的語音學家江永所定的，加個「又」字來表示它們都是擦音。早期的等韻學者們，在清濁分類上較不一致，又容易混淆，例如《韻鏡》把「次濁」稱爲「清濁」，使人難以了解到底是清還是濁。江永以後的古音學者，逐漸矯正了術語的混淆。現代語音學更重視術語的精確性，所以，我們學習聲韻學，在語音學用語上，一定要留意用不同的符號來指稱不同的內容，在學習上才能夠事半功倍，不會掉落到迷霧當中。

　　上面表中的每一個字就代表一種聲母的發音，例如：「幫」字就表示[p-]的音、「滂」字表示送氣[p´-]的音、「並」字表示濁音[b-]的音、「明」字表示[m-]的音等等。因此，古代的字母就是用漢字來代表音標，正如我們今天用a、b、c、d來表音，或者用ㄅ、ㄆ、ㄇ、ㄈ來表音，是一樣的道理。在沒有a、b、c、d或ㄅ、ㄆ、ㄇ、ㄈ的時代，人們最熟悉的就是漢字了，所以當時的僧人設計字母，使用漢字來作爲標音符號，是順水推舟、順理成章的事情。也唯有大家所熟悉的漢字作爲發音的符號系統，才容易被人們接受。因此，當時雖然僧人們都精通梵文，並沒有把梵文字母拿來推廣使用，就是這個道理。

　　由唐末守溫的三十字母發展成宋代通行的三十六字母，最大的不同在於唇音的變化。所謂「唇音」是中國傳統語音學的分類，一般分爲「五音」，也就是唇、舌、牙、齒、喉五大類。我們通常說人家講話口齒不清晰，稱爲「五音不全」，指的就是這五大類發音。至於說聽人唱歌荒腔走板，說他「五音不全」，那麼這五音指的卻是宮、商、角、徵、羽。兩者是有區別的。

　　守溫的三十字母有四個唇音：「不、芳、並、明」，到了三十六字母時代，語音系統發生了變化，唇音演化成八個，就是重唇音「幫、滂、並、明」和輕唇音「非、敷、奉、微」。古人所謂的「重唇音」，指的是雙唇音，就如同今天ㄅㄆㄇ的發音；古人所謂的「輕唇音」，指的是唇齒音，就如同ㄈ這類音。在唐朝輕唇音雖然已經萌芽，可以找到部分方言已經出現輕唇音的跡象，但是還沒有普遍

成爲主流，進入共同語的語音系統當中。所以，唐末守溫的三十字母沒有列輕唇音，就是這個道理。三十字母的「不、芳、並、明」，所代表的都是重唇音，我們常說「古無輕唇音」這句話，指的就是這個道理。其中的「芳」字，是古人表示氣味「香」的用字，雖然我們現在唸ㄈ，屬輕唇音，但是在唐末，這個字仍然唸爲重唇音，發音和「滂」字相同，所以「不、芳、並、明」，所代表的就是[p-]、[p´-]、[b-]、[m-]四種發音。我們可以用下列的公式表示這種語音演化：

唐朝三十字母	宋朝三十六字母
不芳並明→→	→→幫滂並明（重唇音）
	→→非敷奉微（輕唇音）

　　由於唐朝的輕唇音仍然唸成重唇，也就是輕、重唇不分，所以唐朝最主要的韻書「《切韻》系韻書」，其中的反切注音都不分輕、重唇，我們今天看起來，會覺得反切上字重唇音、輕唇音很不規則，例如《廣韻》：「皮」符羈切、「夢」武仲切、「平」符兵切、「頻」符眞切。這幾個字都是重唇音ㄅㄆㄇ類的讀法，可是用來注音的反切上字「符」，我們今天唸起來卻是輕唇音的ㄈ。用來注「夢」字的反切上字「武」，是一個微母字，屬輕唇音。拿今天可以區別輕、重唇的發音來看，《廣韻》這些注音都是有問題的，可是在唐朝並沒有問題，因爲輕、重唇音通通唸成重唇一套。《廣韻》雖然是宋代韻書，但是它也是「《切韻》系韻書」，所保存的反切注音都是隋唐的舊讀。

　　當時字母的發明是由「雙聲」觀念發展而來的，所謂「雙聲」是指聲母發音相同的字，而「雙聲」觀念又是六朝興起的一種新風尚。「雙聲」觀念在六朝時代非常時髦，人們常常寫雙聲詩、說雙聲語，也就是利用聲母相同的字來寫詩、利用聲母相同的字來造句說話，在這樣的風氣下，逐漸地，人們就會想到利用相同聲母中的某一

個字作為代表，就像一個班級的班代一樣，來表示某一種發音，這
樣，「字母」自然就誕生了。至於六朝時代為什麼會流行雙聲呢？它
的前因又是佛教的傳入和梵文的學習。在翻譯佛經、研究佛學的過程
中，人們逐漸了解拼音的學理，因為印度的梵文是一種拼音文字，把
這種學理轉移到漢字字音的分析上，於是就有了「雙聲、疊韻」的概
念。所以，中文字母的產生和中印的文化交流有密切的關係，而這些
拼音的學理和字母的設計又和僧人有密切的關係。

三、等韻圖的「等」是什麼？

　　自從佛教傳入中國以後，中國的讀書人開始懂得漢字不是語音的
最小單位，一個漢字還可以分割成聲母、韻母、聲調三個要素。而聲
調是漢語的一個重要特徵，是梵文所沒有的，所以古代的語音學者往
往把韻母和聲調合在一起看。聲母的分類既然形成了「字母」，韻母
的分類就用「等」來表示。當時的讀書人首先發現，韻母的類型可以
用張口的程度來區分，分成四大類，把張口度最大的叫一等韻，其次
是二等韻、三等韻，張口度最小的是四等韻。這種區別清代的語音學
家江永說得最精到，他說：「一等洪大，二等次大，三、四皆細，而
四尤細。」當時四等的畫分標準，如果更具體一點說，可以反映在主
要元音和介音兩方面。

　　就主要元音來說，一等至四等是開口度大小的遞減；就介音方面
來說，一、二等字都都是洪音，所謂「洪音」指的是沒有[-i-]介音的
字；三、四等字都是細音，所謂「細音」指的是有[-j-]介音或[-i-]介
音的字。所以一等和二等的區別，是一等字的張口度比較大，而三等
和四等字的區別，除了張口度大小之外，還有[-j-]介音或[-i-]介音的
不同。凡是三等字都有[-j-]介音，凡是四等字都有[-i-]介音。這種以
韻母來分等的觀念，從唐代的僧人就已經注意到了。例如：「高、
交、嬌、澆」四個字正是一、二、三、四等的不同。我們代入上述的
原則，可以為這四個字注出唐代的音讀如下：

高[kɑu]　　一等字（主元音為後ɑ）

交[kau]　　二等字（主元音為前a）

嬌[kjæu]　　三等字

澆[kieu]　　四等字

　　一等的ɑ和二等的a的差別在於ɑ是舌面後低元音，簡稱「後ɑ」，開口度最為洪大，a是舌面前低元音，簡稱「前a」，開口度次於「後ɑ」。至於三等的æ和四等的e開口度又遞減。這是就主要元音來看。如果從介音來看，高、交兩個字都是洪音，沒有i或j介音。嬌、澆兩個字都是細音，有i或j介音。

四、等韻圖的誕生

　　南宋時代讀書人析字辨韻，開始流行等韻圖。當時流傳的等韻圖有兩部，第一部是1160年出版的《七音略》，第二部是1161年出版的《韻鏡》。前一部收入鄭樵《通志》中，後一部由張麟之刊行。鄭樵（1104-1162），字漁仲，南宋興化軍莆田（今福建莆田）人。張麟之生平不可考，很可能是南宋的一位文士，通曉音韻，所以出資刊印了《韻鏡》這部書。

　　雖然這兩部書流行於宋代，可是根據學者的考證，這兩部書的原型應出現在唐五代之間。《韻鏡》的原本稱為《指微韻鏡》，或稱為《韻鑑》。《七音略》的原本稱為《七音韻鑑》。它們都分為四十三個圖表，也就是把漢語的韻母類型分成四十三類，最早應當是從同一部原型發展而來的。這一套等韻圖被稱為「早期等韻圖」，有別於後來產生的「宋元等韻圖」。後者只有十六個韻母單位，反映了宋以後韻母的簡化。

　　我們來看看等韻圖的具體樣貌。下面是《韻鏡》的第一圖和第二、三圖：

　　等韻圖編排的基本原則，是「橫列字母，縱分四聲四等」，等韻圖當中如果沒有那種發音的字，便用○表示。上面第一圖所收的是「東、董、送、屋」四個韻的字，正好依次是平、上、去、入，由上而下分成四大格排列，每一大格內部由上而下則依照一等字、二等字、三等字、四等字之順序排列，這就是所謂的「縱分四聲四等」。例如：「豐」是平聲東韻三等字，「孔」是上聲董韻一等字，「弄」是去聲送韻一等字，「竹」是入聲屋韻三等字。所謂「橫列字母」指的是由橫的看，正好是脣、舌、牙、齒、喉五音，這是聲母發音的五大類，每一大類之下又按照聲母的清濁畫分為四行或五行，每一行都代表不同的聲母發音。例如：「蒙」是明母，唐代唸[m-]音；「同」是定母，唐代唸[d-]音；「公」是見母，唐代唸[k-]音；「叢」是從母，唐代唸[dz-]音；「隆」是來母，唐代唸[l-]音。

　　「橫列字母」所包含的聲母如下：

　　脣音四行分別是幫[p-]、滂[p´-]、並[b-]、明[m-]四種發音。

　　舌音四行分別是端[t-]、透[t´-]、定[d-]、泥[n-]四種發音（一、四等位置）。

　　知[ȶ-]、徹[ȶ´-]、澄[ȡ-]、娘[ɳ-]四種發音（二、三等位置）。

　　牙音四行分別是見[k-]、溪[k´-]、群[g-]、疑[ŋ-]四種發音。

　　齒音五行分別是精[ts-]、清[ts´-]、從[dz-]、心[s-]、邪[z-]（一、四等位置）。

　　章[tɕ-]、昌[tɕ´-]、船[dʑ-]、書[ɕ-]、禪[ʑ-]（三等位置）。

　　莊[tʃ-]、初[tʃ´-]、崇[dʒ-]、生[ʃ-]、俟[ʒ-]（二等位置）。

　　喉音四行分別是影[ʔ-]、曉[x-]、匣[ɣ-]、云[ɣj-]、以[ø-]五種發音（第四行三等位置是云母，四等位置是以母）。

　　最後的舌齒音二行分別是來[l-]、日[nʑ-]兩種發音。

　　「橫列字母」方面，韻圖上所標示的清和濁，基本上和現代語音學所說之清濁符合，也就是凡是發音時聲帶發生振動的輔音叫做「濁音」，凡是發音聲帶不振動的輔音叫做「清音」。我們在學習英文的時候，把濁音稱爲「有聲子音」，把清音稱爲「無聲子音」，意思是一樣的，不過語音學的正式名稱把它叫做「濁音」、「清音」罷了。

　　圖上所標示的「次清」指的是「送氣清音」的意思，也就是國際音標需要在右上角加上一小撇的音，它的發音氣流強度要大一些，所以叫做「送氣音」。

　　圖上所標示的「清濁」，有的等韻圖把它叫做「次濁」，指的是鼻音、邊音，和零聲母（沒有輔音聲母）的字。

　　韻母方面，《韻鏡》第一圖中所收的字，只有兩類唸法：凡是一等字都唸[-uŋ]，跟它搭配的入聲字都唸[-uk]；凡是三等字都唸[-juŋ]，跟它搭配的入聲字都唸[-juk]。至於圖中所看到，出現在其他等的字，都是由於特殊原因而權宜安置的，這種狀況於下文再做說明。

　　把以上的知識綜合起來，我們就可以「看圖知音」。依據某字在等韻圖的位置，了解這個字在唐代的唸法。舉例來說：

「風」是平聲東韻三等幫母字，音[pjuŋ]。

「鳳」是去聲送韻三等並母字，音[bjuŋ]。

「木」是入聲屋韻一等明母字，音[muk]。

「痛」是去聲送韻一等透母字，音[t´uŋ]。

「逐」是入聲屋韻三等澄母字，音[ȡjuk]。

「公」是平聲東韻一等見母字，音[kuŋ]。

「弓」是平聲東韻三等見母字，音[kjuŋ]。

「麴」是入聲屋韻三等溪母字，音[k´juk]。

「終」是平聲東韻三等章母字，音[tɕjuŋ]。

「速」是入聲屋韻一等心母字，音[suk]。

「雄」是平聲東韻三等匣母字，音[ɣjuŋ]（聲母為舌根濁擦音）。

「翁」是平聲東韻一等影母字，音[ʔuŋ]（聲母為喉塞音）。

「隆」是平聲東韻三等來母字，音[ljuŋ]。

「六」是入聲屋韻三等來母字，音[ljuk]。

「肉」是入聲屋韻三等日母字，音[nʑjuk]（聲母為鼻塞擦音）。

　　其他可以依此類推。下面我們再看看《韻鏡》的第二和第三轉。讀者可以自行試試，看圖辨音，把其中的字，按照它的位置，來判斷它在唐代的音讀（第二轉的韻母類型是-uoŋ，第三轉的韻母類型是-ɔŋ）。

韻鏡

内轉第二開合（四）

	齒舌音		喉音				齒音					牙音				舌音				唇音			
	清濁	清濁	清	清濁	濁	清	清	濁	次清	清	清	清濁	濁	次清	清	清濁	濁	次清	清	清濁	濁	次清	清
冬	○	○	○	礑	○	碪	○	○	○	鬆	賓	聰	宗	○	○	○	攻	○	○	農	彤	烬	冬	○	○	○
鍾	茸	龍	容	庸	○	匈	邕	鱅	舂	衝	鍾	顒	蚣	恭	釀	重	慵	○	○	達	峯	封
					松	淞	從	摠	縱											
腫	○	隴	宂	○	○	○	○	○	攤	○	種	○	雖	腫	○	搴	恐	拱	○	重	寵	冢	○	奉	捧	覂
			甬			悚	恊	從												
宋	○	○	○	碪	○	○	○	○	○	○	宋	○	○	○	○	統	湩	雾								
用	韘	曨	○	用	○	○	○	○	種	○	頌	從	○	縱	○	共	恐	供	袚	重	踵	○	俸	○	葑
沃	○	漯	○	鵠	熇	沃	○	瘯	○	懺	○	○	○	梏	酷	㓡	擢	毒	○	篤	瑂	僕	蓴	襮
燭	辱	錄	欲	○	旭	郁	蜀	束	贖	觸	燭	玉	局	曲	輂	○	躅	鿍	瘃	姆	噗	幞	韇
			續	粟	○	促	足												

外轉第三開合（四）

外轉第三開合（四）

	齒舌音		喉音				齒音					牙音				舌音				唇音			
	清濁	清濁	清	清濁	濁	清	清	濁	次清	清	清	清濁	濁	次清	清	清濁	濁	次清	清	清濁	濁	次清	清
江	○	瀧	○	○	降	肛	腔	○	雙	淙	牎	○	哤	腔	江	膿	憧	摐	摐	厖	龐	胮	邦
講	○	○	○	項	傋	慃	○	○	○	○	○	○	講	○	○	○	傻	肨	○	縻				
絳	○	○	○	巷	○	凉	誺	淓	○	○	絳	戇	眷	韸	胧	○	肨							
覺	○	犖	○	學	○	渥	○	朔	浞	娖	捉	岳	○	設	覺	搦	濁	逴	斮	邈	雹	璞	剝

例如：「峯」是　平　聲鍾韻三等滂母字，音[p´juoŋ]。

「僕」是　　聲　　韻　　等　　母字，音[　　]。

「農」是　　聲　　韻　　等　　母字，音[　　]。

「寵」是　　聲　　韻　　等　　母字，音[　　]。

「篤」是 ＿＿ 聲 ＿＿ 韻 ＿＿ 等 ＿＿ 母字，音[＿＿]。
「恭」是 ＿＿ 聲 ＿＿ 韻 ＿＿ 等 ＿＿ 母字，音[＿＿]。
「玉」是 ＿＿ 聲 ＿＿ 韻 ＿＿ 等 ＿＿ 母字，音[＿＿]。
「松」是 ＿＿ 聲 ＿＿ 韻 ＿＿ 等 ＿＿ 母字，音[＿＿]。
「足」是 ＿＿ 聲 ＿＿ 韻 ＿＿ 等 ＿＿ 母字，音[＿＿]。
「匈」是 ＿＿ 聲 ＿＿ 韻 ＿＿ 等 ＿＿ 母字，音[＿＿]。
「容」是 ＿＿ 聲 ＿＿ 韻 ＿＿ 等 ＿＿ 母字，音[＿＿]。
「用」是 ＿＿ 聲 ＿＿ 韻 ＿＿ 等 ＿＿ 母字，音[＿＿]。
「龍」是 ＿＿ 聲 ＿＿ 韻 ＿＿ 等 ＿＿ 母字，音[＿＿]。
「錄」是 ＿＿ 聲 ＿＿ 韻 ＿＿ 等 ＿＿ 母字，音[＿＿]。
「剝」是 ＿＿ 聲 ＿＿ 韻 ＿＿ 等 ＿＿ 母字，音[＿＿]。
「濁」是 ＿＿ 聲 ＿＿ 韻 ＿＿ 等 ＿＿ 母字，音[＿＿]。
「江」是 ＿＿ 聲 ＿＿ 韻 ＿＿ 等 ＿＿ 母字，音[＿＿]。
「覺」是 ＿＿ 聲 ＿＿ 韻 ＿＿ 等 ＿＿ 母字，音[＿＿]。
「捉」是 ＿＿ 聲 ＿＿ 韻 ＿＿ 等 ＿＿ 母字，音[＿＿]。
「巷」是 ＿＿ 聲 ＿＿ 韻 ＿＿ 等 ＿＿ 母字，音[＿＿]。

五、等韻圖填字的權宜措施

一千年前的僧人在設計等韻圖的時候，除了上一節所說的一般規則之外，還有一些權宜措施。我們分兩部分來介紹：首先是聲母的安排，其次是韻母的安排。

㈠韻圖如何安排聲母？

在聲母方面，齒音這一欄最爲複雜，從表面上看第一等和第四等都是精系字，第二等是莊系字，第三等是章系字。可是，其中的莊系字，會出現在二等韻和三等韻裡頭，也就是說，莊系聲母能夠和二等性、和三等性的韻母相搭配，組合成一個音節。設計韻圖的人，固然可以把二等性的莊系字放在二等的位置，可是三等性的莊系字卻不能放在三等的位置，因爲那個位置是專門安置章系字的，兩套不同的聲

母，不能混在同一個等裡頭，否則就失去「看圖知音」的功能了。然而，在三等性的莊系字無處安排的時候，等韻圖的設計者發現，這個時候的二等位置總是沒有其他真正二等性的莊系字，也就是說，在《切韻》音系裡，二等性的莊系字和三等性的莊系字是互補的，不會同時存在。因此，無處可去的三等莊系字就全部安插到二等位置去了。但是，它的性質仍然是三等韻，所放的位置卻是二等韻，這樣，就形成了「假二等」。「假二等」是指三等莊系字權宜地放到二等位置上去，有別於原來就應該放在二等位置的莊系字，也就是「真二等」。那麼，我們閱讀等韻圖，如何分辨「真二等」和「假二等」呢？設計等韻圖的人，為了讓讀者能夠清晰地辨認，於是，就在韻圖中每一個圖表的開頭註明「內轉」和「外轉」。凡是註明「內轉」的，表示齒音二等的位置都是假二等，實際是三等字；凡是註明「外轉」的，表示齒音二等的位置都是真二等。

　　為什麼要定名為「內轉」和「外轉」呢？原來，等韻圖中的每一圖，它的原本名稱就叫做「轉」，通常等韻學家不稱為「第一圖」、「第二圖」，而稱為「第一轉」、「第二轉」。這個「轉」字是從佛門用語來的，也就是所謂「法輪常轉」的「轉」字衍生來的。因為，等韻圖的每一圖都是羅列每一種聲母，輪流和不同的韻母、聲調相拼音，在縱橫交錯中填上適當發音的字。這樣的輾轉輪流拼字音，於是，就想到用「轉」字來代表每一個圖的正式名稱。「內轉」在命義上是取「齒音二等位置上的字，必須向內回到它的原籍——第三等」來理解；「外轉」則是指「那些齒音二等位置上的字，原本就應該在三等之外，是獨立在二等位置上的真正二等韻」。

　　齒音這一欄，還有一組聲母做了權宜的處理，那就是精系字。精系字可以出現在一等韻、三等韻、四等韻當中，也就是說，精系的聲母可以和一等、三等、四等的韻母搭配拼音，組成音節。等韻圖的設計者，把一等和四等的精系字分別填在齒音一等和四等的位置，三等的精系字由於三等位置已經有章系字，兩套聲母不能混淆，所以

必須另找位置安插。這個時候，設計等韻圖的人，就把這些三等性的精系字權宜地放到四等的位置上去。這樣，又形成了「眞四等」和「假四等」的問題。所謂「眞四等」是指原本就是四等性的精系字，《廣韻》的四等韻並不多，總共只有「齊、先、蕭、青、添」五個而已。所謂「假四等」，就是三等韻的精系字借放到了四等位置上的狀況。

　　我們應該如何辨別眞四等和假四等呢？有兩個方法：第一個是記住「齊、先、蕭、青、添」，凡是遇到這五個韻，那些齒音四等位置上的字，就是眞四等，否則就是假四等。第二個方法是，看放在齒音四等位置上的精系字，有沒有邪母字，如果有，就是假四等，因爲，邪母字有個特性，它只能夠和三等性的韻母拼音，也就是它只能出現在三等韻裡面。如果看到韻圖放在四等位置上，那麼，這一整組精系字都是假四等。

　　精系字的假四等沒有莊系字的假二等那麼幸運，因爲，同一個圖裡面，萬一三等韻有精系字，又有眞正的四等韻在那兒，那麼，這些三等韻的精系字就不能夠借放到同一圖的四等位置上，否則，三等韻和四等韻就分不清楚了。所以，在這個時候，等韻圖的設計者，又採取了一項權宜措施，也就是讓這些三等精系字處於「既非本轉，亦非本等」的狀態。換句話說，把這些三等精系字放到了鄰近的圖的四等位置上。好在這種情況並不多，因爲眞正的四等韻只有「齊、先、蕭、青、添」五個，只有碰到這五個韻的時候，才會產生「既非本轉，亦非本等」的狀態。這種狀況發生的時候，鄰近的轉就算三等有空位，這些三等精系字也不會放在三等，也要放在四等位置上。因爲，等韻圖的「位置原則」是很嚴密的，凡是「齒音三等」必然是章系字，不能允許其他聲母的字安插，這樣就有效地幫助讀者看圖知音了。「亦非本等」就是這樣的情況產生的。

㈡「既非本轉，亦非本等」的權宜措施

　　下面我們把這種「既非本轉，亦非本等」的狀況羅列出來。

1. 當同一圖中，有四等韻「齊」韻的時候，同一圖的「祭」韻精系字，就從第十三、十四轉，借放到了十五、十六轉。

2. 當同一圖中，有四等韻「先」韻的時候，同一圖的「仙」韻精系字，就從第二十三、二十四轉，借放到了二十一、二十二轉。

3. 當同一圖中，有四等韻「蕭」韻的時候，同一圖的「宵」韻精系字，就從第二十五轉，借放到了二十六轉（第二十六轉是一個很特別的轉，這一圖沒有真正的主人，通通是權宜性借放的字）。

4. 當同一圖中，有四等韻「青」韻的時候，同一圖的「清」韻精系字，就從第三十五、三十六轉，借放到了三十三、三十四轉。

5. 當同一圖中，有四等韻「添」韻的時候，同一圖的「鹽」韻精系字，就從第三十九轉，借放到了四十轉。

　　下面我們舉例來看看，第十三轉有四等韻「齊」韻的時候，同一圖的「祭」韻精系字，就從第十三轉，換個圖，借放到了十五轉。下圖齒音四等位置上的「齎、妻、齊、西」等字，都是真四等。

　　下面是第十五轉，其中的「祭」韻字，是三等韻，由於「重紐」（後面再做詳細介紹）以及其他原因，放到了四等位置上。至於齒音四等，正好沒有祭韻字。這是因爲祭韻開口，沒有齒音字的緣故。韻圖的第十三、十五轉，都是安置開口字的圖，十四、十六轉都是安置合口字的圖。所以，十三轉的祭韻，若產生「既非本轉，亦非本等」的情況，會安置到同樣是開口的十五轉。十四轉的祭韻若產生「既非本轉，亦非本等」的情況，會安置到同樣是合口的十六轉。

外轉第十五開

韻 \ 音	唇音	舌音	牙音	齒音	喉音	舌齒音
佳	顋 睥	叔	佳 㧜 崖	釵	娃 膎 鷖 縈 蔿	○
蟹	買 罷 擺	煸 廌	解 芋 蔦	蟹	矮	○
泰卦祭	貝 嶭 濡 姉 眜 袂 欒 漱 藏	帶 太 大 柰 奈	艾 乂 磕 藹 解 艵 藝	蔡 羛 饋 嚖 瘵	害 欬 藹 邁 譮 饐 曳 竭	賴

　　以下是第十四轉，三等有祭韻，四等有齊韻，在齒音三等的位置上有「贅、毳、稅」等字，依照韻圖的規則，屬章系字。本圖齒音四等位置應該安插的是齊韻的合口精系字，可是正好齊韻沒有合口精系字，於是，這裡所看到的齒音四等就空缺了。

下面是第十六轉，屬合口的圖，其中有三等祭韻精系「蕝、膬、歲、篲」等字，放在四等位置上，正是「既非本轉，亦非本等」的狀況，這些字的本籍應在第十四轉三等位置。

　　下面是韻圖的第二十六轉，是一個比較特殊的轉，沒有一個字是這個轉的「真正主人」，通通是「既非本轉，亦非本等」的借用狀況。也就是通通屬於借放位置的狀況，它的「本籍」事實上是第二十五轉。其中齒音四等位置上的「焦、鐎、樵、宵」等字，是三等宵韻字，因為它的本籍第二十五轉齒音四等已經有真正的四等韻蕭韻字，所以不得已才借放到這裡來。

韻	脣音（清 次清 濁 清濁）	舌音（清 次清 濁 清濁）	牙音（清 次清 濁 清濁）	齒音（清 次清 濁 清濁）	喉音（清 清 濁 清濁）	舌齒音（清濁 清濁）
	○○○○	○○○○	○○○○	○○○○	○○○○	○○
宵	飆 漂 瓢 蜱	○○○○	○ 翹 蹻 ○	焦 鐎 樵 宵	夭 ○ ○ 遙	○○
	○○○○	○○○○	○○○○	○○○○	○○○○	○○
	○○○○	○○○○	○○○○	○○○○	○○○○	○○
小	標 嫖 摽 眇	○○○○	○ ○ 趫 ○	劋 悄 湫 小	鷕 ○ ○ 闄	○○
	○○○○	○○○○	○○○○	○○○○	○○○○	○○
	○○○○	○○○○	○○○○	○○○○	○○○○	○○
笑	剽 驃 妙 ○	○○○○	趬 趫 翹 ○	醮 陗 噍 笑	要 ○ ○ 燿	○○
	○○○○	○○○○	○○○○	○○○○	○○○○	○○
	○○○○	○○○○	○○○○	○○○○	○○○○	○○
	○○○○	○○○○	○○○○	○○○○	○○○○	○○
	○○○○	○○○○	○○○○	○○○○	○○○○	○○

（外轉第二十六合）

六、等韻圖透露了哪些古音訊息

　　等韻圖就是中古音的拼音圖表，這些資料使得我們今天可以從位置上得知每一個字在隋唐時代的發音，所以等韻圖是很有效地了解古音的工具。總括起來，從等韻圖的歸字位置，可以告訴我們七個古音訊息：

何母？清濁？何韻？幾等？洪細？開合？何調？

　　由於等韻圖是嚴格分開合的，也就是有介音[u]、沒有介音[u]的字，必須分圖排列，所以我們可以從當中知道某一個韻的開合狀況。有些韻有開口的唸法，也有合口的唸法，同時存在一個韻當中。也有一些韻，只有開口的唸法，或只有合口的唸法。前者如「支脂微齊……」等等，後者如「東冬鍾江……」等等。其中比較有特色的，是正好兩個韻之間的區別只在開和合，形成「開合相對」的韻。

　　《廣韻》裡頭，這種開合相對的韻共有八組：

1. 魚[-jo]虞[-juo]
2. 灰[-uAi]咍[-Ai]
3. 眞[-jen]諄[-juen]
4. 欣[-jən]文[-juən]
5. 痕[-ən]魂[-uən]
6. 寒[-ɑn]桓[-uɑn]
7. 歌[-ɑ]戈[-uɑ]
8. 嚴[-jɐm]凡[-juɐm]

　　這裡我們都注上了董同龢的中古擬音，可以看出來左右兩個韻的區別，只在一個有[u]一個沒[u]而已，除此之外，其他部分都相同。這就是「開合相對」的韻。這類韻，在等韻圖中都分圖排列，其規則通常是「前開後合」。也就是前一個圖是開口圖，後一個圖就是合口圖。

　　此外，我們從等韻圖的位置上，還可以了解韻書中每一個韻的「等」的屬性：

　　一等韻：冬模泰灰咍魂痕寒桓豪歌戈（一部分）唐登侯覃談東
　　　　　　（一部分）

　　二等韻：江皆佳夬臻刪山肴耕咸銜麻（一部分）庚（一部分）

　　三等韻：鍾支脂之微魚虞祭廢眞諄欣文仙元宵陽清蒸尤幽侵鹽

　　　　嚴凡東（一部分）戈（一部分）麻（一部分）庚（一部
　　　分）
　　四等韻：齊先蕭青添
　　　如果我們把每個韻的「等」的屬性牢記起來，對於辨別中古音就
能夠得心應手了。記誦的方法並不難，首先我們可以用十秒鐘記住五
個四等韻「齊先蕭青添」，其次，我們再用五分鐘記住哪些是一等
韻，用另外五分鐘記住哪些是二等韻，剩下的三等韻太多了，我們就
不必再去記了。將來只要發現沒有記過的那個韻，一定是三等韻。因
此，全部我們只要用十分零十秒，就把中古韻的屬性都搞清楚了。
　　　聲母和韻母的組合搭配，往往是有規則的，哪些聲母會配哪些韻
母，哪些聲母不配哪些韻母，在一個語音系統當中是固定的，我們從
等韻圖當中也可以得到這樣的訊息，了解哪些聲母可以出現在幾等韻
中。其意義也就是哪些聲母可以和哪一種韻母類型組合成音節。等韻
圖所反映的這種組合規律如下：
1. 幫系字──可以和所有韻母相搭配。
2. 端系字──只能夠和一、四等韻母相搭配。
3. 知系字──只能夠和二、三等韻母相搭配。
4. 見溪疑──可以和所有韻母相搭配。
5. 精清從心──只能和一、三、四等韻母相搭配。
6. 章系字──只能和三等韻母相搭配。
7. 莊初崇生──只能和二、三等韻母相搭配。
8. 影曉──可以和所有韻母相搭配。
9. 匣母──只能和一、二、四等韻母相搭配。
10. 來母──可以和所有韻母相搭配。
11. 群邪俟云以日──只能和三等韻相搭配。
　　　如果我們把這種組合關係簡單化，可以歸納出兩種傾向，第一
是可以和所有韻母相搭配的聲母，有「幫滂並明，見溪疑，影曉
來」，共十個。第二是另外一種極端，只能夠和三等韻母相搭配的聲
母，共有十一個，它們是「章昌船書禪，群邪俟云以日」。

　　我們如果把這些知識綜合活用的話，就能夠推出古音的唸法，比起死背《廣韻》反切上下字要有效得多。例如，你如果想知道「田」字的古音唸法，我們可以從「已知」求「未知」。「已知」是現在我們把它讀成ㄊㄧㄢ／，由此作為推出古音的出發點。

　　我們來看看它的七個古音訊息：

　　何母？清濁？何韻？幾等？洪細？開合？何調？

　　推理的步驟如下：

1. 我們已知聲母現在唸作「ㄊ」，凡是唸作「ㄊ」的，古音不外是透母或定母。
2. 我們已知韻母現在唸作「ㄧㄢ」，凡是唸作「ㄧㄢ」的，古音不外是「咸銜」、「鹽嚴」、「先仙」、「添」、「元」這幾個韻。
3. 我們已知聲調現在唸作第二聲，聲韻規則告訴我們，凡是唸第二聲的，古代屬濁聲母。
4. 因為在透母和定母當中，只有定母是濁聲母，所以「田」字是定母字。
5. 因為定母只能出現在一等或四等，所以在第二項所列的各種可能出現的韻當中，合乎這個條件的只剩下先韻和添韻。
6. 先韻和添韻的區別是前者收-n尾，後者收-m尾。這點可以用現代方言的唸法判斷。
7. 「田」字從現代方言看，沒有唸作-m尾的，所以，「田」字必然是先韻字。
8. 先韻是四等字，凡是四等字必為細音。
9. 「田」字從現代方言看，沒有唸作u介音的，所以「田」字屬開口。
10. 凡是現代唸第一聲和第二聲的，往往古代為平聲，所以「田」字是平聲。

　　其他的情況，都可以活用這樣的方法，去推出它的古音性質。讀

者可以依此類推，舉一反三。

思考與討論

1. 守溫大師最早設計的字母，一共有三十個，請在《瀛涯敦煌韻輯新編》一書中，找出這份資料，試著判斷每一個字母代表什麼音。
2. 三十六字母有「照穿牀審禪」，和反切上字歸納出來的「章昌船書禪」、「莊初崇生俟」有什麼關係？
3. 古代的語音學有「五音」之別，所謂「五音不全」，指的是哪五音？又古代的音樂也有「五音」，又是哪五個？
4. 古代的語音學，聲母也分「清、濁」，其分類系統如何？跟今天的「清、濁」觀念如何對應？
5. 唐朝的三十字母，有「不芳並明」四母，其中的「芳」代表哪一種發音？這樣的唸法還保留在現代的哪些方言當中？
6. 等韻圖的精神在「分等」，分等的不同，代表什麼發音上的不同？請就介音上和主元音上分別舉例說明。
7. 早期等韻圖的《韻鏡》和宋元等韻圖的《四聲等子》，有什麼不同？試從圖書館找出這兩本書，比較看看。
8. 中古音的「先仙」、「東冬」當時的發音區別在哪裡？
9. 試取出《韻鏡》中的某一圖，試試看，能不能「看圖知音」？從每一個字所放置的位置，辨別中古音怎麼唸。
10. 《廣韻》裡頭，有八組開合相對的韻，試著用現代音唸唸看，哪幾組還可以分得出開合的區別？哪些組已經分不出來了？

第十一章
奇妙的重紐現象

一、什麼是「重紐」？

在韻書的反切當中，以及韻圖的排列上，中古音的材料顯示了一個頗為特殊的現象，前人稱之為「重紐」。「紐」指的是聲母，從字面上看就是聲母重複的現象。例如「皮，符羈切」與「陴，符支切」，這兩個字的反切下字屬於同一類韻母，而反切上字又是同一個字，這樣不就是同音了嗎？但是，依照《廣韻》的原則，同音的字不會分開排列、注上兩個不同的反切，通常同音字一定是放在一起、只用一個反切注音。這樣就形成了矛盾的現象，從清朝以來，學者們無法解釋這種現象，就直覺地認為是聲母重複了，於是稱之為重紐。從韻圖上看，「皮」和「陴」兩個字都放在唇音的第三行並母的位置，又安插在支韻的開口圖中，聲調上，又同樣是平聲，只不過「皮」字放在三等位置，「陴」字放在四等位置。實際上，這個支韻第四轉開口字都是三等韻，為什麼要把一部分字放到四等位置呢？是字太多了，三等位置容納不下，而把一部分字放到四等位置嗎？答案是否定的，因為等韻圖的基本原則是「看圖知音」，不同的位置就代表不同的發音，不可能把同音字分在兩個地方排列。而且這種把三等韻的一部分字排到四等的現象，是有規律的，它只出現在「支、脂、眞、諄、祭、仙、宵、清、侵、鹽」十個韻當中的唇牙喉音。而且有時候三等位置是空著的，這些三等字都沒有放在三等的位置，而改放到了四等位置，例如支韻第五轉牙音溪母上聲「跿」字、去聲「觖」字，明明都是三等支韻字，這時三等的位置空著，它們卻放到了四等位置上。顯然，這種措施是有非放在四等不可的理由。一般把放在三等的叫做「重紐三等字」，放在四等的叫做「重紐四等

字」，而且依照等韻圖的性質，這一類三等字放到四等位置上，一定在發音上有所不同。但是，無論從聲母上看或是從韻母、聲調上看，它們之間完全看不出發音上有任何區別。那麼，重紐三等字跟重紐四等字到底發音上會有什麼差別呢？這個問題在學術界討論了很久，提出各種不同的解釋，但是始終沒有一個定論。

　　有的學者認為，重紐三等跟重紐四等的差別在主要元音，但是既然同屬一個韻，這種差別應該是三等韻之下的一個次分類，也就是非常細微的語音差異。有的學者認為，重紐三等跟重紐四等的差別在介音，也有的學者認為差別在聲母，還有一些學者認為重紐三等跟重紐四等只是反映上古音來源的不同。

二、重紐現象的實例

　　我們也可以換句話說，所謂「重紐現象」指的是等韻圖中，三等韻的字有些並沒有完全放在三等位置上，而放到了四等位置上。這種情況會出現在「支、脂、眞、諄、祭、仙、宵、清、侵、鹽」十個韻的唇牙喉音當中。例如：

第六轉 至韻字開口	唇音			
	幫	滂	並	明
三等位置	祕	濞	備	郿
四等位置	痹	屁	鼻	寐

　　第六轉的「脂、旨、至」韻，都是開口字，都是三等韻。上面所列的八個字，都是唇音，卻在四等位置上，排列了「痹、屁、鼻、寐」四個字。無論就聲、韻、調三方面看，跟放在三等位置的「祕、濞、備、郿」，看不出有任何區別。於是，前人把這個現象叫做「重紐」。字面上的意思是「重複的聲母」，因為在「幫滂並明」的位置，每一個聲母上下都出現了兩次，一次放在三等，一次放

在四等。從等韻圖表面看來，好像是聲母重複了。但是，設計韻圖的
人，爲什麼要有這樣的重複呢？等韻圖是爲了表達發音而設計的，既
然上下分開排列，必然有它的原因。恐怕不單純是三等字太多，放不
下，才借放到四等的。我們可以看看下面的例子：

第十七轉 質韻開口	唇音			
	幫	滂	並	明
三等位置	筆	○	弼	密
四等位置	必	匹	邲	蜜

在這個圖裡頭，三等位置的滂母明明有空位，而三等性的「匹」
字卻仍然放到了四等位置上，說明了不單純是三等位置不夠放，才
借放到四等的。這些三等韻的重紐字，放在三等位置和放在四等位
置，必然有語音上的差別，所以，即使三等有空位，有些字仍然要放
到四等位置上。

第二十五轉、第二十六轉宵韻開口	唇音			
	幫	滂	並	明
三等位置（見第二十五轉）	鑣	藨	○	苗
四等位置（見第二十六轉）	飆	漂	瓢	蜱

這裡三等的並母字也是空著，卻把三等的「瓢」字放到了四等位
置上，類似這樣的情況在《韻鏡》裡面還很多，說明了重紐三等字和
重紐四等字，的確有非分開排列不可的理由。宵韻的重紐四等，之所
以放到第二十六轉，是因爲它的本轉第二十五轉，四等位置上有眞
正的四等韻「蕭」韻；因此，權宜性地放到了第二十六轉四等位置
上。

　　這種重紐三等和四等對立的現象，一般把放在三等的叫做「重紐三等」字，放在四等的叫做「重紐四等」字，那麼，重紐三等字和重紐四等字到底在語音上有什麼差別呢？如果由現代方言觀察，已經看不出它們語音上區別的痕跡，我們從其他方向來尋找，其間可能存在的差異，有下面幾條線索。

三、追尋重紐現象的線索

　　第一是韓國話的漢字音、越南話的漢字音，仍然可以區分重紐三等和重紐四等發音上的不同。但是，這些域外借音所呈現的重紐區別，並不一致，無法作為漢語中古音的參考。

　　第二是漢字的形聲系統，也殘留了重紐三等和重紐四等發音上的不同。我們把《廣韻》重紐三等和四等在諧聲上的區別，表列如下。所列的字為《廣韻》的同音字。由這個表中，我們可以看出來，重紐三等常見的聲符和重紐四等常見的聲符往往是有區別的。

　　例如支韻重紐三等和四等常出現的諧聲偏旁不同，重紐三等常出現從「皮」得聲的字，重紐四等出現的是從「卑」得聲的字。

支韻	
重紐三等	重紐四等
皮聲	卑聲
鈹	卑
帔	椑
披	鵯
陂	陴
詖	郫
皮	
疲	

　　紙韻也是，重紐三等常出現從「皮」得聲的字，重紐四等出現的是從「卑」得聲的字。

紙韻	
重紐三等	重紐四等
皮聲	卑聲
彼 被 皺	俾 婢 庳

脂韻重紐三等常出現從「丕」得聲的字，重紐四等出現的是從「比」得聲的字。

脂韻	
重紐三等	重紐四等
丕聲	比聲
邳 鉟 丕 伾	紕 悂

旨韻重紐三等常出現從「九」得聲的字，重紐四等出現的是從「匕」得聲的字。

旨韻	
重紐三等	重紐四等
九聲	匕聲
軌 簋 晷 氿	匕 比 枇 朼

　　至韻重紐三等常出現從「必」得聲的字，重紐四等出現的是從
「畀」得聲的字。

至韻	
重紐三等	重紐四等
必聲	畀聲
祕 毖 轡 邲	痹 畀 庇

　　眞韻重紐三等常出現從「彬」得聲的字，重紐四等出現的是從
「民」得聲的字。

眞韻	
重紐三等	重紐四等
彬聲	民聲
斌 彬 邠	民 泯 愍

　　獮韻重紐三等常出現從「免」得聲的字，重紐四等出現的是從
「面」得聲的字。

獮韻	
重紐三等	重紐四等
免聲	面聲
免 娩 勉 俛	緬 沔 汅 湎

宵韻重紐三等常出現從「喬」得聲的字，重紐四等出現的是從「票」得聲的字。

宵韻	
重紐三等	重紐四等
喬聲	票聲
驕 嬌 喬	漂 僄 飄 嘌

第三是上古音的來源，反映了重紐三等和重紐四等來自不同的古韻部。

支韻開口重紐三等多來自上古歌部韻，重紐四等多來自上古佳部（又名支部）韻。

支韻開口			
	重紐三等		重紐四等
幫	陂【歌部】（彼為）		卑【佳部】（府移）
並	皮【歌部】（符羈）		陴【佳部】（符支）
群	奇【歌部】（渠羈）		祇【佳部】（巨支）

　　支韻合口重紐三等多來自上古歌部韻，重紐四等多來自上古佳部
（又名支部）韻。

支韻合口		
	重紐三等	重紐四等
見	嬀【歌部】（居為）	規【佳部】（居隨）
溪	虧【歌部】（去為）	闚【佳部】（去隨）

　　紙韻開口重紐三等多來自上古歌部韻，重紐四等多來自上古佳部
（又名支部）韻。

紙韻開口		
	重紐三等	重紐四等
幫	彼【歌部】（甫委）	俾【佳部】（抃弭）
並	被【歌部】（皮彼）	婢【佳部】（便俾）
見	掎【歌部】（居綺）	枳【佳部】（居帋）
溪	綺【歌部】（墟彼）	企【佳部】（丘弭）

　　寘韻開口重紐三等多來自上古歌部韻，重紐四等多來自上古佳部
（又名支部）韻。

寘韻開口		
	重紐三等	重紐四等
滂	帔【歌部】（披義）	譬【佳部】（匹賜）
並	髲【歌部】（平義）	避【佳部】（毗義）
見	寄【歌部】（居義）	馶【佳部】（居企）

　　脂韻開口重紐三等多來自上古之部韻，重紐四等多來自上古脂部

韻。

脂韻開口		
	重紐三等	重紐四等
滂	丕【之部】（敷悲）	紕【脂部】（匹夷）
並	邳【之部】（符悲）	毗【脂部】（房脂）

　　脂韻合口重紐三等多來自上古之部韻，重紐四等多來自上古脂部韻。

脂韻合口		
	重紐三等	重紐四等
群	逵【之部】（渠追）	葵【脂部】（渠惟）

　　旨韻開口重紐三等多來自上古之部韻，重紐四等多來自上古脂部韻。

旨韻開口		
	重紐三等	重紐四等
幫	鄙【之部】（方美）	匕【脂部】（卑履）
並	否【之部】（符鄙）	牝【脂部】（扶履）

　　旨韻合口重紐三等多來自上古之部韻，重紐四等多來自上古脂部韻。

旨韻合口		
	重紐三等	重紐四等
見	軌【之部】（居洧）	癸【脂部】（居誄）

　　至韻開口重紐三等多來自上古微部韻，重紐四等多來自上古脂部韻。

旨韻開口		
	重紐三等	重紐四等
溪	器【微部】（去冀）	棄【脂部】（詰利）

　　至韻合口重紐三等多來自上古微部韻，重紐四等多來自上古脂部韻。

至韻合口		
	重紐三等	重紐四等
群	匱【微部】（求位）	悸【脂部】（其季）

　　眞韻重紐三等多來自上古文部韻，重紐四等多來自上古眞部韻。

真　韻		
	重紐三等	重紐四等
幫	彬【文部】（府巾）	賓【真部】（必鄰）
並	貧【文部】（符巾）	頻【真部】（符真）
明	珉【文部】（武巾）	民【真部】（彌鄰）
疑	釿【文部】（巨巾）	趣【真部】（渠人）

　　諄韻重紐三等多來自上古文部韻，重紐四等多來自上古眞部韻。

諄　韻		
	重紐三等	重紐四等
見	麏【文部】（居筠）	均【真部】（居勻）

質韻重紐三等多來自上古微部韻，重紐四等多來自上古脂部韻。

質 韻		
	重紐三等	重紐四等
幫	筆【微部】（鄙密）	必【脂部】（卑吉）
並	弼【微部】（房密）	邲【脂部】（毗必）
明	密【微部】（美筆）	蜜【脂部】（彌畢）
影	乙【微部】（於筆）	一【脂部】（於悉）
曉	肸【微部】（羲乙）	欯【脂部】（許吉）

第四是宋元時代的韻書《古今韻會舉要》，裡面所注的「字母韻」，還能部分區分重紐三等和重紐四等。例如，支韻重紐三等「嬀、虧、陂、皮」等字都用「嬀」字母韻來注音，而重紐四等「規、闚」都用「規」字母韻來注音。紙韻重紐三等「彼、破、被」都用「軌」字母韻，而重紐四等「俾、諀、婢」等字都用「己」字母韻。脂韻重紐三等「霺、備、郿」等字都用「媿」字母韻，而重紐四等「鼻、寐」都用「寄」字母韻。眞諄韻重紐三等都用「筆、弼、密」等字都用「國」字母韻，「必、邲、蜜」等字都用「訖」字母韻。宵韻重紐三等「喬、妖」都用「驕」字母韻，而重紐四等「翹、邀」都用「驍」字母韻。下面用表格呈現這種區別：

	支韻平聲	支韻上聲	脂韻	眞諄韻入聲	宵韻
重紐三等	嬀、虧、陂、皮（嬀字母韻）	彼、破、被（軌字母韻）	霺、備、郿（媿字母韻）	筆、弼、密（國字母韻）	喬、妖（驕字母韻）
重紐四等	規、闚（規字母韻）	俾、諀、婢（己字母韻）	鼻、寐（寄字母韻）	必、邲、蜜（訖字母韻）	翹、邀（驍字母韻）

　　由這些資料觀察，可以發現重紐三等和重紐四等之間，所屬的字母韻是有區別的。在《韻會》當中，「字母韻」是用來表示當時韻母唸法的差別，因此，我們知道等韻圖分別重紐三等和重紐四等，這種語音上的差別，到宋元時代還沒有完全消失，還殘留在《韻會》的字母韻當中。

　　從以上的資料證明，重紐三等和四等的確有語音上的區別，這種區別既然可以遠溯到上古時代的諧聲字和古韻部，可知它是一種古老的語音區別（雖然語音差異點未必相同）。它仍然保存在今天的域外借音當中，例如韓國話、越南話等。漢語本身到了宋元時代的《韻會》還有部分殘留下來，可是發展到現代方言，已經完全消失。可以看出，重紐三等和重紐四等的語音差別，在兩千多年的歷史歲月中，逐漸消失的過程。那麼，隋唐的中古音，是否還有語音區別呢？我們可以推想，如果當時的音系果真是普遍地能夠區別重紐三等和重紐四等，那麼，製作等韻圖的人一定會用不同的等列來安插這些發音不同的字；可是，目前我們所看到的等韻圖，卻是用「非常的手段」來安插重紐三等和重紐四等字，也就是利用三等韻向四等借地位的方式，把一部分的三等字權宜性地放到四等的唇牙喉音位置上。因此，重紐在等韻圖上的表現給我們的訊息是，一方面這種發音的區別的確存在，一方面在當時並不是主流的區別，很可能是透過當時部分方言保留下來的某種語音區別。所以，設計等韻圖的人，才用了這種權宜的方式來安插重紐三等和重紐四等。

四、重紐的發音區別到底在哪裡？

　　接著我們要考慮的是，當時方言中保留的重紐三等和重紐四等的區別，到底在哪裡呢？

　　根據許多學者的研究，發現重紐的兩類字中，重紐三等字經常和舌尖流音[l]、[r]發生密切的關聯。

　　我們都知道上古音裡有大量的複聲母存在，正如今天的許多同族語言一樣。這些複聲母到東漢還保存了不少，例如包擬古《釋名

研究》就論證了大量帶l複聲母的例子。另外，柯蔚南《說文讀若聲母考》也發現了東漢舌音和l的接觸十分密切。可知東漢時代仍存在著大量帶l的複聲母，特別是kl-型的複聲母。古音學者也承認，在所有形式的複聲母中，帶l的一類是殘存最久、最後消失的。因此，近世學者如高本漢、林語堂首先探索複聲母時，材料最豐、最易於視察、證據最顯著的，就是kl-類複聲母。那麼，這些帶l的複聲母什麼時候才完全消失呢？從語音的歷史看，東漢還大量存在的帶l型複聲母，不可能到了六朝就突然消失得乾乾淨淨；合理地推測，應該還有部分保留下來，甚至在某些方言裡殘存至唐代。六朝是反切大盛的時代，唐代是等韻圖萌芽的時代，因此，反切和等韻圖應當反映了這種現象。

然而，反切拼音法是不適合拼寫複聲母的，造反切的人碰到了這種麻煩的聲母，會有不知如何呈現的苦惱。例如[glje]和[gje]，可能就分別用了「渠羈切」和「巨支切」來表達。因爲發聲都是群母[g]，自然反切上字要選「渠」或「巨」，韻母都是支韻開口，自然反切下字得選「支」或「羈」。可是，它們事實上又不完全同音，因而不能歸併在同一個反切之下。就這樣，「重紐反切」就出現了。這是反切拼音法面對複聲母時的無奈。清代的聲韻學家陳澧在他的《切韻考》當中，就列出了這種難以解釋的「重紐反切」。

現藏巴黎的唐寫本敦煌卷子p2012號收有「四等輕重例」，已是韻圖的初型，可知等韻之學唐代已萌芽。唐代語音也許複聲母基本上已經消失，可是卻很可能殘存在某些方言裡。製作韻圖的人把字填入圖表時，必定參考了反切，當遇到重紐反切時，那些精於辨音的沙門，必定會在當時的活語言中找出這些重紐的區別，把它分置在三等和四等的唇牙喉音位置上。於是，這樣設計好的韻圖就一直流傳了下來，宋元韻圖也沿襲了這樣的舊制。

因此，我們可以假設：重紐三等是一群帶l（或r）複聲母的字，而重紐四等則是相應的不帶l的一群字。它們的音節結構是CljV(C)和CjV(C)的區別（C代表輔音，V代表元音）。

我們可以分別從不同的方向來證明：

第一，我們面對重紐現象時，不免要問：為什麼重紐只出現在唇、牙、喉音之中？現在可以做這樣的解釋：因為它反映pl-（唇音）和kl-（牙喉音）兩種類型的複聲母。這正是帶l複聲母的主要兩種形式。為什麼舌、齒音沒有重紐？因為屬於齒音的tsl-型複聲母消失較早，東漢時代已不易找到其蹤跡。而屬於舌音的tl-型複聲母，有些古音學者認為並不存在於上古漢語。潘悟云的研究曾指出這點。李壬癸也指出，有些語言有kl、pl，卻沒有tl。如果上古只有kl-與pl-兩種帶l的複聲母，當然後來的重紐只能出現在唇牙喉音中了。

第二，牙喉音和來母的接觸是歷來研究複聲母的學者討論最多的，因為材料反映得最明確，說明了它是很晚才消失的一類複聲母，極有可能在反切的時代還存在於某些地區。

第三，朝鮮語中保留了重紐三、四等的區別。值得注意的是重紐三等字往往在聲母和主元音間多了一個ɰ成分（舌面後展唇高元音，為倒寫的m）：（見聶鴻音〈切韻重紐三四等字的讀音〉）

三等	寄kɰi	器kɰi	巾kɰn
四等	企ki	棄ki	緊kin

這種多出來的音位，很可能是早先某個音位的殘留。例如kli/ki的對立，轉化為kɰi/ki的對立。

第四，反映在《中原音韻》的重紐字，也有上述類似的現象（見齊微韻）：

重紐三等	筆（入作上）pei	密（入作去）mei
重紐四等	必（入作上）pi	蜜（入作去）mi

放在三等的，聲母後面多了一個殘留的成分，而放在四等的卻正

好沒有，這和plj/pj的對立是吻合的。聲母後多出的成分可解釋爲l的殘留痕跡。

第五，無獨有偶地，是上述現象也出現在《韻會》重紐中。

重紐三等	寄kei	爲kuei	虧k'uei	綺k'ei
重紐四等	祇ki	規kui	闚k'ui	企k'i
重紐三等	跪kuei	軌kuei	器k'ei	媿kuei
重紐四等	跬kui	癸kui	棄k'i	季kui
重紐三等	匱guei	淹iem	奄iem	俺iem
重紐四等	悸gui	瘱im	厭im	厭im

上表中凡重紐三等的字，都比相應的重紐四等字多出一音位。除上述牙喉音的例子外，《韻會》支脂韻的唇音字也分爲兩組：重紐三等-uei，重紐四等-ei；眞諄韻的入聲唇音字分爲：重紐三等-ue，重紐四等-i（二者末尾皆帶喉塞音）。也一樣在重紐三等中多出一個音位，這是中間的l消失後的抵補音位。

第六，閩南語中，重紐三等「免」mian、「勉」mian；重紐四等「泯」min、「面」bin的情況也正好和上面的材料平行。眾多材料的一致性顯示並非偶然。

第七，慧琳反切、朱翺反切、陸德明反切、顏師古反切、玄應反切都呈現反切上字若爲重紐四等則被切字亦爲重紐四等，反切上字若爲重紐三等則被切字亦重紐三等的現象，說明重紐三等、四等的界限在聲母。那麼，在聲母方面有什麼音值上的差異，能讓反切製作者和等韻圖設計者感到困惑難以處理呢？應該不是顎化與不顎化的問題，這樣的差異他們應該有完全的能力加以辨析，並清楚地分開，只有一種結構上迥然不同的成分夾在聲母當中，才有可能產生「重紐」反切，使韻圖上把唇牙喉音字由三等侵入四等這種特殊的措施。

第八，慧琳反切及《切韻》反切中，都表現了來母與知系、莊系

字同重紐三等較爲密切，而其餘的則同重紐四等字較爲接近。這又是什麼緣故呢？

在慧琳反切裡，重紐三、四等字用舌齒音做反切下字的情況是：

	來母	端系	知系	莊系	精系	章系
重紐四等	15	4	4	2	25	58
重紐三等	156	0	18	0	4	8

爲什麼重紐三等喜歡用來母字做反切下字呢？如果我們的假定，重紐三等本來就在聲母後帶個l，這就沒什麼奇怪了。反切上字表聲母，反切下字的聲母正好接著順序，表達聲母後的l成分。

《切韻》（王三）重紐三、四等字用舌齒音做反切下字的情況是：

	來母	知系	莊系	精系	章系
重紐四等	15	4	0	18	32
重紐三等	31	12	0	2	8

這裡也顯示了重紐三等用來母做反切下字的比率超過重紐四等兩倍。

另外，原本《玉篇》中，重紐三等字多以「知、莊系」字爲切語下字，重紐四等則多以「精、章系」字爲切語下字。統計如下：

	知、莊系	精、章系
重紐四等	1	23
重紐三等	11	7
總計	12	30

《萬象名義》這點表現尤爲突出，統計如下：

	知、莊系	精、章系
重紐四等	0	69
重紐三等	18	6
總計	18	75

又歐陽國泰〈原本玉篇的重紐〉統計《切韻》的情況如下：

	知、莊系	精、章系
重紐四等	3	46
重紐三等	7	11
總計	10	57

　　歐陽國泰又舉出《切韻》（王三）重紐韻中，莊系字凡是以唇牙喉音爲反切下字的，全都用重紐三等字。

　　這些現象代表了什麼意義呢？根據李方桂先生的上古音研究，知莊系字和精章系字的不同，正好是前者帶r介音，而後者則否。這一點再次證明了我們的假設：重紐三等之所以和知莊系字密切，是因爲知莊系字有一個流音成分的緣故，正和重紐三等所帶的流音l近似。

　　第九，據俞敏〈等韻溯源〉、施向東〈玄奘譯著中的梵漢對音和唐初中原方音〉、劉廣和〈試論唐代長安音重紐〉，唐代譯經家用重紐四等字譯梵文輔音和元音之間帶前顎音y（j）的音節，而用重紐三等字譯帶顫舌音r的音節。例如玄奘用「吉」（重紐四等字）譯ki，用「姞」（重紐三等字）譯grid，慧琳用「乙」（重紐三等字）譯ri。而對音中重紐三等字所譯之梵文帶r的音節，都是同時帶i或y的。這個現象更爲重紐三等爲Clj-，提供了很好的證明。

五、重紐是兩個音系疊置造成的

　　重紐語音上的區別，經歷多年來學者們不斷地深入探究，從各個不同的角度進行思考，發現的事實愈來愈多，綜合這些事實，我們逐漸能理出一條思考的道路。說明了韻圖放在「支、脂、眞、諄、祭、仙、宵、清、侵、鹽」諸韻三等唇牙喉音位置上的那些字，是聲母後面帶有流音l或r成分的字，相對應的四等位上的字則不帶l或r成分。

　　音韻史的研究證明東漢有大量的cl-複聲母，那麼它一定不會在六朝隋唐就消失的乾乾淨淨。反切的重紐現象正是企圖反映這類語音結構較爲特殊的字，使得反切上、下字都看起來屬於同類，卻實際上又不同音。因爲這個l成分既不是起首輔音（用反切上字表示），又不是韻母（用反切下字表示），「重紐反切」就這樣形成了。唐代以來的韻圖依據反切和當時還殘留於方言中的cl-型複聲母，把這些字從三等位置上權宜性地借入四等位置上。因爲是方言現象，所以等韻圖並沒有設計了五個不同的等位，而仍然是四個等位，以三等借入四等的方式，來安排這些語音殘留的現象，這就是重紐的眞相。正因爲重紐是帶不帶l成分的緣故，這個l成分既像聲母，又像介音，所以早期的學者們把重紐的區別不是歸之於聲母有別，就是歸之於介音有別。

　　1997年臺灣的《聲韻論叢》第六輯出版了重紐問題的專號，收入了十多篇以此爲核心的論文，可以說是重紐現象研究的一次重要結集。在這份結集中，學者們逐漸凝聚了共識。根據許多學者的研究結果，一致地發現重紐的兩類字中，重紐三等字經常和舌尖流音[l]、[r]發生密切的關聯。

　　因此，重紐現象的產生，不是一個單一音系造成，而是兩個音系的疊置，一個主流音系套上了一個次要音系。如下圖所示：

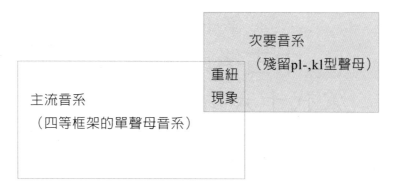

思考與討論

1. 等韻圖當中，重紐三等字和重紐四等字的唸法，有什麼差別？請在圖書館找出越南話與韓國話的資料，或者在網路上搜尋這兩種資料，看看發音上有何不同。

2. 參考沈兼士的《廣韻聲系》，找出重紐三等和重紐四等，在形聲字的聲符上，是否存在著界限。

3. 從圖書館找出一本《古今韻會舉要》，參考裡面所注的「字母韻」，看看重紐三等字和重紐四等字，有什麼區別。

4. 1997年出版的《聲韻論叢》第六輯，對重紐問題做了結集，試做閱讀，並撰寫一篇讀書報告。

5. 把《韻鏡》裡頭的重紐出現在第幾轉標示出來，並且把其中的重紐三等字和重紐四等字，注上《廣韻》的反切，觀察並思考它們之間的區別。

6. 在圖書館找出一本陳澧的《切韻考》，翻查看看陳澧對重紐做了怎樣的處理？

7. 試著從方言學相關的參考書中或者論文、字典中，查查看重紐三等字跟重紐四等字在方言中，是否還可以找到發音上的區別。

第十二章
中古後期的語音
宋代十六攝的等韻模型

　　中古音的等韻圖完整保留到今天的，共有五部：《韻鏡》和《七音略》代表中古前期的語音，和《切韻》系韻書相爲表裡，故稱爲「早期韻圖」；《四聲等子》、《切韻指掌圖》以及《切韻指南》代表中古晚期的語音，一般稱之爲「宋元韻圖」。下面分別介紹這三部宋元韻圖，然後再談談它們的特點。

一、北宋的《四聲等子》

　　在三部宋元韻圖中，《四聲等子》的時代最早。《切韻指南·序》曾說：「古有《四聲等子》，爲流傳之正宗。」可見它是流傳已久的韻圖。錢曾《敏求記》說：

> 古《四聲等子》一卷，即劉士明《切韻指南》，曾一經翻刻，冠以元人熊澤民序而易其名。相傳《等子》造於觀音，故鄭夾漈云：「切韻之學，起自西域。」

　　他把《四聲等子》認爲是《切韻指南》的祖本，而《四聲等子》的產生，和僧人有關。《四庫提要》也說：

> 以字學中論等韻者，司馬光《指掌圖》外，惟此書頗古，故並錄存之，以備一家之學焉。

　　今本《四聲等子》未署作者之名，其序文說：

近以《龍龕手鑑》重校，類編於《大藏經》函帙之末。
復慮方音之不一，唇齒之不分，既類隔假借之不明，則
歸母協聲，何由取準？遂以附《龍龕》之後，今舉眸識
體，無擬議之惑，下口知音，以確實之決。冀諸覽者，
審而察焉。

既說以《龍龕手鑑》重校，又說附在《龍龕手鑑》之後，可見二
書關係之密切。《龍龕手鑑》為遼僧行均所作，沙門智光為之序，當
時北宋太宗至道三年，西元997年。其序文說：

又撰《五音圖式》附於後，庶力省功倍，垂益於無窮者
矣。

可知《四聲等子》的前身，即《五音圖式》。那麼，《四聲等
子》的底本在宋初就已經產生了，產生地點在北方之遼境，此書何時
傳入宋境呢？根據《夢溪筆談》記《龍龕手鑑》說：

契丹書禁甚嚴，傳入中國者法皆死。熙寧中有人自虜中
得之，入傳欽之家，蒲傳正帥浙西，取以鏤板。

熙寧為北宋神宗年號（1068-1077），時當北宋中葉，《等子》
之自遼入宋，當即附於《龍龕手鑑》之故。本名《五音圖式》，入宋
後，宋人將之析出獨立成書，並依本地的實際語音加以整理改訂，定
名為《四聲等子》。

二、南宋的《切韻指掌圖》

《切韻指掌圖》舊題司馬光撰，所以自宋以來，在韻圖中流傳最
盛。到了清同治年間，鄒特夫發現司馬光自序與孫覿（1081-1169）

《切韻類例‧序》雷同,而考證非司馬光所作。日人大矢透《韻鏡考》(1924)也提出五個疑點:

1. 楊中修與司馬光同時,鄭樵、張麟之亦去北宋不遠;他們卻無一言提及《切韻指掌圖》。
2. 司馬光卒後九十餘年,還流行四十三圖式之《韻鏡》,而司馬光所作二十圖式產生於前,反較晚出,殊違常理。
3. 司馬光《傳家集》所收雜著,獨無《切韻指掌圖》。
4. 《四聲等子》源自契丹僧人,司馬光竟依仿契丹僧之二十圖式而作《切韻指掌圖》,與其謹嚴之性格大乖。
5. 司馬光序與孫覿序雷同而孫序文勢自然,不似模擬剽竊,且亦不致盛名一世之司馬光成文抄襲一段,以為他人作序。

　　近人趙蔭棠有〈《切韻指掌圖》撰述年代考〉一文(見《等韻源流》頁94至98)也提出他的看法:

　　　　近兩年來,我從板本的年月的審查、宋元韻書及筆記的印證,深信所謂《切韻指掌圖》者,乃是淳熙三年以後與嘉泰三年以前(1176-1203)的產物。

　　又說:

　　　　《切韻指掌圖》之形成,固然是由四十四圖或四十三轉改併的,但它受另外一種影響也不可不知。這影響是什麼呢?在我審查起來,就是《四聲等子》一類的東西。董(南一)序用語與《四聲等子》序文相同,這分明是抄襲。

　　又說:

所謂《切韻指掌圖》者，確非司馬光所作；因為自他死後，到嘉泰三年之前，其間之著錄家言及等韻者，若孫覿，若鄭樵，若沈括，若張麟之，若晁公武，若朱熹，均未提及它。它絕不是元朝人作的，因為自嘉泰之後，著錄家，若孫奕，若王應麟，若黃公紹，若吳澄，若邵光祖，均與它發生過關係。然它的形成，雖受北方《四聲等子》的影響，而也有楊倓《韻譜》的成分，所以我斷定它是淳熙三年以後，與嘉泰三年以前的產物。

三、元代的《切韻指南》

此書為元代劉鑑所作，全名《經史正音切韻指南》。依據序文「至元二年歲在丙子」，書成於1336年。劉氏的序文說：

> 僕於暇日，因其舊制，次成十六通攝……與韓氏《五音集韻》互為體用。

可見此書是根據金人韓道昭的《五音集韻》來編排字音的。韓氏書作於金泰和戊辰，即宋嘉定元年（1208），所以《切韻指南》的語音仍是宋代音。

《切韻指南》熊澤氏序說：「古有《四聲等子》，為流傳之正宗。」劉序又說：「因其舊制」，這個「舊制」正是指流傳正宗的《等子》。《切韻指南》依據這個舊制，配上《五音集韻》的韻字，而做成韻圖。

聲母的變化

《切韻指南》的聲母標目採用三十六字母，每圖分為二十三行，這是沿襲《四聲等子》的。除了保持舊傳統之外，《切韻指南》在卷

首所列的「交互音」四句歌訣中，也透露了當時語音裡，聲母變化的情形。這四句是：

> 知照非敷遞互通，泥娘穿徹用時同，
> 澄牀疑喻相連屬，六母交參一處窮。

這裡顯示了在《切韻指南》的時代，聲母實際發生了下列演化：

1. 「非、敷」兩母合而爲一。也就是說[pf-]和[pfʻ-]變成了一個[f-]。
2. 「知、照」兩系字合併。原屬舌面塞音的知系字，已變讀爲塞擦音，和照系字沒有區別，正如今天國語的情況一樣。
3. 「泥、娘」兩母合而爲一。原來屬舌面鼻音的孃母，變得和泥母一樣，唸成了舌尖鼻音。
4. 「疑、喻」兩母合而爲一。表示舌根鼻音聲母已失落，於是，疑母就和零聲母的喻母沒有區別了。

四、宋元韻圖的併轉爲攝

中古音的時間很長，包含了魏晉六朝，一直到北宋、南宋，前後約一千年的時間。反映這個歷史階段的等韻圖，一共有五部，分成兩個系統：第一是早期等韻圖，就是前面介紹的《韻鏡》和《七音略》，它們都是四十三個圖的系統，反映的語音和《切韻》系韻書的反切相吻合，大致是六朝隋唐的中古音。第二是宋元等韻圖，包含了北宋的《四聲等子》、南宋的《切韻指掌圖》，以及元代的《切韻指南》，它們都把韻母分成了十六個「攝」，反映的語音基本上是屬於中古後期的宋代語音。從早期的四十三轉變成宋元的十六攝，代表了漢語從隋唐到宋代的發展，反映了韻母系統的簡化，在等韻學上叫做「併轉爲攝」。

十六攝的名稱和它當時的發音如下（只列出主元音的類型和韻尾）：

攝名	發音	合攝現象
通攝	-uŋ	
江攝	-ɔŋ	-ɑŋ
宕攝	-ɑŋ	
止攝	-i	
遇攝	-u	
蟹攝	-ai	
臻攝	-ən	
山攝	-an	
效攝	-au	
果攝	-o	-ɑ（一等字）
假攝	-a	-a（二等字）
梗攝	-æŋ	-əŋ
曾攝	-əŋ	
流攝	-ou	
深攝	-əm	
咸攝	-am	

　　「併轉爲攝」和「反映中古後期的語音」，是宋元韻圖最主要的特點。早期韻圖有四十三轉，宋元韻圖併成了十六攝。所謂「攝」，就是「統攝」的意思。清《同文韻統》字母同異說云：

　　其（指天竺字母）爲用也，以一音而攝眾音，統數字而歸一字，體元聲之機要，順韻語之自然。

　　「以一音而攝眾音」，正是合數韻爲一攝的取義所在。例如「通攝」兼「東、冬、鍾」三韻，一圖兼有數韻，故稱爲「攝」。一攝兼

數韻的情況如下：

通攝	一等	東、冬
	三等	東、鍾
江攝	二等	江
止攝	三等	支、脂、之、微
遇攝	一等	模
	三等	魚、虞
蟹攝	一等	咍、灰、泰
	二等	皆、佳、夬
	三等	祭、廢
	四等	齊
臻攝	一等	痕、魂
	二等	臻
	三等	真、諄、欣、文
山攝	一等	寒、桓
	二等	刪、山
	三等	仙、元
	四等	先
效攝	一等	豪
	二等	肴
	三等	宵
	四等	蕭
果攝	一等	歌、戈
	三等	戈
假攝	二等	麻
	三等	麻
宕攝	一等	唐

	三等	陽
梗攝	二等	庚、耕
	三等	庚、清
	四等	青
曾攝	一等	登
	三等	蒸
流攝	一等	侯
	三等	尤、幽
深攝	三等	侵
咸攝	一等	覃、談
	二等	咸、銜
	三等	鹽、嚴、凡
	四等	添

下面再把各攝的性質做一分析：

攝名	所含轉	陰陽韻尾	獨韻否	四等齊全	內轉	通廣侷狹
通	1-2	-ŋ	獨		內	侷
江	3	-ŋ	獨			
止	4-10				內	通
遇	11-12		獨		內	侷
蟹	13-16			全		廣
臻	17-20	-n				通
山	21-24	-n		全		廣
效	25-26		獨	全		廣
果	27-28				內	狹
假	29-30					狹
宕	31-32	-ŋ			內	侷

攝名	所含轉	陰陽韻尾	獨韻否	四等齊全	內轉	通廣侷狹
梗	33-36	-ŋ				廣
曾	42-43	-ŋ			內	侷
流	37		獨		內	狹
深	38	-m	獨		內	狹
咸	39-41	-m	獨	全		狹

所謂「獨韻」者，《切韻指南》通攝末行解釋說：「所用之字不出本圖之內。」就是說這個攝只有一圖，而不分「開、合」兩圖。

五、宋元韻圖的合攝現象

在宋元等韻圖當中，有三處發生合攝現象：第一是「宕江合攝」，這是因為江攝字（如「江、腔、幫、龐、蚌、莊、創、爽、降、巷」等字）由原來的-ɔŋ韻母演化成了-ɑŋ韻母，使得「宕、江」兩個攝的發音變成一樣了，於是，宋元等韻圖的設計者，就把這兩個攝合併成一個圖。第二是「果假合攝」，這個攝的分合和方言有關，當時有的方言把果攝字唸成後-ɑ，把假攝字唸成前-a，這樣的話，等韻圖只要用一個圖來表示就可以，只要把唸後-ɑ的字放在一等，把唸前-a的字放在二等。所以，會產生合攝的現象。可是，也有一些方言果攝字已經由後-ɑ演化成-o（如「歌、可、我、餓、多、那、左、娑、些、何、賀、阿、羅」等字），這樣的話，和-a類的假攝字就不能混為一圖了，必須分圖表示。第三是「曾梗合攝」，這是因為梗攝字本來主要元音是前元音-æŋ類，後來演化成央元音-əŋ類（如「庚、亨、彭、猛、爭、生、行、幸、冷、驚、迎、鄭、兵、平、明、病、命、征、聲、成、影、令、輕、丁、庭、寧、名、井、情、星、嬰、靈、轟、蝗、丙、兄、永、營」等字），這樣，就和曾攝沒有什麼區別了。於是，宋元等韻圖的設計者，就把這兩個攝合併成一個圖。

宋元韻圖初創之時，總共設計了十六個攝，但是今天所見的三

部宋元韻圖都已經改變了這個原始面貌,《四聲等子》和《切韻指掌圖》都只有十三個攝(合併「宕江」、「曾梗」、「果假」),《切韻指南》有十五個攝(合併「果假」)。在語音上,這樣的措施代表了什麼樣的意義呢?我們分三方面來說:

1. 宕江合攝

就中古早期的《切韻》音系來說,宕、江兩攝的區別是[-ɑŋ]和[-ɔŋ],在十六攝成立之初,必然還有這樣的區別,所以宕、江才會分成兩類。可是從《四聲等子》開始,江攝字[-ɔŋ]已經變得和宕攝字[-ɑŋ]沒有分別,都唸成了[-ɑŋ]韻母,所以「宕、江」兩攝就被合併了。今天的國語和閩南話,承襲了宋代江攝字變[-ɑŋ]的唸法。

2. 果假合攝

在《切韻》音系中,果、假兩攝同屬[a]類元音,到了中古後期,某些方言起了變化,果攝字唸成了[-o](由後低元音-ɑ變來)和[-uo],於是跟仍唸[-a]的假攝成為不同的主要元音,於是就分別設立了「果、假」二攝。可是,在宋代的另外一些較保守的地區,果、假攝的字仍讀一樣的[a]類元音,根據這樣的唸法,「果、假」二攝就被合併起來了。從三部宋元韻圖都合併「果假」看來,果攝演變為[-o]、[-uo]的地區並不很廣。今天的國語,承襲了果攝演變為[-o]、[-uo]的唸法。

3. 曾梗合攝

在《切韻》音系中,梗攝屬[a]類元音(包含[a]、[ɐ]、[æ]、[e]等主要元音);曾屬[ə]類元音。這種區別在中古後期,仍有許多地區保存下來,所以就分成了「曾、梗」兩攝。可是,也有一些地區的梗攝字變成了以央元音[ə]做主要元音的唸法,換句話說,就是被曾攝字類化了。這樣的情況之下,「曾、梗」便合為一攝了。今天的國語,把梗攝唸成[-əŋ]韻母,和曾攝的唸法沒有區別,始自宋元韻圖。

六、宋元韻圖入聲的變化

　　宋元等韻圖的另外一項重要特徵是入聲的變化，入聲字的韻尾從先秦到隋唐，都是「-p、-t、-k」三類。到了宋代，這三種塞音收尾發生弱化，演變成了喉塞音-ʔ韻尾。這個喉塞音韻尾再進一步弱化，就消失了。所以，現代音有很多地方是沒有入聲字的。三部宋元等韻圖的入聲都有兩個狀況出現：一個是兼承陰陽，一個是-t、-k相混。所謂「兼承陰陽」指的是，傳統的等韻圖都是以入聲和陽聲韻（鼻音收尾的字）相配，例如「東董送屋」，其中的「東董送」是陽聲韻，「屋」是入聲韻。可是，在宋元等韻圖當中，入聲不僅和陽聲韻搭配，也和陰聲韻搭配，這就是「兼承陰陽」。例如：「屋、沃、燭」三個入聲韻，在韻圖中既搭配陰聲的遇攝和流攝，也搭配陽聲的通攝，「鐸、覺、藥」三個入聲韻，既搭配陰聲的效攝，也搭配陽聲的宕攝，其原因正是由於韻尾弱化成喉塞音的緣故。我們可以用下圖表示：

早期韻圖	
陰聲韻（元音收尾）	不配入聲
陽聲韻（-m，-n，-ŋ）	配入聲韻（-p，-t，-k）

宋元韻圖	
陰聲韻（元音收尾）	配入聲韻（-ʔ）（反映時音）
陽聲韻（-m，-n，-ŋ）	配入聲韻（-ʔ）（承襲舊制）

　　早期韻圖入聲配陽聲，是因為它們都具有輔音收尾；不配陰聲，是因為陰聲韻都用元音收尾，和輔音的性質很不一樣。到了宋元時代，入聲韻既變成了喉塞音收尾，一方面設計韻圖的人承襲舊制，把整組入聲跟陽聲韻搭配，一方面又反映當時的現狀，把入聲和陰聲韻搭配。因為喉塞音是一個很弱的音，似有似無，所以，一個唸-a的陰

聲字和一個唸-aʔ的入聲字，發音是非常接近的，它們很自然地可以配成一組。這就是宋元時代入聲兼承陰陽的真相。

　　至於宋元韻圖中-t、-k相混的現象，也是因為-t、-k都已經轉化成喉塞音收尾，事實上，它們都唸成了一樣的發音，自然可以混在一個圖中。例如，果攝既有收-k的鐸韻，又有收-t的「黠、鎋」韻；止攝既有收-k的「職、昔、錫」韻，又有收-t的「物、質、術、迄」韻。這些入聲，在宋元時代都已經唸成了一樣的喉塞音收尾。

　　早期等韻圖的入聲仍然是-p、-t、-k分明，到了宋元等韻圖就演化成喉塞音-ʔ收尾的字，韻圖的這種變化，也反映在唐詩和宋詞當中。

　　例如唐詩柳宗元〈江雪〉：

　　　　千山鳥飛絕，萬徑人蹤滅。
　　　　孤舟簑笠翁，獨釣寒江雪。

韻腳是「絕、滅、雪」，都屬收-t的入聲，和別的韻尾不混用。
又如李白〈玉階怨〉：

　　　　玉階生白露，夜久侵羅襪。卻下水晶簾，玲瓏望秋月。

韻腳「襪、月」也都屬收-t的入聲，和別的韻尾不混用。
又如張九齡〈感遇四首之二〉：

　　　　蘭葉春葳蕤
　　　　桂華秋皎潔（屑韻）
　　　　欣欣此生意
　　　　自爾為佳節（屑韻）
　　　　誰知林棲者

聞風坐相悅（屑韻）

草木有本心

何求美人折（屑韻）

這首詩的韻腳都是收-t的入聲，和別的韻尾不混用。

又如韋應物〈寄全椒山中道士〉：

今朝郡齋冷

忽念山中客（陌韻）

澗底束荊薪

歸來煮白石（陌韻）

欲持一瓢酒

遠慰風雨夕（陌韻）

落葉滿空山

何處尋行跡（陌韻）

這首詩的韻腳都是收-k的入聲，和別的韻尾不混用。

又如崔顥〈長干行〉二首之二：

家臨九江水

來去九江側（職韻）

同是長干人

生小不相識（職韻）

這首詩的韻腳都是收-k的入聲，和別的韻尾不混用。

由這些押韻可以知道，唐詩的入聲是-p、-t、-k分明的，可是到了宋詞，情況就改變了。從宋人所塡的詞看，入聲韻尾有顯著相混的

現象。宋代的入聲正如今天的吳語一樣，「-p、-t、-k」三類全唸為喉塞音-ʔ了。

由此觀之，我們知道入聲的演化過程是這樣的：

中古早期		中古晚期		國語
-p、-t、-k	→	-ʔ喉塞音	→	-ø零聲母

歷史上入聲的演化過程，正好反映在三種最具代表性的文學作品中：唐詩區分-p、-t、-k，宋詞的入聲唸作喉塞音-ʔ，元曲入聲消失，散入平上去當中。歷史上入聲的演化過程，也正好反映在方言分布上，愈南方愈古老。客家話、粵方言區分-p、-t、-k，閩南話有一部分入聲開始弱化，變成喉塞音-ʔ，閩北（福州）、吳方言入聲完全變成了喉塞音-ʔ，北方官話區則大部分都消失了入聲。語音的歷史演化、文學的韻律演變、地理的南北分布，竟然是息息相關，相互吻合的。

思考與討論

1. 早期等韻圖的「轉」，跟宋元等韻圖的「攝」，有什麼區別？
2. 宋元等韻圖的入聲發生了什麼變化？是否可以從宋詞作品中的押韻來觀察這種變化？
3. 從早期韻圖發展到宋元韻圖，入聲產生了什麼變化？
4. 試著比較唐詩、宋詞、元曲三種文學作品的押韻，看看其中的入聲字韻腳，有什麼不同？這種不同反映了什麼音變的訊息？
5. 到圖書館找出一本《韻鏡》和《四聲等子》，看看兩者什麼不同？
6. 什麼叫做「合攝現象」？代表了哪些語音變化？
7. 歷代等韻圖，有時入聲配陰聲，有時入聲配陽聲，這種配置反映了什麼語音變化？

第十三章
宋代語音的發展與演化

一、近代漢語零聲母的形成

　　漢語的字音分析，可以分為聲母、韻母、聲調三部分。通常聲母都是輔音，但是有一些字卻是以元音起頭，可以說是沒有聲母的字，這種缺少聲母的字，在聲韻學上稱之為「零聲母」，習慣上用 ϕ- 符號來表示。

　　在漢語的歷史上，零聲母有逐漸擴大的趨勢，換句話說，也就是這種缺乏輔音起頭的字，數量愈來愈多。這是十分合乎語言演化常例的現象，因為「音素的失落」，普遍地存在於中外的許多語言裡，例如英語的輔音起頭[hr, hl, hn, kn, gn, wr]到了今天，頭一個成分都失落了：

hring > ring

hlēapan > leap

hnecca > neck

cnēow > knee

gnagan > gnaw

wringan > wring

　　這和漢語的情況是類似的。這裡我們來談談中古音以後的演變。《切韻》系統所代表的中古音，聲母方面有一個零聲母，就是「喻四」，又稱為「以母」。到了中古後期宋代的三十六字母時代，它和「喻三」（又稱為云母）合併了，也就是喻三起頭輔音失落，也變成了零聲母，和喻四成為同一類，所以三十六字母只用一個「喻」來代

表它們，這是中古以後零聲母的第一次擴大。這項演變的時間，根據王力先生《漢語史稿》的推測，是在第十世紀（見其書頁130），因爲不論是宋代的三十六字母，或唐末的三十字母，喻母都不分兩類，不再有喻三、喻四的區別。

王力先生根據元代周德清《中原音韻》的情況，又發現在十四世紀時，「疑母」（原本代表的是舌根鼻音聲母ŋ-）也轉爲零聲母，「影母」的上去聲也一樣失去了起頭的輔音，變成了零聲母。這是中古以後零聲母的第二次擴大。

至於現代國語的零聲母，除了包含「喻、疑、影」之外，還包含了「微、日（例如「兒、耳、二」等字）」兩母，可以算是中古以後零聲母的第三次擴大。

微母在吳、粵、閩南等方言中，至今仍然沒有失落聲母，保存了早期的讀法。

日母在國語裡變爲零聲母的，只有「止攝開口三等」（簡稱「止開三」）的一小部分字而已。其他的日母字國語讀捲舌濁擦音ʐ-。

上述零聲母演化的三個階段中，第二個階段「喻、疑、影」的合流，王力認爲發生於元代，其實，我們根據另一項爲人所忽略的材料——《九經直音》，可以推測第二階段的發生，應該提早到宋代，我們藉著這項語音史料，可以使近代漢語零聲母的形成，得到更清楚明確的認識。

《九經直音》是一部通行於宋代，用直音方式標明音讀的參考書，所注的九部經典依次是：一《孝經》，二《論語》，三《孟子》，四《毛詩》，五《尙書》，六《周易》，七《禮記》，八《周禮》，九《春秋》，原書沒有署明作者，清人陸心源考證可能出自宋代孫奕之手。

《九經直音》的性質很像《經典釋文》，只不過陸德明的《釋文》志在廣泛地保存古讀，《九經直音》則多採當時通行的音讀來注音，所以拿它來和《切韻》系統比較、其中的變化十分顯著，其價值也就在此。我們用其中的直音材料來分析、比較，可以探索宋代的語

音實況，看它在聲、韻、調各方面發生了什麼樣的變化。舉例來說
（頁數、行數據商務本《九經直音》）：

1. 喻三與喻四的相混

　　《孝經・序》：「琰，炎上」（9頁8行）

　　案「琰」見琰韻「以冉切」，為喻四；「炎」見鹽韻「於廉
切」，為喻三。

　　《論語・里仁》：「唯，為上」（13頁2行）
　　《詩經・齊風・敝笱》：「唯，為上」（53頁4行）

　　案「唯」字見脂韻「以追切」，為喻四；「為」字見支韻「薳支
切」，為喻三。

　　《論語・子罕》：「誘，有」（15頁10行）

　　案「誘，莠」皆見有韻「與久切」，為喻四；「有」字「云久
切」，為喻三。

2. 喻母與影母的相混

　　《論語・憲問》：「憶，亦」（19頁9行）
　　《孟子・滕文公下》：「抑，亦」（67頁10行）

　　案「憶、抑」二字見識韻「於力切」，皆影母；「亦」字見昔韻
「羊益切」，為喻母。

《論語‧微子》：「枉，往」（22頁4行）

案「枉」字見養韻「紆往切」，爲影母；「往」字見養韻「于兩切」，爲喻母。

《禮記‧曲禮下》：「厭，葉」（115頁7行）

案「厭」字見葉韻「於葉切」，爲影母；「葉」字「與涉切」，爲喻母。

3. **影母與疑母相混**

《論語‧季氏》：「樂，咬去」（21頁2行）

案「樂」字見效韻「五教切」，爲疑母；「咬」字見肴韻「於交切」，爲影母。

《詩經‧齊風‧甫田》：「薿，倚」（69頁4行）

案「薿」見止韻「魚紀切」，爲疑母；「倚」見紙韻「於綺切」，爲影母。

4. **疑母與喻母相混**

《詩經‧幽風‧七月》：「曰，月」（58頁8行）

案「曰」字見月韻「王伐切」，爲喻母；「月」字「魚厥切」，爲疑母。

《詩經‧大雅‧文王有聲》：「垣，元」（74頁9行）

案「垣」見元韻「雨元切」，爲喻母：「元」字「愚袁切」，爲疑母。

《詩經‧大雅‧生民》：「藙，異」（75頁2行）

案「藙」見祭韻「魚紀切」，爲疑母；「異」見志韻「羊吏切」，爲喻母。

《詩經‧小雅‧綿蠻》：「隅，于」（72頁5行）

案「隅」見虞韻「遇俱切」，爲疑母；「于」見虞韻「羽俱切」，爲喻母。

以上的例證顯示了零聲母的範圍包含「喻、影、疑」，正是近代漢語零聲母演化的第二個階段。在這個階段，影母的喉塞音聲母和疑母的舌根鼻音聲母都失落了。

在《九經直音》裡，「日、微」兩母絲毫不和「喻、影、疑」三母相混，可見零聲母的第三個階段演化在宋代還不曾發生。也就是說，這兩母在宋代仍有個輔音起頭，其音值應當和《中原音韻》是一致的，日母讀[ʒ-]，微母讀[v-]。

二、宋代語音的類化現象

漢語語音的演變，有時不是由「音」本身所引發的，而是受了字「形」類似的影響，我們可以稱之爲「字形的類化音變」。這種演化方式是印歐語言絕不會發生的，唯獨使用方塊字的漢語才能見到。這種現象，筆者〈漢語音變的特殊類型〉（刊於《學粹》第十六卷第一期，1974年3月1日出版）一文中，曾詳加論述。

　　現代國語裡，這種情形十分普遍。其實，這就是平常所謂的「有邊讀邊」，日久而積非成是了。由此說來，「有邊讀邊」竟還是個支配漢語音變的重要原動力。舉例說，「溪」字依《廣韻》齊韻，音「苦溪切」，正常的演化結果，現代國語應該是唸作「欺」，但是平常我們卻唸成「西」。這是因為受了偏旁（聲符）「奚」字的影響。其他如「恢」本讀為「盔」、「莘」本讀為「申」、「荀」本讀為陰平、「摧」本讀為陽平等等，都是受聲符影響而改變了音讀。又如「側」本讀為「仄」、「熒」本讀為「刑」、「竣」本讀為「群」平聲、「跚」本讀為「三」等等，則是受字形相近的其他字影響，而改變了原有的音讀。凡此諸例，即屬字形的「類化作用」。

　　類化作用在宋代的《九經直音》中就已經存在，可見這種現象是一直活躍在漢語歷史中的。例如：

　　　《論語・鄉黨》：「閾，域」

　　案「閾」字見《廣韻》入聲職韻「況逼切」，「域」字見職韻「雨逼切」；一是曉母，一是喻三。在宋代的《九經直音》裡，把這兩字視為直音，也就是看成了同音字。為什麼原本聲母不同的字會看成同音呢？這是由於二字聲符相同，都是從「或」得聲，所以「有邊讀邊」，在當時就「積非成是」了。

　　　《論語・憲問》：「脛，徑」

　　案「脛」字見徑韻「胡定切」，「徑」字見徑韻「古定切」；一為匣母，一為見母。兩字聲母不同，這裡卻視為同音，現代國語，正是把「脛」唸成了「徑」。由此例，我們可知其類化的發生，可遠溯到宋代。

《孟子‧題辭》：「沮，阻」

案「沮」字見語韻「慈呂切」，「阻」字見語韻「側呂切」；一為從母，一為照二（莊母），聲母不同。由於它們都以「且」為聲符，在《九經直音》中乃相互注音，類化成同音字。

《孟子‧公孫丑上》：「惻，側」
《孟子‧告子上》：「惻，側」

案「惻」字見職韻「初力切」，「側」字見職韻「阻力切」；一為穿二（初母），是送氣音，一為照二（莊母），是不送氣音，聲母本不相同。而從「則」得聲的字，如「測、廁」等，多屬送氣音，所以本不送氣的「側」字也跟著讀成了送氣音，跟「惻」字成了同音字。由此例可知「側」字的積非成是，唸為「惻」的音，在宋代就已經產生了。

以上看到的這種類化音變，在漢語歷史上早已存在，至今日仍繼續產生中。例如許多人讀「蠕動」為「儒動」、讀「酗酒」為「凶酒」、讀「腳踝」為「腳棵」、讀「贗品」為「膺品」、讀「三稜鏡」為「三陵鏡」、讀「贍養」為「瞻養」、讀「皈依」為「販依」等等。雖然這些讀法尚未取得合法地位，不像前述各字，字典已承認其積非成是之音讀，但是，在經歷若干時日之後，如果有更多人讀「蠕」為「儒」、讀「酗」為「凶」等等，又怎能保證它們不像「溪、恢……」等字之獲得承認？可知，類化作用是不斷在產生中的。這是漢語獨有的一種音變方式，歐美拼音文字是見不到的。這種現象我們必須把它看成是音變方式的一類，而不能把它當例外處理，因為它不但十分廣泛地存在於今天，也活躍於古代漢語裡。

三、宋代語音的濁音清化

　　六朝時代的中古聲母擁有大量的濁音，包括塞音、塞擦音、擦音。所謂「濁音聲母」，是發音時聲帶須顫動的聲母。這類聲母在語音演化的過程中，逐漸地轉化成清音，也就是發音不再顫動聲帶，這種清化的傾向不但存在於漢語歷史中，也可以從西洋語言中獲得印證。例如著名的格林姆語音律（Grimm's Law）中，原始印歐語的bdg到了古日耳曼語就變成了ptk。所以，這是語音演化的一個普遍規律。

　　宋代流行三十六字母，其中的濁聲母為：並、明、奉、微、定、泥、澄、娘、從、邪、牀、禪、群、疑、匣、喻、來、日，正好占了一半，可是從許多宋代的語音材料看來，宋代的濁音聲母已傾向清化，《九經直音》的證據正說明了這一點。至於當時代表讀書音的三十六字母的守古性很大，並不完全代表宋代聲母。

　　《九經直音》中濁音轉化清音的例證如下：

　　　　《春秋‧僖公二十三年》：「薄，博」（203頁7行）

　　以上用「博」字注「薄」的音。考「薄」字屬鐸韻「傍各切」，是並母字；「博」字屬鐸韻「補各切」，是幫母字。注音者把它們當作是一個音，顯然他已經不分清濁了，也就是把濁音的「薄」字讀成了清音。

　　　　《詩經‧小雅‧小弁》：「淠，幣」（66頁5行）

　　「淠」字屬至韻「匹備切」，為滂母字；「幣」字屬祭韻「毗祭切」，為並母字。

　　　　《詩經‧小雅‧楚茨》：「苾，匹」（68頁10行）

「苾」字屬質韻「毗必切」，是並母字；「匹」字屬質韻「譬吉切」，是滂母字。以清音注濁音，表示「苾」字已變成清聲母了。

《孟子》題辭：「迫，百」（24頁5行）

「迫」字屬陌韻「博陌切」，是幫母字；「百」字屬陌韻「傍陌切」，是並母字。以濁音注清音，亦為清化之證明。

《論語‧雍也》：「否，浮上」（14頁7行）

以上用「浮」字的上聲注「否」字的音。考「否」字屬有韻「方久切」，是非母字；「浮」字屬尤韻「縛謀切」，為奉母字。此以濁音注清音，知「浮」字已清化。

《論語‧微子》：「飯，反」（22頁9行）

「飯」字屬《廣韻》阮韻「扶晚切」，是奉母字；「反」字屬阮韻「府遠切」，是非母字。此以清音注濁音，知「飯」字已清化。

《孟子‧離婁下》：「他，沱」（35頁1行）

「他」字屬歌韻「託何切」，是透母字；「沱」字屬歌韻「徒何切」，是定母字。此以濁音注清音，知「沱」已變讀清音。

《詩經‧小雅‧楚茨》：「茨，茲」（68頁7行）

「茨」字屬脂韻「疾資切」，為從母字；「茲」字屬之韻「子之切」，乃精母字。此以清音注濁音，知「茨」字已清化。

《詩經・小雅・漸漸之石》：「漸，七咸」（72頁7行）

「漸」字屬琰韻「慈染切」，爲從母字；「七咸」之上字爲清母。此以清音切濁音，知「漸」字已清化。

《尚書・夏書・五子之歌》：「嗜，詩云」（90頁1行）

「嗜」字屬至韻「常利切」，爲禪母字；「詩」字見之韻「書之切」，爲審三（書母）。此以清音注濁音，可知「嗜」字已清化。

《詩經・大雅・既醉》：「攝，涉」（75頁8行）

「攝」字見葉韻「書涉切」，爲審三（書母）；「涉」字見葉韻「時攝切」，爲禪母字。此以濁音注清音，可知「涉」字已清化。

《詩經・大雅・桑柔》：「狂，居光」（78頁6行）

「狂」字見陽韻「巨王切」，爲群母字；所注之反切上字「居」爲見母字。此以清音注濁音，知「狂」字已清化。

《易經・乾卦》：「亨，很平」（100頁1行）

「亨」字見庚韻「許庚切」，爲曉母字；「很」字見很韻「胡墾切」，爲匣母字。此以濁音注清音，可知「很」字已清化。

《孟子・告子下》：「華，化」（39頁4行）

「華」字見禡韻「胡化切」，爲匣母字；「化」字見禡韻「呼霸

切」，爲曉母字。此以清音注濁音，知「華」字已清化。

　　以上這些例證，我們可以說，宋代的濁音清化是個普遍的現象，它存在於每一類全濁聲母中。如果我們再拿宋代別的語音資料來觀察，也可以得到印證。譬如邵雍的《皇極經世書聲音唱和圖》，根據周祖謨〈宋代汴洛語音考〉（見《輔仁學誌》十二卷一、二合期）一文的研究，其中顯然已存在著濁音清化的現象。再如宋代的等韻圖──《四聲等子》也有跡象可循（見竺家寧《四聲等子音系蠡測》一書，師大國文研究所集刊第十七本）。

　　此外，根據先師許詩英先生的研究，朱子《詩集傳》也有不少例子顯示了濁音清化（見《許詩英先生論文集》，弘道書局）：

1. 〈曹風‧候人〉一章：「彼候人兮，何戈與祋。彼其之子，三百赤芾（蒲昧反）。」
2. 〈小雅‧匏葉〉二章：「有兔斯首，炮（百交反）之燔之。」
3. 〈鄭風‧清人〉一章：「清人在彭（叶普郎反），駟介旁旁。」

　　以上都是以清音注濁音，或濁音注清音，證明了清化的演變，跟《九經直音》是相合的。

四、宋代語音知照系聲母的演變

　　《切韻》時代的「知、徹、澄」（知系字）、「莊、初、崇、生」（莊系字）、「章、昌、船、書」（章系字）三系聲母到了宋代，已混合爲一類，演化成一套舌尖面音 tʃ-，到了國語變成了捲舌音 tʂ-系字。

　　本來，莊系與章系兩系在唐代就已合併，所以敦煌所出之唐末三十字母只立了一套名稱，沒有區別莊系與章系。唐以後又加入了知系，使這個系統範圍更大了。以下就把《九經直音》中所見到的證據分別列出來：

1. 照二（莊系）與照三（章系）兩系的混合

　　《孟子・萬章下》：「茁，拙」（37頁3行）

　　案「茁」字見薛韻「側劣切」，為莊母；「拙」字見薛韻「職悅切」，為章母。以章母注莊母，可知二者已無區別。

　　《孟子・告子下》：「揣，吹上」（38頁9行）

　　案「揣」字見紙韻「初委切」，為初母；「吹」字見支韻「昌垂切」，為昌母。以昌母注初母，可證二者已無區別。

　　《尚書・泰誓上》：「牲，升」（93頁5行）

　　案「牲」字見庚韻「所庚切」，為生母，「升」字見蒸韻「識蒸切」，為書母。以書母注生母，可證二者已無區別。

　　《論語・為政》：「饌，船去」（12頁2行）

　　案「饌」字見線韻「士戀切」，是崇母；「船」字見仙韻「食川切」，為船母。以船母注崇母，可證二者已無區別。

2. 知系與章莊系的混合

　　《論語・為政》：「朝，昭」（13頁2行）

　　案「朝」字宵韻「陟遙切」，為知母；「昭」字見宵韻「止遙切」，為章母。以章母注知母，可證二母已無區別。

《孟子‧梁惠王下》：「徵，止去」（26頁10行）

　　案「徵」字有二音：蒸韻「陟稜切」、止韻「陟里切」，這兩個音都是知母。用作注音的「止」爲止韻「諸市切」，是章母，以章母注知母，可以證明兩母已無區別。

《論語‧鄉黨》：「絺，蚩」（16頁7行）

　　案「絺」字見脂韻「丑飢切」，爲徹母；「蚩」字見之韻「赤之切」，爲昌母。可證二母已合而爲一。

《孟子‧離婁上》：「畜，充入」（34頁1行）

　　案「畜」字見屋韻「丑六切」，爲徹母；「充」字見東韻「昌終切」，爲昌母。可證「徹、昌」二母已無區別。

《禮記‧學記》：「撞，狀平」（144頁3行）

　　案「撞」字見江韻「宅江切」，爲澄母；「狀」見漾韻「鋤亮切」，爲崇母。可證「澄、崇」二母已爲一類。

《詩經‧大雅‧大明》：「忱，誠」（73頁2行）

　　案「忱」字見侵韻「知林切」，爲知母字；「誠」字見清韻「是征切」，爲禪母字。自古「船、禪」二母的界限不十分清楚，從國語「誠」字的讀法來看，這個例中的「誠」字也可以看作是船母。如此，這個例以船母注知母，可證二母皆已成爲清塞擦音了。

《周禮・地官・牛人》：「職，特（當作持）」（170頁
10行）

案「職」字見職韻「之翼切」，爲章母；「持」字見之韻「直之
切」，爲澄母。章母是清塞擦音，澄母當然也是清塞擦音了。

總結上文所列證據，照二（莊系）與照三（章系）兩系合併，
知、照（含「章、莊」兩系）兩系合併，再加上現代方言知、照系的
觀察，它們在宋代的音值擬定如下：

知照→tʃ 徹穿→tʃʻ 澄牀→tʃ 審→ʃ 禪→ʒ

這套tʃ系的聲母，到了國語就演化成了捲舌音ㄓㄔㄕ。

五、近代音史上的舌尖韻母

近代漢語的舌尖元音[ï]，在《詩經》、《楚辭》所代表的上古
音，和《切韻》系韻書所代表的中古音裡，不見它的蹤跡。那麼，這
個韻母是什麼時代形成的？它的演化過程又如何呢？

國語的[ï]實際上包含了[ɿ]（只現於tʂ、tʂʻ、ʂ的後頭，如「資、
此、司」等字）、[ʅ]（只出現於tʂ、tʂ、ʂ、ʐ的後頭，如「知、吃、
食、日」等字）、[ɚ]（都是零聲母，並以單元音作韻母，如「兒、
耳、貳」等字）。這類元音的產生，可以推到宋代，但不是國語所有
的這類字都同一個時候一起出現，而是經歷了相當時間，逐步形成
的。下面我們透過各種語音史料觀察，看看舌尖韻母在近代音史上的
遞變痕跡：

1.《聲音唱和圖》

北宋邵雍（1011-1077）作《皇極經世書》，其中的《聲音唱和
圖》是反映當時語音的音韻表，所列的「十聲」就是十個韻類，但
只有前七聲有字，其他三個是用來湊數的。周祖謨〈宋代汴洛語音

考〉一文[1]認爲「聲五」有舌尖韻母。「聲五」的字表是這樣的：

（平	上	去	入）
妻	子	四	日
衰	○	帥	骨
○	○	○	德
龜	水	貴	北

拙著〈論皇極經世聲音圖之韻母系統〉一文[2]曾對這個圖表做了分析，擬定一、三行（由上而下）爲-i韻母，二、四行爲-uei韻母。因此，聲音唱和圖的時代並沒有舌尖韻母產生，今日國語唸舌尖韻母的「四、日」在當時還是唸爲-i韻母。

2.《韻補》

《韻補》是宋代吳才老所作〔宣和六年（1124）進士〕。《韻補》支韻（原注：古通「脂、之、微」），其中有：

智　珍離切　雌　千西切　志　真而切　試　申之切
是　市支切

這些都是後世唸舌尖韻母的字。再看看「人」字後，又有下列各字：

資　津私切　齊　才資切　斯　相支切　私　息夷切
茲　子之切

1　見《問學集》（臺北：河洛出版社，1979），原作發表於1942年。
2　見《淡江學報》1983年第二十期（臺北）。

這裡既有後世唸舌尖韻母的，也有後世唸[i]韻母的。可見《韻補》並沒有把後世唸舌尖韻母的字歸在「人」字之後集中安置的現象。而且「智、雌、私」等字《韻補》反切下字都是舌面元音-i（《韻補》反切並非沿襲《廣韻》或《集韻》），因此，《韻補》中並沒有舌尖元音產生的痕跡，後世唸舌尖元音和舌面元音[i]的字，《韻補》是混雜在一起而不加區別的。

3. 朱熹《詩集傳》

朱子（1130-1200）《詩集傳》所用的「叶音」代表了當時的活語言，許詩英先生曾利用這些資料證明了舌尖韻母的產生。他說：

> 朱子口中讀資、茲、雌、思、斯、祠的韻母是舌尖前高元音，所以改叶為讀舌面前高元音的字做切語下字。例如「思」字朱子改諧為新齎反，「斯」字改諧為先齎反，不就是改以齊韻的齎字為切語下字嗎[3]？

許先生考訂當時變讀舌尖韻母的字有：
精母──資、茲、蕭、子、姊、梓、籽
清母──雌、刺
心母──思、絲、私、斯、師、死
邪母──嗣

可知原屬「支、脂、之」韻的精系字都變為舌尖韻母了。王力《漢語語音史》也主張《詩集傳》時代已有舌尖韻母[4]，除了許先生所列之外，他又增加了「兕、姊、俟、涘、耜、汜、似、祀」等

---

[3] 見〈朱熹口中已有舌尖前高元音說〉，《淡江學報》1970年第九期，收入《許世瑛先生論文集》第一集，引文見頁310。
[4] 見其書頁301-303。書作於1983年。

字。王力在書末的〈歷代語音發展總表〉中，宋代唸舌尖元音的，另外還有「賜、四」二字。

由上面的資料看，南宋開始產生的舌尖韻母，而且是從ts-、ts´-、s-類字先開始的。

4.《切韻指掌圖》

根據趙蔭棠的考訂，《切韻指掌圖》成書於南宋1176至1203年間[5]。董同龢《漢語音韻學》說：

> 《切韻指掌圖》以支脂之三韻的精系字入一等，表明舌尖前元音在宋代產生[6]。

趙蔭棠《等韻源流》說：

> 在等的方面，《指掌圖》給我們一點很可注意的現象，就是茲、雌、慈、思、詞數字的位置。這幾個字在《韻鏡》及《四聲等子》上，俱在四等，所以它們的元音都是[i]。而《指掌圖》把它們列在一等，這顯然是在舌尖前聲母之ts、ts´……後邊的元音，顎化而為[ɿ]的徵象。……所可惜者，《指掌圖》格於形式，不能告訴我們所追隨舌尖後聲母之元音，是否變為[ʅ]耳[7]。

《切韻指掌圖》第十八圖齒頭音精系下，列於一等而變讀為舌尖韻母的字有：

5　見〈切韻指掌圖撰述年代考〉一文，收入《等韻源流》頁94-107。文發表於1933年。

6　見其書頁197。

7　見其書頁94。

平——茲、雌、慈、思、詞

上——紫、此、○、死、兕

去——恣、載、自、笥、寺

這些變爲舌尖韻母的，也都是ts、tsʻ、s的字。

5.《古今韻會舉要》

元代熊忠《古今韻會舉要》成書於1297年。書中所注的「字母韻」是當時的語音實錄。拙著《古今韻會舉要的語音系統》一書[8]曾歸納「貲字母韻」，認爲這是一個專爲舌尖韻母而設的韻。其中包含了《廣韻》「支、脂、之」三韻的字，聲母方面絕大部分是ts、tsʻ、s的字：

(1)咨資姿茲孳輜仔紫姊子恣字自。

(2)雌慈疵詞祠辭此刺次。

(3)私思絲司斯厮死似耜俟賜四肆伺寺嗣駟

(4)徒璽積

上面第4條的「徒、璽」二字，《韻會》時代音「死」，唸舌尖韻母。「積」國語是[i]韻母，《韻會》則已變[ï]。

《韻會》值得注意的是有一群知系字（《韻會》的知、照兩系字已合併爲「知、徹、澄、審、禪」五母）歸入了唸舌尖元音的「貲字母韻」：

知——菑滓崻

徹——差廁

澄——犲士事

審——釃師躧史駛

這幾個字我們不能假定其聲母是ts、tsʻ、s，因爲《韻會》清清楚楚地註明它們是知系字（這些字屬原「莊系字」）。因此，我們可以假定《韻會》時代開始有了捲舌[ɭ]類舌尖元音。

8　臺灣學生書局出版，收入《中國語言學叢刊》（1986年，臺北）。

《韻會》的另外一個「羈字母韻」是[i]韻母，有許多國語唸[ʅ]韻母的字見於這個韻裡，例如「支、知、翅、池、詩」等，也有國語唸[ɚ]的字，如「貳、餌」等收入「羈字母韻」，可見《韻會》時代這些字還唸爲[i]，也表明了當時[ʅ]韻母的範圍比國語小得多，而[ɚ]韻字根本還沒有產生。

這些國語是i而《韻會》尙未變讀舌尖韻母的知照系和日母字，共有二百四十五字（平90，上86，去69）。

6.《中原音韻》

元周德清的《中原音韻》作於1324年。這是一部純粹依據實際語音系統而編成的書，所謂「韻共守自然之音，字能通天下之語」[9]。其中的「支思」韻正代表了[ï]韻母。國語ts、ts´、s的[ï]韻字全在此韻，例如：

平聲陰——貲、茲、孳、滋、資、咨、姿、籽
　　　　　斯、廝、斯、颸、思、司、絲、雌
平聲陽——慈、鶿、磁、茲、茨、疵、詞、祠、辭
上　聲——此、泚、子、紫、姊、梓、死
入作上——塞（原注：音死）
去　聲——似、兕、賜、似、氾、祀、嗣、笥
　　　　　耜、涘、俟、寺、食、思、四、駟
　　　　　次、刺、字、漬、自、恣、廁

其中的「食」字國語是捲舌音，《中原音韻》與「寺、思」並列，當是「飼」字的讀法。

至於知照系的字變[ï]韻母的，《韻會》只有五十九個字，《中原音韻》則多達九十字，例如：

平聲陰——支、枝、肢、之、芝、脂、差
　　　　　施、詩、師、獅、尸、屍、鳲

9　見周德清自序。

平聲陽——兒、而、時、匙

上　聲——紙、旨、指、止、沚、趾、社、址、咫

　　　　　爾、邇、耳、餌、珥

　　　　　史、駛、使、弛、豕、矢、始、屎、齒

入作上——澀、瑟（原注：音史）

去　聲——是、氏、市、柿、侍、仕、示、諡

　　　　　恃、事、嗜、豉、試、弒、筮、視、噬

　　　　　志、至、誌

　　　　　二、貳、翅

　　這裡所列的字，只是舉例，全部九十個知照系字的分布是：平聲陰二十二字，平聲陽七字，上聲三十字，入作上二字，去聲二十九字（據《音注中原音韻》，廣文書局）。值得注意的，是入聲之有舌尖韻母，自《中原音韻》始，但數量還很少。

　　[ï]韻母的知照系字雖然增加了，但是範圍還是比國語小，因為在唸-i的「齊微」韻中，仍有一些國語屬[ï]韻母的字，它們在「齊微」韻中仍唸為[i]，還沒演化為舌尖韻母[ï]。例如：

平聲陰——笞、痴、蚩、鴟、絺

平聲陽——池、馳、遲、持

入作平——實、十、什、石、射、食、蝕、拾

　　　　　直、值、姪、秩、擲

上　聲——恥、侈

入作上——質、隻、炙、織、汁、只

　　　　　失、室、識、適、拭、軾、飾、釋、濕

去　聲——製、制、置、滯、雉、稚、致、彘、治

　　　　　智、幟、熾

入作去——日

　　這些字都是知照系字，沒有精系字，精系字之舌尖前韻母很早就演化完成了，只有知照系字的舌尖後韻母是逐漸擴展，經過漫長的歲月才完成演化的。

　　《中原音韻》中全部尚未變i韻母的知照系和日母字，實際上共有七十三字（平聲陰十，平聲陽六，入作平十三，上聲二，入作上二十三，去聲十七，入作去二）。

　　我們觀察舌尖後韻母的演化，可以用《韻會》（首先產生舌尖後韻母的材料）和《中原音韻》做一個比較：《韻會》已變舌尖後韻母和未變舌尖後韻母的字，比例是59：245，《中原音韻》的比例是90：73。可以看出，在《韻會》裡，舌尖後韻母字相對之下只是極少數，到了《中原音韻》裡，變ï的字開始超過了未變ï的字（這些未變ï的字留在齊微韻，仍然唸-i，而未歸入支思韻，變爲-ï）。

　　入聲字的情況稍有不同，在《中原音韻》裡，已變舌尖後韻母的入聲字和未變的，其比例爲2：38。國語是舌尖韻母，而《中原音韻》還沒變ï的入聲字還是占多數。也就是說，入聲字轉爲舌尖韻母的速度要慢一些。

　　至於國語的[ɚ]韻母，在《中原音韻》中還不存在，因爲「兒、而、二、貳」等字顯然是唸作[ʒʅ]的，聲母尚未失落，和其他日母字沒有兩樣。

　　在《韻會》裡唸[ï]的「徒、璽、積」三字，《中原音韻》見於齊微韻，可知《中原音韻》和國語一樣，是舌面元音[i]。

7.《韻略易通》

　　明蘭茂作《韻略易通》，書成於1442年。其中有舌尖韻母的「支辭」韻，和舌面音的「西微」韻對立。國語ts、ts´、s的[ï]韻母字全入「支辭」，知照系的[ï]韻母字則分散在兩韻裡，情況和《中原音韻》相同，例如在「支辭」的有：

支母──支、枝、肢、卮、脂、之、芝、淄、緇

　　　　止、芷、址、趾、指、紙、旨、咫、沚

　　　　至、志、誌、贄、志、寘、鷙、躓

春母──差、蚩、嗤、鴟、齒、翅

上母──師、獅、尸、屍、施、詩、鳲

時、匙、縈

史、使、始、矢、弛、豕、屎

士、仕、是、氏、事、侍、示、市、恃

視、諡、忮、嗜、試、弒、寺

人母——而、兒、耳、爾、邇、餌、珥、二、貳

尚未變[ʅ]而留在「西微」韻（唸-i）的如：

枝母——知、蜘、智、致、制、治、值、置、滯

　　　　巇、雉、痔

春母——癡、絺、笞、遲、池、恥、侈、袳、熾

　　　　幟、馳

上母——世、逝、噬、誓、筮、勢

國語[ʅ]韻母知照系在「支辭」和「西微」的比例是一百三十字比四十九字，和《中原音韻》九十字與七十三字之比，可以看出《中原音韻》《韻略易通》兩書相隔的一百年間，知照系字由[i]轉[ʅ]的一直在增加，逐漸走向國語音系的痕跡是很明顯的。至於《韻略易通》列入「人母」的「而、兒」等字，仍然未像國語一樣變[ɚ]。

《韻略易通》入聲字變入支辭韻[ʅ]的，仍然很少，只有兩三個。例如「廁」（與「翅」同音）、「失」等字，這種情況和《中原音韻》類似。

8.《等韻圖經》

明末徐孝（1573-1619）撰《重訂司馬溫公等韻圖經》，也是完全依據實際語音編成的，共分十三攝，其中的「止攝第三開口篇」含有[ʅ]韻母的字：

	[ɿ]	[ʅ]	[i]
精照	資子自○	支止至直	齏擠積集
清穿	雌此次慈	蚩齒尺池	妻泚砌齊

	[ʅ]	[ʅ]	[i]
心 稔	思 ○○○	○疡茊○	○ 洗 ○○
心 審	思 死四祠	詩史世時	西 洗 細席
影	○爾二而		衣以義宜

　　這個字音表，左欄是字母，右邊有三大排例字，由左至右分別是
[ʅ]、[ʅ]、[i]三類韻母。字母中的「稔」母就是日母，為「審」母之
濁音。又 心 母在他的「字母總括」中說：「 心 心二母剛柔定」，
其凡例又說：

　　　　惟心母脫一柔母，見吳楚之方，予以□添心字在內為
　　　　母。

　　可知 心 母是南方音相對於心母的濁音[z]。徐孝的「剛柔」就是
「清濁」之意。

　　徐孝的《等韻圖經》最值得注意的，就是「爾、二、而」等字
歸入了零聲母的「影母」之下，表示這些字已經和別的日母字分途
發展，失落聲母而成為[ɚ]了，這是近代音史上[ɚ]韻母出現的最早資
料，在近代音史上有其重要的意義。這個現象也出現在稍遲的《西
儒耳目資》中（1626年）[10]。其中的[ul]自成一攝，代表的正是[ɚ]韻
母[11]。

9.《五方元音》

　　清康熙時代的《五方元音》為山西人樊騰鳳作於1654至1673年
間。書分兩部分，前為韻譜，後為韻書。分二十字母，其中「竹、

10　作者金尼閣（Nicolas Trigault），這是傳統音韻史料唯一註明音標的書。
11　見陸志韋〈金尼閣西儒耳目資所記的音〉，《燕京學報》第三十三期，頁124。

虫、石、日」四母相當於蘭茂之「枝、春、上、人」，也就是知、照系聲母。趙蔭棠、李新魁、王力都擬爲捲舌音tʂ、tʂˊ、ʂ、z[12]。可是十二韻中的「地韻」當中，「竹、虫、石、日」各母下似乎都有[i]、[ɿ]兩型韻母，因此，tʂ、tʂˊ、ʂ、z的捲舌程度應該比較小，而近乎tʃ、tʃˊ、ʃ、ʒ，故能兼配細音[i]和洪音[ɿ]。各母配合的情形如下：

竹——1.知、智、致、制、治、置、滯、虒、雉
　　　　痔、執、汁、質、秩、只、姪、帙、隻（以上[i]）
　　　2.支、枝、肢、卮、脂、芝、之、淄、輜
　　　　止、芷、址、指、紙、祉、旨、咫、沚
　　　　峙、至、志、誌、贅、寘、鷙、躓、側
　　　　嘖、蚱（以上[ɿ]）
虫——1.痴、笞、池、遲、恥、侈、褫、熾、尺
　　　　赤、斥、敕（以上〔i〕）
　　　2.鴟、差、蚩、嗤、齒、翅、廁、叱（以上[ɿ]）
石——1.噬、筮、世、逝、誓、勢、石、碩
　　　　射、食、蝕、釋、適、殖、植、實
　　　　螫、識、飾、式、拭、軾、室、失
　　　　十、什、濕（以上[i]）
　　　2.師、獅、尸、屍、施、時、漦、史
　　　　使、矢、屎、豕、舐、士、仕、是
　　　　事、侍、示、市、柿、恃、視、諡
　　　　豉、試、弒、失、寺、瑟、蝨、色
　　　　索、嗇、穡（以上[ɿ]）
日——而、兒、耳、爾、餌、珥、二、貳
　　　　日（以上[ɿ]）

---

12 趙蔭棠擬音見其《等韻源流》，頁210；李新魁擬音見《漢語音韻學》，頁78；王力擬音見《漢語語音史》，頁393。

　　由這些字的分布看，和《韻略易通》十分近似，可知《五方元音》受其影響很深。[ɚ]韻母一樣沒有分出來[13]。

　　由上面的語料觀察，我們可以把舌尖韻母的演化過程做成這樣的描述：

⑴北宋時代的語料中，被人懷疑有可能產生舌尖韻母的，有《聲音唱和圖》和《韻補》，本文的分析，認為其中的證據不夠充分，故寧可持保留態度，不認為北宋時代已有任何形式的舌尖韻母產生。本文在2005年北京大學漢語言學研究中心「學術講座：第十二次音韻學沙龍」報告時，與會學者提供：第十世紀的契丹小字有舌尖元音[ï]的痕跡。

⑵南宋初（十二世紀）的精系字後，已有舌尖前韻母產生。朱子《詩集傳》是最早呈現舌尖韻母痕跡的史料。第十二次音韻學沙龍報告時，與會學者提供：南宋詩詞中也有舌尖元音[ï]的痕跡。

⑶元初（十三世紀）有一部分知照系字開始產生舌尖後韻母，這些字主要是中古的莊系字。國語的[ɚ]韻字仍讀為[i]韻母。國語的〔ʅ〕韻母則全部演化完成。

⑷十四世紀的元代，唸舌尖後韻母的字和國語[ʅ]而當時仍讀[i]的比例，已由原先的59：245變成90：73。也就是說，[ʅ]韻母的範圍繼續擴大，已經不只包含中古的莊系字了。入聲字之變[ï]，自《中原音韻》始。國語[ɚ]韻字這時已由[i]轉為[ʅ]韻母。

⑸十五世紀的明代，唸[ʅ]韻母的字和國語[ʅ]而當時仍讀[i]的比例為130：49，[ʅ]韻字範圍大得接近國語了。

⑹十六世紀末的明代，[ɚ]韻母終於誕生了。反映這種變化的最

---

[13]　《五方元音‧自敘》：「因按《韻略》（指《韻略易通》）一書，引而申之，法雖淺陋，理近精詳。」趙蔭棠也說此書係根據《韻略易通》而加刪增者。

早語料就是《等韻圖經》。但是在某些北方官話地區仍保留聲母，韻母還是[ŋ]，例如《五方元音》即是。

六、宋代入聲的喉塞音韻尾

中古音的入聲若依收尾區分，有以下三種類：

舌根韻尾-k，如「屋、沃、燭、覺……」等。

舌尖韻尾-t，如「質、術、月、曷……」等。

雙唇韻尾-p，如「合、葉、緝、乏……」等。

到了元代周德清的《中原音韻》，入聲字全部消失[14]，分別轉入平、上、去中，和陰聲韻的字沒有區別了。也就是說，三種塞音韻尾都不存在了。這種轉變，是突然發生的嗎？還是有個中間的過渡階段呢？

我們先看看現代方言的情況，現代方言入聲字在地理分布上，呈現下列情況：

南部方言如粵語、客語、閩南語都保留了中古入聲的「-p、-t、-k」三種類型。

中部方言如閩北語[15]、吳語三種入聲併成了一種──喉塞音韻尾。

北部方言的入聲字，大部分已經沒有任何輔音韻尾，唸成了別的聲調[16]。

入聲字地理上的分布是不是反映了歷史的變遷呢？換句話說，入聲-p、-t、-k消失之前是否還有一個喉塞音韻尾的中間階段呢？我們檢視了中古後期的語料，可以找到答案──這個中間階段在宋代的確是存在的。

---

[14] 大都數古音學者都主張《中原音韻》的入聲已經消失，陸志韋、楊耐思則認為入聲還存在。

[15] 閩北語的入聲韻尾，董同龢標作-k，《漢語方音字彙》標作喉塞音。

[16] 北方方言尚存入聲的，如山西省，以及河南、河北、陝西的一部分地區。

周祖謨1942年的〈宋代汴洛語音考〉提到當時詩詞用韻，三種入聲已經相混，他說：「至於兩攝（曾、梗）之入聲字，則亦合用無別，而韓維、史達祖更攙入臻攝深攝字，是當時入聲字之收尾已漸失落矣。」[17]

他又說：

> 然宋代語音尚有與唐人不同者，即本攝（臻）入聲與梗曾入聲合用一事。其所以合用者，由於入聲韻尾之失落。梗曾入聲本收-k，臻之入聲本收-t，原非一類，迨-k、-t，失落以後，則元音相近者自相通協矣。[18]

周氏用韻尾失落來解釋不同入聲的相諧，未必合適，因為輔音韻尾既不存在，應該像《中原音韻》一樣，和平、上、去聲的字相押才是；事實上並非如此，宋代詩詞的用韻，入聲字仍然和入聲字相押，顯然入聲的性質並未消失，只是三類入聲變成了一類；最合理的假定，就是這一類入聲是帶喉塞音韻尾的。喉塞音是個微弱的輔音，在-p、-t、-k消失之前，應該有個弱化的階段。此外，由漢語輔音韻尾的演化趨向看，大都是向偏後的部位移動。例如《詩經》以前，「蓋、內」等字都有個-b韻尾，可是到了《詩經》時代，它的發音部位後移了，變成了-d韻尾[19]。又如去聲字在上古音有個-s韻尾，後來發展成-h韻尾[20]，擦音的性質沒變，發音部位卻由舌尖轉到了喉部。又如《廣韻》的鼻音韻尾有三類：「-m、-ŋ、-n」，到了國語，-m轉成了-n，鼻音的性質位變，發音部位卻由雙唇變為舌尖。

---

[17]　見《問學集》（河洛圖書出版社），頁622。

[18]　見上書，頁633。

[19]　見《問學集》（河洛圖書出版社），頁622。

[20]　見Laurent Sagart "On the Departing Tone" JCL, Jan.1986.

又如現代方言中，閩北語的所有鼻音韻尾全後移爲-ŋ，吳語的所有入
聲韻尾全都後移爲喉塞音。

　　入聲的演化過程是這樣的：

中古早期		中古晚期		國語
-p、-t、-k	→	-ʔ	→	-ø

　　筆者在1972年的《四聲等子音系蠡測》中[21]，曾提出上述的看
法。王力在1985年的《漢語語音史》也有相同的構想。他在〈宋代
音系〉一章中說：

> 朱熹時代，入聲韻尾仍有-p、-t、-k三類的區分，除[ik]
> 轉變爲[it]以外，其他都沒有混亂。但是，後代入聲的消
> 失，應該是以三類入聲混合爲韻尾[ʔ]作爲過渡的。[22]

又說：

> 三類入聲合併爲一類，在宋代北方話中已經開始了。在
> 吳方言裡，大約也是從宋代起，入聲韻尾已經由-p、-
> t、-k合併爲ʔ了。[23]

　　不過，王力在實際擬音時，如聲的-p、-t、-k韻尾仍維持原狀，
並未改擬爲-ʔ。也許王力只注意到宋代詩詞的押韻，和朱熹的語音，
沒能更廣泛地蒐集更多的類似語料，所以在看法上有些保留。本文

---

[21] 師大國文研究所碩士論文。

[22] 見王力《漢語語音史》，頁305。

[23] 見上書，頁307。

就宋代詩詞、宋元韻圖、《詩集傳》、《九經直音》、《韻會》、
《皇極經世書》等資料分析入聲的狀況，可以證明宋代的-p、-t、-k
在相當廣大的地區，的確已經唸成了喉塞音韻尾。

1. 宋代詞韻所見的入聲狀況

在宋人所作的詞看，入聲韻尾有顯著相混的現象。這種現象可以
由近年研究宋代詞人用韻的幾部專書看出來，包括林冷《玉田詞用
韻考》、吳淑美《姜白石詞韻考》、余光暉《夢窗詞韻考》、林振
瑩《周邦彥詞韻考》、葉詠琍《清眞詞韻考》、許金枝《東坡詞韻
研究》、任靜海《朱熹眞詞韻研究》、金周生《宋詞音系入聲韻部
考》。

例如東坡詞：

〈減字木蘭花〉以「琢（-k）、雹（-k）、索（-k）、撥
（-t）」相押。

〈勸金船〉以「客（-k）、識（-k）、卻（-k）、得
（-k）、月（-t）、節（-t）、雪（-t）、插（-p）、咽
（-t）、別（-t）、闋（-t）、髮（-t）」相押。

〈滿江紅〉以「客（-k）、雪（-t）、石（-k）、隔
（-k）、必（-t）、白（-k）、覓（-k）、睫（-p）、絕
（-t）」相押。

又〈滿江紅〉以「翩（-k）、疊（-p）、瑟（-t）、髮
（-t）、側（-k）、說（-t）、月（-t）、色（-k）、雪
（-t）」相押。

〈卓羅特髻〉以「得（-k）、客（-k）、結（-t）、合
（-p）、拍（-k）、滑（-t）、覓（-k）」相押。

又如姜白石詞：

〈虞美人〉以「石（-k）、立（-p）」相押。

〈慶宮春〉以「答（-p）、遏（-t）、襪（-t）、霎（-p）」相押。

〈琵琶仙〉以「葉（-p）、絕（-t）、鴂（-t）、説（-t）」相押。

〈暗香〉以「色（-k）、笛（-k）、摘（-k）、筆（-t）、席（-k）」相押。

又如吳夢窗詞：

〈滿江紅〉以「日（-t）、色（-k）、織（-k）、結（-t）、咽（-t）、濕（-p）、得（-k）、拾（-p）、物（-t）」相押。

〈秋思〉以「側（-k）、色（-k）……」和「瑟（-t）」相押。

〈淒涼犯〉以「潤（-t）、骨（-t）」和「葉（-p）、濕（-p）……」相押。

又如張玉田詞：

〈壺中天〉以「歷（-k）、客（-k）……」和「拂（-t）」相押。

〈踏莎行〉以「末（-t）、答（-p）、壓（-p）、髮（-t）、沒（-t）、發（-t）」相押。

〈淡黃柳〉以「捻（-p）、結（-t）、怯（-p）、説（-t）、葉（-p）、切（-t）、折（-t）、別（-t）、月

（-t）」相押。

又如周邦彥詞：

〈看花迴〉以「絕（-t）、說（-t）」和「帖（-p）、睫
（-p）……」相押。
〈華胥引〉以「軋（-t）、閱（-t）」和「葉（-p）、唼
（-p）、怯（-p）、躡（-p）……」相押。

又如朱希眞詞：

〈鵲橋仙〉以「日（-t）、濕（-p）、客（-k）、得
（-k）」相押。
〈好事近〉以「濕（-p）、碧（-k）、瑟（-t）、息
（-k）」相押。
〈卜算子〉以「失（-t）、立（-p）、逼（-k）、急
（-p）」相押。
〈春曉曲〉以「急（-p）、瀝（-k）、瑟（-t）」相押。
〈念奴嬌〉以「白（-k）、客（-k）、隔（-k）、雪
（-p）、蝶（-p）、月（-t）、歇（-t）、折（-t）」相
押。
〈點絳唇〉以「葉（-p）、發（-t）、別（-t）、客
（-k）、徹（-t）、絕（-t）、月（-t）」相押。

　　諸如此類的混用，依據金周生的統計[24]，在三千一百五十個韻例中，爲數一千二百七十二[25]，百分比高達四十餘。而上述所有研究詞韻的學者都認爲這種現象爲「例外通押」。但是，爲什麼在宋代以前的詩歌用韻沒有這種大量通押的情況？這種情況又偏偏出現在入聲消失的元代前夕？這是否意味著入聲性質已經有了變化？正經歷著消失前的弱化過程？我們必須注意兩點：

　　第一，宋代的入聲已不像宋以前-p、-t、-k分用劃然。

　　第二，宋代的入聲也不像元代混入平、上、去中。

　　由這兩點，我們可以推論，宋代的入聲應該和宋以前不同了，但是入聲的短促特性仍然存在。那麼，這不是告訴我們，宋代的入聲正如今天的吳語一樣嗎？「-p、-t、-k」三類全唸作喉塞音了。

　　宋人塡詞並無通行共遵之詞韻韻書，完全本乎自然之音，現有的幾部詞韻韻書，都是明清以來編製的。所以，詞韻入聲的混用現象完全反映了實際語音的變化，用「例外通押」輕易交代過似乎不合適。

　　那麼，詞韻入聲的混用是否代表部分的方言現象呢？金周生先生曾對此問題詳爲分析[26]，列出浙江省作家九十三人、江西省八十四人、福建省四十六人、江蘇省三十七人、河南省三十二人、四川省二十二人、安徽省十九人、山東省十八人、河北省十三人、廣東省七人、湖南省七人、山西省五人、甘肅省一人、吉林省一人。發現入聲的混用並無方音的因素，與作者的里籍並無關係，顯然是當時普遍的共同語現象。

　　至於宋詞入聲押韻還有百分之五十餘是-p、-t、-k分用的，這是受官韻的影響。當時語音雖然三類入聲已無分別，但是讀書人對官韻

---

[24]　見《宋詞音系入聲韻部考》，頁407。

[25]　其中也包含了八十八個主要元音不同而韻尾相同的例子，剩下仍有絕大都數是韻尾混用的。

[26]　見《宋詞音系入聲韻部考》，頁331。

必然十分熟悉，胸中對三類入聲的界限必然十分清晰，當然在塡詞時會很自然表現出來。此外，當時南方某些方言應該還有-p、-t、-k的殘留，正如今天的某些南部方言仍分-p、-t、-k一樣。宋代南方作家的混用三類入聲，很可能是受當時「通語」（普通話）的影響。

2. 《九經直音》所見的入聲狀況

　　書中有三十二例是「辟，音必」的直音，而「辟」是-k尾，「必」是-t尾。其他又如：

> 《詩經‧秦國‧晨風》：「櫟，音立」，前者收-k，後者收-p。
> 《詩經‧大雅‧行葦》：「緝，音七」，前者收-p，後者收-t。
> 《詩經‧幽風‧東山》：「熠，音亦」，前者收-p，後者收-k。
> 《詩經‧小雅‧六月》：「佶，音及」，前者收-t，後者收-p。
> 《詩經‧秦風‧小戎》：「秩，音入」，前者收-t，後者收-k。

　　在《九經直音》中，諸如此類反映入聲變化的證據多達一百三十七條。詞韻上-p、-t、-k相混，也許還可以用「押韻甚緩」來解釋，直音的本質在註明音讀，絕不會有「注音甚寬」的道理。所以-p、-t、-k既可以相互注音，只有一個可能：它們的韻尾都已經變成一樣的喉塞音了。

3. 《詩集傳》所見的入聲狀況

　　南宋朱熹爲紹興年間進士，歷事高宗、孝宗、光宗、寧宗四朝。《詩集傳》依照序文的年代作於1177年。書中的注音反映了朱子當

時的語音情況，先師許詩英先生曾做了一系列的研究，探討朱子的語言，收入其《論文集》中。其中，提到「舌尖塞音與舌根塞音相混者」，列出八條例證[27]：

〈小雅·賓之初筵三章〉以「抑（-k）、怭（-t）、秩（-t）」為韻。

〈大雅·假樂三章〉以「抑（-k）、秩（-t）、匹（-t）」為韻。

〈小雅·菀柳一章〉以「息（-k）、暱（-t）、極（-k）」為韻。

〈大雅·公劉〉以「密（-t）、即（-k）」為韻。

〈大雅·文王有聲〉以「淢（-k）、匹（-t）」為韻。

以上各條都以職韻字和質韻字相押，朱子對於其他不適合自己當時語言的韻腳都會加以改諧，這裡卻不曾改諧，可見朱子的實際語言中，收-k的職韻和收-t的質韻已經變得沒有區別。

〈小雅·賓之初筵五章〉：「三爵不識-k（諧『失-t、志』二音），矧敢多又（諧夷益-k、夷「弋二反」）。」

這條朱子諧兩音，表示或押入聲，或押去聲。入聲「識」收-k，他卻用收-t的「失」來諧音，和收-k的「夷益反」的字相押，可見朱子是不辨-t、-k的。

---

27 見《許世瑛先生論文集》第一冊，頁317。

〈大雅・生民二章〉：「誕彌厥月-t，先生如達-t，不坼
不副（諧『孚迫-k反』），無菑無害（諧音曷-t）。」

這裡的韻腳「月、達，諧音曷」都是收-t，而「孚迫反」卻是
收-k。

〈大雅・韓奕二章〉：「玄袞赤舄，鉤膺鏤錫-k，鞹鞃
淺幭，鞗革金厄（諧『於栗-t反』）。」

這裡的韻腳都是-k，朱子卻把「厄」諧爲收-t的「於栗反」。

以上都是-k、-t不分的例子，沒見到-p的例。但在朱子的詞中，-
p、-t、-k是整個混用的：

1. 〈菩薩蠻（暮江寒碧縈長路）〉以「集（-p）、客（-k）」相押。
2. 〈滿江紅（秀野詩翁）〉以「姪（-t）、碧（-k）、席（-k）…
…」相押。
3. 〈念奴嬌（臨風一笑）〉以「月歇雪折（-t）、白客隔（-k）、蝶
（-p）」相押。

這些現象，和宋代的其他資料所呈現的，是完全一致的，說明了
宋代-p、-t、-k轉爲-ʔ，毫無疑問。

4.《韻會》所見的入聲狀況

元代熊忠的《古今韻會舉要》是依據宋末元初黃公紹的《古今韻
會》改編的。黃公紹是南宋度宗賢淳年間（1265-1274）進士，不久
南宋亡（1279），入元不仕。此書表面上是平水韻系統，分一百零
七韻，實際上，韻內各字都註明所屬的「字母韻」，共有二百一十六
個字母韻，這是反映實際語音的新系統。歸納《韻會》的字母韻，可

以了解宋元之間部分南方地區的語音實況[28]。

《廣韻》有三十四個入聲韻，《韻會》完全打破了舊有的入聲界限，定出二十九個入聲「字母韻」。除了主要元音的變化之外，最顯著的，就是韻尾-p、-t、-k的相混。下表是各入聲韻的例字[29]：

韻名 / 韻尾	-p	-t	-k
縠韻		突卒	禿族
菊韻		述律	蕭竹
櫛韻	戢澀	櫛瑟	
訖韻	急執	必實	極直
吉韻		吉詰	激檄
國韻		筆密	碧城
橘韻		橘茁	焱鬩
聿韻		聿	役
葛韻	合盍	葛曷	
但韻	雜答	擦答	
戛韻	夾洽	黠瞎	
許韻	涉業	舌歇	
結韻	獵妾	列切	

從這項資料所見到的現象，和前面所見到的完全類似：

第一，分韻已不再考慮-p、-t、-k的區別。

第二，入聲韻仍獨立於陰聲韻之外。

由這兩點，我們仍得導致一個結論：入聲韻尾完全變成喉塞音

28　參考竺家寧《古今韻會舉要的語音系統》（學生書局，1986年），頁23-25。
29　參考上書，頁99-100。

了。因為，一個「韻」必須只有一個韻尾，這是音韻學的基本原則。

　　此外，由《韻會》中的音注也顯示了入聲韻尾的混淆：例如葉韻「腌，乙業切（-p）」，下注云：「音與月韻（-t）謁同」；「醫，益涉切（-p）」，下注云：「音與屑韻（-t）噎同」。

5. 《皇極經世書》所見的入聲狀況

　　《皇極經世書》為北宋邵雍（1011-1077）所作。其中第七至第十卷為「律呂聲音」，每卷分四篇，每篇上列「聲圖」，下列「音圖」，總共有三十二圖。今本三十二圖之前附有「正聲正音總圖」，為諸圖之起例。圖中所謂「聲」，是韻類之意；所謂「音」，是聲類之意。每篇之中，以音「和律」，以聲「唱呂」，意思是以律呂相唱和，亦即聲母、韻母相拼合以成字音的意思。所以，這些圖就叫做《聲音唱和圖》。

　　圖中又取天之四象：日月星辰，以配平上去入四個聲調；取地之四象──水火土石，以配開發收閉四種發音；各篇之後，又以各種聲音和六十四卦相配合；這些都是數術家的牽合比附，在聲韻上沒有任何實質意義。因此，我們藉《聲音唱和圖》探討當時語音，只有每篇標題的例字，才真正具有價值。而這些例字又全部收在《正聲正音總圖》裡，列成了一個十聲、十二音的簡表。我們只須取這些例字加以分析觀察，就能看出宋代語音的大致情況。

　　宋元韻圖一方面反映了當時的語音，一方面又有許多因襲早期韻圖的地方。邵氏的《聲音唱和圖》如果去掉那些附會術數的部分，倒是能夠充分地表現實際語音，不曾受韻圖歸字的束縛。

　　《聲音唱和圖》的十類韻母，稱為「一聲、二聲……十聲」，但只前七聲有字，其餘的是為湊他的「數理」而贅加的，和韻類無關。

　　每聲分四行，每行四字，分別是平、上、去、入。同一行的字，韻母相同；不同行的字，韻母有別。各聲的一、二行之間，或三、四

行之間的關係是開、合，邵圖稱之爲「闢、翕」。

　　各聲的先後次第，由「果假」開始，以迄「深咸」，由開口度最大的韻安排到開口最小的閉口韻（收-m者），立意甚精。

　　圖中最值得注意的，是入聲的配合完全改變了《切韻》的系統。而以入聲專配陰音，不配陽聲。比宋元韻圖的兼配陰陽更直接地表現實際語言。趙蔭棠對於這個現象的看法是：

> 《等子》以入聲配陰聲韻，這裡邊也有這種現象。由此，我們可以看見在宋時的北方的入聲，已有不若《廣韻》之配合者。[30]

　　趙氏曾注意這個問題，但沒有指出變化在哪裡。

　　現在我們先把《聲音唱和圖》中，有入聲配合的幾個「聲」列出來，再做分析。

聲一	多（歌）	可（哿）	个（箇）	舌（鎋）
	禾（戈）	火（果）	化（禡）	八（黠）
聲四	刀（豪）	早（皓）	孝（效）	岳（覺）
	毛（豪）	寶（皓）	報（號）	霍（鐸）
	牛（尤）	斗（厚）	奏（候）	六（屋）
	○	○	○	玉（燭）
聲五	妻（齊）	子（止）	四（至）	日（質）
	衰（脂）	○	帥（至）	骨（沒）
	○	○	○	德（德）
	龜（脂）	水（旨）	貴（未）	北（德）

30　見趙氏《等韻源流》，頁86。

聲七	心（侵）	審（寢）	禁（沁）	○
	○	○	○	十（緝）
	男（覃）	坎（感）	欠（梵）	○
	○	○	○	妾（葉）

　　其中，入聲並未完全失去輔音韻尾，而是弱化為喉塞音。如果入聲變得和陰聲字完全相同，則邵雍一定會把這些入聲散入陰聲字中，混而不分的。所以，這些入聲字末尾必定還留有一個輕微的表現入聲特性的成分。因為它是個弱輔音，所以能和元音相同的陰聲字由於音近而相配（例如-i和-iʔ相配），又因為它後頭仍有個輔音存在，所以不和陰聲字相混，它仍須留在入聲的位置上。

　　聲五的四個入聲字包含了兩種不同的韻尾：「日（-t）、骨（-t）、德（-k）、北（-k）」，也證明了邵雍的音系中只唸成一種，就是-ʔ。

　　至於-p尾的「十、妾」不跟陰聲相配，這是個很特殊的現象，李榮認為-k、-t失落的時候，-p還保留未變（見前引）。許寶華〈論入聲〉一文認為當時的汴梁方言除了-p以外，塞尾已經失落[31]。這樣的看法值得商榷：第一，前面我們談過，漢語韻尾有後移的演化趨勢，為什麼發音部位較後的-k、-t先消失，部位最前的-p尾反而保留？第二，現代方言裡完全找不到類似的佐證，倒是有相反的例子，南昌方言的入聲-p尾老早就丟了，只剩下-t、-k兩種韻尾。第三，宋代的語料都顯示-p和-t、-k的混用情況是一致的，唯獨韻圖形式的資料（《聲音唱和圖》、《四聲等子》、《切韻指南》）收-p的入聲字和-m類字相配，而不配陰聲韻的字，這是材料上的不同，看不出有歷史先後（早期-k、-t混，後期-p、-t、-k混）或方言地理的區分（某些地方只-k、-t混，某些地方-p、-t、-k混）。

---

[31]　見《音韻學研究》第一輯〈論入聲〉一文，頁441。

　　最合理的解釋是：宋代的-p、-t、-k一律都變-ʔ，並沒有「-p、-ʔ→-ʔ」的兩個階段。宋代韻圖形式的資料-p和-m配不配陰聲，是主要元音的問題，不是韻尾的問題。在韻圖中，帶喉塞音-ʔ的字總找主要元音類似的陰聲字相配，「十、妾」等字沒有主要元音類似的陰聲字，只好依傳統放到-m類字之下了。

　　宋代韻圖的配置，何以是主要元音的問題呢？「十」字的主要元音是ə，陰聲各韻中並沒有相類似的ə（止蟹攝是i元音，或əi元音），於是這些緝韻字只好依照傳統，和同樣是ə元音的侵韻字相配了。至於「妾」字的主要元音是a，似乎可以配果假攝，但是果假攝當時很可能有兩種不同的唸法：一種是果假攝的字全唸a，一種是果攝唸o，假攝唸a，於是編製韻圖的人寧可把「妾」字以及源自ap的那些入聲字，全依傳統配在唸am的字下面了。實際上-p類入聲和-t、-k類入聲一樣，全變成喉塞音韻尾了。宋元韻圖全都沿襲舊-p類字和-m類字相配的排法，並不表示當時仍有-p入聲。

6. 《四聲等子》所見的入聲狀況

　　《四聲等子》未署作者之名，其序文說早先曾附在《龍龕手鑑》之後，幫助查檢字音之用。而《龍龕手鑑》的序文也說：「又撰《五音圖式》附於後，庶力省功倍，垂益於無窮者矣。」可知《四聲等子》的底本為《五音圖式》，其產生當在北宋初年北方之遼境[32]。

　　根據《夢溪筆談》記載，《龍龕手鑑》於宋神宗熙寧年間（1068-1077年）由契丹傳入宋，時當北宋中葉。入宋後，宋人把《五音圖式》由《龍龕手鑑》中析出獨立成書，並加以整理改訂，名為《四聲等子》。由十六攝併為十三攝、圖次的更動，都可以看出改訂的痕跡。當然在歸字、析音上也會依照宋人的語音加以調整。因此，《四聲等子》所反映的，應當是北宋中葉的音系。

　　由《四聲等子》的入聲排列看，它是兼承陰聲韻與陽聲韻的，和

---

[32]　參考竺家寧〈四聲等子音系蠡測〉，《師大國文研究所集刊》1973年第十七期。

早期韻圖的專配陽聲不同。

　　早期韻圖為什麼入聲只配陽聲呢？這是因為：第一，入聲和陽聲都以輔音收尾，而陰聲沒有輔音收尾。第二，入聲和陽聲都正好有三類相對的的韻尾：雙唇的「-p：-m」、舌尖的「-t：-n」、舌根的「-k、-ŋ」。

　　《四聲等子》之配陽聲，完全是承襲韻圖的舊制。儘管入聲已經變了，陽入相配的傳統觀念很難在讀書人胸中驟然抹去。況且等韻圖的製作已有《韻鏡》、《七音略》的規範放在前頭，在組織、體制上很難完全擺脫其束縛和影響，《四聲等子》便自然而然地承襲了陽入相配的傳統；一方面卻利用陰入相配的措施，來表現當時的實際語音。

　　當入聲韻尾轉為喉塞音之後，前面的元音所擔負的功能便相對地增強，因此，在語音的近似度上來說，配陰聲比配陽聲更為適宜。這是宋代語料普遍以入配陰的理由。

　　第八組（切韻收-k、-t）

　　　　　果攝　　　　　一等配「鐸」（-k）

　　　　　　　　　　　　二等配「黠、鎋」（-t）

　　第九組（切韻收-k、-t）

　　　　　止攝　　　　　三、四等配「職、昔、錫」（-k）

　　　　　　　　　　　　　　「物、質、術、迄」（-t）

　　由《四聲等子》入聲情況看，把不同韻尾的入聲歸在同一攝裡，我們知道，古人「轉」或「攝」的分類，韻尾相同是必要的條件；只有-k、-t韻尾都已經變成了一個-ʔ，才有可能並列於同一攝中。

7. 《切韻指掌圖》所見的入聲狀況

　　《切韻指掌圖》舊題司馬光撰，趙蔭棠考證實際成書約在南宋淳熙三年至嘉泰三年（1176-1203）之間[33]。其入聲也兼配陰陽。不

---

[33] 趙氏〈切韻指掌圖撰述年代考〉，《輔仁學誌》四卷二期。

過，陰入相配的情形和《四聲等子》不完全一致。下面是《切韻指掌圖》的陰入相配：

第四圖（流攝）
　　　一等配德（-k）
　　　三等配櫛迄質（-t）
第十八圖（蟹、止攝開口）
　　　一等配德（-k）
　　　三、四等配櫛質（-t）
上表中，-t、-k相混，和《四聲等子》是一致的。

8. 《切韻指南》所見的入聲狀況

元劉鑑的《切韻指南》是和《四聲等子》、《切韻指掌圖》同一系統的韻圖，入聲也兼配陰陽。下面是陰入配合的情形：

止攝——物、質（-t）
遇攝——屋、燭（-k）
蟹攝——曷、末、鎋、質、術（-t）
效攝——鐸、覺、藥（-k）
果攝——鐸、鎋（-k、-t）
流攝——屋、燭（-k）
深攝——緝（-p）
咸攝——合、洽、葉、乏（-p）

從這個表看來，-k、-t相混（如《切韻指南》果攝）和-p配-m類字，是三部韻圖共有的現象。

由上面的八種語料分析，呈現了相當一致的現象，就是入聲「-p、-t、-k」三類韻尾已經混而無別，但是又不像《中原音韻》一樣，把入聲散入平、上、去中，可知入聲的特性仍然存在，只不過三類韻尾都發生了部位後移，弱化而成相同的喉塞音韻尾[ʔ]了。這正是元代入聲消失前的一個演變階段，從宋代語料普遍都呈現這種跡象看，這個過渡階段的時間不會是很短暫的。

研究宋人詞韻的學者大都以「押韻很寬」來解釋宋詞中-p、-

t、-k相押的現象，但是傳統押韻的習慣，對韻尾的要求是很嚴格的，不同韻尾的押韻也許有少數的例外，而宋詞的大量混用，若不從語音演變上解釋，恐怕是很困難的。況且宋詞之外的語音紀錄[34]，也呈現了類似的狀況。因此，我們相信，入聲在歷史上的演化過程，正反映在今天的入聲地理分布上：亦即南方（粵、客、閩南）的-p、-t、-k完全保留，中部（吳語、閩北）的轉為喉塞音-ʔ，以及北方的傾向消失。宋代的幾百年間，正是喉塞音韻尾的階段[35]。

思考與討論

1. 喉塞音是一種怎樣的發音？試著從閩南話的入聲唸法中，聽聽看這種發音會出現在哪些字裡頭。
2. 古人把漢字的發音，依照韻尾的不同，分成陰陽入三大類。試說明這三類發音的性質和特徵，文學家又是如何運用這三類發音來塑造詩歌的韻律美的。
3. 《九經直音》是宋代通行的讀書人必備參考書，裡頭的注音反映了當時的語言。嘗試從圖書館找出這本書翻翻看，有哪些注音跟現在不一樣了？思考一下其中的演化規律。
4. 零聲母是一種怎樣的發音？國語有哪些字是零聲母？舉出十個來。
5. 古代漢語有很多濁音，到了國語，多半消失了。試著從一些方言中找找看（例如吳方言），能否找到幾個濁音的唸法？

---

[34] 除了本文提到的各種語料之外，許寶華〈論入聲〉一文（收入1984年《音韻學研究》第一輯）還提到宋代骨勒茂才的《番漢合時掌中珠》對西夏文的漢字注音，可以看出跟漢語入聲相對應的藏音，不是元音收尾的，就是[-h]尾可能就是-ʔ尾的譯音。

[35] 許寶華〈論入聲〉提到，在某些方言裡，-t的變化可能比較特殊，如唐五代西北方言，現代的江西昌都話，和湖北通城話，都經過或正經歷一個-r或-l的過程。P. Pelliot和J. Edkins認為西北方音的發展過程是-t＞-ð＞-r，最後-r再失落。

第十四章
中古音到現代的演化

從魏晉隋唐的中古音到現代漢語，歷時一千多年，漢語音發生了巨大的演化，但是這些演化都是有規則的，我們只要掌握這些規則，就能夠很容易地了解古音現象，也可以很容易地了解漢民族現代共同語的國語，以及各種方言的語音現象是如何形成的。我們在這個單元裡，分別從聲母、韻母、聲調三方面來觀察這種演化。

一、聲母的演化

一千多年來的漢語聲母演化，不外有五個方向和類型，包含了濁音清化、輕唇化、捲舌化、顎化、零聲母化。

1.濁音清化

中古的全濁聲母和濁擦音聲母（前人也叫做「又次濁」）到了國語，都轉變成聲帶不振動的清音。它的轉化規律是：

凡平聲字變送氣的清音，發聲的氣流強些；

凡仄聲字變不送氣的清音，發聲的氣流弱些。

國語保留的唯一濁擦音是捲舌的[ʐ-]。

舉例如下：

並母（b-）清化，分裂為同部位的兩個清音：平聲變為送氣音、仄聲變為不送氣音，這是全濁聲母的共同演化方式。如平聲的「爬、皮、貧、旁、朋、平、蓬」、仄聲的「部、敗、倍、敝、伴、泊、別」。至於仄聲的「僕、佩、叛、碰、瀑」例外。

定母（d-）清化，平聲變為送氣的[tʰ]，仄聲變為不送氣的[t]。如平聲的「駝徒途提桃條、談甜田屯唐亭同」，仄聲的「舵杜待大地豆、淡但電段動、達奪度敵」。只有仄聲的「悌、特、艇」例外。

　　澄母（ɖ-）清化，平聲變爲送氣音，和徹母合流，仄聲變爲不送氣音，和知母合流。如平聲的「茶除池持、沉陳場呈蟲重」，仄聲的「柱稚治宙、賺朕陣丈、濁直宅逐」，只「澤擇」例外。其演化過程是：

d´ > ɖ > （dʐ）> ʥ > 平tʂ´，仄tʂ

　　從母（dz-）清化。洪音的平聲讀爲送氣的[ts´-]，仄聲讀爲不送氣的[ts-]。例如平聲的「才裁疵慈曹、慚殘存曾叢」，仄聲的「坐在罪自造、族昨」（「悴」例外）。細音都發生了顎化，平聲讀爲送氣的[tɕ´-]，仄聲讀爲不送氣的[tɕ-]。例如平聲的「樵、錢、前、全、秦、牆、情」，仄聲的「聚、就、漸、集、疾、匠、淨、藉」。其演化方式是：

　　崇母（ʤ-）清化，平聲和初母合流，仄聲和莊母合流。例如平聲的「查、鋤、巢、愁、崇」（「岑」例外），仄聲的「乍、助、棧、撰、狀」（「士、事、贖、驟」例外）。其演化方式是：

　　船母（dʑ-）清化，平聲變爲送氣的[tʂ´-]或[ʂ-]，仄聲變爲[ʂ-]。如平聲的「脣船乘、蛇神繩」，仄聲的「射、示、舌、實、順、術、剩、食」（全變[ʂ-]，沒有一個字保留塞擦音的唸法）。其演化

過程是：dʐ > 平聲tʂˊ、ʂ，仄聲ʂ。

　　群母（g-）清化，平聲送氣，仄聲不送氣，細音又發生顎化。如洪音平聲的「逵、葵、狂」，仄聲的「跪、櫃、共」；細音平聲的「渠、奇、求、潛、權、強、窮」，仄聲的「巨、技、臼、及、件、傑、倦、近、極、局」。其演化如下：

2.輕唇化

　　中古早期還沒有輕唇音，到了宋代，有了輕唇的「非、敷、奉、微」四母，國語「非、敷、奉」三母又進一步由塞擦音變成了擦音，唸成相同的[f-]聲母，於是「非、匪、沸」（非母）、「妃、斐、費」（敷母）、「肥、痱、吠」（奉母）都沒有區別了。其演化過程如下：

	【中古早期】		【中古後期】		【國語】
p	—-ju-→	pf	↘		
p´	—-ju-→	pf´	↗ f		
				↘	
b	—-ju-→	bv	→ v	↗ f → f	
m	—-ju-→	ɱ	→ ɱ	→ v	→ ø

　　促成輕唇化的條件是[-ju-]介音，古代稱「三等合口」的字。

在演變完成後，這個[-ju-]介音反而消失了。例如「分」字隋唐唸[pjuən]，國語[fən]，正是聲母輕脣化，[-ju-]介音消失而形成的。

3. 捲舌化

　　國語有一套捲舌音聲母：ㄓㄔㄕㄖ，這套輔音在其他語言裡比較少見，現代方言中也不普遍。它是由中古的舌上音「知徹澄」和正齒音「照穿　牀審禪」各母，以及半齒音「日母」轉化而成的。因為它不適合配細音，所以原有的[-j-]介音都被排擠而失落了。例如中古音「儒」-juo、「深」-jem、「車」-ja、「逐」-juk，這些字在國語裡，中間的j都聽不到了。

　　例如：

　　知母（ȶ-）轉為捲舌塞擦音。如「豬株智追、站展珍張、卓摘竹哲」。其演化過程是t > ȶ >（tɕ）> tʃ > tʂ。

　　徹母（ȶʻ-）也轉為捲舌塞擦音。如「超抽耻丑、趁暢寵逞、拆畜」。只「偵」例外。其演化過程是tʻ > ȶʻ >（tɕʻ）> tʃ > tʂʻ。

　　澄母（ȡ-）清化，如平聲的「茶除池持、沉陳場呈蟲重」，仄聲的「柱稚治宙、賺朕陣丈、濁直宅逐」。

　　莊母（tʃ-）轉為捲舌音。如「炸、債、抓、斬、札、壯、爭」（「阻、責、鄒、簪」例外）。

　　初母（tʃʻ-）也轉為捲舌音。如「差楚吵插察窗創」（「柵、廁」例外）。

　　崇母（dʒ-）清化，例如平聲的「查、鋤、巢、愁、崇」，仄聲的「乍、助、棧、撰、狀」。

　　生母（ʃ-）變捲舌擦音。如「沙、疏、數、史、率、稍、山、殺、生、省、刷、杉」（「色、所、搜、森、澀、縮、產」等字例外）。

　　章母（tɕ-）變捲舌音。如「遮、者、朱、制、之、昭、周、舟、占、針、折、專、眞、蒸、正、終、祝、鍾」。其演化過程是：tɕ > tʃ > tʂ。

　　昌母（tɕʻ-）也變捲舌音。如「車、處、齒、吹、醜、川、春、廠、稱、赤、尺、充、衝、觸」（「樞」例外）。其演化過程是：tɕʻ > tʃʻ > tʂʻ。

　　船母（dʑ-）清化，如平聲的「脣船乘、蛇神繩」，仄聲的「射示舌實順術剩食」（全變[ʂ-]，沒有一個字保留塞擦音的唸法）。

　　書母（ɕ-）變捲舌音，如「奢、舍、舒、鼠、庶、輸、世、勢、稅、矢、試、始、水、燒、少、收、手、守、陝、攝、深、審、濕、扇、設、身、室、商、升、式、叔、束」（「春」字例外）。

　　禪母（ʑ-）和船母的變化相同。如平聲的「垂仇蟬晨臣純常承成、殊時誰韶」，仄聲的「社、署、樹、逝、氏、是、視、市、侍、受、紹、售、壽、甚、什、慎、上、石、熟、淑、蜀、屬」（「瑞」例外，其他全變[ʂ-]）。

　　日母（nʑ-）的鼻音成分消失，轉為捲舌濁擦音。例如「汝、儒、柔、壬、入、然、熱、人、仁、若、仍、肉、戎、辱」（止攝開口三等的「兒、而、爾、耳、二」等字例外，變為零聲母）。其演化過程是：

$$n > ɳ > nʑ > ʑ > ʒ \begin{cases} > ʐ \\ > \varnothing \end{cases}$$

4. 顎化

　　國語中有一套顎化聲母：ㄐㄑㄒ。這是由早期的ㄗㄘㄙ（中古精系字）和ㄍㄎㄏ（中古「見、溪、群、曉、匣」諸母字）受高元音[-i-]或[-y-]介音的影響而形成的。因為ㄗㄘㄙ是舌尖音，ㄍㄎㄏ是舌根音，它們後頭跟著[-i-]或[-y-]卻是舌面音。在發音部位上不一致，發音時比較費力一點。於是它們全變成了舌面音的ㄐㄑㄒ，和[-i-]或

[-y-]配合起來，發音器官就輕鬆多了。因此，在國語裡我們看不到ㄗ
ㄘㄙ和ㄍㄎㄏ後面帶[-i-]或[-y-]的字，同時，ㄐㄑㄒ聲母的字卻只和
[-i-]或[-y-]相配，絕不帶別的介音。例如：

精母（ts）在國語的洪音前不變，細音前顎化爲舌面音。前者如
「租做災最資早走、贊尊增縱、卒作則足」，後者如「嗟借祭濟焦
酒、尖浸剪俊將晶、節雀績」。其演變過程是ts＞洪音ts，細音tɕ。

清母（tsʻ-）與精母的變化相同，洪音不變，細音顎化。例如洪
音的「搓粗錯猜崔此草、參餐村倉聰、促狹擦」，細音的「取妻悄
秋、簽侵遷千親槍、妾緝切漆戚」。其演化方式是tsʻ＞洪音tsʻ，細
音tɕʻ。

從母（dz-）清化。平聲的「才裁疵慈曹、慚殘存曾叢」，仄聲
的「坐在罪自造、族昨」細音都發生了顎化，平聲讀爲送氣的[tɕʻ-]，
仄聲讀爲不送氣的[tɕ-]。例如平聲的「樵、錢、前、全、秦、牆、
情」，仄聲的「聚、就、漸、集、疾、匠、淨、藉」。

心母（s-）洪音不變，細音顎化。例如洪音的「鬆、蘇、孫、
酸、桑、娑、三、損、散、算、送、宋、訴、賽」（「粹」例
外），細音的「須西洗消小修、仙宣辛信迅相性星、析雪泄」。其演
化方式是：s＞洪音s，細音ɕ。

邪母（z-）清化，和心母相同，洪音讀[s-]，細音顎化。例如
洪音的「似寺隨松誦俗」（「詞、辭」例外），細音的「徐、序、
袖、尋、習、旋、旬、祥、象、席、夕」（「囚」例外）。

其演化方式是：z＞洪音s，細音ɕ。

見母（k-）在國語的洪音前不變，細音前顎化。前者如「歌瓜
姑該怪桂高溝、甘干官根光公、國谷」（「愧、昆、礦」等字例
外），後者如「家居計基交叫九救、今奸巾君江京、夾甲吉腳」
（「訖」字例外）。

溪母（kʻ-）與見母的變化相同，洪音不變，細音顎化。如洪音
的「可枯快考口、堪寬坤困康匡肯、刻酷」（「恢」字例外），細音
的「去啓企巧丘、欠欽犬慶輕、恰屈曲」（「墟、溪、隙」等字例

外）。

　　群母（g-）清化，平聲送氣，仄聲不送氣，細音又發生顎化。如洪音平聲的「逵葵狂」，仄聲的「跪櫃共」；細音平聲的「渠、奇、求、潛、權、強、窮」，仄聲的「巨、技、臼、及、件、傑、倦、近、極、局」。

　　曉母（x-）洪音不變，細音顎化。例如洪音的「火、花、呼、海、灰、好、喊、歡、昏、忽、荒、黑、亨、烘」（「況」例外）；細音的「蝦、虛、戲、孝、休、險、血、欣、訓、香、向、興、兄」（「迄」例外）。

　　匣母（ɤ-）清化，洪音唸[x-]，細音顎化。如洪音的「何、華、胡、孩、回、話、浩、后、含、合、寒、桓、活、滑、患、魂、黃、或、宏、洪」（「潰、完、凡」例外）；細音的「遐、奚、效、咸、狹、嫌、協、限、玄、穴、幸、形」（「營、艦」例外）。

5.零聲母化

　　古代零聲母的字沒有國語這麼多，它是在語音發展過程中，由於音素逐漸失落而形成。國語的零聲母淵源於六個不同的中古聲母：

　　(1)云母（喻三）──「于、羽、雲、永、遠」等字。
　　(2)以母（喻四）──「余、以、羊、悅、予」等字。
　　(3)微母──「無、亡、武、文、忘」等字。
　　(4)影母──「於、衣、烏、安、愛」等字。
　　(5)疑母──「魚、宜、玉、吾、研」等字。
　　(6)日母──「而、兒、耳、爾、二」等字。

　　當然，這些古代聲母不是一下子就變成零聲母的，我們可以把它分為三個階段：

　　第一，云、以兩母首先合併，時間在第十世紀；
　　第二，影、疑兩母到了宋代（第十至十三世紀）也轉成了零聲母；

第三，微、日（一部分字）兩母要遲到十七世紀以後才變成零聲母。

情況如下表：

二、韻母的演化

漢語韻母的結構要比聲母複雜，通常還可以切割成三個部分，就是介音、主元音、韻尾，因此，我們討論韻母的變化，必須從這三個部分來分析觀察，看看它們在這一千年間演化的規則如何。

1. 介音的演化

由開變合

在現代漢語，[-uo]韻母是一個強勢音，它不斷吸引各種韻母加入它的陣容。國語有些[-uo]韻母的字，例如「我、多、駝、左、羅」、「託、諾、泊、莫、作、錯、索、落」這些字原本都沒有u的成分，國語卻都演化成了帶u的音。此外，「覺、嶽、學」國語唸y音，也是合口的一種，在《切韻指南》裡，這幾個字被歸入「開口」。有些字由開變合的時代很早，像「豬、除、居、魚、書、徐、虛、余、如」等字在《韻鏡》裡註明是開口，到了《切韻指南》就和合口的「虞、模」韻合併成一個「遇攝」了。

由合變開

這類演化最顯著的例子，就是國語唸唇音聲母ㄅㄆㄇㄈ的字，原本有許多是唸合口的，國語卻轉成了開口。像「杯、妹、盆、門、本、盤、半」等字，本來都有個u介音的。至於[f-]聲母的字，中古全是合口，國語除了「夫、扶、府、付、拂、佛……」等字，幾乎都變

成了開口音。

　　除了唇音外，還有部分[l-]、[n-]聲母的字，如「雷、類、內、壘、戀……」也由合口變成了開口。

由洪變細

　　中古洪音到國語變成細音的，可以歸納出一條比較嚴格的規律：

　　凡是中古開口二等舌根（牙喉音）字，國語在主要元音和聲母中間增添了一個[i]音位。

　　例如「江、巷、皆、佳、間、眼、姦、顏、交、孝、嘉、亞、甲……」等字，古代都不帶[i]介音。

　　其演化過程是：-ɔŋ > -aŋ > -iaŋ

由細變洪

　　這種情況大都是些國語捲舌聲母字，捲舌音大部分由中古三等韻變來，而三等韻原本都有個[j]介音，但捲舌聲母和[j]介音的發音性質不相容，於是，這個[j]介音後來都被排擠而失落了。例如「鍾、書、眞、展、超、車、昌、成、深、詹……」等字皆是。另外還有一些例子是中古複合介音[-iu-]的簡化，由[-iu-]變成了[-u-]，失落了[-i-]成分。例如「風、規、爲、膚、武、倫……」等字皆是。

2.主元音的演化

　　國語有兩個新生的主要元音，是《切韻》音所沒有的，就是舌尖元音[ï]和舌面後展唇元音[ɤ]（注音符號的ㄜ）。

　　國語的舌尖元音有三種：和ㄓㄔㄕㄖ相配的韻母是[ɻ]，和ㄗㄘㄙ相配的韻母是[ɿ]，這兩種舌尖元音注音符號通常都省略不寫。例如「知吃師日」、「資此司」都只標聲母。另一種舌尖元音是「兒、耳、二」的ㄦ韻母。以上三種舌尖元音由於在國語中出現的時機不衝突，形成互補分配的現象，所以國際音標往往只用一個[ï]（i上頭兩點）符號表示。它們的中古來源大都是由[i]韻母發展而成的（i > ï）。

　　舌尖元音產生的過程是：(1)南宋開始有[ɿ]，(2)元代開始有[ɻ]，

清初開始有ㄦ韻母。

　　[ɤ]（ㄜ）元音構成的韻母，是由中古許多不同類型的韻母發展出來的。這是一種像滾雪球式的類化演變。例如：

　　　　「歌、可、賀」源自果假攝一等韻

　　　　「遮、車、蛇」源自果假攝三等韻

　　　　「葛、閣、盍」源自咸山攝一等韻入聲

　　　　「哲、舌、熱」源自咸山攝三等韻入聲

　　　　「各、涸、惡」源自宕江攝一等韻入聲

　　　　「刻、德、則」源自曾梗攝一等韻入聲

　　　　「格、客、赫」源自曾梗攝二等韻入聲

　　這些都是古代的開口字，合口變成ㄜ韻母的字很少，少數合口字如「戈、科、和」等，這些字是受開口ㄜ韻字類化形成的，所以也唸成了ㄜ韻母。

　　產生的過程是：⑴清初首先由收-k的入聲字產生，⑵歌戈韻接著變ㄜ韻母，⑶車遮韻最後也加入了ㄜ韻母的陣容。於是，國語音系的ㄜ韻母就成形了。

3. 韻尾的演化

　　國語陰聲韻的[-i]、[-u]韻尾大致保存中古音的原樣。中古音陽聲韻原有舌根[-ŋ]、舌尖[-n]、雙唇[-m]三類鼻音韻尾；國語的[-m]消失了，都轉成了[-n]。例如「金、監、暗、心」等字。所以，國語的陽聲韻只有舌根[-ŋ]、舌尖[-n]兩類。

　　入聲韻的變化最大，隋唐中古音的[-p]、[-t]、[-k]三種塞音韻尾，宋代轉成微弱的喉塞音韻尾（像今天的吳語一樣），元代開始，就完全消失了，國語變得和陰聲韻沒有分別了。

三、聲調的演化

　　聲調是漢語的一個重要特色，英文、法文、德文、日文、韓文，以及世界上很多的語言，都沒有聲調的變化，但是漢語每個字都有固定的聲調發音，改變了聲調，就不是那個字了，意義也跟著變了。在

語音學上，聲調是一種音高的變化，利用這種音高的變化來區別意義，這就是「聲調語言」（tone language）。

漢語自古以來就有聲調的區分，只是上古音的聲調不同於中古音，中古音又不同於現代音，這是時間造成的演化。現代不同地區的每一個方言也都各自有其聲調系統，聲調的數目、分類，各不相同，但是基本上，所有漢語方言的聲調系統都是從中古的「平上去入」四類演化形成，無論是粵方言的九個調、閩南話的七個調、客家話的六個調，或國語的四個調，都是來源於中古音的四聲：平上去入。

中古音四聲到現代的演化，受到了聲母清濁的支配，因為中古音具有大量的濁輔音聲母，到了現代，這些濁輔音大量消失，變成清音，於是在聲調上，形成了補償作用：

凡是古代的清輔音聲母演化成現代的陰調類

凡是中古的濁輔音聲母演化成現代的陽調類

於是，平上去入各分陰陽，就形成了八個基本調型。所有的現代方言，都在這八調的基礎上或增或減，形成了各方言不同的聲調系統。所以，我們只要掌握了平上去入的陰陽分類，也就是八調的基礎調型，我們就很容易地可以掌握現代方言、學習和了解現代方言的聲調系統。下面我們先來看看中古聲調演化成民族共同語的國語有哪些規律。

1. 平聲分陰陽

國語的第一聲（陰平）、第二聲（陽平）在中古音裡是相同的調類。所以唐代崔顥的七言律詩〈黃鶴樓〉可以用「樓、悠、洲、愁」來押韻。在國語裡「樓、愁」和「悠、洲」聲調並不相同，這是平聲分化的結果。韻書裡，「東，德紅切」，反切下字「紅」是國語陽平調，卻用來注陰平調的「東」，也說明了中古沒有陰平、陽平的分別。中古的平聲變成陰平、陽平兩類，是從元代開始才有的。

那麼，促成平聲分化的因素是什麼呢？是聲母的清、濁。其規律如下：

　　凡是古代的清聲母字，國語唸成陰平，例如「冬、通、杯、吞、包……」；

　　凡是古代的濁聲母字，國語唸成陽平，例如「同、馮、回、何、麻……」。

這就叫作「平聲分陰陽」。

2. 濁上歸去

　　凡是全濁聲母的上聲字，國語便轉成了去聲。例如「伴、父、丈、士……」等字皆是。至於「軌、耳、尾、女、乃……」等字，因為聲母不屬全濁，因此國語仍讀上聲。這種演化在宋代就已經發生了。

3. 濁入歸陽平和去聲

　　入聲的演變比較雜亂，不過，在雜亂中我們仍然可以理出一個大致的趨向。次濁的入聲字大部分變成國語的去聲（次濁歸去），例如「莫、勿、力、日、月、浴……」等字皆是。

　　全濁的入聲字大部分變成國語的陽平（全濁歸陽平），例如「拔、別、伐、舌、什、合……」等字皆是。我們讀舊詩辨平仄，凡遇此類字，看似平實為仄，須特別留意。

　　至於中古清聲母的入聲字，在國語裡唸成第幾聲，就毫無規則可循了。由整個入聲字的演化看，變作陽平和去聲的占了絕大多數。

　　下面是國語聲調和中古聲調的關係表：

中古聲母　國語聲調　中古聲調	清	次濁	全濁
平	陰平	陽平	陽平
上	上	上	去
去	去	去	去
入	不定	去	陽平

　　接著，我們再來看看中古聲調演化到現代各方言的狀況

　　至於中古聲調變入其他各方言的情況，依羅常培《漢語音韻學導論》是這樣的：

古 調類 古 聲母 今 調類 方 言	平		上				去		入	
	清	濁	清	次濁	全濁	濁	清	清	濁
廣州	陰平	陽平	陰上	陽上	陽去		陰去	上陰入下陰入	陽入
上海	陰平	陽平	陰上	陽上			陽去	陰去	陰入	陽入
廈門	陰平	陽平	上		陽去		陰去	陰入	陽入
蘇州	陰平	陽平	上		陽去		陰去	陰入	陽入
客家	陰平	陽平	上		去			陰入	陽入
南京	陰平	陽平	上		去			入	
四川	陰平	陽平	上		去			（變陽平）	

　　由此表可以見出調類的分化，完全受聲母的影響。東南地區聲調變得很複雜，廣州話多達九調，西南地區和南京地區已經比較接近由北方官話發展而成的國語音系了。

思考與討論

1. 聲調的演化，和聲母有什麼連帶的關係？試舉出幾條實例。
2. 漢語每個方言的聲調數目不盡相同，哪個方言最多？哪個方言最少呢？
3. 國語的介音有哪幾種？韻尾有哪幾種？試各舉十個字為例。
4. 哪些字國語唸-n韻尾，而閩南話是唸-m韻尾的？

5. 國語ㄛ這個韻母產生的時間很晚，這類字不唸ㄛ的時代，都唸成
   什麼音呢？
6. 「江、巷、皆、佳、間、眼、姦、顏、交、孝、嘉、亞、甲」這
   幾個字國語都有一個i介音，試著用閩南話、客家話唸唸看，是不
   是中間也有一個i的音呢？
7. 國語唸ㄈ的音，在閩南話會怎麼唸呢？思考其中的對應關係。
8. 「杯、妹、盆、門、本、盤、半」這幾個字，國語都不帶u介音，
   有哪些方言，中間帶一個u介音的呢？
9. 中文的演化規則，有很多和英文一樣，試著找出其中的相同處。

第四編

上古音

第十五章
關關雎鳩
《詩經》與上古音

　　《詩經》是中國最古老的一部文學作品，同時也是漢語最早的語言資料，兩千多年來，《詩經》一直具有崇高的地位，在語言學的層面，它所展現的語音、詞彙、語法現象，使我們能夠更清楚地了解上古漢語的真實面貌。

　　從清儒開始，就注意到了《詩經》所保留的上古語音，他們利用分析韻腳的方法，把一組一組的韻腳系聯起來，用客觀的方法歸納出了上古的韻部，雖然孔子時代沒有韻書可以參考，但是透過這些上古歌謠的天籟之音，我們仍然可以知道孔子時代的韻母系統。

一、《詩經》的擬聲效果

　　《詩經》也保留了大量的古代擬聲詞，讓《詩經》到處充滿了蟲魚鳥獸的聲音，這些聲音也透露了當時字音的訊息。例如《詩經》第一首詩，第一句的第一個詞「關關」就是擬聲詞，模擬了溪中水鳥的鳴聲，根據李方桂的語音是kruan，別的古音學家也擬為類似的聲音，例如鄭張尚芳擬為kroon，白一平擬為kron，注音雖然稍有不同，但是古音學家都一致認為帶有kr-的聲母。這種類型的聲母是全世界的語言模擬聲音的基本結構，第二個成分總是帶一個r或者l，語音學上稱為「流音」，古今中外的擬聲詞幾乎莫不如此。而《詩經》中的所有擬聲詞，大部分都是「二等字」，二等字都帶有r介音，由此，古音的擬構和《詩經》的用詞可以相互印證，使我們朗讀賞析《詩經》的時候，更具有韻味。

　　《詩經》到處充滿了聲音，我們來看看《詩經》的擬聲詞（分

類依據筆者指導的碩士論文，歐秀慧〈《詩經》擬聲詞研究〉）：
（音標字型爲Lucida Sans Unicode，取自台大《漢字古今音資料
庫》董同龢擬音）

　　《詩經》有許多描寫大自然的擬聲詞。有時同一個對象，《詩
經》會使用各種不同的聲音來描繪。有兩個原因：一是客觀事物，在
不同的場景之下，聲音會不同，例如狂風、暴風、微風、疾風、清風
等等。一是主觀意識上，心情的不同變化，例如同一個風聲，凱旋歸
來、意氣風發、閨中哀怨、思念故鄉、登高遠眺等等，選擇的擬聲詞
也都不會一樣。欣賞《詩經》的擬聲詞，一定要回到當時的發音，也
就是上古音，才能產生意義。如果用國語來唸，聲音效果就完全不對
了。我們先來看看《詩經》中「風」的聲音：

1. 風聲
　　習習　zjəp（緝）〈邶風‧谷風〉：習習谷風
　　　　　　　　　　　〈小雅‧谷風〉：習習谷風（三見）
　　發發　pjuăt（祭）〈小雅‧蓼莪〉：飄風發發
　　　　　　　　　　　〈小雅‧四月〉：飄風發發
　　弗弗　pjuət（微）〈小雅‧蓼莪〉：飄風弗弗

2. 雨聲
　　瀟瀟　siog（幽）〈鄭風‧風雨〉：風雨瀟瀟
　　　　　　　　　朱：「瀟瀟，風雨之聲。」雷電聲
　　虺虺　xuəd（微）〈邶風‧終風〉：虺虺其雷
　　燁燁　ɣjɐp（葉）〈小雅‧十月之交〉：燁燁震電

3. 水流聲
　　洋洋　gjaŋ（陽）〈衛風‧碩人〉：河水洋洋
　　　　　　　　　　　〈陳風‧衡門〉：泌之洋洋
　　活活　kuɑt（祭）〈衛風‧碩人〉：北流活活
　　湯湯　ɕjaŋ（陽）〈衛風‧氓〉：淇水湯湯

〈齊風・載驅〉：汶水湯湯

〈小雅・沔水〉：其流湯湯

〈小雅・鼓鐘〉：淮水湯湯

〈大雅・江漢〉：江漢湯湯

滔滔　tʰôg（幽）　〈齊風・載驅〉：汶水滔滔

〈小雅・四月〉：滔滔江漢

湝湝　ked（脂）　〈小雅・鼓鐘〉：淮水湝湝

泱泱　jaŋ（陽）　〈小雅・瞻彼洛矣〉：維水泱泱

4. 蟲聲

詵詵　sən（文）　〈周南・螽斯〉：螽斯羽詵詵兮

薨薨　m̥uɓŋ（蒸）　〈周南・螽斯〉：螽斯羽薨薨兮

〈齊風・雞鳴〉：蟲飛薨薨

嘒嘒　xiuæd（祭）　〈小雅・小弁〉：鳴蜩嘒嘒

營營　gjueŋ（耕）　〈小雅・青蠅〉：營營青蠅

5. 魚跳躍聲

發發　pjuăt（祭）　〈衛風・碩人〉：鱣鮪發發

6. 鳥聲

關關　kuan（元）　〈周南・關雎〉：關關雎鳩

喈喈　ked（脂）　〈周南・葛覃〉：其鳴喈喈

〈鄭風・風雨〉：雞鳴喈喈

〈小雅・出車〉：倉庚喈喈

〈大雅・卷阿〉：雝雝喈喈

雝雝　ʔjuŋ（東）　〈邶風・匏有苦葉〉：雝雝鳴鴈

〈大雅・卷阿〉：雝雝喈喈

膠膠　kog（幽）　〈鄭風・子衿〉：雞鳴膠膠

嚶嚶　ʔeŋ（耕）　〈小雅・伐木〉：鳥鳴嚶嚶

此外又如：

烏鳴啞啞，鸞鳴嚾嚾，鳳鳴喈喈，凰鳴啾啾，雉鳴嚖嚖，雞鳴咿咿，鵙鳴嚶嚶，鵲鳴喈喈，鴨鳴呷呷，鵠鳴咍咍，鵙鳴嗅嗅。

7. 各種動物聲

濈濈	tsəp（緝）	〈小雅・無羊〉	：其角濈濈
嘽嘽	tʰɑn（元）	〈小雅・四牡〉	：嘽嘽駱馬
痯痯	kuan（元）	〈小雅・杕杜〉	：四牡痯痯
呦呦	ʔjog（幽）	〈小雅・鹿鳴〉	：呦呦鹿鳴
蕭蕭	siog（幽）	〈小雅・車攻〉	：蕭蕭馬鳴
旁旁	bʰuɑŋ（陽）	〈鄭風・清人〉	：駟介旁旁
麃麃	bʰɔg（宵）	〈鄭風・清人〉	：駟介麃麃
陶陶	dʰôg（幽）	〈鄭風・清人〉	：駟介陶陶
騑騑	pʰjuəd（微）	〈小雅・四牡〉	：四牡騑騑
		〈小雅・車舝〉	：四牡騑騑
駸駸	tsʰjəm（侵）	〈小雅・四牡〉	：載驟駸駸
騤騤	gʰjued（脂）	〈小雅・采薇〉	：四牡騤騤
		〈小雅・六月〉	：四牡騤騤
		〈大雅・桑柔〉	：四牡騤騤
		〈大雅・蒸民〉	：四牡騤騤
龐龐	bʰuŋ（東）	〈小雅・車攻〉	：四牡龐龐
儦儦	pjɔ̆g（宵）	〈小雅・吉日〉	：儦儦俟俟
俟俟	djəg（之）	〈小雅・吉日〉	：儦儦俟俟
彭彭	bʰuɐ̆ŋ（陽）	〈小雅・北山〉	：四牡彭彭
		〈大雅・大明〉	：駟騵彭彭
		〈大雅・烝民〉	：四牡彭彭

8. 人聲

喤喤	ɣuɐ̆ŋ（陽）	〈小雅・斯干〉	：其泣喤喤
嘵嘵	xiɔg（宵）	〈豳風・鴟鴞〉	：予維音嘵嘵
囂囂	xjɔ̆g（宵）	〈小雅・車攻〉	：選徒囂囂

〈小雅・十月之交〉：讒口囂囂

嗸嗸　ŋɔ̂g（宵）〈小雅・鴻鴈〉：哀鳴嗸嗸

灌灌　kuan（元）〈大雅・板〉：老夫灌灌

皋皋　kɔ̂g（幽）〈大雅・召旻〉：皋皋訿訿

哀哀　ʔɔ̂d（微）〈小雅・蓼莪〉：哀哀父母（二見）

契契　kʰiæd（祭）〈小雅・大東〉：契契寤歎

嗟嗟　tsja（歌）〈周頌・臣工〉：嗟嗟臣工、嗟嗟保介

　　　　　　　　　　〈商頌・烈祖〉：嗟嗟烈祖

泄泄　djæd（祭）〈魏風・十畝之間〉：桑者泄泄兮

　　　　　　　　　〈大雅・板〉：無然泄泄

　　　　　　　　　〈十畝・之間〉傳：泄泄，多人之貌

　　　　　　　　　〈板〉傳：泄泄猶沓沓也

蛇蛇　dja（歌）〈小雅・巧言〉：蛇蛇碩言

陳奐認爲「蛇」不但與「訑」聲同義近，而且與「泄、呭」亦聲轉而義通。

緝緝　tsʰjəp（緝）〈小雅・巷伯〉：緝緝翩翩

　　　　　　　　　傳：緝緝，口舌聲

捷捷　dzʰjɐp（葉）〈小雅・巷伯〉：捷捷幡幡

　　　　　　　　　傳：捷捷，猶緝緝也

蕭蕭　sjok（幽）〈召南・小星〉：肅肅宵征（二見）

彭彭　bʰuăŋ（陽）〈齊風・載驅〉：行人彭彭

儦儦　pjɔ̆g（宵）〈齊風・載驅〉：行人儦儦

駪駪　sən（文）〈小雅・皇皇者華〉：駪駪征夫

　　　　　　　　　傳：駪駪，眾多之

闐闐　dʰien（眞）〈小雅・采芑〉：振旅闐闐

傍傍　bʰuɑŋ（陽）〈小雅・北山〉：王事傍傍

浮浮　bʰjɔ̆g（幽）〈大雅・江漢〉：武夫浮浮

　　　　　　　　　（按《經義述聞》改「滔滔」爲「浮浮」）

捷捷　dzʰjɐp（葉）〈大雅・烝民〉：征夫捷捷

洸洸　kuɑŋ（陽）〈大雅·江漢〉：武夫洸洸

嘽嘽　tʰɑn（元）〈大雅·常武〉：王旅嘽嘽

　　　　　　　　朱：嘽嘽，眾盛貌。傳：增增，眾也。

增增　tsɐ̂ŋ（蒸）〈魯頌·閟宮〉：烝徒增增

9. 車聲

檻檻　ɣam（談）〈王風·大車〉：大車檻檻

　　　　　　　　傳：檻檻，車行聲也。

啍啍　dʰuɐ̆n（文）〈王風·大車〉：大車啍啍

　　　　　　　　馬瑞辰認為：「啍啍，亦行車聲也。」

薄薄　bʰuɑk（魚）〈齊風·載驅〉：載驅薄薄

　　　　　　　　傳：薄薄，疾驅聲也

鄰鄰　ljen（眞）〈秦風·車鄰〉：有車鄰鄰

　　　　　　　　傳：鄰鄰，眾車聲也

彭彭　bʰuɐ̆ŋ（陽）〈大雅·出車〉：出車彭彭

　　　　　　　　　　〈大雅·韓奕〉：百兩彭彭

　　　　　　　　　　〈魯頌·駉〉：以車彭彭

嘽嘽　tʰjæn（元）〈小雅·杕杜〉：檀車嘽嘽

嘽嘽　tʰɑn（元）〈小雅·采芑〉：戎車嘽嘽、嘽嘽焞焞

焞焞　ʑjuən（微）〈小雅·采芑〉：嘽嘽焞焞

　　　　　　　　傳：焞焞，盛也

　　　　　　　　箋：言戎車既眾盛，其盛又如雷霆

薪薪　suk（侯）〈小雅·正月〉：薪薪方有穀

伾伾　pʰjuəg（之）〈魯頌·駉〉：以車伾伾

祛祛　kʰjag（魚）〈魯頌·駉〉：以車祛祛

10. 伐木聲

丁丁　teŋ（耕）〈周南·兔罝〉：椓之丁丁

　　　　　　　　傳：丁丁，椓杙聲也

坎坎　kʰAm（談）〈魏風·伐檀〉：坎坎伐檀、坎坎伐輻、坎

　　　　　　　坎伐輪
　　　　　　　傳：坎坎，伐檀聲
　　丁丁　teŋ（耕）〈小雅・伐木〉：伐木丁丁
　　　　　　　傳：丁丁，伐木聲也
　　許許　xjag（魚）〈小雅・伐木〉：伐木許許
　　　　　　　朱：許許，眾人共力之聲

11. 鑿冰聲
　　沖沖　dʰjoŋ（中）〈豳風・七月〉：二之日鑿冰沖沖

12. 掘土聲
　　澤澤　dʰăk（魚）〈周頌・載芟〉：其耕澤澤
　　畟畟　tsʰək（之）〈周頌・良耜〉：畟畟良耜

13. 築牆聲
　　閣閣　kɑk（魚）〈小雅・斯干〉：約之閣閣
　　　　　　　傳：閣閣，猶歷歷也
　　橐橐　tʰɑk（魚）〈小雅・斯干〉：椓之橐橐
　　　　　　　朱：橐橐，杵聲也
　　　　　　　〈陳奐・傳疏〉：「橐登聲轉而義同，故皆謂
　　　　　　　　以力擊之聲。」
　　陾陾　njəŋ（蒸）〈大雅・綿〉：捄之陾陾
　　　　　　　《說文》：「陾，築牆聲也。」
　　薨薨　m̥uə̂ŋ（蒸）〈大雅・綿〉：度之薨薨
　　　　　　　疏：既取得土，送至牆上，牆上之人受取而
　　　　　　　　居於板中，居之亟疾，其聲薨薨然。……薨
　　　　　　　　薨是投土之聲者。
　　登登　tə̂ŋ（蒸）〈大雅・綿〉：築之登登
　　　　　　　傳：登登，用力也
　　馮馮　bʰjuə̌ŋ（蒸）〈大雅・綿〉：削屢馮馮

傳：削牆鍛屢之聲馮馮然

14.捕魚聲

　　濊濊　xuɑd（祭）〈衛風・碩人〉：施罛濊濊

　　　　　　　　　　　朱：罛，魚罟也。濊濊，罟入水聲也。

15.炊飯聲

　　叟叟　sôg（幽）〈大雅・生民〉：釋之叟叟

　　浮浮　bʰjǒg（幽）〈大雅・生民〉：烝之浮浮

16.鐘聲

　　將將　tsjaŋ（陽）〈小雅・鼓鐘〉：鼓鐘將將

　　喈喈　ked（脂）〈小雅・鼓鐘〉：鼓鐘喈喈

　　欽欽　kʰjəm（侵）〈小雅・鼓鐘〉：鼓鐘欽欽

17.鼓聲

　　坎坎　kʰAm（談）〈小雅・伐木〉：坎坎鼓我

　　淵淵　ʔiuen（眞）〈小雅・采芑〉：伐鼓淵淵

　　逢逢　bʰjuŋ（東）〈大雅・靈台〉：鼉鼓逢逢

　　咽咽　ʔien（眞）〈魯頌・有駜〉：鼓咽咽（二見）

　　　　　　　　　　　傳：咽咽，鼓節也

　　簡簡　kæn（元）〈商頌・那〉：奏鼓簡簡

18.鈴聲

　　雝雝　ʔjuŋ（東）〈小雅・蓼蕭〉：和鸞雝雝

　　瑲瑲　tsʰjaŋ（陽）〈小雅・采芑〉：八鸞瑲瑲

　　　　　　　　　　　傳：瑲瑲，聲也

　　將將　tsjaŋ（陽）〈小雅・庭燎〉：鸞聲將將

　　　　　　　　　　　傳：將將，鸞鑣聲也

　　噦噦　xuɑd（祭）〈小雅・庭燎〉：鸞聲噦噦

　　　　　　　　　　　〈魯頌・泮水〉：鸞聲噦噦

　　　　　　　　　　　〈泮水〉傳：噦噦，言有聲也

箋：鸞和之聲嘒嘒然

〈陳奐‧傳疏〉：「嘒嘒亦鸞鑣聲也，泮水
嘒嘒言其聲也，是嘒嘒亦聲也。」

嘒嘒　xiuæd（祭）〈小雅‧菀柳〉：鸞聲嘒嘒

鏘鏘　ts´jaŋ（陽）〈大雅‧烝民〉：八鸞鏘鏘

〈大雅‧韓奕〉：八鸞鏘鏘

喈喈　ked（脂）〈大雅‧烝民〉：八鸞喈喈

鶬鶬　tsʰɑŋ（陽）〈商頌‧烈祖〉：八鸞鶬鶬

央央　ʔjaŋ（陽）〈周頌‧載見〉：和鈴央央

疏：央央然而有音聲

19. 玉聲

將將　tsjaŋ（陽）〈鄭風‧有女同車〉：佩玉將將

〈秦風‧終南〉：佩玉將將

令令　ljeŋ（耕）〈齊風‧盧令〉：盧令令

傳：令令，纓環聲

鞙鞙　ɣiuæn（元）〈大雅‧小東〉：鞙鞙佩璲

20. 樂器聲

嘒嘒　xiuæd（祭）〈商頌‧那〉：嘒嘒管聲

喤喤　ɣuăŋ（陽）〈周頌‧執競〉：鐘鼓喤喤

〈周頌‧有瞽〉：喤喤厥聲

將將　tsjaŋ（陽）〈周頌‧執競〉：磬筦將將

21. 旗飄聲

鑣鑣　pjɔ̆g（宵）〈衛風‧碩人〉：朱幩鑣鑣

渒渒　pʰjuəd（微）〈小雅‧采菽〉：其旂渒渒

〈采菽〉傳：渒渒，動也

　　以上都是運用字音的重疊，來模擬聲音。《詩經》有些擬聲詞，不用重疊的形式，而是用**連綿詞**，或單音節的形式，例如：

1. 水流聲

觱沸　pjət　（微）　bjuəd　（微）〈小雅・采菽〉：觱沸檻泉
　　　　　　　　　　　　　　　　〈大雅・瞻卬〉：觱沸檻泉
　　　　　　　　　　　　　　　　〈采菽〉傳：觱沸，泉出貌

2. 車聲

間關　kan（元）　kuan　（元）〈小雅・車舝〉：間關車之舝兮
　　　　　　　　　　　　　　　朱：間關，設舝聲也

3. 哭泣聲

呱　kuɑg（魚）〈大雅・生民〉：后稷呱矣
　　　　　　　傳：后稷呱呱然而泣
呼　xɑg（魚）〈大雅・蕩〉：式號式呼
叫　nog（幽）〈小雅・賓之初・初筵〉：載號載呶

4. 鼓缶聲

鏜　tʰɑŋ（陽）〈邶風・擊鼓〉：擊鼓其鏜
坎　kʰAm（談）〈陳風・宛丘〉：坎其擊鼓、坎其擊缶

二、清儒之前如何理解上古音？

　　上古音的發現曾經經歷了一段漫長的過程，就如同侏儸紀的公園一樣，重建恐龍的真實面貌，也需要經過一段漫長的時光，無數的考古學家、生物學家共同參與，努力發掘出來的。上古音的發現是從韻母開始的，第一個從事這類研究的學者是明末清初的顧炎武。但是，在此以前，曾經經歷了六朝到宋代，沒有明確的古音觀念的階段，學者們完全不了解上古音是怎麼一回事。可是，當時的學者又一定要讀《詩經》、讀《楚辭》，必然會遭遇到押韻的問題。起先他們用自己口裡的發音來讀，總會發現有許多地方應該要押韻，可是唸起來卻不押韻，他們就想了三個辦法來處理這樣的問題：

　　第一種辦法是認為《詩經》、《楚辭》的作者會臨時改讀字音，也就是平時講話的時候用那個字的本來發音，可是在作詩押韻的時

候，就臨時改一個可以押韻的發音，這種辦法叫作「叶韻」或者叫作「叶音」。

　　在顧炎武以前，還沒有精密的上古音觀念，從六朝到唐宋的學者，讀先秦兩漢的韻語，例如：《詩經》、《楚辭》、漢賦，遇到應該押韻的地方，可是自己讀起來卻不合韻，他們都認為是臨時改讀字音的結果。認為那個不合韻的字，平時照一般的唸法唸，在這首詩裡卻臨時改讀成一個可以押韻的發音，這種做法叫做「叶韻說」。例如朱熹的《詩集傳》，在〈周南‧關雎〉這首詩當中，「求之不得，寤寐思服。悠哉悠哉，輾轉反側」，其中的「服」和「側」押韻，朱熹唸起來覺得不諧韻，因為兩個字的主要元音，一個是u一個是ə，於是就把「服」字注上「叶蒲北反」，韻母就改讀成了ə，這樣和「側」字都一樣是央元音作為主要元音，自然就能夠諧韻了。可是，平常「服」還是唸作u，只有在這首詩裡才臨時改讀為ə。又如〈關雎〉這首詩中的「參差荇菜，左右采之。窈窕淑女，琴瑟友之。」韻腳是「采」和「友」，朱熹唸起來覺得不諧韻，因為兩個字的主要元音，「采」字是ʌ，「友」字是u，於是朱熹就把「采」字注為「叶此履反」，韻母就改讀成了脂韻上聲。又把「友」字注為「叶羽己反」，韻母就改讀成了之韻上聲。在朱熹的時代，「之、脂」兩個韻的韻母是一樣的，這樣改讀之後，自然就可以押韻了。這種方法，就是「叶韻說」。

　　實際上「叶韻說」是不得已的辦法，因為當時的學者並沒有上古音的觀念，他們只好想出這種臨時改讀的辦法，來面對該押韻而讀起來不押韻的現象。到了顧炎武以後，人們就對上古音有了清晰的了解，就不會再有人用這個方法來讀《詩經》了。

　　第二個辦法是更動經書的用字，當唸到該押韻而不押韻的地方，就把原來那個字換掉，改成另外一個可以押韻的字，前一個處理方式只是改音，而這個處理方式甚至就把字給改了。

　　第三個辦法是認為上古時代的押韻標準很寬，唸起來不怎麼相似的音也可以勉強在一起押韻，這種方式叫做「古人韻緩」。這些方法

當然都是很主觀的，也不符合事實的，真實的情況是有一套上古音的存在，跟後世的人唸的音並不相同，可是從六朝到宋代，他們並沒有這樣的觀念。

在顧炎武以前，也有兩位學者做過分部的工作，那就是宋朝的吳棫（字才老），在他的《韻補》一書中，把古韻分成九類；另一位是宋朝的鄭庠，在他的《古音辨》一書中，把古韻分成了六類。但是，**我們不能把這兩位宋朝的學者和顧炎武以後的清儒相提並論，而視爲古韻分部的開始**。因爲他們在觀念上和方法上都不一樣。宋朝還沒有正確的上古音觀念，因此，吳棫和鄭庠觀念裡並不和顧炎武一樣，認爲上古有一個不同的音系存在。宋朝學者總認爲，上古音和中古音是一樣的，只不過它們押韻的尺度比較寬一點而已，所以，他們把《廣韻》的兩百零六個韻作爲基礎，來看看哪些韻可以和哪些韻通押，凡是可以通押的就歸成一大類，併成九類或者六類，正是這種觀念的產物。這是宋代通行的「古人韻緩」的說法，「韻緩」就是押韻很寬的意思，也就是他們認爲上古音和中古音其實是一樣的，只不過押韻押得很寬，寬到不是兩百零六類，而是九類或者六類而已。在研究方法上，他們也不像清儒那樣，嚴格地依據《詩經》和上古群經韻語，做客觀而嚴謹的「系聯」工作。學術發展是逐漸演化的，不可能宋代人就懂得古韻分部，中間空白了元、明兩代，到了清朝又開始從事古韻分部。所以，我們不能認爲吳棫和鄭庠是古韻分部的開始。清代的顧炎武才是古韻分部的創始人。

上古音**觀念的確立**要到了元明時代，在元明時代出現了幾位傑出的聲韻學家，他們明確地指出來，上古音跟後世唸的音完全不同，這些學者包含了戴侗、焦竑、陳第。戴侗是南宋末年、元代初年的學者，他寫了一部《六書故》，強調了「行」字唸「戶郎切」，韻母讀ㄤ的音，不讀ㄥ的音，「慶」字唸「去羊切」，韻母讀ㄧㄤ的音，不讀ㄧㄥ的音，這些都是「古之正音」，不是例外通押，也不是臨時改讀。

另外一位聲韻學家，明代的焦竑，他說語言有古韻和今韻的差

別，由於古韻久不傳，所以讀書人都拿今韻來讀《詩經》、《楚辭》，有不合的地方就勉強地給他注一個音，稱之為「諧音」，他強調這是不合理的。

明代又出現了一位偉大的聲韻學家，寫了一部《毛詩古音考》，他就是著名的陳第，他說出了一段類似古音宣言的話：「蓋時有古今，地有南北，字有更革，音有轉移，亦勢所必至。」這句話明確地指出了語言變遷是很自然的事，於是他一一地去考訂每個字上古時代的唸法，一共考訂了四百九十六個字，而且他使用的方法十分嚴謹，既有「本證」又有「旁證」。所謂「本證」，指《詩經》押韻的證據；所謂「旁證」，指《詩經》以外的上古押韻。

三、孔子時代的古音──清儒的古韻分部

對於上古韻母的發音，古代的學者很早就注意到了，因為古代的讀書人，都要讀《詩經》，就免不了觸及了《詩經》押韻的問題，那就是上古韻的問題。真正全面研究《詩經》的押韻，進而找出上古韻母到底有多少類的學者，是清初的顧炎武。

顧炎武客觀地歸納《詩經》的韻腳，寫成了《音學五書》，把上古音的韻母分成十個韻部，這就是聲韻學史上著名的「古韻十部」。他的方法大致是這樣的：先把《詩經》一首詩中的韻腳列出來，和別首詩的韻腳做比較，如果其間用字有相同的，就把它系聯起來，就這樣把三百首詩各章一一地系聯，聯不在一起的放在另一邊，最後就可以得出十個大類。這就是他的古韻十部。舉例來說，下面有四十一組《詩經》的韻腳字：

1. 霾來來思（〈邶風・終風〉二章）
2. 思來（〈邶風・雄雉〉三章）
3. 期哉塒來思（〈王風・君子于役〉一章）
4. 佩思來（〈鄭風・子衿〉二章）
5. 痯來（〈小雅・采薇〉三章）
6. 來痯（〈唐風・杕杜〉四章、〈小雅・大東〉二章）

7. 來又（〈小雅‧南有嘉魚〉四章）

8. 來期思（〈小雅‧白駒〉三章）

9. 期時來（〈小雅‧頍弁〉二章）

以上各組韻腳都用到「來」字。

10. 淇思姬謀（〈邶風‧泉水〉一章）

11. 尤思之（〈鄘風‧載馳〉四章）

12. 思哉（〈衛風‧氓〉六章）

13. 淇思之（〈衛風‧竹竿〉一章）

14. 哉其之之思（〈魏風‧園有桃〉一、二章）

15. 思佩（〈秦風‧渭陽〉二章）

16. 之思哉茲（〈周頌‧敬之〉）

以上各組都有「思」字和「來」字可以串聯（見第1、2、3、4、8條）。

17. 蚩絲謀淇丘期媒期（〈衛風‧氓〉一章）：此組「期」和3、8、9組串聯

18. 絲治試（〈邶風‧綠衣〉三章）：此組「絲」和17組串聯

19. 期之（〈秦風‧小戎〉二章）：此組「之」和16組串聯

20. 梅裘哉（〈秦風‧終南〉一章）：此組「哉」和3、12、14、16組串聯

21. 梅絲絲騏（〈曹風‧鳲鳩〉二章）

22. 騏絲謀（〈小雅‧皇皇者華〉三章）

以上兩組「絲」和18組串聯。

23. 貍裘（〈豳風‧七月〉四章）：此組「裘」和20組串聯

24. 台萊基期（〈小雅‧南山有台〉一章）：此組「期」和17組串聯

25. 時謀萊矣（〈小雅‧十月之交〉五章）

26. 膴謀（〈小雅‧小旻〉五章）

27. 箕謀（〈小雅‧巷伯〉二章）

此三組「謀」和17、22組串聯。

28. 丘詩之（〈小雅‧巷伯〉七章）：此組「丘」和17組串聯

29. 裦試（〈小雅・大東〉四章）：此組「裦」和23組串聯
30. 梅尤（〈小雅・四月〉四章）：此組「尤」和11組串聯
31. 能又時（〈小雅・賓之初筵〉二章）：此組「又」和7組串聯
32. 牛哉（〈小雅・黍苗〉二章）
33. 牛右（〈周頌・我將〉）
34. 紑俅基牛鶸（〈周頌・絲衣〉）

此三組「牛」透過「哉」（32組）的關係和20組串聯。

35. 駉駜伾期才（〈魯頌・駉〉二章）：此組「駜」和21、22組串聯
36. 膴飴謀龜時茲（〈大雅・綿〉三章）：此組「時」和9、25組串聯
37. 絲基（〈大雅・抑〉九章）：此組「基」和34組串聯
38. 富時疚茲（〈大雅・召旻〉五章）：此組「疚」和5、6組串聯
39. 鋂偲（〈齊風・盧令〉三章）：此組「鋂」從「每」得聲，從每
    聲之字已見20、21、30組；「偲」從「思」得聲，「思」字可和
    10至16組串聯
40. 異貽（〈邶風・靜女〉三章）：此組「貽」從「台」得聲，從
    「台」聲之字已見18、36組，故可串聯
41. 呿倓郵（〈小雅・賓之初筵〉四章）：此組「倓」從「其」得
    聲，從「其」聲之字已見3、8、9、10、13、14、17、19、21、
    22、24、27、34、35、37等組，故可串聯

以上四十一組韻腳串聯成古韻「之部」。

　　清朝以來的古韻分部就是這樣求出的。此後的學者有了前人的基
礎，故能後出轉精，愈分愈細密了。

　　清儒對上古韻母的問題下了很大的功夫，一個接一個地努力，
就好像接力賽一樣，接在顧炎武之後的古音學家是江永，他寫成了
《古韻標準》一書。分古韻為十三部，比顧炎武多出了三部，就是
「真元」分為二部、「侵談」分為二部、幽部獨立。顧炎武把所有收
舌尖鼻音的陽聲字通通歸為一部，江永看了感到有些疑惑，難道上
古押韻只要韻尾是-n，而不顧主要元音嗎？於是，江永把收舌尖鼻音
的所有陽聲字共十四個韻，重新檢查了它們在《詩經》中的押韻狀

況，終於發現其中的界限，因而就產生了「眞元分部」，認爲眞部和元部雖然韻尾都是-n，可是主要元音是不同的。同樣的道理，顧炎武把所有收雙唇鼻音的陽聲字通通歸爲一部，江永也感到疑惑，也重新檢查了《詩經》的押韻，發現侵部和談部應該分開，兩部的主要元音也不相同。顧炎武把「魚、虞、模、侯」四個韻的字合爲一部，江永發現其中的侯韻並不和「魚、虞、模」相押，就把侯韻離析出來。他又想到，在中古音中，「侯、尤、幽」三個韻的字關係十分密切，中古音屬於同一個「流攝」，就把侯韻併入了尤幽，合爲一部。顯然，這個做法是不妥當的，上古韻部的畫分應該客觀地依據上古材料，不能受中古音的分類的影響。

其狀況如下圖：

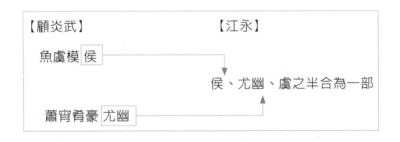

顧炎武和江永分部的不同如下：

顧炎武	真部		侵部		蕭部	
江永	真部	元部	侵部	談部	蕭部	幽部

接著江永之後，對古韻分部做出貢獻的學者是段玉裁，他寫成了《六書音韻表》附在《說文解字注》的後面，他提出古韻十七部的論點，比江永又多出了四部：支脂之分部說、眞文分部說、侯部獨立說。在段玉裁以前的學者，都認爲「支、脂、之」發音相近，故

同屬一部，段玉裁從《詩經》的韻例著手，發現《詩經》押韻是每章一韻，隔章換韻，沒有連著幾章押同一個韻的。從這個角度，發現了「支、脂、之」應該分成三部。在他以前的學者，之所以會混淆這三部的界限，是看到了有些篇章，相連續的幾章都出現「支、脂、之」韻字，就誤解認為這幾章是同一個韻。例如，《詩經・鄘風・相鼠》這首詩，第一章是支韻字，第二章是之韻字，第三章是脂韻字，正是連續的幾章都出現「支、脂、之」韻。段玉裁從韻例了解，《詩經》每章一韻，隔章換韻的規則，因而產生了支脂之分部說。至於他的真文分部說，是針對收舌尖鼻音的陽聲字，做了更進一步的分析處理，認為江永在這一方面猶有未盡，必須從真部再分出一個文部來。到了這個時候，十四個收舌尖鼻音-n的韻，在上古確定為分屬三個韻部：真部（-en）、文部（-ən）、元部（-an）。這一類字經歷了清儒的努力，由顧而江而段，凡經三變，終成定論。至於段玉裁的侯部獨立說，是他發現了江永的錯誤，誤把侯韻字依照中古音歸入了尤幽。段玉裁客觀地分析上古押韻材料，證明侯韻字是單獨押韻的，不和其他的韻相押，所以就斷然地成立了獨立的「侯部」。

顧炎武	真部			支部			蕭部		
江永	真部		元部	支部			蕭部	幽部（侯韻併入）	
段玉裁	真部	文部	元部	支部	之部	脂部	蕭部	幽部	侯部

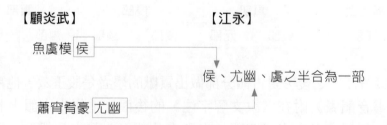

舌尖鼻音分部，凡經三變

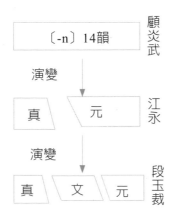

　　段玉裁在上古音研究的貢獻除了上述的古韻分部之外，還有兩個方面：第一是重新安排了上古韻部的先後次序，第二是利用形聲字來研究上古韻部。上古韻部的次序從顧炎武開始，都受到了《廣韻》的影響，按照「東冬鍾江」排列，段玉裁對這種排列產生了疑惑，排列順序是按照語音相近的狀況決定的，難道上古的發音跟中古是一樣的嗎？於是，他試圖找出上古各部的發音關係，看看它們的親疏遠近如何。段玉裁距離上古音已經兩千多年，他用什麼方法可以知道孔子時代的語音，彼此近似的程度呢？他思考之後想到了一個辦法，就是觀察每個韻部之間的例外通押的頻率。如果這兩部之間，通押的例子非常多，表示這兩個韻部在上古的發音一定很接近；如果這兩部之間通押的例子不很多，表示這兩個韻部在上古的發音近似度不高；如果這兩部之間完全沒有通押的例子，表示這兩個韻部在上古的發音相去絕遠。就這樣，他把每一部之間通押的頻率與次數計算出來，就可以排出彼此之間親疏遠近的關係。訂出了以之部為首、終於歌部的上古韻部順序，成為後來古韻學家準照的依據，這項研究工作在他《六書音韻表》當中的「古十七部合用類分表」呈現出來。段玉裁的第二個貢獻是，他發現了利用形聲字的聲符來畫分古韻部，就可以把所有的漢字都納入分部系統當中。不僅僅是過去只能依據押韻決定這個字的

歸部，如果這個字從來沒有用來押過韻，不就無從知道這個字該如何歸部了嗎？段玉裁利用形聲字歸部，正好解決了這個問題。因為凡從某聲，必歸某部，漢字的形聲字占了百分之九十以上，這樣就幾乎所有的漢字都能納入分部系統當中了。舉例來說，「㠉」字從來沒有做過韻腳，所以也無從歸部，可是我們知道它是從「童」得聲的，「童」字屬於東部，由此就可以推斷「㠉」字也是東部字。我們掌握了聲符，就能掌握所有上古的歸部。所以，段玉裁在《六書音韻表》中就安插了「古十七部諧聲表」，這種諧聲表的設計，就是每一部列出聲符，凡是從這個聲符得聲的形聲字，通通屬於這一部。此後的古音學者也通通準照段氏的這個方法，設計出諧聲表，學習者透過諧聲表查上古音就方便多了。舉例來說，我們知道「台」字屬於上古音之部，由此就可以推斷「怡、殆、怠、迨、抬、苔、邰、颱、駘、鮐、跆、炱、秮、枱、坮」這些字都是從「台」得聲，一定也是上古音之部。又如：「古」字屬於上古音魚部，由此就可以推斷「詁、牯、鈷、狜、估、姑、咕、菇、沽、鴣、鮕」這些字都是從「古」得聲，一定也是上古音魚部。又如：「它」字屬於上古音歌部，由此就可以推斷「蛇、陀、駝、鴕、佗、詫、酡、鮀、沱、砣、坨、鉈、紽」這些字都是從「它」得聲，一定也是上古歌部字。這是我們查上古音一個以簡馭繁的方法，有了諧聲表，所有漢字都很容易地可以查出它所屬的古韻部，所以這是段玉裁在聲韻學上很重要的一項貢獻。從段玉裁之後，上古韻語和形聲字成了研究上古音的兩大支柱，正如韻書和韻圖是中古音的兩大支柱一樣。

　　清儒在上古韻部研究上有卓越貢獻的還有江有誥和王念孫，江有誥的代表作是《音學十書》，王念孫的代表作是《古韻譜》。他們一樣都提出了古韻二十一部的學說，但是互有一部的出入。江有誥比段玉裁的十七部多出了四部，這四部是**祭部、葉部、緝部、中部（即冬部）**。江有誥之所以能夠比段玉裁更進一步，是由於上古音搭配的觀念改變了。在江有誥以前的學者，受《廣韻》「四聲相配」（如「東、董、送、屋」）的影響，認為上古韻部也應該是四聲完備

的。所以不能接受只有去入聲、沒有平聲，而能夠獨立成為韻部的現象。他們認為一個正常的韻部，總該有一個平聲帶頭，所以遇到在上古押韻時，去入聲自成單位，或入聲自成單位，總是設法把它併入一個有平聲帶頭的韻部當中。到了江有誥時代，對上古音的認識更為成熟也更為客觀，如果在押韻和諧聲上的證據，顯示它們是單獨押韻的，江有誥即斷然將其獨立為一韻部，不再併入其他不相關以平聲帶頭的韻部。所以，他新成立的祭部，只有去聲「祭、泰、夬、廢」和入聲「月、曷、末、鎋、薛」，而沒有平聲。他新成立的葉部和緝部，就只有收[-p]的入聲字而已。段玉裁由於不敢相信一個韻部可以沒有平聲帶頭，所以就把祭部字併入脂部，又把葉部和緝部併入侵部和覃部。江有誥都修正了這樣的缺點。至於江有誥新成立的中部，清儒一般也稱為冬部，是受到孔廣森的影響。孔廣森曾經創立「東冬分部說」，認為後代發音很接近的「東、冬」二部，在上古時代是不同的發音，東部唸[-uŋ]、冬部唸[-oŋ]。江有誥覺得這兩個字我們現在唸起來容易混淆，所以就把冬部的名稱改成中部。

　　王念孫的二十一部和江有誥比起來少了「中部」，卻多出一個「至部」。這個「至部」也是只有去聲「至、霽」和入聲「質、櫛、屑、黠、薛」，而沒有平聲帶頭的韻部。

　　段玉裁、江有誥、王念孫分部遞增的情況如下：

段玉裁	脂			侵		談		東	
江有誥	脂	祭		侵	緝	談	葉	東	冬（中）
王念孫	脂	祭	至	侵	緝	談	盍	東	

　　古韻分部從顧炎武到王念孫，可以說塵埃落定，該分的韻部都分了，不該分的韻部都沒有分。後人在古韻分部的數目上繼續增加的，都是見仁見智，可分可不分的。事實上，古韻分部經過清儒這樣接力式的研究，已經是圓滿的大功告成了。這是上古音研究的第一個

階段的完工，接著後人應該開啟的是第二個階段的工作，也就是在清儒分部的基礎上，考察它們的音讀，看看這個部和那個部發音上的區別到底在哪裡，進而擬定出完整的聲韻系統，這是現代學者可以做到也必須去做的一個階段性任務。學術是發展的，每一個歷史階段都要在前人基礎上做好下一個階段的工作，不能只滿足於重複前一個階段的工作。

　　清儒中為古韻分部做總結的是夏炘，他把江有誥和王念孫彼此相差的一部合併起來，就成了古韻分部的最後總成績──二十二部。我們把上古音研究的兩個階段，列表如下：

上古音研究的兩個階段		
第一階段：清儒的分部	顧炎武 10部	東支魚真蕭歌陽耕蒸侵
	江永 13部	東支魚真元蕭幽歌陽耕蒸侵談
	段玉裁 17部	之蕭尤侯魚蒸侵覃東陽庚真諄元脂支歌
	江有誥 21部	之幽宵侯魚歌支脂祭元文真耕陽東中蒸侵談葉緝
	王念孫 21部	之幽宵侯魚歌支脂祭元文真耕陽東至蒸侵談盍緝
	夏炘 22部	之幽宵侯魚歌支脂祭元文真耕陽東中至蒸侵談葉緝
第二階段：現代的擬音	高本漢	ɑ、ə、e、o、ô、u六元音系統，陽聲韻尾-n-m-ŋ，入聲韻尾-t-p-k，陰聲韻尾-d-r-ø-g
	董同龢	ɑ、ə、o、ɔ、u、e六元音系統，陽聲韻尾-n-m-ŋ，入聲韻尾-t-p-k，陰聲韻尾-d-r-ø-g
	王力	ɑ、ə、e、o、ɔ、u六元音系統，陽聲韻尾-n-m-ŋ，入聲韻尾-t-p-k，陰聲韻尾-ø-i

李方桂	ɑ、ə、u、i四元音系統，陽聲韻尾-n-m-ŋ-ŋ^w，入聲韻尾-t-p-k-k^w，陰聲韻尾-d-r-g-g^w
周法高	ə、a、e三元音系統，陽聲韻尾-n-m-ŋ-wŋ，入聲韻尾-t-p-k-wk，陰聲韻尾-r-ɣ-wɣ-ø
鄭張尚芳	i、ɯ、u、o、a、e六元音系統，陽聲韻尾-n-m-ŋ，入聲韻尾-b-d-g-wg，陰聲韻尾-ø-l（-i）-w
潘悟云	i、ɯ、u、o、a、e六元音系統，陽聲韻尾-n-m-ŋ，入聲韻尾-k-p-t-wk，陰聲韻尾-ø-l-w

　　總括清儒古韻分部的歷史，有五個重要的突破：

　　第一個重要的觀念突破，是顧炎武以入聲配陰聲的措施。在傳統的《切韻》系韻書的觀念當中，入聲總是必須和陽聲字搭配，譬如「東、董、送、屋」。可是顧炎武由客觀的證據發現上古音總是以入聲配陰聲的，例如在押韻當中，《詩經・小雅・出車》第一章以「牧來載棘」押韻，前三個字是陰聲字，末一個字是入聲字。《詩經・王風・采葛》第三章以「艾歲」押韻，前一個字是陰聲字，後一個字是入聲字。它們的關係如下表：

上古音押韻陰聲和入聲接觸的狀況

	陰聲	入聲
《詩經・小雅・出車》韻腳字	牧來載	棘
《詩經・王風・采葛》韻腳字	艾	歲

　　又如在諧聲當中，「代」字從「弋」得聲，「否」、「杯」從「不」得聲，「祕」從「必」得聲，它們的關係如下表：

上古音諧聲字陰聲和入聲接觸的狀況

陰聲	入聲
代（代韻徒耐切）	弋（職韻與職切）
否（有韻方久切、止韻符鄙切） 杯（灰韻布回切）	不（物韻分勿切）
祕（至韻兵媚切）	必（質韻卑吉切）

　　由這些資料看，可以了解，押韻和諧聲總是以入聲配陰聲的，也就是說，陰聲和入聲的關係最為密切，這和中古音的陽入關係密切大不相同。

　　因此，在顧炎武的十部當中，「支脂之」配入聲「質、術、職、物」等韻；「魚虞模」配入聲「屋、沃、藥、鐸」等韻。其他的陰聲韻部都一樣配上了入聲。顧炎武十部配入聲的情況如下：

陰聲	陽聲	入聲
支部		質等
魚部		屋等
蕭部		覺等
歌部		（無入聲）
	東部	（無入聲）
	真部	（無入聲）
	陽部	（無入聲）
	耕部	（無入聲）
	蒸部	（無入聲）
	侵部	緝等

　　上表中的陰聲歌部無入聲，而陽聲侵部卻有入聲，是顧氏系統中的例外，其中侵部的入聲到了清儒江有誥等，通通獨立出來了。所

以，陽聲部事實上通通都沒有入聲。

　　爲什麼上古音入聲會和陰聲相配呢？依據古音學家研究的成果，以及漢藏語言的對應關係，這些陰聲字在上古時代具有-b、-d、-g、-r等濁塞音韻尾，它們可以和入聲的清塞音韻尾-p、-t、-k互相搭配，至於陽聲韻是鼻音收尾的字，所以不能和塞音收尾的入聲相配。例如，魚部字的韻尾是-g，跟它相配的入聲屋等的韻尾是-k，在發音方法上它們同樣是塞音，發音部位也一樣是舌根音，所以能夠互相搭配。其情況如下：

入聲韻	陰聲韻
-p	-b
-t	-d，-r
-k	-g

　　第二個重要的觀念突破，是顧炎武「析《唐韻》求其分」的做法。意思是把《廣韻》的一個韻不再看作是一個神聖不可分割的單位。顧炎武在分析古韻部的過程當中，進入一個韻的內部，拆解這個韻的字，分別觀察它的上古來源，這就叫做「析《唐韻》求其分」。在他以前的學者，過於遵從《廣韻》一個韻不可分割的理念，只知道合併幾個不同的韻，去擬構上古韻部，這叫做「就《唐韻》求其合」。顧炎武能求其合，也能求其分，這是觀念上重大的突破。所以《廣韻》「麻韻」一部分字認爲來自上古「歌戈麻」部，一部分字來自上古「魚虞模」部。《廣韻》「支韻」一部分字認爲來自上古「支脂之」部，一部分字來自上古「歌戈麻」部。《廣韻》「庚韻」一部分字認爲來自上古「陽唐」部，一部分字來自上古「耕清青」部。《廣韻》「尤韻」一部分字認爲來自上古「支脂之」部，一部分字來自上古「蕭宵肴豪」部。情況如下表：

《廣韻》支韻	來自段氏第二部
	來自段氏第六部
《廣韻》麻韻	來自段氏第六部
	來自段氏第三部
《廣韻》庚韻	來自段氏第七部
	來自段氏第八部
《廣韻》尤韻	來自段氏第二部
	來自段氏第五部

　　第三個重要的觀念突破，是段玉裁對於韻例的研究，遠邁前人，他發現了《詩經》每一章是一個韻，不會連著幾章押同一個韻，由此而創立了「支脂之分部說」。

　　第四個重要的觀念突破，是從韻部與韻部之間的通押關係，來判斷韻部的分合界限。例如段玉裁的「眞文分部」是由於他發現了文部字和元部有密切的通押關係，又發現了眞部字和耕部也有密切通押關係，於是「眞、文」兩部的界限，就這樣顯現出來了。又如孔廣森的「東冬分部」由於他發現東部字和陽部有密切的通押關係，冬部字和蒸部和侵部也有密切的通押關係，於是「東、冬」兩部的界限，就這樣顯現出來了。

　　對於段氏的眞文分部，江有誥說：

　　　　段氏之分眞、文，人皆疑之，有誥初亦不之信也，細紬
　　　　繹之，眞與耕通用為多，文與元合用為廣，此眞、文之
　　　　界限也。

江有誥由例外合韻的情形斷定真、文兩部的界限，如下表所示：

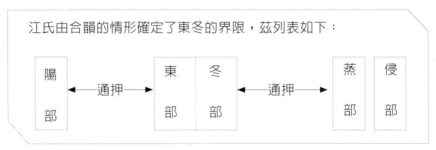

江氏由合韻的情形確定了東冬的界限，茲列表如下：

　　第五個重要的觀念突破，是去入聲也可以成為上古的一個獨立韻部，並非每一個韻部都必然要有平上聲。例如祭部、葉部、緝部、至部等，都是這樣被發現的。例如「盍洽」二韻，一部分字來自上古葉部，一部分字來自上古緝部：

　　以上五項觀念上的突破，就引領著清儒在分部數目上繼續增加。所以，我們研究清儒古韻分部的接力賽，不能只看數目的多寡，更應該注意這些數目背後的促成因素。

四、現代學者的上古擬音

在清儒研究的基礎上，現代學者開始進行擬音的工作。既然一個一個的古韻部都畫分清楚了，現代聲韻學第二個階段接著的工作，就是告訴學習者，這些字到底怎麼唸。清儒由於缺乏現代語音學的知識，也沒有音標作為工具，所以很不容易把怎麼唸的問題說出個所以然。這一點正是現代語音學的強項，運用精確的IPA國際音標，就可以把抽象的聲音轉換成可以看得見的符號。於是，我們就更容易抓得住它，研究它了。把古音怎麼唸的問題研究清楚，這項工作叫做「擬定音值」，簡稱「擬音」。有了擬音的知識，我們就不會停滯在清儒框架中，就能進一步完成上古音研究的第二階段任務，探索上古的具體發音。

上古各韻部的擬音，最具代表性的有董同龢和李方桂兩家，他們的擬音如下。頭一列是各韻部的主元音，左欄是各韻部的韻尾。表中填入各韻部的名稱。

1. 董同龢的擬音系統：

	a	ə	o	ɔ	u	e
-g -k -ŋ	魚陽	之蒸	幽中	宵	侯東	佳耕
-d -r -t -n	祭元	微文				脂真
-p -m	葉談	緝侵				
-ø	歌					

2. 李方桂的擬音系統：

	ə	ɑ	u	i
-g -k -ŋ	之蒸	魚陽	侯東	佳耕
-gʷ -kʷ -ŋʷ	幽中	宵		
-d -t -n	微文	祭元		脂真
-p -m	緝侵	葉談		
-r		歌		

　　每位學者的擬音雖然未必相同，我們如果進一步觀察，可以發現他得到的結論其實並沒有不同，只不過用了不同的符號系統來說明一個相同的語音事實而已。所以看擬音不能只看表象，要了解其中的深層意義：符號的背後到底要表達什麼語音事實。

　　舉例來說，「幽、宵」兩部，董同龢主元音擬爲[o]、[ɔ]，韻尾都一樣是[-g -k]。李方桂擬爲主元音[ɑ]、[ə]，韻尾則有圓唇輔音[-gʷ -kʷ]的不同。其實，他們的發現是一樣的，「幽、宵」這兩個韻部，在上古時代都具有「偏後、圓唇」的特性，當使用音標符號解讀這種語音特性時，兩位學者用了不同的手段，一是用主元音[o]、[ɔ]來呈現，一是用韻尾[-gʷ -kʷ]來呈現，它們正好都代表了語音上「偏後、圓唇」的特性。所以，我們閱讀上古擬音，不能只執著於符號的表象，要運用語音學的知識，透視其中精神所在。

思考與討論

1. 《詩經》是一部上古的民謠，當中有很多的擬聲詞，模仿大自然的聲音。試試看把這些擬聲詞找出來，看看它們如何模擬聲音，跟你現在聽到的聲音有什麼異同？。

2. 早期學者討論古韻分部的問題，往往上溯到宋朝的吳棫。試著思考看看，吳棫的古韻分部，跟顧炎武以後的古韻分部，在本質上有什麼不同？

3. 先秦時代沒有韻書，顧炎武用什麼方法可以推求出上古的韻部有多少個？

4. 清朝學者在古韻分部的問題上有如一場接力賽，一個接一個，前修未密，後出轉精，請把這個過程敘述出來。

5. 古韻分部到了江有誥和王念孫的二十二部，已經塵埃落定，該分的都分了，以後韻部再有增加，都是見仁見智的問題，可分可不分。試著從圖書館找出民國時代的學者，在古韻分部上繼續清儒的工作，使韻部的數目愈來愈多，從事這一類工作的學者有哪

些？他們又多分出了哪些部？

6. 民國時代的古音學家，主要的工作不在分部的多寡，而在於音值的擬訂。這是在清儒的基礎上，更進了一步。這些學者，有哪幾位？試著從圖書館找出他們的著作，比較他們的擬音，思考他們的擬音依據。

7. 聲韻學史上推崇顧炎武，是第一個能夠「析《唐韻》求其分」的學者，這代表了什麼語音演化的觀念？試著針對這個問題，進行思考和討論。

8. 清儒古韻分部的接力賽，不能只看分部數目的多寡，更應該注意這些數目背後的促成因素。這些因素是什麼？請加以思考和討論。

9. 上古擬音在臺灣學者當中，董同龢的貢獻最大，試著從圖書館中找出他的《上古音韻表稿》，閱讀後提出個人的心得，並加以討論。

10. 李方桂是世界上著名的語言學家、古音學家，他的擬音系統，在國際上使用得最普遍。請找出他的著作《上古音研究》，看看是否能找出他的擬音特點有哪些？

11. 上古音的研究，和侏儸紀公園恐龍的研究，在方法上有什麼類似點？試加以思考和討論。

12. 早期學者的古韻觀念有「古人韻緩」之說，其意義如何？試申論之，並舉出哪兩部著作反映了「古人韻緩」的觀念。

13. 元明時代是古音觀念確立的階段，其間有什麼代表性的學者？試分項論述之。

14. 顧炎武在上古音方面有何重要貢獻？試分項申論之。

15. 江永在聲韻學上的代表作是什麼？請從圖書館找出這本書，試著閱讀看看。

16. 清代學者的古韻分部中，朱駿聲的分部特色有哪些？試列舉說明之。

17. 什麼是合韻現象？上古韻部的「合韻」現象，可以出現在哪些形

式的上古語料當中？試分別舉例說明之。

18. 古韻研究的歷程當中，早期學者並沒有明確的古音觀念，當時讀書人在接觸《詩經》及上古韻語的時候，他們運用什麼觀點理解押韻問題？

19. 在沒有古韻觀念的時代，讀《詩經》時，如何處理押韻的問題？

20. 段玉裁有古韻十七部之說，比江永多了哪幾部，試分別介紹之。

21. 段玉裁在古韻研究上，除了創立十七部學說之外，還有哪些重要的貢獻與成就？

22. 段玉裁在古韻部的排序上，和形聲資料的運用上，有何貢獻？

23. 段玉裁把上古發音屬於第一部的「牛、丘」兩個字，演變到中古的狀況叫做什麼？

24. 段玉裁的「韻值」觀念如何？他用什麼方式來解釋上古發音的問題？

25. 孔廣森創立了什麼古韻分部？他的依據是什麼？

26. 江有誥和王念孫都分古韻為二十一部，但是其間有一部的差異，試分別說明之。

27. 江有誥上古音分部比段玉裁多出哪幾部？又王念孫哪一部是江有誥所沒有的？試分別說明之。

28. 江有誥分古韻為二十一部，其中，他新成立的幾個韻部，在觀念上反映了哪些突破？

29. 上古韻部到了漢代，發生了哪些演化？試分項說明之。

30. 章太炎在古韻上多分出了哪一部？依據是什麼？

31. 寫出顧炎武、江永、段玉裁、孔廣森、朱駿聲、江有誥、王念孫的上古音代表作。

32. 「葉、談」兩部何者是入聲部？收什麼韻尾？

第十六章

諧聲字反映的上古音

　　形聲字是很重要的上古音材料，因爲漢字有百分之九十以上是形聲字，數量龐大，充分反映了造字時代的聲音關係。因爲形聲結構就是古人最早的注音觀念。形聲字的聲符在造字當時，標示了這個字的唸法，時過境遷，千百年後的今天，很多字的聲符已經看不出有注音的作用，正可以提供我們線索，推測上古造字之時，這個聲符是怎樣發揮注音作用的。

　　段玉裁首先發現漢字中大量的形聲字，可以作爲上古音研究的重要依據，於是他第一個設計了諧聲表。以後的學者都依據他的辦法，透過諧聲表來反映每位學者古韻分部的成果。

董同龢諧聲表

下面依董同龢先生的古韻二十二部，把各部的聲符列出來：

1之部	平	絲來思算龜疑丌（ㄐㄧ）而㞢才醫台牛茲辡（ㄅㄟ）辭司丘裘灰甾（ㄗ）郵
	上	里某母久己止亥不采已耳士史負婦臼子乃喜
	去	意又佩戒異再葡毒囿
	入	息弋畐（ㄈㄨˊ）北直則麥革或亟力棘黑匿色仄矢（ㄗㄜˋ）伏客嗇皕（ㄅㄧˋ）嗇
2幽部	平	州求流休舟曹攸本（ㄊㄠ）髟（ㄅㄧㄠ）周矛酋孚牢劉丩囚雔由彪牟蔻
	上	爪叉好手老牡帚首守皂丂肘受棗韭咎艸鳥牖早討九舀（平上兩讀）卯（ㄇㄠˇ）酉丣（ㄧㄡˇ）缶叜
	去	謬省去言臭戊孝奧幼就秀曰報嘼（ㄒㄧㄡˋ）告
	入	六孰肅畜祝匊（ㄐㄩˊ）肉毒夗目竹逐鷺昱

3宵部	平	毛票敖勞交高刀苗爻巢垚（一ㄠˊ）囂梟焱ㄠ焦壘朝料小夭兆表了糾勺（ㄕㄠˊ）
	上	淼杳窅（一ㄠˇ）少
	去	暴鬧弔盜號
	入	樂卓龠翟爵弱虐雀
4侯部	平	朱區九需俞芻臾毋婁句侯兜須
	上	取乳后後口走斗
	去	禺（ㄩˋ有平去兩讀）壴（ㄓㄨˋ）付具戍奏冓豆敊（ㄨˋ）寇晝鬥
	入	谷角族屋獄足束賣辱曲玉蜀木彔（ㄌㄨˋ）粟卜局鹿禿
5魚部	平	且魚夫牙瓜巴吳虍（ㄏㄨ）麤（ㄘㄨ）壺車烏於魚圖乎巫疋殳ㄩ居初
	上	父叚（ㄐㄧㄚˇ）古與巨土舞馬呂鹵下女羽鼓股雨五予午戶武鼠禹夏宁旅寡蠱罟（ㄐㄧㄚˇ）
	去	普卸射亞素莫庶乍步互
	入	各亦夕石舄（ㄒㄧˋ）隻睪谷郭戟昔霍炙白尺赤赭壑辵矍索虢
6佳部	平	兮支知卑斯乀圭厃兒規醯雟（ㄙㄨㄟˇ）
	上	是彖ㄈ只解此羋（ㄇㄧˇ）買
	去	厂易朿畫瑞囟系
	入	益析辟鬲脊狄秝（ㄌㄧˋ）彳冊糸
7歌部	平	虧它為加多麻吹叉殺ㄎ那戈
	上	冄我罷瓦果朵徙羸叵也
	去	七坐臥麗些戲
	入	
8脂部	平	妻皆厶禾夷齊眉尸伊几犀氏
	上	豸（ㄓˋ）黹（ㄓˇ）比米豊死美水矢兕履癸豕匕（上聲）
	去	示閉二戾利棄四惠計医繼自至季
	入	悉八必實吉左質七日栗桼畢一血逸抑失頁

9微部	平	飛衣綏非枚口（ㄨㄟˊ）佳希威同衰肥乖危開
	上	幾鬼晶尾罪委火（ㄗ）耒虫（ㄏㄨㄟˇ）累
	去	卉貴气胃末位退祟屮（ㄎㄨㄞˋ）尉對內器配冀畏兀匄（ㄍㄞˋ）
	入	帥卒率朮出弗勿㐅乙乁骨
10祭部	平	
	上	
	去	祭衛贅毳（ㄘㄨㄟˋ）制裔世彗拜介大太帶貝會兌巜最外疐（ㄔㄞˋ）吠乂（一ˋ）丰砅（ㄌ一ˋ）筮竄夬叡摯泰
	入	戌月伐欮（ㄐㄩㄝˊ）ㄆ刺末犮（ㄅㄚˊ）桀折舌絕叕屮丨臬奪徹設劣別子
11元部	平	鮮泉難原官爰閒連西遷干安吅（ㄒㄩㄢ）肩毌（ㄍㄨㄢˋ與毋不同）閑塵丹焉元山戔耑丸虔羴攀寒姦般刪便冤縣宀前聯煩穿全戲（一ㄢˊ）
	上	厂卵反死㔾柬繭衍犬雋舛侃冤典采
	去	莧（ㄒㄧㄢˋ）姧（ㄋㄧˋ）件善旦半象扇見曼奐弁縣憲宦燕爨睿祘（ㄙㄨㄢˋ）面贊算建萬片斷
	入	
12文部	平	塵昏豚辰先春屯門分孫賁君員昆川雲存巾侖文軍斤熏筋尊盾ㄣ壺丸
	上	丨本允
	去	艮刃寸奮胤薦睿困圂（ㄏㄨㄣˋ）
	入	
13真部	平	秦人頻寅身旬辛天田千令因真勻臣民申玄燊
	上	扁引辿尹丏
	去	命印佞晉奠閵（ㄌㄧㄣˋ）信
	入	

14耕部	平	熒丁生盈鳴名平爭嬴晶殸（丂ㄥ）
	上	鼎頃井耿省
	去	命（又見真部）夐正幸
	入	
15陽部	平	王匚行昜爿（く一ㄤˊ）方亢兵光京羊庚強兄桑𠀤（同𠕂、創）彭央昌倉相亨慶亡量羹香尪皂明
	上	网永爽象皿竝丙弜（ㄐㄧㄤˋ）秉丈杏上
	去	向誩（ㄐㄧㄥˋ）㘁（彳ㄤˋ）竟
	入	
16東部	平	東公丰同邕叢豖（ㄇㄥˊ）从封容凶充茸舂囪雙嵩
	上	孔冢竦
	去	送共弄
	入	
17中部	平	中蟲戎冬宗彤農夆
	上	
	去	眾宋
	入	
18蒸部	平	瞢（ㄇㄥˊ）蠅朋弓曾升鷹與恆徵競冰登乘𠕁（彳ㄥ）熊丞承凭仍
	上	肯
	去	
	入	
19侵部	平	咸心今凡彡（ㄕㄢ）男琴音壬陰三
	上	甚品審闖（-m > -ŋ）
	去	
	入	

20談部	平	古兼僉甘炎詹毚甜芟
	上	弓閃冉臽（ㄉㄢˋ）敢广斬奄弁染炎凵（ㄎㄢˇ）欠
	去	
	入	
21葉部	平	
	上	
	去	
	入	妾枼（一ㄝˋ）涉業疌（ㄐㄧㄝˊ）曄巤（ㄌㄧㄝ）聑（ㄋㄧㄝˋ）燮聶甲法夾乏劫刕盍
22緝部	平	
	上	
	去	
	入	及立邑集入十習廿澀（ㄙㄜˋ）合龖（ㄊㄚˋ）眔（ㄊㄚˋ）沓軜（ㄋㄚˋ）

　　如果你要查某一個字在上古怎麼唸，第一步可以先查「諧聲表」，來確定這個字在上古是哪一個韻部。這種練習不妨從自己的名字先開始，查查看你的名字，如果孔子唸起來會是怎樣的發音。如果所查的字是一個形聲字，那麼，你就從它的聲符去找諧聲表，看看聲符歸入哪一部，這個字就是屬於哪一部。正常情況下，凡同聲符必同部。如果你所查的字不是形聲字，那麼，通常諧聲表中都會列出來。諧聲表中只有形聲字才單列聲符，不把從此聲的字通通列出來，讀者完全可以自行類推。漢字有百分之九十以上是形聲字，單列聲符就可以以簡馭繁，使諧聲表不至於過分龐大。

思考與討論

1. 形聲字為什麼能夠反映上古音？又如何從形聲字找出上古音的痕跡？試加以思考和討論。
2. 古音學家往往都製作了「諧聲表」，有哪些學者製作過諧聲表？諧聲表的用途有哪些？
3. 試著透過諧聲表查查看你的名字屬於古韻的哪一部。
4. 找出哪些形聲字，聲符現代的唸法，已經失去注音的作用，並說明其原因。
5. 從「台」得聲的字有哪些？觀察它們的發音有何異同。

第十七章
古聲母的十個條例

一、上古聲母的研究過程

　　上古音的研究，韻母部分開始得最早，其次是上古單聲母的研究，再其次是上古複聲母的研究，再其次是上古聲調的研究。韻母研究得最早是因為古代每一個讀書人都要讀《詩經》的緣故，立即會觸及到押韻的問題。所以，顧炎武（1613-1682）對上古韻母開始做了有系統的研究。而單聲母的研究的開始，是錢大昕（1727-1786）的古無輕唇音條例。本國學者從事複聲母的研究，始於民國初年林語堂（1895-1976）的〈古有複輔音說〉（1923年）。上古聲調的研究始於段玉裁（1735-1815）的上古無去聲說。不過，對於聲調性質的研究，必須等到民國以後的學者，才能夠做深入的探索。

　　聲韻學每個領域研究發展的脈絡如下表：

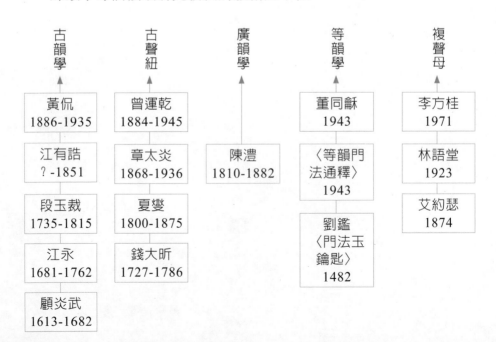

二、上古聲母的十個條例

上古單聲母從錢大昕以後，共提出了十個重要的條例，成為我們現代研究上古聲母的重要基礎。下面我們就分別做介紹。

上古音的聲母是一個什麼樣的狀態呢？我們依據清代以來的聲韻學家發現的一些古聲母條例，可以描繪出整個上古聲母系統的輪廓。學者們提出來的古聲母條例，後世成為定論的，可以歸納為下面十條。

1. 古聲母條例第一條：古無輕唇音

清儒錢大昕（1727-1786），他的時代要比江永、戴震晚。錢大昕，字曉徵，號辛楣，又號竹汀，江蘇嘉定人。他在音韻方面的著作有《十駕齋養新錄》卷五和《潛研堂文集》卷十五。在這些著作當中，他提出了「古無輕唇音」的條例；意思是說，上古聲母沒有輕唇音「非、敷、奉、微」，都唸作重唇音「幫、滂、並、明」，換句話說，後世的唇齒音聲母，是由上古的雙唇音聲母演化形成的。

(1)假借異文的證據

例如，古代文獻中假借異文的證據：

> 《論語‧季氏》：「且在邦域之中矣」，《釋文》：「邦或作封。」
> 《詩經‧大雅‧皇矣》：「天立厥配」，《釋文》：「本亦作妃。」
> 《說文‧解字》：「朋、鵬」即古文「鳳」。

上面三項資料，說明了「邦」字可以寫作「封」字，從後世的觀點看，「邦」是重唇音，「封」是輕唇音，在上古兩字既然可以轉換通用，說明了重唇和輕唇當時並無區別，都唸作一樣的重唇音。

「配」字和「妃」字的關係也是一樣，兩個字可以同音通假，說

明了它們同樣唸作重唇音。依此類推,「朋、鵬」和「鳳」的關係也是一樣。

(2)形聲字的證據

除了上面假借異文的證據之外,還可以從漢字的形聲結構上,證明「古無輕唇音」,例如下面的例證:

> 「旁」從「方」聲、「盆」從「分」聲、「圃」從「甫」聲、「撥」從「發」聲、「茫」從「亡」聲等。

這幾組字的關係,都是一個重唇音和一個輕唇音構成諧聲,我們知道,形聲字的聲符必須和它所組成的那個形聲字同音或音近,所以在這些字形成的時代,輕唇和重唇的區別一定不存在,否則就無法相互注音了。

(3)現代方言的證據

此外,我們還可以從現代方言中,證明「古無輕唇音」,例如閩南話的輕唇音字往往唸作重唇,像「蜂」音[pʼaŋ]、「腹」音[pak]、「飛」音[pe]、「肥」音[pui]、「飯」音[pŋ]、「分」音[pun]等。正反映了古無輕唇音的現象。其他如粵方言、吳方言,也多有此現象。

(4)反切的證據

此外,反切資料也可以證明「古無輕唇音」。在《廣韻》中,唇音類隔的現象觸目皆是,說明了到中古早期,輕唇音仍唸作重唇音。因為「類隔」指的就是聲母演變後,使反切注音發生不合的現象,但是在造這個反切之初,並無不合。例如「卑,府移切」、「篇,芳連切」、「不,甫救切」、「彌,武移切」、「平,符兵切」、「盲,武庚切」等。這些反切注音,反切上字都是輕唇音,但是被注的字卻是重唇音,這種區別在造反切的時代並不存在,它們都唸作一樣的重唇音,像上面的「芳」字,當時唸作[pʼ-],於是「芳

連切」就可以拼出「篇」的音了。到了後來，「芳」字演化成輕唇音，於是這個注音就變成了「類隔反切」。

　　⑸譯音的證據

　　中古時代，由於佛教的輸入，大量地翻譯佛經，也帶來了很多外來語音譯詞，這些音譯詞的原文又都是拼音文字，當時用漢字來對譯，這樣就保留了這些漢字當時的發音線索，有些資料正好反映了「古無輕唇音」的現象。例如梵音Buddha譯為「佛陀」、Namah譯為「南無」。當中的「佛」字、「無」字，都是輕唇音，可是對譯的原文卻是重唇音[b]和[m]，證明了翻譯的時代「佛」字和「無」字的聲母正是唸作[b]和[m]。

　　⑹同源詞的證據

　　所謂「同源詞」是說，原本是同一個詞，後世由於語言的發展，孳乳分化成為兩個不同的詞，而這兩個不同的詞，在音和義上，還可以看得出同源的線索，例如「不」與「弗」、「無」與「莫」、「蒙」與「霧」、「晚」與「暮」等。這幾組詞都是由原先的一個詞分化出來，分化以後，正好一個是重唇音、一個是輕唇音，回到原本一個詞的時代，它們一樣的都唸成重唇音。

　　⑺一字二讀的證據

　　一字二讀，往往是早期的一個唸法分化出來的，例如「費」音ㄈㄟˋ，又音ㄅㄧˋ、「否」音ㄈㄡˇ，又音ㄆㄧˇ、「馮」音ㄈㄥˊ，又音ㄆㄧㄥˊ，這幾組例子的兩個唸法，正好一個是重唇音、一個是輕唇音，它們都是從上古的重唇音分化形成的，這就是「古無輕唇音」殘留的痕跡。

　　由上面的例子，可以知道，所謂「古無輕唇音」，其中的輕唇音指的是唇齒音「非敷奉微」四個聲母。例如國語的ㄈ就是一個唇齒音。輕唇音來自於古代的重唇音「幫滂並明」，所謂重唇音指的是雙唇音，例如國語的ㄅ、ㄆ、ㄇ，就是雙唇音。《詩經‧大雅‧皇矣》中「天立厥配」一句，當中的「配」字，有的版本作「妃」，可知在上古「配」和「妃」發音是一樣的。《說文解字》：「朋、

鵬」兩個字即古文的「鳳」字，可知「朋、鵬、鳳」三個字上古聲母唸得一樣。其次，我們還可以從諧聲上證明，「盆」從「分」得聲，說明「盆」、「分」兩個字的聲母在上古都是重唇音。「分」字的唸法就像現代閩南話一樣，唸成ㄅ的音。「圃」從「甫」得聲，說明「圃」、「甫」兩個字的聲母在上古也都是重唇音ㄅ。其次，是方言的證據，今天的閩南話凡是國語唸ㄈ的字，往往唸成ㄅ或者ㄆ，這就是古無輕唇音的殘留現象。閩南語「吠、房、夫、富、縛、芳、縫、扶、紡、放、脯、傅、糞、反、藩、販、斧、否、敷、泛、覆、費」的白讀音都讀作重唇的ㄅ、ㄆ，古代的微母字「亡、文、尾、武」是輕唇音，國語都是零聲母的合口字，閩南話卻讀作雙唇音聲母。客家話當中「吠、放、覆、蜂、紡、縫、伏、飯、分、飛」也都唸成重唇音ㄅ或ㄆ。其次，是反切的證據，類隔反切就是古音殘留的現象，例如，支韻的唇音類隔：

支韻「彌」（明母）武移切（微母），《韻鏡》第四轉四等。

支韻「陴」（並母）符支切（奉母），《韻鏡》第四轉四等。

支韻「卑」（幫母）府移切（非母），《廣韻》卷末改為必移切，王二作必移反。

支韻「皮」（並母）符羈切（奉母），《韻鏡》第四轉三等。

支韻「鈹」（滂母）敷羈切（敷母），《韻鏡》第四轉三等。

這幾個支韻字都是重唇音，可是它們的注音反切上字都是用輕唇音來注，這樣就無法注出正確的音讀；但是，這種現象是由於語音演變造成的，原本這些反切上字在注音的時候仍然讀為重唇音，因

此，並無不合。這樣的現象卻留下一個古無輕脣音的痕跡，讓我們透過這些《廣韻》的注音，知道即使到了中古時代的唐代，輕脣音也還沒有產生。其次，是對音的證據，所謂「對音」指的是東漢以後佛教傳入中國，由於翻譯佛經，出現了很多外來音譯詞，我們稱爲「梵漢對音」，簡稱「對音」。例如：

【須扶提】（人名，即須菩提）Subhuti
【弗婆提】（地名）Purvavideha
【富樓那】（人名）一作富婁那Purna
【舍利弗】（人名）Sariputra又作舍利弗多、舍利弗羅
【毘富羅】（術語）Vipula
【閻浮提】（界名）Jambudvipa
【浮圖】（雜語）Buddha
【梵】（術語）Brahma

　　在上面的對音當中，「扶、弗、富、浮、梵」等字，國語都是唸ㄈ，但在當時的對音資料中都是唸b或p。其次，是同源詞的證據。例如，古代「蒙、濛、矇、茫、瞇、盲、霧、亡」這些字都是m-的聲母，意義上都是「昏暗、看不清楚」的意思。可是，其中「霧、亡」兩個字，國語唸成了零聲母，在上古上述八個字都是同出一源的同源詞，是一個詞分化的結果，原本音義都相同。表示否定的詞，「不、莫、無、弗、否、沒」等字，原本都是音義相關的同源詞，聲母都是重脣音，可是後世把「無、弗、否」唸成了輕脣音。這裡也反映了古無輕脣音的痕跡。其次，是一字兩讀的證據，又稱爲「又音」，其中，往往一個唸法是保存古讀，一個唸法是後來新起的。例如，教育部《國語辭典》中，楅ㄅㄧˋ又音ㄈㄨˊ，莆ㄆㄨˊ又音ㄈㄨˇ，蕨ㄈㄨˊ又音ㄅㄛˊ，蕡ㄈㄨˊ又音ㄅㄟˋ，賁ㄅㄣ又音ㄈㄣˊ。

　　由上面的討論，我們可以知道上古只有「幫p-、滂pʻ-、並b-、

明m-」四個重唇音聲母,到了中古,才由於三等合口ju介音的影響,產生了輕唇化現象,出現了「非pf-、敷pf´-、奉bv-、微ɱ-」四個聲母。情況如下圖:

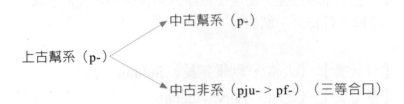

上古p系字在不同語音條件下發生分化,凡是p系字帶ju介音的,就會演化成唇齒音的非系字;不帶ju介音的,就保留p系字的唸法。

2. 古聲母條例第二條:古無舌上音

第二個條例是古無舌上音,也是由錢大昕提出。所謂「舌上音」,指的是「知徹澄娘」幾類聲母,它們在中古音的唸法是舌面前音,現代的唸法是捲舌音ㄓ、ㄔ類,在上古時代,都唸作舌頭音「端、透、定、泥」,也就是舌尖音ㄉ、ㄊ類,這個現象就叫做「古無舌上音」。其證據可以從幾個方面看,首先是假借異文的證據,《詩經·大雅·雲漢》「蘊隆蟲蟲」,「蟲」字是舌上音,可是六朝時候的徐邈注音為「徒冬反」,反切上字是「徒」,唸成舌頭音。《說文解字》:「田,陳也。」在春秋時代,齊國的國王姓姜,到了戰國時代,被田氏所篡,《史記》有〈田完世家〉記錄這段歷史。當時,田完又可以寫作陳完,是同一個人。這是同音通假的緣故。可是,「陳」是舌上音,「田」是舌頭音,先秦時代可以相通,說明了這兩類字的發音同出一源。《論語·泰伯》「君子篤於親」,古代有的版本寫作「君子竺於親」,其中的「篤」字是舌頭音,「竺」字是舌上音,可以通假互換,說明了當時都唸作舌頭音。其次,是形聲字的證據,例如,「逃」從「兆」得聲,「逃」是舌頭音,「兆」是舌上音,「兆」既然可以作為「逃」的聲符,它

們一定唸得相似，都唸作舌頭音，才有可能造出這樣的形聲字。又如「召」從「刀」得聲，「召」是舌上音，「刀」是舌頭音，也說明了「召」和「刀」原來都一樣，唸成舌頭音。其次，是一字兩讀的證據。教育部《國語辭典》中，扽ㄓㄣˇ又音ㄉㄢˇ，酖ㄉㄢ又音ㄓㄣˋ，橦ㄊㄨㄥˊ又音ㄔㄨㄥ，這些例子都是一個音唸舌頭音，另一個音唸舌上音。一個反映原先的讀法，一個反映後來的演變。其次，是方言的證據。現代閩南話保留了古無舌上音的痕跡，「智、豬、中、張、池、丈、除、直」等字，閩南話都唸作ㄉ的音，保存了先秦的唸法。其次，是反切的證據。例如：

> 江韻「樁」（知母）都江切（端母），《韻鏡》第三轉二等。
>
> 止韻「你」（娘母）乃里切（泥母），《韻鏡》第八轉三等。
>
> 真韻「紖」（澄母）地偽切（定母），《韻鏡》第五轉三等。
>
> 語韻「貯」（知母）丁呂切（端母），《韻鏡》第十一轉三等。
>
> 效韻「罩」（知母）都教切（端母），《韻鏡》第二十五轉二等。
>
> 效韻「橈」（娘母）奴教切（泥母），《韻鏡》第二十五轉二等。
>
> 沁韻「賃」（娘母）乃禁切（泥母），《韻鏡》第三十八轉三等。
>
> 豏韻「湛」（澄母）徒減切（定母），《韻鏡》第三十九轉二等。

　　以上的例子都是舌上音的字，卻用了舌頭音的反切來注音，因而無法正確注出音讀來。原因是這些字原本通通都唸作舌頭音，這個時候所造的反切到了後來，有一些字演化爲舌上音，就產生注音不合的現象。這就叫做「舌音類隔」，是古無舌上音遺留的痕跡。

　　由以上的討論可以知道上古只有「端t-、透t´-、定d-、泥n-」四個舌頭音聲母，到了中古，才發展出「知ṭ-、徹ṭ´-、澄ḍ-、娘ṇ-」四個舌上音聲母。它們的分化條件是：

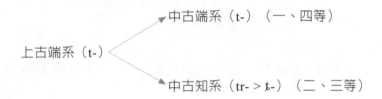

```
                              ➤ 中古端系（t-）（一、四等）
上古端系（t-）
                              ➤ 中古知系（tr- > ṭ-）（二、三等）
```

　　上古的t系字，在不同語音條件下發生分化，如果t後面有個r，就會演化成知系字，如果沒有r，就保留端系字的唸法。

（1）假借異文的證據

　　　《詩經·大雅·雲漢》：「蘊隆蟲蟲」，「蟲」字唐代
　　　陸德明的《經典釋文》引用了六朝的注音：「直忠反，
　　　徐徒冬反」
　　　《尚書·禹貢》：「大野既豬」，《史記》作「既都」
　　　《説文解字》：「田，陳也」，齊陳氏後稱田氏

　　上面的例子中，「蟲」字是一個舌上音澄母字，可是六朝時代保留的一個古老注音「徒冬反」（徐邈注），反切上字是一個舌頭音定母字，說明了澄母的「蟲」字唸作定母。

　　《尚書》的「豬」字，《史記》換成了「都」，說明了上古音舌上音知母的「豬」字唸成舌頭音端母的「都」，所以兩個字同音，可以互相假借。又「陳」字，屬舌上音澄母，跟舌頭音定母的「田」字

可以同音通假，也說明了舌上音上古唸作舌頭音。

　(2)形聲字的證據

　　除了異文的證據外，形聲字的資料也可以證明「古無舌上音」，例如「撞」從「童」聲、「召」從「刀」聲、「澄」從「登」聲、「滯」從「帶」聲。這幾組形聲字，和聲符的關係，一個是舌上音知系字，一個是舌頭音端系字，兩者既然可以相互注音，正說明了它們在造字的時代聲母並沒有區別。

　(3)一字兩讀的證據

　　「翟」音「徒歷切」，又「場伯切」；「丁」音「當經切」，又「中莖切」；「長」音「直良切」，又「丁丈切」等。這幾個例子，每個字的兩種唸法正好都是一個唸舌頭音、一個唸舌上音，它們都是同一個聲母分化形成的，說明了那個舌上音原先是讀爲舌頭音的。

　(4)方言的證據

　　在現代的閩北語和閩南語，往往把舌上音的字唸成舌頭音，例如閩南語「茶」音[te]、「桌」音[to]、「治」音[ti]、「竹」音[tik]、「追」音[tui]、「趙」音[tio]等。這些字國語都是唸成捲舌音，由中古音的舌上音演化而成，但是閩南話保留了上古的唸法，仍然是唸作舌頭音[t]類的發音。

　(5)反切的證據

　　舌音類隔的反切，正反映了「古無舌上音」的現象。例如「罩，都教切」、「椿，都江切」、「湛，徒減切」、「縋，地僞切」等。這幾組反切注音，都用了舌頭音的反切上字來注舌上音的字，證明舌頭和舌上的區別在注音當時並不存在，它們都一樣地唸作舌頭音[t]類的發音。

3.古聲母條例第三條：章系古讀舌頭音

　　這個條例曾經由錢大昕最早提出，但是沒有做進一步論述，後來才由清儒夏燮（1800-1875）進一步證明。章系字在中古屬於舌面前

音tɕ-類聲母，在上古時代卻是唸作ㄉ、ㄊ的音。這種現象，反映在假借異文當中，例如：《春秋·桓公十年》「公會宋公于夫鍾」，有的本子寫作「公會宋公于夫童」。其中的「鍾」字，屬章系字，可以和「童」字通假，「童」是舌頭音，由此可以了解先秦時代章系字是唸作舌頭音的。又如《尚書·禹貢》「被孟豬」，其中的「豬」字，《經典釋文》說「又音諸」，「豬」字在上古是舌頭音，唸作ㄉ聲母，「諸」字是章系字，兩個字既然可以彼此注音，可以證明章系字讀爲舌頭音。《左傳·昭公三年》「予髮如此種種」，有的版本寫作「予髮如此董董」，其中的「種」字，是章系字，「董」是舌頭音。其次，還可以從形聲字上證明這種音變，例如，「推」從「隹」得聲，「推」是舌頭音，「隹」是章系字。「塡」從「眞」得聲，「塡」是舌頭音，「眞」是章系字。「淍」從「周」得聲，「淍」是舌頭音，「周」是章系字。「膽」從「詹」得聲，「膽」是舌頭音，「詹」是章系字。至於現代方言，這些章系字都沒有唸ㄉ、ㄊ的了，因爲，這種音變的時代非常古老，現代方言的語音大部分是從中古漢語分化出來的，當時，這些章系字已經不再唸舌頭音了。

章系字的演化如下表：

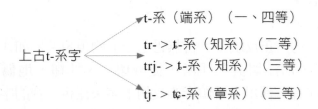

這是在不同的語音條件下會產生分化，上古知系字都有一個r介音，三等字都有一個j介音。如果t的後面有一個r，就變成二等的知系字。如果t的後面既有r，又有三等的j介音，就變成三等的知系字。如果t後面有一個j介音，就變成三等的章系字。

因此，照系三等字（章系）在上古和唸作舌頭音的端、知系字讀

爲一類，通通都唸作舌頭音。

4. 古聲母條例第四條：莊系古讀齒頭音

　　第四個條例是莊系字古讀齒頭音，這是由清儒夏燮提出來的。莊系字在中古是唸作舌尖面音tʃ-類聲母，可是在上古時代卻唸作齒頭音ts-類聲母。這個現象前人也稱爲「精莊同源」，或「精照互用」（這裡的「照」指的就是莊母）。在假借異文中留下的證據，例如，《漢書·郊祀志》「席用苴（ㄐㄩ）稭（ㄐㄧㄝ）」，三國曹魏時代爲《漢書》作注解的學者如淳說，當中的「苴」要唸作「租」，「苴」是莊系字，而「租」是精系字，可知莊系字在上古時候唸作齒頭音精系。《周禮·地官·遂人》注「鄭大夫云：耡讀爲藉」，「耡」是莊系字，「藉」是齒頭音。其次，在形聲字當中殘留的證據，例如，「靜」從「爭」得聲，「靜」是精系字，「爭」卻是莊系字；「漸」從「斬」得聲，「漸」是精系字，「斬」卻是莊系字；「嗟」從「差」得聲，「嗟」是精系字，「差」卻是莊系字；「仙」從「山」得聲，「仙」是精系字，「山」卻是莊系字。其次，在反切中保留的證據，例如，「啐」夬韻「蒼夬切」，「啐」是莊系字，然而，它的反切上字「蒼」卻是精系字；「鯫」厚韻「仕垢切」，「鯫」是精系字，然而，它的反切上字「仕」卻是莊系字；「覽」鑑韻「子鑑切」，「覽」是莊系字，然而，它的反切上字「子」卻是精系字。

　　精系字和莊系字在上古都唸成ts-系的讀音，到了中古才分化成兩套不同的聲母，分化的語音條件是：凡是一、三、四等韻就演化成精系（ts-），凡是二等韻就演化成莊系（tʃ-）。可是在中古的等韻

圖中，莊系分布在二等和三等，爲什麼三等韻也有莊系字呢？依據董同龢的研究，莊系三等字是後來才產生的，原先都是二等字。在語音的分配條件上，我們也可以說明這種演化：

上古音聲母ts-系＋r→中古音二等字
上古音聲母ts-系＋rj→中古音三等字

　　上古音的聲母ts-如果後面接的介音是r，就演化成中古音的二等字；如果後面接的介音是rj，就演化成中古音的三等字。上古音的介音規則是：⑴凡是二等字都帶r介音；⑵凡是三等字都帶j介音；⑶凡是莊系字都帶r介音；⑷凡是知系字都帶r介音。
　　上古文獻中的注音資料，都顯示把莊系字跟齒頭音精系字互爲注音，說明了這兩類中古聲母在上古時代是同出一源，都唸作齒頭音精系ㄗㄘㄙ的唸法。

5.古聲母條例第五條：娘日歸泥說

　　這是由章炳麟提出來的。意思是說中古的娘母和日母在上古時代唸得和泥母一樣，也就是都唸作n-聲母。⑴假借異文的證據，例如：孔子的名字仲尼，有的古書版本寫作「仲昵」，「尼」是娘母，「昵」是泥母。古代魯國的權臣季氏有一位家臣叫做「公山不狃」，有的古書寫作「公山不狃（ㄖㄡˇ）」，「狃」是娘母字，狃是日母字。⑵形聲的證據，例如：「佞」從「仁」得聲，可是「佞」屬泥母，而「仁」屬日母。由此可證明，泥、日兩母唸成一樣。「溺」從「弱」得聲，可是「溺」屬泥母，而「弱」屬日母。「仍」從「乃」得聲，可是「仍」屬日母，而「乃」屬泥母。「耐」從「而」得聲，可是「耐」屬泥母，而「而」屬日母。「如」從「女」得聲，可是「如」屬日母，而「女」屬娘母。「諾」從「若」得聲，可是「諾」屬泥母，而「若」屬日母。⑶從反切證明，例如：「你」止韻「乃里切」，「你」是娘母，然而，

它的反切上字「乃」卻是泥母。「嬭」蟹韻「奴蟹切」，「嬭」是娘母，然而，它的反切上字「奴」卻是泥母。「昵」質韻，尼質切，「昵」是泥母，然而，它的反切上字「尼」卻是娘母。「賃」沁韻，乃禁切，「賃」是娘母，然而，它的反切上字「乃」卻是泥母。(4)聲訓的證據，例如：東漢劉熙的《釋名》：「男，任也」，「男」是泥母，「任」是日母；「女，如也」，「女」是娘母，「如」是日母；「入，納也」，「入」是日母，「納」是泥母；「爾，昵也」，「爾」是日母，「昵」是娘母。聲訓又名「音訓」，是先秦兩漢時代非常流行的一種注解方式。通常，被注字與用來注解的字發音必須相同或者相近。可是，上面的例子卻是泥、娘、日三個聲母混雜注音，說明了這三個聲母在上古發音並沒有區別。其演化如下：

　　上古音聲母n-在不同的語音條件下，分化成中古的三個唸法：凡是帶r介音的就變成娘母，凡是帶j介音的就變成日母，以上兩者皆非的就變成泥母。

　　章太炎的弟子黃侃（1886-1935），歸併了前人的古聲母條例，首度譜出了上古聲母的整個系統，提出了他的「古聲十九紐」學說：他認為有十九個聲母是上古的「**正聲**」，是最古老的聲母，又稱為「古本紐」，到了中古，產生了一些「**變聲**」，所以正聲加上變聲，就有了中古的四十一紐系統。它們的關係是這樣的：

　　〔喉〕影（→喻為）曉匣

〔牙〕見　溪（→群）　疑

〔舌〕端（→知照）　透（→徹穿審）　定（→澄神禪）
　　　　泥（→娘日）　來

〔齒〕精（→莊）　清（→初）　從（→牀）　心（→邪疏）

〔唇〕幫（→非）　滂（→敷）　並（→奉）　明（→微）

　　這個表按五音排列，括號內爲中古演變出來的「變聲」。其中，舌齒唇三類是根據上述的五個條例譜出來的，喉、牙兩類，是黃侃個人的看法，不過，到了後世，都被修正了。

　　這個表的聲母名稱，是依據黃侃的用法，其中，「喻、爲」兩母，現代學者稱爲「以、云」兩母；「照、穿、神」三母，現代學者稱爲「章、昌、船」三母；「審」母，現代學者稱爲「書」母；「莊、初、牀、疏」一組聲母，現代學者稱爲「莊、初、崇、生」四母。

6.古聲母條例第六條：喻三（云母）古歸匣

　　這是由民國初年的學者曾運乾（1884-1945）提出來的，意思是說「云母」字上古唸成匣母的發音。云母字在等韻圖當中總是放在喉音的三等位置上，同時，在三十六字母當中它又併入了喻母，所以，又可以稱爲「喻三」。其演化過程是：

　　云、匣兩母同一個來源的證據，例如，(1)假借異文玄應《一切經音義》中「豁旦，即于闐」，其中的「豁」字是曉母（曾運乾云：[豁]與匣母互爲清濁），「于」字是云母，可以假借通用，所以，原來是唸成一樣的聲母。豁旦和于闐，是新疆的地名，也稱作和闐，

「和」字也是匣母。《詩經・大雅・皇矣》「無然畔援」，有的本子引作「無然畔換」，「援」字是云母，「換」字是匣母。(2)一字兩讀的證據，例如，《經典釋文》的注音「滑」，「胡八切」，又音「于八切」。反切上字「胡」是匣母，「于」是云母。又音現象往往反映了古代一個字音的分化，「滑」字唸匣母的音，是比較早的讀法，唸云母的是後來演化出來的讀法。「皇」，「于況切」，又音「胡光切」，反切上字「于」是云母，「胡」是匣母。「鴞」，「于驕切」，又音「戶驕切」，反切上字「于」是云母，「戶」是匣母。(3)反切的證據，《原本玉篇》「尹，胡准切」，「尹」是云母，「胡」是匣母；「越，胡厥切」，「越」是云母，「胡」是匣母；「爲，胡嬀切」，「爲」是云母，「胡」是匣母。(4)是雙聲詩的證據，南北朝時代很流行寫雙聲詩，是一種遊戲之作，就是讓詩中的每一個字都唸成一樣的聲母。例如北周的庾信五言詩〈問疾封中錄詩〉：「形骸違學宦，狹巷幸爲閑，虹迴或有雨，雲合又含寒。」其中，屬於匣母的字有「形、骸、學、宦、狹、巷、幸、閑、虹、迴、或、合、含、寒」，屬於云母的字有「違、爲、有、雨、雲、又」。由於這首詩是雙聲詩，所以當時唸的是同一個聲母，也就是通通唸成了匣母的發音。

　　匣母字在中古是一個舌根濁擦音ɣ-，可是在上古卻是一個舌根濁塞音g-。擦音是由塞音逐漸弱化形成的，這是語音演變常見的現象。把匣母字讀成塞音，一直到今天的閩南話仍舊如此，例如「厚、糊、汗、縣、寒」等字，都是匣母字，今天的閩南話都是唸作塞音的ㄍ聲母。這就是上古音的殘留現象。學者們研究《說文解字》讀若的資料，發現匣母字總是跟塞音發生接觸，很少和擦音接觸，也就是說，當A讀若B的時候，如果A是匣母字，B往往是個塞音。這也是匣母上古唸塞音的具體證據。學者們研究形聲字的諧聲關係，也發現匣母字和k類字諧聲的例子很多，謝雲飛曾經統計《廣韻》匣母字共一千零六十四個，其中有九百六十五個都是和塞音k相諧聲。顯然，匣母字在上古也是一個塞音。

匣母字在上古是一個不送氣的濁塞音g-，上古另外還有一個送氣的濁塞音ɡˊ-，就是中古的群母字。上古的舌根濁塞音是有送氣和不送氣的對立，這兩種濁塞音到了中古簡化爲一類，也就是說，中古只有一個舌根濁塞音。其情況如下表：

g- > ɣ- （匣母、云母）
ɡˊ- > g- （群母）

7. 古聲母條例第七條：喻四（以母）古歸定

第七個條例是喻四古歸定，這條也是曾運乾發現的。喻四就是以母，因爲以母在等韻圖的位置總是放在喉音四等位置上，而三十六字母系統又併入了以母，所以也稱爲「喻四」。曾運乾發現以母在上古時代和定母的關係十分密切，它們的發音一定非常近似。例如，(1)假借異文的證據，《易經・渙卦》「匪夷所思」有的版本寫作「匪弟所思」，「夷」是以母，「弟」是定母，它們可以假借通用，說明以母的唸法一定不像中古音那樣唸作零聲母。古代著名的廚師「易牙」，有的版本寫作「狄牙」，「易」是以母字，「狄」是定母字。古代的賢者「皋陶」，也可以寫作「皋繇」，「陶」是定母，「繇」是以母，在先秦時代「繇」也唸成「陶」的音。(2)形聲字的證據，例如，「蕩」從「易」得聲，「蕩」是定母字，「易」是以母字；「迪」從「由」得聲，「迪」是定母字，「由」是以母字；「條」從「攸」得聲，「條」是定母字，「攸」是以母字；「悅」從「兌」得聲，「悅」是以母字，「兌」是定母字；「馳」從「也」得聲，「馳」是定母字（中古變爲澄母），「也」是以母字；「誕」從「延」得聲，「誕」是定母字，「延」是以母字；「代」從「弋」得聲，「代」是定母字，「弋」是以母字；「躍」從「翟」得聲，「躍」是以母字，「翟」是定母字；「地」從「也」得聲，「地」是定母字，「也」是以母字。這些現象都說明了以母在上古應該唸得和

定母d´-十分接近。什麼音能和d´-十分接近呢？它的發音部位應該也
是舌尖，發音方法應該也是濁音，在這樣的條件之下，就只有r-最可
能了。所以，從李方桂開始的古音學家，多半就把以母字擬爲r-了。
它的發音性質是舌尖閃音，近似現代英文的r音，在現代英文裡頭，d
這個音也常常被唸爲r，例如ladder中間的d，在英文口語中往往變成
了r的發音。在同族語言的泰國話裡，以母的字正是念做r-的音，例
如：余[ra:]，移[re:]，泄[ria]，腋[rak]，艷[riam]。

其演化情況如下：

上古音聲母r- > 中古音以母（喻四）ø-
上古音聲母d´- > 中古音定母d-（中古音不分送不送氣）

所謂「喻四古歸定」指的就是上古聲母r-和d´-的發音十分接近，
所以它們會經常接觸，彼此通假，相互諧聲。

8.古聲母條例第八條：邪紐古歸定

第八個條例是邪紐古歸定，這是錢玄同（1887-1936）提出來
的。意思是，邪母字在上古唸得和定母字十分接近。例如(1)假借異
文的證據，《左傳·僖公二十三年》「治兵」，有的版本寫作「祠
兵」，「治」上古是定母，「祠」是邪母；《易經·困卦》「來徐
徐」，有的版本寫作「來荼荼」，「徐」是邪母，「荼」是定母。
(2)形聲字的證據，例如，「特」從「寺」得聲，「特」是定母字，
「寺」是邪母字，「墮」從「隋」得聲，「墮」是定母字，「隋」是
邪母，「涎」和「誕」聲符相同，「涎」是邪母，「誕」是定母：
「徐」和「途」聲符相同，「徐」是邪母，「途」是定母；「序」
和「杼」聲符相同，「序」是邪母，「杼」是上古定母（中古變澄
母）；「緒」和「屠」聲符相同，「緒」是邪母，「屠」是定母。

那麼，邪母在上古的發音又如何呢？它在中古唸作舌尖濁擦音
z-，上古必然也是一個濁音，它又和定母十分接近，因此邪母在上古

必定唸為不送氣舌尖濁塞音d-。而上古的定母是一個送氣的舌尖濁塞音d´-，定母和邪母的差別只在一個送氣、一個不送氣而已。上古音有兩個d-，一個送氣，一個不送氣；送氣的就是定母，不送氣的就是邪母。它們之間有音位上的對立性，也就是說，上古的濁塞音，有送氣、不送氣的音位對立存在，有區別意義的作用。其中邪母到了中古發生弱化現象，由塞音d-變成了擦音z-。而送氣的定母字d´-，由於音位（phoneme）上失去了邪母的對立性（contrast），也就是說，這個d音不需要再分送氣、不送氣了。送氣和不送氣，這兩個語音因素，不再作為字義的區別成分（就好像今天我們唸不送氣的「霸」和送氣的「怕」，是有字義的區別作用的。可是我們唸[pa]或[ba]兩個發音就沒有字義的區別作用。因為中文的送不送氣有音位上的對立性，而中文的清濁沒有音位上的對立性），所以到了中古定母字可以是送氣，也可以是不送氣。我們一般都會標成不送氣的d，來表示中古音的定母。

「邪紐古歸定」的情況如下表：

上古音聲母d-＞中古音邪母z-
上古音聲母d´-＞中古音定母d-

由於邪母和定母的上古音發音十分接近，所以它們會經常接觸，彼此通假，相互諧聲。

這種演變和上述舌根濁塞音聲母的演變是平行的：

g-＞ɣ-（匣母、云母）
g´-＞g-（群母）

也就是說，上古的聲母系統濁塞音有送氣和不送氣的對立，既有d-又有d´-，既有g-又有g´-。因此，上古的塞音整個來看是四重對

立；到了中古，剩下三重對立；到了現代，剩下兩重對立。其情況如下：

上古k- k´- g- g´→中古k- k´- g-→現代k-（ㄍ）k´-（ㄎ）
上古t- t´- d- d´→中古t- t´- d-→現代t-（ㄉ）t´-（ㄊ）

從上表可以看出，漢語兩千年來的簡化過程。我們也可能懷疑，上古果真有如此複雜的塞音體系嗎？竟然高達四重的語音對立區別。然而，塞音的多重對立，在現代語言裡是很普遍的現象，在音韻系統中不是不可能發生的。例如，我們根據UPSID語音資料庫，就有下面幾種語言（括號裡的數字，是該書每個語言的編號，p開頭的數字，是資料出處的頁數）：

1.

| Sui(403) | p | pʰ | b | ḅ(laryngealized vd. plos.) |
| [台語]P335 | t | tʰ | d | ḍ |

2.

Igbo(116)	p	pʰ	b	ḅ(breathy vd. plos.)
[非洲Niger]				
P292	p‹(vl. implosive)			
（六重對立）	ɓ(vd. implosive)			

3.

| Zulu(126) | p | pʰ | p´(vl. ejective stop)←聲門閉塞[pˀ] |
| P297 | | | ɓ（vd. implosive） |

4.

Koma(220)	p	b	p´	ɓ
[北非沙哈族]				
P310				

5.

| Mundari(300) | p | pʰ | b | ḅ |

[印尼]P321

6.

Kharia(301)	p	p^h	b	ḇ

[印尼]P321

7.

Wintu(709)	p	p^h	b	p´
[印第安]P372	t	t^h	d	t´

8.

Otomi(716)	p	p^h	b	ḇ	p´

[印第安]P376

（五重對立）

9.

Tiwa(740)	p	p^h	b	p´

[印第安]P383

10.

Dakota(756)	p	p^h	b	p´

[印第安]P391

11.

Yucho(757)	p	p^h	b	p´

[印第安]P391

12.

Nambiguara,S.(816)	p	p^h	p´	ɓ

[印第安]P401

13.

Telugu(902)	p	p^h	b	ḇ

[印第安]P413

14.

Lak(912)	p:(long vl.plosive)			
[其他]P413	p	p^h	b	ḇ

15.

    Xū(918)　　　　　p　　　p^h　　　b　　　　b´(vd. ejective stop)
    [其他]P421

16.

    Hind-Urdu(016) p　　　p^h　　　b　　　ḅ
    [印度]P270

17.

    Bengali(017)　　p　　　p^h　　　b　　　ḅ
    [印度]P270

18.

    Punjabi(019)　　p　　p:　　p^h　　p^h:　　b　　b:
    [印度]P271
    （六重對立）

由此可以證明，塞音的多重對立在語言中是普遍的現象，在漢語語音的演化過程中，不斷地簡化，到了國語，只剩下清塞音分送氣、不送氣，濁塞音已完全消失。從上古到中古濁塞音的演變，是弱化爲同部位的擦音，如下表：

    g-＞ɣ-（匣母、云母）
    d-＞z-（邪母）

這種演變是具有高度規律性的，無論舌根濁塞音或舌尖濁塞音，都不約而同地向擦音化發展。

9. 古聲母條例第九條：審母三等字（書母）古讀近舌頭音

第九個條例是書母古讀舌頭音，這是周祖謨提出來的。書母又稱爲審三（審母三等字），它在中古唸作擦音ɕ-，上古卻是一個舌尖塞音的聲母。例如，⑴假借異文的證據，《禮記・文王世子》「武王不說冠帶而養」，有的版本寫作「武王不脫冠帶而養」，其中「說」

是書母，「脫」是透母；《尚書‧君奭》「天不庸釋」，有的版本寫作「天不庸澤」，其中「釋」是書母，「澤」上古是定母（中古變澄母）；《左傳‧昭公二十八》「心能制義曰度」，有的版本寫作「心能制義曰庶」，「度」是定母，「庶」是書母；《史記‧秦始皇本紀》「皇帝躬聖」，有的版本寫作「皇帝躬聽」，「聖」是書母，「聽」是透母；《左傳‧僖公二十二年》「公及邾師戰于升陘」，有的版本作「公及邾師戰于登陘」，「升」是書母，「登」是端母；《禮記‧曲禮上》「頭有創則沐」，有的版本作「首有創則沐」，「頭」是定母，「首」是書母；《詩經‧商頌‧烈祖》「申錫無疆」，有的版本作「陳錫無疆」，「申」是書母，「陳」是上古的定母（中古變為澄母）；《荀子‧賦篇》「子奢」，有的版本作「子都」，「奢」是書母，「都」是端母。(2)形聲字的證據，例如：「督」從「叔」得聲，「督」是端母，「叔」是書母；「癉」從「亶」（ㄉㄢˇ）得聲，「癉」是書母，「亶」是端母；「稅」從「兌」得聲，「稅」是書母，「兌」是定母；「秩」從「失」得聲，「秩」是澄母，「失」是書母；「雉」從「矢」得聲，「雉」是澄母，「矢」是書母。(3)是同源詞的證據，所謂「同源詞」，指的是原本是一個詞，發音和意義都相同，後來孳乳分化變成了幾個不同的詞，但是從發音和意義上仍然可以找出它們相關的痕跡。例如，「申」和「電」是同源詞，「申」是書母，「電」是端母，原本在字形上都是像閃電字形，「申」字被借用為申請的申，原來的「電」字就末筆向右勾，寫作「电」；「菽」和「豆」是同源詞，「菽」是書母，「豆」是定母，「菽」也是「豆」的意思，只不過「菽」是形聲結構，「豆」本來是容器的象形，後來假借為「豆子」的「豆」；「頭」和「首」是同源詞，「頭」是定母，「首」是書母，「頭」是形聲字，「首」是象形字，它們所指的意義相同；「升」和「登」是同源詞，「升」是書母，「登」是端母，它們的意義都有「往上」的涵義，後來分化成兩個詞，「升」指抽象的「往上」，例如「升官」、「升遷」、「升等」、「炊煙裊裊上升」等，而「登」字指具

體的「往上」，例如「登山」、「登高」、「登臨」等。

　　書母既然和舌頭音發生如此密切的關係，所以它在上古也必然是一個近似舌頭音的爆發音（塞音）。這個特性在黃侃的《古聲十九紐》中也覺察到了，所以他把書母（黃侃稱為「審母」）歸在透母之下，以透母為古本紐，以書母為變紐。那麼它的發音大體如何呢？依照現代聲韻學的研究，知道它是一個擦音加上塞音的複聲母。李方桂把它擬為st´。本書作者在1981年把書母擬為sd-。由於書母只出現在三等韻，所以都帶有一個j介音，組成sdj-的形式，到了中古，發生顎化作用，就變成了ɕj-。顎化為擦音，是受了前面s的影響，s失落，在它後頭的dj顎化演變中留下痕跡，形成了ɕj-的顎化聲母——書母，這是舌頭音t系字的顎化。這類顎化作用發生在上古音到中古音的演化過程裡，至於從中古音到現代音的演化過程，主要是舌根音k系字的顎化（例如雞、欺、希），和齒頭音ts系字的顎化（例如將、槍、相）。這種舌頭音t系字的顎化，在世界其他語言當中十分普遍，例如英文的-tion字尾，原本的塞音t，受細音i的影響，就變成了顎化的擦音ʃ。century中間的t，也受到了後面u的影響，變成了顎化的tʃ的音。education當中的d，也是受到後面u的影響，變成了顎化的dʒ。Would you please這句話當中的d，由於後面you的影響，發音也顎化變成了dʒ。在韓國話的漢字音裡，凡是t-系字，遇到後面有細音i的話，也一律會發生顎化。例如，電話的「電」字，地下鐵的「地」、「鐵」兩個字，大田（韓國的地名）的「田」字，通通都唸成了顎化的塞擦音聲母，而不再是舌頭音ㄉ、ㄊ的發音。這就是t系字的顎化現象，和上古音的書母字的演化是同類的。

　　「書母古讀舌頭音」的演化狀況如下表：

　　　上古音聲母sdj- >>（顎化作用）>> 中古音聲母（審三）ɕj-

　　審、禪的古讀都是周祖謨（1914-1995）發現的。周祖謨於1941年著有《審母古音考》和《禪母古音考》，收入其《問學集》中。

10.古聲母條例第十條：禪母古讀近定母

　　這是周祖謨發現的。禪母在中古音唸成舌面前濁擦音ʑ-，它在上古和定母字同出一源，都是唸作dʼ。因為禪母只出現在三等韻，所以它的介音永遠是細音的j，情況和書母一樣，所以從上古到中古的演化過程中，它也發生顎化。由原本的舌尖塞音，變成了舌面前擦音，至於濁音的性質不變。它不像書母，演化成清擦音，因為書母前面有一個清擦音s存在，而禪母沒有。

(1)禪母古讀定母在假借異文的證據，例如：《易經·歸妹卦》「有待而行也」，有的版本作「有時而行也」，「待」是定母，「時」是禪母；《呂氏春秋·審時篇》「辟米不得恃定熟」，有的版本作「辟米不得待定熟」，「恃」是禪母，「待」是定母；《尚書·周書·牧誓》「與受戰于牧野」，有的版本作「與紂戰于坶野」，「受」是禪母，「紂」是上古定母（中古變為澄母）；《荀子·大略篇》「堯學於君疇」，有的版本作「堯學於尹壽」，「疇」是上古定母（中古演變為澄母），「壽」是禪母；《禮記·月令》「仲夏之月，蟬始鳴」，有的版本作「仲夏之月，蜩始鳴」，「蟬」是禪母，「蜩」是定母。

(2)形聲字的證據，例如：「豎」從「豆」得聲，「豎」是禪母，「豆」是定母；「純」從「屯」得聲，「純」是禪母，「屯」是定母；「湛」從「甚」得聲，「湛」是定母，「甚」是禪母；「提」從「是」得聲，「提」是定母，「是」是禪母。由這些證據可以了解禪母和定母在上古關係非常密切，李方桂認為禪母和定母在上古實際上是同一個聲母，都唸作舌尖濁塞音。

「禪母古讀定母」演化狀況如下表：

上古音聲母dʻ-到了中古時代分化成四個不同的聲母，它的分化條件是一、四等韻變成定母，二、三等韻變成澄母，三等韻部分字變成船母和禪母。從語音條件上看，上古音聲母dʻ-如果後面有r介音，就變成澄母二等字；如果後面有rj介音，就變成澄母三等字，如果後面有j介音，就變成船母或禪母；如果以上三者皆非，就變成定母字。如下表所示：

上古dʻ-＋r＞ɖ-（澄母二等字）
　　　＋rj＞ɖj-（澄母三等字）
　　　＋j＞dʑ-/ʑ-（船母、禪母）

為什麼在相同語音條件之下，中古會演化成船母和禪母兩個不同的聲母呢？李方桂曾經提出「船禪同源說」，認為這兩個聲母在上古時代同源。到了中古，船母變濁塞擦音，禪母變濁擦音。我們可以從下面幾個跡象，看出兩者上古同源：第一，是從《廣韻》的分配上看，有船母的韻，就沒有禪母；有禪母的韻，就沒有船母，兩者是互補的。第二，現代方言中，船、禪兩母總是相混。例如禪母字國語可以唸為擦音「時、殊、蜀、市、署、是、視、氏」，也可以唸為塞擦音「成、承、嘗、常、臣、植、酬、純、折、醇、蟬」，而船母字國語可以唸為塞擦音「乘、狋、鋤、豺、崇、查、助」，也可以唸為擦音「食、實、繩、神、示、術、舌、事、士、蛇、順」，可

知它們的界限是模糊的。第三，敦煌出土的守溫三十字母（S512號卷子），不分船與禪，在禪母之下列有「乘、常、神、諶」四字為例，其中，「常、諶」屬禪母，「乘、神」屬船母。第四，《經典釋文》、《原本玉篇》的反切也不分船與禪。

　　以上我們介紹了上古聲母的十個重要條例，在這些條例的基礎上，我們就可以建構起上古的單聲母系統：

牙喉音	k > 見	kʻ > 溪	gʻ > 群	g > 匣、云	ŋ > 疑
	ʔ > 影	x > 曉			
舌頭音	t > 端知章	tʻ > 透徹昌	dʻ > 定澄船禪	d > 邪、俟	n > 泥娘日
齒頭音	ts > 精莊	tsʻ > 清初	dzʻ > 從崇	s > 心生	
重唇音	p > 幫非	pʻ > 滂敷	bʻ > 並奉	m > 明微	m̥ > 曉
流音	l > 來	r > 以			

　　其中，有幾個音的演化如下：

⑴俟母中古音屬舌尖面濁擦音ʒ-，由於上古精、莊兩系字同源，所以，俟母和邪母發音相同。

⑵曉母上古有兩個單聲母來源，一個和中古音一樣是舌根清擦音x-，一個是雙唇清鼻音m̥。它們的界限是：凡是和雙唇音明母字m-發生接觸的曉母字，上古讀為雙唇清鼻音m̥。其他的曉母字上古讀為舌根清擦音x-。例如：「每m-：悔晦誨x-」、「黑x-：墨默m-」、「民m-：昏（昬）x-：緡m-」，這些字都是明母和曉母發生了接觸，在造字當時必然不會唸作一個雙唇、一個舌根，因為發音部位相去太遠。當時一定唸作比較接近的發音，才能夠組成這樣的形聲字。因此，董同龢就把這些曉母字的上古音擬定為雙唇清鼻音m̥，為了打印上的方便，有的古音學家寫作hm-，意義是一樣的。這個雙唇清鼻音

的演化過程是，首先變作同部位的口音，也就是雙唇清擦音（「去鼻音化」的演變），再變作唇齒清擦音（輕唇化），再變作舌根清擦音（受合口u介音的異化作用影響），於是，就形成了中古的曉母字x-。其演化如下：

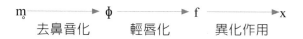

$$\text{m̥} \xrightarrow{\text{去鼻音化}} \phi \xrightarrow{\text{輕唇化}} f \xrightarrow{\text{異化作用}} x$$

⑶上古音的介音不同於中古音的，只有一點，就是凡是二等字，都帶有介音-r-。這個舌尖閃音的-r-，分布得很廣，不但做介音，也做聲母（以母，喻四r-），還可以做韻尾。董同龢認爲祭部、微部的一些字，例如「火、爾」等字，都帶有-r韻尾。李方桂認爲歌部字都帶有-r韻尾。做介音的-r-還出現在知系字、莊系字當中，形成tr-、tsr-一類的聲母，部分方言還以重紐三等的形式，在唇牙喉音當中殘留了pr-、kr-等形式。（參考本書第十一章）

思考與討論

1. 「古無輕唇音」大家都耳熟能詳，試著說說看，有哪些證據可以證明？
2. 上古的姓氏「田」、「陳」為一家，試從古音來說明這個現象。
3. 佛經的翻譯往往保留了古音的唸法，試以「佛陀」、「南無」為例，說明這個現象。
4. 黃侃的「古聲十九紐」，哪些後世成為定論？哪些後人又繼續做了修正？
5. 皋陶的「陶」唸作「一ㄠˊ」，是什麼緣故？試從上古音知識上討論，這樣的破音是否有問題？
6. 把孔子說的一句話：「知之為知之，不知為不知，是知也。」查

出各字的上古聲母,看看會有什麼發現。

7. 上古的單聲母系統,有送氣的清塞音和濁塞音,也有不送氣的清塞音和濁塞音,形成了塞音的四重對立,試把這種現象各舉兩字為例說明之。

8. 書母字的上古音怎麼唸?試把各家的擬音做一個比較,並提出擬音的證據。

9. 上古的曉母字[x-]和明母字[m-],經常發生接觸、諧聲,試列出這樣的例證,並加以說明它們的古音關係。

10. 說明上古聲母「雙唇清鼻音」的擬定方法,以及這個音的演化的過程。

11. 說明上古音「以」母和「云」母的來源。

12. 試舉出「喻三古歸匣」和「喻四古歸定」的證據有哪些,列出其演化的音值,並加以說明。

13. 什麼叫做「古無舌上音」?試說明之,並舉例說明其論證的依據。

14. 試從形聲字、一字兩讀、方言、反切各舉一例,論證「古無舌上音」。

15. 「邪」母字在上古唸作什麼音?試舉例說明之。

16. 列出上古的單聲母系統,並表明演變為中古的哪一個聲母。

17. 清代學者夏燮提出章系字和莊系字的上古讀法,其論點如何?試舉例說明之。

18. 古音學家曾運乾曾對喻母的古讀提出兩個條例,試分別舉例論述之。

19. 上古聲母d-與d′-的演化如何?試說明之。

20. 上古音g-與g′-的演化如何?試說明之。

21. 章太炎提出了什麼古聲母條例?

22. 何謂「娘日歸泥說」?試舉例說明之。

23. 錢大昕發現了哪兩條重要的古聲母條例?

24. 「易牙」又作「狄牙」,反映了什麼古音規律?

25. 「裳裳猶堂堂」反映了什麼古音規律？

26. 「彌，武移切」反映了什麼古音現象？

27. 「逃」從「兆」得聲，反映了什麼古音現象？

28. 「佞」是什麼聲母？它的聲符又是什麼聲母？

29. 禪母的古讀來源如何？試舉形聲字和假借異文的證據說明之。

30. 為什麼《說文解字》說「朋即古文鳳」？

31. 「蟲」唸作「徒冬反」反映了什麼古音現象？

32. 古代的田氏和哪個姓氏有古音上的聯繫？

33. 「豬，又音諸」反映了什麼古聲母條例？為什麼？

34. 「特從寺聲」反映了什麼古音規律？為什麼？

35. 查查看，「我」字的聲母，上古時代唸作什麼？現代方言又有哪
　　幾種唸法？觀察方言和古音的關係。

第十八章

「窪窿」為「孔」
複聲母的發現

一、上古複聲母的發音

　　所謂複聲母，是指聲母由一個以上的輔音所組成。有的書上稱為複輔音，比較不精確，因為複輔音也可以指韻尾而言。聲母由複輔音構成，比較嚴謹的用詞是「複聲母」，也就是「複輔音聲母」的簡稱。漢語的上古音，有複聲母的現象，早在一百多年前就已經有學者發現。經過長時間的研究，先秦複聲母所留下來的痕跡愈來發現得愈多，上古複聲母的真相就更為清晰明確了。雖然，我們現代已經不再保留這種類型的發音，但是透過歷史語言學、語音學、音韻學的知識，再加上存留在不同時代的古書文獻中，留下的各種注音資料、形聲字資料、又音資料、通假資料、聲訓資料、讀若資料、疊韻連綿詞資料，以及漢藏語言的同源詞資料等等，孔子時代的複聲母完全可以被擬構出來。這個道理就如同我們今天沒有人看過恐龍，在動物園裡面也找不到恐龍，但是，我們都知道恐龍的存在，恐龍在七千五百萬年前全部滅絕了，而人類在地球上出現也不過二百萬年的事情，所以我們沒有一個祖先曾經看過恐龍。可是，今天我們觀賞「侏儸紀公園」，可以親眼看到活生生的恐龍面貌，牠的形象、牠的生態、牠的呼吸脈動，這些知識是怎麼來的呢？牠和古音的建構是一樣的道理。透過古生物學，透過進化論的知識，再加上存留在不同時代地層中的化石、骨骼、足跡、糞便等等，用嚴謹的科學方法，就完全可以了解活生生的恐龍了。複聲母的研究可以說是聲韻學研究的尖端領域，所需要的基礎知識要比聲韻學的其他領域要廣得多、複雜得多。過去有部分人懷疑複聲母的存在，主要原因在於不了解什麼是

複聲母，也不了解複聲母是如何進行研究、如何被擬構出來的。所以，往往會看到有些學者自己想當然耳地擬出了一些複聲母，然後又否定這個複聲母，由此推論說複聲母並不存在。事實上，幾乎每一位懷疑論者的文章所提出的複聲母形式，都是複聲母學者不可能擬構的。因此，我們必須先對複聲母有充分的認識，才能夠正確地對複聲母進行評論。

二、上古漢語複聲母的研究源流

　　早在1874年英國漢學家艾約瑟（Joseph Edkins）在提交給第二屆遠東會議的論文中，即已提出，他認為根據諧聲字來看，中國古代應該有複聲母。可惜艾約瑟的觀點，當時並沒有引起中國學者的注意。

　　到了本世紀初，瑞典漢學家高本漢利用漢字的諧聲偏旁，構擬了一套上古複聲母，國內著名學者林語堂也在1924年發表了〈古有複輔音說〉。

　　二十世紀三四十年代，是複聲母研究的第一個高潮。從事複聲母研究的，除了高本漢外，主要是中國學者。著名語言學家林語堂、吳其昌、聞宥、陳獨秀等人，紛紛撰文論述複聲母的存在與類型；魏建功《古音系研究》（北京大學出版組，1935）、董同龢《上古音韻表稿》（史語所單刊甲種21，1944）、陸志韋〈古音說略〉（《燕京學報》專號之20，1947）等音韻學經典著作，更進一步對複聲母說進行了闡述。

　　六十年代，複聲母研究開始進入第二階段，到七十年代，更形成了新的高潮。這一階段的重點，在於探索複聲母的結構類型，特別是來母和其他聲母接觸的Cl/r型，擦音和其他聲母接觸的SC型，鼻音和同部位塞音接觸的NC型等，都有深入的討論（見嚴學宭《古漢語複聲母論文集》序）。由趙秉璇、竺家寧編的《古漢語複聲母論文集》（北京語言文化大學出版社，1998），從一百多篇相關論文中精選出論文二十二篇，大部分是六十年代後發表的（見胡雙寶〈讀

《古漢語複聲母論文集》〉）

三、上古漢語複聲母的存在證據

　　語言學的歷史比較方法是複聲母研究很重要的基礎。部分學者不承認上古漢語存在複聲母，主要一個理由是現代方言裡沒有痕跡。但是梅祖麟和羅杰瑞所舉閩北方言，趙秉璇研究晉中話等，都發現了複聲母的遺跡（見胡雙寶〈讀《古漢語複聲母論文集》〉）。上古複聲母還可以從下面幾個方面得到證實：

1.語音的演化趨勢

　　音素的失落是語音演化最普遍的方式，古今中外的語言都可見到音素失落的例證。從上古到中古，首先是喻四的[r]、喻三舌根濁擦音[ɣ]的失落，變成三十六字母的「喻母」（即零聲母）。

　　宋代以後，影母的[ʔ-]、疑母的[ŋ-]接著失落，加入零聲母的行列，然後是微母[m̥- > v-]、日母的一部分（如兒、爾、二）也失落了，因而使零聲母字的範圍逐漸擴大。

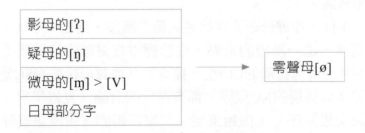

　　藏語的情況也是一樣，古代的複聲母大批地演化為今日的單聲母，印歐語言更是如此。我們如果了解這種語言變化的趨勢，就不致因為今天的漢語沒有複聲母而懷疑它在上古存在的可能性了。如果我們假設漢語兩千多年來一直都是單聲母，從來沒什麼變化，反而是件離奇的事情。

　　跟漢語同源的藏語音素失落的現象。例如：

　　dkafi>ka：（辛）苦
　　mdafi>ta：箭
　　gnis>ni：二

再譬如英文：

　　speak是從sprecan變來，
　　feeble從flebilis變來，
　　laugh從hliehhan變來。

我們把這個失落的輔音聲母放大顯示如下：

$$sp\textbf{r}ecan > speak$$
$$f\textbf{l}ebilis > feeble$$
$$\textbf{h}liehhan > laugh$$

　　而knee、psychology、gnaw的開頭字母不發音，正是音素失落的痕跡：

```
knee
psychology  > 開頭字母不發音
gnaw
```

翻開《韋氏字典》所引，這類失落的現象觸目皆是（OE指英文的上古音，ME指英文的中古音）：

OE hnecca→ME nekke→neck

OE hring→ME hring→ring

O.E.initialclusters[hr,hl,hn,kn,gn,wr]have lost their initial consonants.

hring>ring

hlēapan>leap

cnēow>knee

hnecca>neck

knee的[k-]尚存於一些日耳曼語中：Dutch knie[kniː]， German knie[kniː], Danisk[knɛːʔ], Swedish[kne]

我們再回頭看看漢語，從先秦上古音到隋唐中古音，聲母不斷地失落，例如：

複聲母 >> 單聲母 >> 零聲母

（上古）　　　　　　（中古）　　　　　　（近代）

gri-	>	rj-	>	j-	勻（均k-）
bl-	>	l-			凜l-（稟p-）
sb-	>	s-			瑟

從隋唐中古音到現代漢語，聲母不斷地失落，例如：

n->nʐ->ø-（而 爾 二）

ŋ->ŋ->ø-（我吳魚）

m->v->ø-（文聞無）

如果假設漢語是世界上唯一沒有產生聲母簡化的語言，數千年一直是結構相同的單聲母，反而是違背常理的事，我們就必須解釋，為什麼漢語沒有按照語音演化的規律在發展？事實上，我們很難提出有說服力的理由交代，為什麼漢語輔音的演化呈現了停滯性？

2. 漢語內部的證據

在文字和古籍中往往可以找到許多複聲母的遺跡。材料最豐富的，就是形聲字了。形聲字的聲符有注音的作用，本是用來表明這個形聲字的讀法的，因此，聲符和本字即使不同音，也應該是十分音近的。可是，今天我們所看到的形聲字，聲符未必和本字音近，這是因為時代變遷，語音變化的結果。下面舉幾個例子來說明漢語內部的證據所反映出來的[kl-]型複聲母：

(1)形聲

果k-：裸l-、各k-：路l-、柬k-：蘭l-、兼k-：廉l-、監k-：藍l-、降k-：隆l-、京k-：涼l-、鬲k-：隔l-。

(2)聲訓

《釋名》有：「寡k-：倮l-」、「領l-：頸k-」、「勒l-：刻k´-」；《說文》有：「牿k-：牢l-」、「老l-：考k-」；《毛詩》音訓有：「流l-：求g´-」、「葭k-：蘆l-」、「穀k-：祿l-」。

(3)又讀

《經典釋文》：「鬲，音隔，又音歷」（《孟子音義》）、「卷，居晚切，又力轉切」（《儀禮音義》）；《玉篇》：「膠，力救切，又居幼切」。

漢語內部的證據還包括：

(1)《說文解字》讀若

South Coblin有《說文讀若聲母考》發現sb-, sm-, sk-等複聲母。

(2)古籍中的注音

例如《水經注》、《詩集傳》都有學者發現複聲母的殘留痕跡。

(3)通假字

吳其昌考察ml-就運用了假借異文資料。學者們也從近世出土的簡讀文字中，發現複聲母的痕跡。

(4)疊韻連綿詞

杜其容等學者都曾利用連綿詞擬構複聲母。

(5)古今方言

楊福綿《遠古及上古sk-,skl-聲母的擬構》發現了閩方言殘留的複聲母痕跡。梅祖麟《試論幾個閩北方言中的來母s-聲字》以及趙秉璇研究晉方言，都發現了很多複聲母的遺跡。

3.同族語言的證據

漢語是漢藏語族（大陸稱「語系」）（Sino-Tibetan Language-Family）的一支，漢語各方言雖然沒有留下任何複聲母，漢語的同族語言，例如藏語、緬語、侗台語、苗瑤語卻保存了或多或少的複聲母，這是古代漢語也有複聲母的最有力的證據。因為我們不能假設原先沒有複聲母，這些複聲母是後來產生的。

羌語的複聲母

	麻窩話	蘆花話	桃坪話	龍溪話
心	sti:mi	sti:mi	χtie^{55}m^{55}	ςi^{33}mi^{33}
額	zdə ʂku	zdo	da$^{31}\chi$ku^{53}	du^{33}ku^{55}
腎	ʂpulu	spulo	χpə^{31}lo^{33}	pu^{55}lo^{31}
鼓	rbu	rbu	χbu^{33}	bo^{55}
膽	xtʂə	ʂtʂə	χtʂɿ^{33}	tʂə^{33}
二	ɣnə	ɣnə	ni^{55}	nə^{31}
六	χʂə	χtʂə	χtʂu^{33}	tʂu^{55}
星	ʁdzə	zdzə	χdzə^{31}pe^{31}	zə^{33}pa^{33}

彝語阿都話

	阿都	武定
九	$\widehat{gb}u^{33}$	$ku\mathrm{w}^{33}$
走	$\widehat{gb}ui^{33}$	$v\vartheta^{\cdot 55}$
筋	$\widehat{gb}u^{33}$	$dz\low{ }v^{33}$

格什扎話主要通行於四川省甘孜州

pri	主意	bri	繩
kru	松耳石	grə	船
qrə	角（動物）	kˊrə	牀、萬

我們的同族語言都有複聲母，我們只有兩個選擇：

⑴原本都沒有複聲母，其他同族語言的複聲母是後來增生的。

⑵原本都有複聲母，後來漢語失落了。

想想看，上面兩種選擇，哪一個比較合理？

我們可以思考，語音的「失落」和語音的「增生」，哪一種是所有人類語言的普遍性原則？

我們也可以想想看，面對同族語言的諸多複聲母現象，其中地理環境、語言接觸，和語言演化速度的關係，是邊遠交通不便的地區，語言保留原樣的可能性大呢？還是開闊的平原大河地區，各民族互動較多的地區，語言保留原樣的可能性大呢？

四、複聲母研究的三個階段

第一個階段是「學說的提出」：十九世紀末葉

早在1874年英國漢學家艾約瑟（Joseph Edkins）在提交給第二屆遠東會議的論文中，即已提出，他認為根據諧聲字來看，中國古代應該有複聲母。可惜艾約瑟的觀點，當時並沒有引起中國學者的注

意，沒有做進一步的探討。

第二個階段是「懷疑與論辯」：二十世紀前半

中國人最早討論複聲母問題的是林語堂和陳獨秀，瑞典高本漢更擬定了一套複聲母，陸志韋、董同龢又進一步分析複聲母的形式和種類。

當時，質疑的學者中，以唐蘭為代表，他提到複聲母不能成立者凡三點：

其一，中國字都是一字一音，兩音必由兩字表示，所以不可能有一字「兩音」的複聲母。

其實，複聲母仍是一字一音，並非兩音，例如klung只是一個音節，kulung才是兩個音節。

其二，唐氏認為k-和l-接觸是表示k-變l-，不必假定為複聲母。

其實，複聲母的發現，就是了解k-不能變l-，只有gl-才有可能變l-。

其三，唐氏認為同一聲系中k-、t-、p-、l-各種聲母往往並見雜出，豈非有[ktpl-]這樣的複聲母嗎？

其實，同一諧聲系統（聲符相同的形聲字）當中的聲母種類紛雜，一樣可以透過語音學理去辨析擬定，由語音結構、語音系統，和音變規律上去考慮，並不是輔音和輔音任意地拼湊而已。近年也有少數學者對複聲母有質疑，都不超出二十世紀上半葉這個階段的思考內容。

第三個階段是「確立與系統」：二十世紀的後半期

在前一個階段裡，學者只提出證據，證明複聲母的存在，或做局部的探討，討論某一種可能存在的複聲母。而這一階段，對於複聲母的存在基本上已經沒有爭論，問題只是它存在的形式。此外，這個階段已經不是局部現象的研究，只說有這類複聲母，有那類複聲母，而是全盤性、系統性地研究，建立一個體系，把所有漢字納入這個體系之中。1981年海峽兩岸正好有兩位學者不約而同的做成了這

樣的研究，一是嚴學宭1981《原始漢語複聲母類型的痕跡》，一是竺家寧1981《古漢語複聲母研究》。

　　1998年3月，北京語言文化大學出版社出版了趙秉璇、竺家寧合編的《古漢語複聲母論文集》，是複聲母研究的一次總結集，反映了一百多年來無數學者投入複聲母研究的成果，是我們今日了解複聲母的基礎。

五、複聲母的類型

　　這一百多年來，複聲母的研究曾經提出了很多不同的類型，正如我們的同族語言漢藏語一樣，上古漢語也可能具有十分複雜的複聲母類型，然而到目前為止，在聲韻學上比較能夠確定的，也是學者們目前的共識，有兩種可以確定的複聲母類型：第一種是帶舌尖邊音l（或閃音r）的複聲母，第二種是帶舌尖清擦音s-的複聲母。

1. 帶舌尖邊音l（或閃音r）的複聲母，例如：

bl->l-型複聲母的演變：
風pl-/p-：嵐bl-/l-

　　「風」字的古讀帶有複聲母pl-，跟帶有bl-聲母的「嵐」字，構成諧聲關係，它的演變規則是：複聲母當中，帶濁音的成分失落，因此pl-會變成幫母的p-，這就是「風」字的來源。再進一步，這個p發生了輕唇化，就是現代國語ㄈ的唸法。至於bl-就會演化成來母的l-，因為b成分是全濁，l成分是次濁，全濁會優先失落，這就是現代「嵐」字聲母的來源。

　　「風」字的pl-古讀，留下了很多痕跡，例如宋代孫穆《雞林類事》中說「風曰孛纜」，其實就是記錄了這個複聲母的古讀，「孛」代表p的音，「纜」代表l的音，而「纜」的韻尾是m，跟「風」字的上古音一致，所以，「風」字在《詩經》裡的押韻都是和m韻尾的字一起相押；又比如說，《楚辭》裡頭的風神名字叫做「飛廉」，其實也是「風」字古讀的反映，因為「飛」字古代唸p的

音,「簾」是l的音,而「簾」的韻尾又正好是m。這樣的證據無處不在,甚至現代還有一個活化石的證據,那就是韓國話把「風」唸作palam,正好p和l和韻尾的m都完整地保留下來,說明了古代箕子入朝鮮,也同時帶去了漢語的上古音讀。

b´l->b´-型複聲母的演變:
龍l-/l-:龐b´r-/b´-

「龐」字從「龍」得聲,在造字的時代,這兩個字的聲母是一致的,「龐」字是二等字,凡是上古的二等字,都有一個r介音,所以古音學家對「龐」字的上古擬音是brung,它跟「龍」字韻母相同,聲母又同樣帶一個舌尖的流音l或r,因而形成了諧聲關係。了解這個道理,我們再看《詩經・小雅・車攻》的擬聲詞「四牡龐龐」是四匹馬拉的戰車在原野上奔馳的聲音,如果用現代音唸,「龐龐」就有如開槍的聲音,自然不會出現在兩千多年前的《詩經》時代,如果我們知道「龐」字的上古音是brung,那麼戰車在奔馳的聲音brung—brung,擬聲的效果就很自然了。在演化方面,b´r-當中的b´-是一個強勢的送氣音,通常這種強勢的送氣音會保留下來,後面比較弱勢的流音r,後世會失落,於是形成了中古音並母的「龐」字。

dzl->l-型複聲母的演變:
子ts-/ts-:李dzl-/l-

(1) 「李」字是一個形聲字,它的聲符是「子」,聲符具有注音的作用,原來「李」字唸作類似[dzli]的音,「子」字唸作類似[tsi]的音,它們的韻母相同、聲母近似,都是舌尖塞擦音(古代稱為齒頭音)。所以,「李」可以從「子」得聲。

(2) 我們通常說的「手裡提著行李」,這個「行李」來源非常久遠,在《左傳・僖公三十年》的〈秦晉殽之戰〉當中,就用到了「行李之往來」這個詞,但是當時的「行李」兩個字,指的是來往的使節,所以它的本字是「行使」,由於「行使」的

「使」和「行李」的「李」在當時音近通假，所以後世就沿用了通假字的「行李」。在上古音當中，「使」字唸作類似[sli]的音，「使」字的聲符是「吏」，「吏」字唸作類似[li]的音，兩個字的發音近似，所以可以用來組合成形聲字。

(3) 「行李」和「行使」的發音關係是「行dzli」和「行sli」，兩者發音近似，所以能構成同音假借的關係。這就是「行李」一詞來源的祕密了。

(4) 在語義上，原先「行李」指的是「來往的使節」，後來語義發生演化，逐漸變成了「來往的使節手中所提的物件」，這是意義的演化部分。

「角」字上古音[klak]

帶舌尖邊音l的複聲母還有「角」字，連綿詞「角落」兩個字反映了原先「角」字[klak]的音讀，由原本的一個音節分化成兩個音節的連綿詞。「角k-落l-」兩個字都是入聲，入聲具有短促的性質，正是企圖表現很快相連在一起的兩個音素成分kl-。

漢代的「商山四皓」中有一位「甪（音ㄌㄨˋ）里先生」。「角」字的發音由[klak]演化成[kak]和[lak]兩個唸法之後，在字形上就分別寫成了角[kak]和甪[lak]兩個字。用在專有名詞的「甪里先生」便殘留了[lak]的唸法，而我們今天的「角」字的唸法，則是由[kak]演化而成。

另外一個遺留的複聲母痕跡，是從「彔」得聲的「觻」，就是「角k-」的異體字，可是它的聲符「彔」卻是一個l-的音，說明了它們原先是由一個kl-分化而成。還有一條遺留的複聲母痕跡，就是朱熹的《詩集傳》，把「角」字注音為「盧谷反」，唸成了l-的音，跟今天來自k-的「角」字唸法不同，顯示了上古「角」字kl-的唸法，分化為k-和l-兩讀之後，k-殘留到今天，國語再發生顎化，方言則「角」字大部分保留k-的唸法。至於朱熹把「角」字唸作l-聲母，到宋代以後就失傳了。

「孔」字上古音[klong]

「孔」是「空洞、洞穴」的意思，「孔」字的上古讀音正是[klong]，這個發音至今還以活化石的身分保留在侗台語當中。而連綿詞「窟窿」正是[klong]這個音消失之後殘留的連綿詞。「窟窿」的「窟」字也是短促的入聲字，說明了這個連綿詞和複聲母kl-的密切關係。

2.帶舌尖清擦音s-的複聲母

目前學術界的研究，得到共識的另外一類複聲母，就是s-型的複聲母，例如：

sk->tɕ-型複聲母的演變：
支sk-/tɕ-：妓k-/k-

「妓」字的聲符是「支」，在造字時代，它們的發音必然極爲類似，原來「支」字的上古聲母是sk-，這類聲母到了中古變成了章母字。中古章系字的來源，有一部分正是由sk-類複聲母演化形成，主要是因爲章系字都是三等字，必然是細音，sk-複聲母緊接著一個三等細音的介音，自然而然就產生了顎化作用，變成了中古的章系tɕ-類聲母。不過，章系字的來源，根據清儒錢大昕的研究，大部分是來自舌頭音端系，那麼我們怎麼判斷哪些章系字上古是舌頭音，哪些章系字上古是sk-呢？其規則是：凡是和舌根音諧聲或接觸的章系字，上古是sk-型的複聲母；其他的章系字，上古是舌頭音聲母。「妓」字，國語顎化成爲ㄐ聲母，方言多半還保留原先的ㄍ聲母。至於「支」字，閩南話的聲母是ㄍ，正是由上古的sk-失落了s而形成的。

sb->sβ->s-型複聲母的演變：
必p-/p-：瑟sb-/sβ-/s-

「瑟」字的聲符是「必」，造字時代的聲母關係是p-和sb-，兩者都是以雙唇音爲主的發音方式，加上古代兩字的韻母唸法又都一

樣，所以構成了諧聲關係。在演化過程中，「瑟」字的第二個濁音成分b經過弱化為雙唇濁擦音β的階段，最後這個濁音成分失落，就變成了心母s的「瑟」字。

六、擬定複聲母的七個基本原則

對複聲母持懷疑的學者，一般的癥結都在不能真正了解複聲母是怎樣擬定出來的，以為只不過是把相接觸的幾個聲母加在一起就行了。其實，複聲母的擬定涉及語音學、音系學、音位學、語言形態學、比較語言學、歷史語言學、漢藏語言學、構詞學等等知識的綜合運用，不僅僅是依賴文字學、訓詁學就足夠的。我們至少得注意到下面幾個原則：

1. 以形聲系統為基礎，而且必須要有大量而平行的諧聲例證，不能只憑少數孤證就認為是複聲母

研究複聲母有些學者會過於重視漢藏語族其他語言的證據，實際上，我們更應重視漢語本身材料的證據，特別是在數量上最龐大，占了漢字百分之九十以上的形聲系統。相對之下，同族語言的材料只能居於旁證的地位。這就是高本漢、董同龢、陸志韋、周法高這些大師們的方法。李方桂更是漢藏語言的頂尖學者，但是他的上古音研究是以形聲字為基礎的。這裡我們可以了解本末先後，不宜倒置。例如我們看到形聲字裡有「各：洛」相諧聲的現象，一個是見母，一個是來母，在我們假定它們是上古kl-複聲母以前，還得看看在形聲字裡是否還有平行的例證。當我們有了「京k-：涼l-」、「柬k-：練l-」、「兼k-：廉l-」、「監k-：藍l-」、「果k-：裸l-」等類似的諧聲時，我們才能相信k和l的接觸不是偶然的。

2. 必須要能解釋其演變

我們假定上古有gl-，中古變成了來母，這是因為濁塞音比較容易消失；我們假定上古有sk-，中古變成了照母三等字（章母字），這是因為三等介音j的影響，發生了顎化；我們又假定上古有st-，中

古變成了精母，這是由於「音素易位」造成的。

我們在擬定帶l-的複聲母時，運用了兩項演化規則：

　　(1)濁音比較傾向消失，例如風pl- > p，嵐bl- > l-。
　　(2)送氣全濁音傾向保留不變，例如龍l- > l-，龐bhr- > bh-
　　　　（當中的h表示送氣音）。

我們在擬定帶s-的複聲母時，運用了三項演化規則：
　(1)顎化作用　支skj- > tɕ-，妓kj-
　　　sdj- > ɕj-「羶、首、升、申、菽」，都是書母字，它們和
　　　「亶、頭、登、電、豆」具有同源的關係。
　(2)音素失落　瑟sb- > s-，必p-
　(3)音素易位　左st- > ts-，墮d-（從「左」得聲）
　　上面提到「音素易位」，什麼是「音素易位」呢？英文叫做
Metathesis，在印歐語裡，r和l經常發生位置互換的現象，古英
文的ks往往演化為現代英文的sk，例如dox>dosc,dusk（薄暮，黃
昏）。又如古英文的ps，往往變為現代英文的sp，例如cops>cosp、
wlips>wlisp。又如古英文的sk-在西撒克遜語變成ks，例如
fiscas>fixas（即現代英文的fishes），wascan>waxan（即現代英文的
to wash）。此外，英文中的「音素易位」，還有：

　　　　英語ax→ask
　　　　waps→wasp（黃蜂）
　　　　thridda→third

3. 韻母應屬於同一類型

　　通常複聲母演化為單聲母，往往會保留原本的韻母形式。例如

mling > ming命，ling令，

mlai > mai麥，lai來，

角klak > kak-lak角落

所以，一般反映複聲母的材料，都具有同韻母的關係，只有在聲母上產生對比的差異。

4. 聲母輔音要有結合的可能

不是任何輔音都可以相加在一起的。輔音的發音性質各有特色，使得某些輔音不適合連接。例如流音r、l往往出現做第二個成分，前面可以很自然地接上一個塞音、鼻音、擦音或塞擦音。

塞擦音和塞擦音通常不組合為複聲母，塞音和塞音也很少組合為複聲母。

因此，擬構複聲母不能只是音標的遊戲，必須要有相當的語音學基礎，和多語言的了解（不能孤立只看漢語，須由語言共性中探索）。如果只研究文字、訓詁、方言是不夠的，還需要有音系學、音位學等相關的知識，例如像保爾巴西的《比較語音學概要》就是一部值得參考的著作。

5. 所擬的形式要在該語言中構成一個整齊而對稱的系統

系統性是語音的一個基本特質。大多數的語言，如果有p，往往就有t和k和它相配，有b，往往就有d和g和它相配，這就是輔音系統的對稱性。有pl-就有tl- kl-構成搭配；有sk-就有st- sp- sl-構成搭配。如果找不到這些搭配的音，那麼，所擬的那個音也不能成立。趙元任在《語言問題》中強調了語音的系統性原則。李方桂的複聲母擬音也經常強調系統性原則。

例如國語的ㄐㄑㄒ、ㄓㄔㄕ、ㄗㄘㄙ，就能構成一個整齊的系統。上古複聲母也一樣，有pl- kl- tl-、sp- sk- st-，構成整齊的一個系統。任何語言中，bdg、ptk也往往構成整齊的系統，這就是語言的

「系統性原則」。

6. 利用形聲字建構複聲母之後，還要提出充分的旁證

　　因為上古如果真的有這樣形式的複聲母，它一定不會僅僅保留在形聲裡，在別的資料也一定可以找到平行的例證。

　　例如在形聲裡，我們可以看到大量kl-的痕跡，在東漢劉熙的《釋名》裡也收了「領，頸k-也」、「勒，刻也」的音訓資料，許慎的《說文》收了「牯，牢也」、「老，考也」，《毛詩》收了「流，求k-也」、「穀，祿也」，這些音訓資料所顯示的輔音關係（k-和l-）竟然和形聲裡所見到的完全一致。又如一字兩讀的資料，像唐代陸德明《經典釋文》「卷」字有「居k-晚切」和「力轉切」兩音，《玉篇》中「濂」字有「里兼切」、「含g-鑑切」兩音，這些例子也顯示了上古kl-分化的痕跡。這些就是kl-的旁證。

7. 注意音節內部的結構規律

　　一個音節有如一個拋物線的曲線圖，發音的最高峰處就是主要元音，首尾處往往有輔音存在。從聲母滑到主元音，往往又有一個介音作為過渡。

　　我們必須考慮：上古的韻母是由幾個元音組成？聲母的輔音，最大容納量是多少？又由哪些輔音搭配組成？可以出現CCCCVC的音節嗎？英文的複聲母最大容量是CCC-(spring)，而且內部有嚴格的搭配關係。這都是研究複聲母不能避開的問題。例如丁邦新曾發表〈上古漢語的音節結構〉正是對漢語內部音節結構的組成做了很好的分析，這方面的知識，是我們擬構複聲母時不可或缺的。

　　少數學者對於複聲母產生質疑的，大致有下面幾個傾向：

　　質疑者多半在專業方面是方言學家、文字學家，或者傳統的訓詁學家，很少是專治聲韻學的。

　　質疑者多半會用自己的想像擬構出一個複聲母，接著他們會說，這樣的複聲母是不合理的，所以複聲母不可能存在。通常他們憑想像擬構出來的複聲母，其實一般研究複聲母的學者都不會這樣做的。

　　質疑者所採用的複聲母論點，往往是時代較早的，一般很少觸及到近三十年來的複聲母研究成果。事實上這三十年來複聲母的研究成果十分豐碩，其科學性、系統性也愈發精密（至少可以先參考1998年北京語言大學出版的《古漢語複聲母論文集》）。

　　質疑者多半缺乏外語的背景知識，很少對外語的輔音結構問題進行觀察與分析，對於語言普遍性的原則了解較少，往往只是孤立的看漢語，不能超出清儒的思維窠臼。

　　質疑者很少把現代複聲母學者所擬定的形式拿來做討論的，例如：李方桂、董同龢、周法高，或者大陸的鄭張尚芳、潘悟云，西方漢學家蒲立本、白保羅、白一平、包擬古等，都曾經做了許多成功的擬構工作，而質疑者沒能引用，進而指出他們的問題在哪裡、弱點在哪裡、需要修正補充的在哪裡，在這個基礎上，再來判斷複聲母存在與否的問題。

　　質疑者的論點往往是二十世紀上半期唐蘭等學者提出的疑問，相同的疑惑一再重複而已，很少看到有新的論據出現。實際上這些疑惑早在二十世紀下半期就已經塵埃落定，有了合理的解答。

　　複聲母研究所涉及的基礎知識較為廣泛，包含了語音學、音位學、音系學、歷史語言學、比較語言學、聲韻學、文字學、構詞學、訓詁學、文獻學、印歐語言學、漢藏語言學、語言形態學、語言的普遍性規律、語音演化規律等學科，如果在這樣的基礎上去看複聲母問題，比較能夠更客觀、更科學、更容易看出真相。只憑方言學、文字學、傳統訓詁，是不夠的。

思考與討論

1. 試著從英文字典中找出複聲母的例子，看看英文有多少種複聲母。
2. 高本漢曾經提出擬構kl-複聲母的三種結構法則，思考與討論這三個法則的道理在哪裡。

3. 二十世紀後半以來，複聲母的研究成為顯學，研究的學者和著作非常多，試著到圖書館，或者網路上，搜尋有關複聲母的論著，閱讀其中的一篇，提出心得報告。

4. 「角」字上古音[klak]這個發音，後世留下了很多痕跡，試著找出來，並加以說明。

5. 上古複聲母擬定的基本原則是什麼？試分項申論之。

6. 上古音複聲母的擬定，並非任何輔音的排列組合，應該遵循一些重要的基本原則，請分項敘述之。

7. 上古複聲母存在的證據有哪些，試分項論述之。

8. 上古最普遍存在的複聲母有哪兩類？試舉例說明其演化過程。

9. 上古音帶s-的複聲母有哪些類型？試分別舉例論述之。

10. 說明上古「審母三等」字（書母）的擬音及各家的研究成果（黃侃、周祖謨、李方桂、周法高、竺家寧等）。

11. 思考看看，複聲母和多音節，兩者的差別在哪裡？

12. 最早提出複聲母的學者是誰？本國學者最早提出複聲母的又是誰？

13. 「考，老也」請說明它們的上古聲母。

14. 複聲母研究的三個階段是什麼？有哪些代表學者？

15. 哪一種連綿詞可以反映上古複聲母？為什麼？

16. 二十世紀前半，曾經懷疑複聲母的學者有哪些？他們為什麼會懷疑？後來，他們的疑惑如何獲得了解決？

17. 哪些現代方言還可以找到複聲母的痕跡？

18. 舉出形聲字是[k-]和[l-]兩種聲母諧聲的例子。

第十九章
上古的合韻現象

　　上古韻部之間，一定會有通押的現象，這種現象聲韻學上稱為「古合韻」，或者稱為「合韻」現象。其實，兩部之間發生接觸，不僅僅出現在押韻當中，它們會出現在押韻、諧聲、通假三種情況之下。

　　如果按照音韻來區分，合韻現象有旁轉，也有對轉兩類。所謂「旁轉」，是指發生接觸的兩個韻部同樣是陰聲部，或同樣是陽聲部。所謂「對轉」，是指發生接觸的兩個韻部，一個是陰聲部，一個是陽聲部，所以又稱為「陰陽對轉」。依照合韻的材料來畫分，舉例說明如下：

第一，是押韻。例如《詩經》押韻中的合韻現象：

> 《詩經‧鄘風‧君子偕老》以「帝、翟」字相押，「帝」屬錫部、「翟」屬藥部
> 《詩經‧大雅‧大明》以「林、心、興」字相押，「林、心」屬侵部、「興」屬蒸部

《詩經・小雅・楚茨》以「奏、祿」字相押，「奏」屬侯部、「祿」屬屋部

《詩經・小雅・六月》以「飭、服、國、急」字相押，「飭、服、國」屬職部、「急」屬緝部

　　根據段玉裁《六書音韻表》「古合韻說」，所舉押韻合韻的例子如下：

詩經篇章	韻腳	說明
谷風	嵬、萎、怨	「嵬」是微部字，「萎」是歌部字，「苑」是元部字
思齊	造、士	「造」是覺部字，「士」是之部字
抑	告、則	「告」是覺部字，「則」是職部字
瞻卬	鞏、後	「鞏」是東部字，「後」是侯部字
小戎	參、中	「參」是侵部字，「中」是冬部字
七月	陰、沖	「陰」是侵部字，「沖」是冬部字
公劉	飲、宗	「飲」是侵部字，「宗」是冬部字
小戎	音、膺、弓、縢、興	「音」是侵部字，「膺、弓、縢、興」是蒸部字
大明	興、林、心	「興」是蒸部字，「林、心」是侵部字

其他古韻語篇章	韻腳	說明
周易・屯卦・象傳	民、正	「民」是真部字，「正」是耕部字
周易・革卦・象傳	文、炳	「文」是文部字，「炳」是陽部字
離騷	名、均	「名」是耕部字，「均」是真部字

第二，是諧聲。諧聲中的合韻現象例如：

「葉」在葉部，其聲符「世」卻在祭部

「矜」在文部，其聲符「今」卻在侵部

「存」在文部，其聲符「才」卻在之部

「憲」在元部，其聲符「害」卻在祭部

「稻」在幽部，其聲符「舀」卻在宵部

　　根據段玉裁《六書音韻表》「古諧聲偏旁分部互用說」，所舉諧聲合韻的例子如下：

被諧字	聲符	說明
裘	求	「裘」在之部，「求」在幽部
朝	舟	「朝」在宵部，「舟」在幽部
牡	土	「牡」在幽部，「土」在魚部
悔	每	「悔」在侯部，「每」在之部
殳	殳	「殳」在魚部，「殳」在侯部
仍孕	乃	「仍」在蒸部，「孕」在侵部，「乃」在之部
參	㐱	「參」在侵部，「㐱」在文部
葉	世	「葉」在葉部，「世」在祭部
彭	彡	「彭」在陽部，「彡」在侵部
贏	羸	「贏」在耕部，「羸」在歌部
矜	今	「矜」在文部，「今」在侵部
存	才	「存」在文部，「才」在之部
憲	害	「憲」在元部，「害」在祭部
截	雀	「截」在脂部，雀在藥部
狄	亦	「狄」在錫部，「亦」在鐸部
那	冄	「那」在歌部，「冄」在談部

第三，是假借，或通假。例如：

1. 《上博楚竹書・從政》乙簡：「興邦家，治正教，從命則政不勞，壅戒先匿則自異始。」影本「異」作「忌」，「異」為職部字，「忌」為之部字。

2. 《尚書・洪範》：「無有作好，遵王之道。」《呂氏春秋・貴公》、《韓非子・有度》「有」作「或」，「有」為之部字，「或」為職部字。

3. 馬王堆帛書《老子》甲本卷後古佚書《明君》：「係婢衣錦繡，戰士衣大布而不完。」影本注云：「係通奚，為古之奴隸。」「係」為錫部字，「奚」為支部字。

4. 《山海經・大荒北經》：「不食不寢不息，風雨是謁。」《長沙子彈庫戰國楚帛書乙篇》「謁」作「於」。「遏」為月部字，「於」是魚部字。

5. 馬王堆帛書《老子》甲本卷後古佚書《五行》：「苂芍淑女，寤昧求之。」毛詩〈周南・關雎〉作「窈窕」。「芍」為藥部字，「窕」為宵部字。

6. 馬王堆帛書《老子》乙本卷前古佚書《稱》：「誥誥作事，毋從我終始。」影本注作「皓皓」。「誥」為覺部字，「皓」為幽部字。

7. 《甲骨文合集》二五：「甲申卜，貞，羽乙酉侑于祖乙牢，又一牛。」「羽」讀作「昱」，「羽」是魚部字，「昱」是覺部字。

　　以上使用的韻部名稱，是陰陽入三分法。合韻現象說明了上古方言的不同，以及人們對韻母發音相似度判定的寬嚴不同。

思考與討論

1. 什麼叫做「古合韻」？會出現在哪些語料當中？

2. 參考《說文解字》，把其中的形聲字找出來，觀察這些形聲字和聲符之間是否有合韻的現象。

3. 找出《詩經》不同部押韻的例子，說明其中的緣故。

4. 近世出土許多古代的簡帛，其中保留了大量的古代通假字，找找看其中有無不同韻部的通假現象。

5. 在老師的指導下，查查看《六書音韻表》，上古「之、幽、宵」三部通押的頻率。

6. 什麼是「陰陽對轉」？舉例說明之。

7. 「憲」在元部，其聲符「害」卻在祭部，思考看看，這種現象如何理解？

第二十章
上古的聲調

國語有四聲，它的學名是：陰平、陽平、上聲、去聲，俗稱「第一聲、第二聲、第三聲、第四聲」。中古音也有四聲：平聲、上聲、去聲、入聲。那麼，孔子時代的上古音也有四聲嗎？從清朝以來很多學者都在探索這個問題。

聲調是漢語的一個重要特色，它是利用音高的變化類型來區別意義。這種現象英文、法文、德文都沒有，而漢語和它的同族語言如藏語、苗瑤語、侗台語等都具有聲調現象，所以先秦漢語也必然具有聲調的區別，這是可以確定的。

從清代至今，中外學者們對這個問題的探索，大略有三種不同的結論：

一、兩調說

第一種看法認為先秦時代只有平聲和入聲兩個聲調，主張這種看法的學者最具有代表性的有段玉裁、黃侃、王力。

(一)段玉裁的看法

段玉裁在他的《六書音韻表》中說，上古音是：「平上為一類，去入為一類。」又說：「上聲備於《三百篇》，去聲備於魏晉。」因為他發現在《詩經》裡頭，去聲和入聲往往可以一起押韻。所以，他的結論是：《詩經》以前，只有兩個聲調；到了《詩經》時代，產生了上聲，變成了三個聲調；又到了魏晉時代的中古音，再產生了去聲調，於是就演化成「平、上、去、入」四聲了。情況如下表：

《詩經》以前	《詩經》時代	魏　晉
平	平	平
	上	上
入	入	去
		入

去入聲一起押韻的例證，如：

《詩經・大雅・皇矣》八章以「茀、仡、肆、忽、拂」
為韻（「肆」為去聲，其他為入聲）

《詩經・小雅・采芑》一、二、三章均以「涖、率」為
韻（「涖」為去聲，「率」為入聲）

《詩經・召南・野有死麕》三章以「脫、悅、吠」為韻
（「悅吠」為去聲，「脫」為入聲）

(二)黃侃的看法

黃侃進一步直截了當地認為，即使到《詩經》時代，也還只有
平、入二聲而已，所以他發表了一篇〈詩音上作平證〉的論文，證明
在《詩經》裡頭，平、上聲是可以通押的。不僅僅是段玉裁舉出的
去、入通押而已。他的觀點如下表：

《詩經》以前	《詩經》時代	魏　晉
平	平	平
		上
入	入	去
		入

平上聲一起押韻的例證，如：

> 《詩經·鄘風·載馳》以「子、尤、思、之」為韻（「子」為上聲，其他為平聲）
>
> 《詩經·幽風·七月》以「火衣」為韻（「火」為上聲，「衣」為平聲）
>
> 《詩經·小雅·何草不黃》以「虎、野、夫、暇」為韻（「虎、野」為上聲，「夫、暇」為平聲）

㈢ 王力的看法

王力在上述兩位學者的基礎上，更進一步做了音理的說明，提出了演化的條件。他認為上古只有舒聲和促聲兩個聲調。後來由於長元音和短元音的影響，就分化成了平、上、去、入四個聲調了。情況如下表：

《詩經》以前	《詩經》時代		魏　晉
舒	舒	長元音－－→	平
		短元音－－→	上
促	促	長元音－－→	去
		短元音－－→	入

二、四調說

古音學家的第二種看法，認為上古聲調系統和中古一樣有四個調，也分作「平、上、去、入」四聲。主張這種看法的學者有：高本漢、李方桂、周祖謨、周法高、丁邦新等。這一派學者主要是依據上古韻語的全盤統計，發現相同的聲調互相押韻的頻率遠遠高於不同聲

調之間的押韻，由此說明了上古四聲的界限應該是存在的。

　　張日昇〈試論上古四聲〉（見《香港中文大學文化研究所學報》1968年第一卷，頁113-170）一文，曾針對《詩經》押韻進行統計，其數值如下：

1. 平聲和平聲押韻有二千一百八十六次，而平聲和上聲押韻只有三百六十一次，平聲和去聲押韻只有二百九十三次，平聲和入聲押韻只有十次。

2. 上聲和上聲押韻有八百八十二次，上聲和去聲押韻有一百六十六次，上聲和入聲押韻只有三十九次。

3. 去聲和去聲押韻有三百一十六次，去聲和入聲押韻有一百六十一次。

4. 入聲和入聲押韻有七百三十二次。

　　由這樣的統計數字看來，很明顯地，同調一起押韻的例子，遠遠多於不同調的互押，說明了在上古時代，四聲的界限仍然存在。

三、輔音韻尾說

　　古音學家的第三種看法，認爲上古的四類聲調原本並不是音高的區別，而是韻尾輔音的區別。主張這種看法的學者，有歐第國（A.G.Haudricourt）、蒲立本（E.G.Pulleyblank）、梅祖麟。他們的證據包括：

1. 從越南語和漢語的對應中發現，漢語的去聲字往往和越南話源於-s（>-h）的韻尾產生對應關係。漢語的上聲字往往和越南話源於喉塞音韻尾的音節產生對應關係。所以，上古漢語的去聲字應該也有一個-s韻尾。

2. 漢語古代的音譯詞，往往用去聲字翻譯帶有-s韻尾的外語詞彙。例如：「舍衛」梵文爲「Sravasti」，其中「衛」字屬去聲，對應的音是「vas」。又如：「對馬」日文原文發音是「Tusima」，其中「對」字屬去聲，對應的音是「tus」，又如：「罽賓」是「Kashmir」（今譯作喀什米爾）的古譯，其中，「罽」字是去聲，對應

的音是「kas」。這些和去聲對應的原文拼音，都帶一個-s，證明了上古音去聲也應該帶一個-s韻尾。

3. 梅祖麟於1970年曾提出，認為漢語方言中也殘留著上聲字的喉塞音韻尾，包括閩、浙以及海南的一些方言。這些方言的上聲字，往往帶一個喉塞音收尾，這個喉塞音，很可能是上古音的殘留。

由以上的種種證據，得到下列的韻尾系統：

平-ø　不帶下列的任何輔音韻尾。

上-ʔ　帶喉塞音韻尾。

去-s（> -h）　帶舌尖擦音-s韻尾，後來弱化為喉擦音-h韻尾。

入-p、-t、-k　帶清塞音韻尾。

這四種不同的輔音韻尾類型，到了後代，上聲和去聲的輔音韻尾逐漸失落，演變成為音高的區別，作為辨義作用的補償。於是，四聲的區別就從輔音韻尾的不同，演化成了音高形式的區別了。其中只有入聲的韻尾一直保存下來，成為漢語中古音唯一帶塞音韻尾的音韻類型。而這些殘留的塞音韻尾，在宋代以後也逐漸弱化而消失。入聲字的發音，到了今天，只保留在部分南方方言當中。

由輔音的失落或演變影響其聲調的產生及變遷，這種現象在漢藏語言裡是經常發生的一種音變模式。即使在近代音聲調的演化，也在在受到輔音的制約。例如：近代音中平聲演化為陰平、陽平兩類，正是輔音清、濁所造成的結果。近代音中部分上聲字變成了去聲，也是全濁輔音為其演化條件的（濁上歸去）。

四、上古聲調演化的真相

以上三種對上古聲調不同的論點，哪一種的可能性比較大呢？其實，這三種論點都有其充分的證據，都描述了事實真相的一部分。我們把這些事實真相統合起來，就可以描繪出上古聲調的完整面目了。原來在上古時代，漢語的聲調區別是由不同的輔音韻尾來承擔的，當時漢語共有四種類型的輔音韻尾，其分類界限大致等於我們平常說的「平上去入」四類。到了後來，大約在《詩經》時代，不同的

輔音韻尾逐漸消失，這四類字轉而成為由音高的變化來區別，於是四聲就產生了。然而，上古的四聲和中古的四聲分類界限大體不變，也就是「調類」相同，但在實際「調值」上，上古到中古產生了變化。上古四聲的調值，是平、上聲比較接近，這兩類聽起來發音比較相似，而去、入聲調值比較接近，在聽感上，也會覺得彼此比較相似。所以產生了學者們提出的「兩調說」，認為平上為一類，去入為一類。到了中古，四聲的調值發音改變了，使得平聲成為一類，上去入聲成為另一類，這就是中古詩歌「平仄律」所以產生的緣由。

　　從這個觀點看，上述的「輔音韻尾說」、「兩調說」、「四調說」其實都是正確的，它們都各得真相的一部分，合起來就是上古聲調的完整面目了。情況如下表：

	《詩經》以前 （韻尾輔音不同）	《詩經》時代 （音高變化不同）	隋唐中古音 （音高變化不同）
平	-ø	平上聲調值相近	平聲為一類
上	-ʔ		上去入聲為一類（仄聲）
去	-s（> -h）	去入聲調值相近	
入	-p、-t、-k		

　　隋唐中古音四聲的調值發音，依照王力的分析，平聲是一種不升不降的調型（有如今天國語的陰平調）；仄聲是一種或升或降的調型（有如今天國語的陽平調和去聲調）。前者是可以拖長吟詠的一種發音類型；後者在聲調上或升或降，使得聲音相對較短促，無法像平聲字那樣拖長吟詠，其中入聲又尤其短促。這樣的發音狀況，運用在文學格律上，就是詩歌的「平仄律」。

　　《詩經》時代的韻律，雖然也分「平、上、去、入」四聲，但是調值發音上，平上可以通押，去入也可以通押。這就是為什麼有些學者提出兩調說，認為上古只有「平、入」兩類而已。例如平上聲通押

的詩篇：

《詩・邶風・谷風》以「菲（平）、體（上）、違（平）、死（上）」為韻。

《詩經・召南・小星》以「昂（上）、裯（平）、猶（平）」為韻。

《詩經・邶風・柏舟》以「舟（平）、流（平）、憂（平）、酒（上）、遊（平）」為韻。

《詩經・邶風・日月》以「諸（平）、士（上）、處（平）、顧（平）」為韻。

又如去入聲通押的詩篇：

《詩經・大雅・桑柔》第五章以「瘁（去）、恤（入）」為韻。

《詩經・大雅・皇矣》第八章以「茀（入）、仡（入）、肆（去）、忽（入）、拂（入）」為韻。

《詩經・小雅・采芑》第一、二、三章均以「泭（去）、率（入）」為韻。

《詩經・召南・野有死麕》第三章以「脫（入）、悅（去）、吠（去）」為韻。

這些押韻的現象，說明了上古音平上聲的調值接近，去入聲的調值接近，但是調類仍然不同，仍然有四聲的區別。就像中古音，雖然有平聲和仄聲，兩種區別，但是在調類上，仍然是「平、上、去、入」四聲。

如果把時間再提到上古音的早期，從《詩經》以前的發音來看，音高的區別尚未產生，而是用韻尾輔音來區別平上去入。例如上面提

到的《詩經》押韻，我們注出白一平（William H. Baxter）和鄭張尚芳的擬音如下：

	字例	白一平	鄭張尚芳
平	舟	tjiw	tjɯw
	流	c-rju	ru
	憂	ʔju	qu
上	酒	tsjuʔ	ʔsluʔ
去	吠	bjots	bods
	帨	tshjots	hljods
入	脫	hlot	lhood

在《詩經・邶風・柏舟》中，「舟、流、憂、酒」四個字可以押韻，依照白一平和鄭張尚芳所擬的上古音，它們都有[ju]或[jiw]的韻母成分（白一平），或[u]、[w]的韻母成分（鄭張尚芳）。在韻尾方面，平聲都不帶任何輔音收尾，上聲則帶喉塞音收尾，例如：「酒」字[-ʔ]；去聲都帶有[-s]韻尾，例如：吠字[-s]、帨字[-s]；入聲帶塞音韻尾，例如：脫字[-t]（或[-d]）。

思考與討論

1. 上古的四聲和中古的四聲有什麼不同？試說明之。
2. 漢語的聲調源自於不同的輔音韻尾，這些不同的韻尾如何轉變為聲調的不同？
3. 漢語的同族語言（漢藏語言）也具有聲調的區別，很多是由更早的輔音韻尾演化形成的。試著從圖書館或網路上找出相關的論文，看看有哪些同族語言有這樣的現象。
4. 聲調的本質是一種音高的變化，英文、法文、日文都沒有這種變

化。嘗試從圖書館或網路上，找出世界上有多少語言是具有聲調的。

5. 孔子的語言有聲調嗎？孔子會了解什麼是聲調嗎？請加以討論。

6. 為什麼有些學者認為上古的聲調只有兩類？他們是如何論證的？

7. 上古聲調的討論，有二調說、四調說、輔音韻尾說，這些說法都看到了真相的一部分，如何統合三說，描述出上古聲調的真正全貌？試就所知論述之。

8. 上古聲調的分類從段玉裁以來，有哪些學者主張二調說？試分別論述之。

9. 近世學者提出「上古聲調源於輔音韻尾」，代表學者有哪些？其論點與證據如何？試論述之。

第二十一章
上古音的延續
漢代古韻部系統的更新

　　上古音前後時間的跨度很大，所以其中並非一成不變，也會隨著時光產生語音的演化。最明顯的是從先秦到漢代，就產生了幾點重要的語音演變。一般我們指的上古音是先秦古音，這是狹義的上古音概念，也是一般的上古音概念。兩漢時代也屬於上古音階段，但是一般看作是上古音的後期。前面我們介紹的上古韻部，都是以先秦韻部為準，到了兩漢，古韻部的狀況又有了一些變化。以下分別說明：

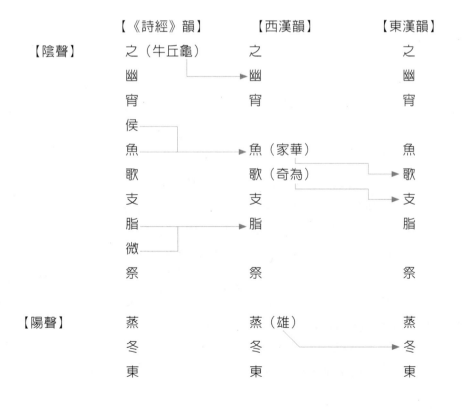

	【《詩經》韻】	【西漢韻】	【東漢韻】
【陰聲】	之（牛丘龜）	之	之
	幽	幽	幽
	宵	宵	宵
	侯		
	魚	魚（家華）	魚
	歌	歌（奇為）	歌
	支	支	支
	脂	脂	脂
	微		
	祭	祭	祭
【陽聲】	蒸	蒸（雄）	蒸
	冬	冬	冬
	東	東	東

一、之部字的演變

　　《詩經》時代的之部字，到了西漢有一些變成了幽部的發音，例如：「牛、丘、尤、謀、裘、有、右、久」等字。我們今天把這些字唸成-ou的韻母，就是從西漢時代開始的，在先秦時代，這些字卻是唸成之部-ə韻母。情況如下表：

《詩經》時代		漢代
之部 治、思、來、哉、其、時、才、子、裡、耳、食	⇨	之部
之部 之部牛、丘、尤、謀、裘、有、右、久	⇨	幽部

二、魚部字的演變

　　先秦時代的魚部字，主元音唸作-a，西漢時代，魚部字的主要元音由-a逐漸高化，向高元音-u接近，於是和侯部字混合無別了。魚部字的發展在中國語音史上，是極有特色的一類，從先秦的最低元音-a，演化到現代漢語的最高元音-u或-y（例如：夫、烏、古、女、呂等字，都是古代的魚部字），從國際音標的元音表上看，-a在元音表的最下端，-u和-y卻在元音表的最頂端，這是從一個極端演化到另外一個極端的現象，語音史上叫做「元音大遷移」（The Great Vowel Shift）。這種現象在英語的歷史上也曾經發生過。

　　每一個語言的語音系統都是一個相互制約、相互牽連的體系，其

中有一個聲音發生變化，往往引起一連串的調整變動。英語史上的「元音大遷移」，大約發生在十五世紀的時候，當時，所有的長元音在舌位上都升高了一級，由最低元音-a向最高元音-i和-u發展：

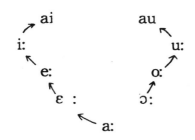

這個演化和中文的魚部字非常類似，由此可以看出，語言是具有共性和普遍性的。所以聲韻學的研究，如果能夠參考其他語言的變化，往往能夠相輔相成，更加深學習者的了解。這是清儒研究聲韻學沒有辦法做到的。西漢時代魚部字的元音高化，是逐步發展的，經歷了由低元音-a向中元音演變成爲-o，之後，再變成了高元音-u的過程，在西漢時代正處於發展的中間階段。

在魚部字的這種演化過程中，也有幾個字堅持不變，不願苟同於流俗，一直堅持唸原有的-a的音，不像其他的魚部字，轉化成爲高元音-u和-y。例如：「牙、家、瓜、馬、華、下、呱、茶、夏、暇」等字，一直到今天的國語還是唸-a的音。由於這幾個字的堅持不變，所以到東漢時代，它們不能再屬於魚部了，只好轉入了讀-a的歌部裡頭。至於其他的魚部字，今天都元音高化，唸成了-u或-y，例如：「土、徒、魚、楚、許、鼠、女、雨、虎、父」等字，這些字先秦都是唸-a的音，因爲它們都是魚部字。

上古的侯部字，主元音唸作-u，因此，魚部字的演化方向，正是向侯部的發音發展。可是，這種演化並沒有改動韻部的名稱，在西漢，仍然有魚部，只是它的發音，改變了而已。

魚部字的變化如下表：

《詩經》時代		西漢
魚部 土、徒、魚、楚、許、鼠、女、雨、虎、父	⇒	魚部 （侯部）
魚部 牙、家、瓜、馬、華、下、呱、荼、夏、暇	⇒	歌部

三、歌部字的演變

　　先秦古音的歌部字，主元音是-a，它和魚部字的不同，在於魚部字還帶一個濁塞音收尾-g，歌部字則沒有這個輔音韻尾。從先秦到西漢時代，歌部字都一直唸作-a，到了東漢，本來讀-a音的歌部字，其中有一些不再唸-a音，也發生了元音高化的現象，向高元音-e跟-i發展，例如歌部的「奇、爲、皮、離、施、儀、池、錡、椅、羆、地、宜」等字，今天我們都唸作-e和-i，可是在先秦時代，它們都是歌部字，都唸作-a。這種演化，是發生在東漢時代，到了東漢，這些字就被歸入了唸作-e和-i的支部。所以，我們今天把這些字的韻母唸爲-e或-i，就是從漢代開始的，在先秦時代它們卻是讀爲歌部字-a的音。

《詩經》時代		東漢
歌部 我、左、何、多、河、他、麻、嘉、可、阿、波、加	⇒	歌部
歌部 奇、為、皮、離、施、儀、池、錡、椅、羆、地、宜	⇒	支部

四、陽部字的演變

　　先秦時代陽部字唸作-aŋ，到了西漢時代，唸-aŋ的陽部字，有一些主要元音也發生了高化現象，變成了-æŋ，再繼續高化，又變成

了-eŋ。於是，在東漢就轉入了耕部裡頭，例如「行（ㄒㄧㄥˊ）、永、英、兄、京、彭、明、慶、兵、庚、亨、衡、競、羹」等字。這些字到了中古的《廣韻》，都進入了「庚、耕、清、青」幾個韻裡頭，在宋代這些字的發音類型被稱爲「梗攝字」，和發音類型爲-əŋ的曾攝字合併成一類發音了，一直到今天都是-əŋ的音。所以它們的「音變三部曲」是由低元音-aŋ，到前元音-eŋ，再到央元音-əŋ，三個階段的發展，所以上面列的那幾個字，現代國語都是-əŋ類的發音（有的國語更進一步發展，變成了-iŋ，例如上面的「京、兵、英」，至於上面的「庚、亨、衡」，則國語唸爲-əŋ）。在方言當中，上述幾個字仍然有殘留古讀的現象，例如閩南話「兄、京、兵」，今天仍然讀成低元音a爲主元音。而其中的「行」字，國語也殘留了一個古讀「ㄏㄤˊ」的音。至於其中「永、兄」兩個字，今天原本應該演變爲-əŋ韻母，但是它是古代的合口三等字，受u介音的排擠使央元音失落，所以國語唸成了-uŋ韻母；另外，「彭」字國語有-uŋ和-əŋ兩讀。

這些由陽部演化到耕部的字，它們的演化可以表列如下：

-aŋ > -æŋ > -eŋ > -əŋ > -əŋ/-iŋ/-uŋ

《詩經》時代		西漢
陽部 唐、方、將、良、鄉、桑、湯、揚、忘、狂、昌、裳、黃、狼、長、岡	→	陽部
陽部 行（ㄒㄧㄥˊ）、永、英、兄、京、彭、明、慶、兵、庚、亨、衡、競、羹	→	耕部

思考與討論

1. 清代以來的學者對先秦古音做了很多的研究，到了漢代韻部又有了一些演化，試著舉出來看看有哪些變化。

2. 《詩經》時代的「陽」部字，到了漢代有些變成了「耕」部字的唸法，可是這些字在現在方言中還有保留「陽」部唸法的，試著把它找出來。

3. 古代的「魚」部字唸作[a]元音，今天都演化成為了[u]元音，在元音表上一個是最低的音，一個是最高的音，這種「元音大遷移」的現象也見於英文的演化中，試著從圖書館找出《牛津英語大辭典》，查查看哪些英文字發生了這種「元音大遷移」的現象。拿來和中文做一比較。

4. 哪些字屬於古代的「魚」部字？觀察這些字的國語唸法，比較它們發音的異同。

5. 找出兩漢的文學作品（例如漢賦、民謠），試著歸納韻腳字，看看和《詩經》的先秦韻部比較，分類上是否起了變化？思考其中的原因。

6. 孔子的名字「孔丘」，回到當時，會怎麼唸？（參考鄭張尚芳擬音「孔khlooŋʔ」李方桂擬音「丘」khwjəg）

第五編

聲韻學知識的應用

第二十二章
欣賞唐詩的韻律
「晚節漸於詩律細」的杜甫

　　聲韻學不是一門冷僻而無用的學科，相反地，在文史哲等人文學科上，無時無刻不用到聲韻學，例如在文學上，它可以幫助我們更有效地欣賞文學作品。在這一章裡，我們介紹一下如何運用聲韻學知識閱讀杜甫。

　　詩聖杜甫晚年留居成都，在這裡創作了許多偉大的詩篇，成為唐詩的典範。他曾經自稱「晚節漸於詩律細」，說明了他在成都草堂的創作，非常注意韻律的雕琢，做了許多韻律的安排與巧思，形成了杜甫重要的個人風格與特色。我們研究杜甫的作品必須要留意這個階段在詩律上的表現，而這些詩律的表現僅僅依賴傳統的詩詞格律分析方法是不夠的。杜甫為了表現他的「詩律細」，所運用的技巧往往超出了傳統詩詞格律所能描述的範圍，我們從現代聲韻學的角度，對杜甫草堂詩重新做分析，透過這樣的分析，有助於杜詩的賞析。

　　西元759年冬天，杜甫為避「安史之亂」，攜家入蜀，在成都營建茅屋而居，稱「成都草堂」。杜甫先後在此居住近四年，創作詩歌流傳至今的有二百四十餘首。杜甫攜家由隴右（今甘肅省南部）入蜀到成都的次年春，在友人嚴武的幫助下，在成都西郊風景如畫的浣花溪畔修建茅屋居住。第二年春天，茅屋落成，稱「成都草堂」，正是他詩中提到的「萬里橋西宅，百花潭北莊」的成都草堂。他在這裡先後居住了將近四年，直到765年，嚴武病逝，失去唯一依靠的杜甫只得攜家告別成都，兩年後經三峽流落荊、湘等地。

　　杜詩是最富於音樂性的篇章，善於利用聲韻學知識來欣賞杜詩，才能深入體會什麼是「晚節漸於詩律細」！杜詩強調的「晚節漸於詩

律細」，只從傳統的詩詞格律上找答案，是不夠的！

一、傳統文學的「對偶」和杜甫所做的拓展

　　為什麼我們說只從傳統的詩詞格律上賞析杜詩是不夠的，我們可以從文學史和語言史的角度注意下面兩點：

1. 我們向來所學習的「詩詞格律」都是建築在一千年前的音韻知識上的，一千年前佛教傳入中國，帶來了語音分析的觀念和技術。有了四聲八病，有了聲律論，有了永明體，有了平仄律，產生了反切注音法，講究「前有浮聲，後須切響」，於是對文學產生巨大的影響。可是，一千年來中國人的語音學沒有發展，語言分析的水平一直停滯在六朝的水平上！

2. 我們向來所學習的「詩詞格律」都是只講「公定的格律」（大家共同遵守的「美的模型」），很少觸及「個人的韻律風格」。李白和杜甫、和王維，韻律表現都一樣嗎？當然不會，他們除了時代共性之外，在語言的驅遣方面，更具有個人的獨特性。每個詩人，都不會甘於墨守成規，都會努力地表現出自己的特色和風格！詩人就像作曲家一樣，貝多芬不同於莫札特，也不同於蕭邦！每個作家都塑造了屬於自己特有音韻特色、詞彙特色、語法特色。我們必須有效地運用現代語言學的觀念和方法，把這些特色具體地說出來。

　　傳統的對偶觀念不外詞性相對、意義相對、數目對數目、顏色對顏色等。然而杜甫**更講究的是聲音的相對**。如果我們略過這一部分不談，就會喪失很多杜詩的菁華。了解唐詩的聲音奧祕就必須回到當時的古音。好在現代音韻學的發展可以精確地把杜甫時代的音讀呈現出來。例如杜甫的音韻對偶現象：

　　　　舊採黃花剩，新梳白髮微（〈九日諸人集於林〉）

　　上句的「黃花」和「白髮」，至少呈現了聲音上兩個層次的對

偶，一是聲母方面相對，用舌根音ㄏㄏ的黃花對雙唇音ㄅㄅ的白髮，形成了發音部位極前和極後的強烈對比。一是聲調方面相對，杜甫採用了舒長的平聲黃花來對急促的入聲白髮，再度形成了**發音極綿長和極短促的強烈對比**。這種技巧的應用，正和這首詩的內容相呼應。因為這兩句的內容情感，正要表現菊花凋零，不再盛開，人也白髮掉落，呈現了極端淒涼落魄的感覺，所以用了對比性很強的聲韻效果。杜詩的聲韻對偶技巧，還不僅是部分「詞彙」相對，我們到處都可以看到整句都相對的現象，藉此來塑造更鮮明的聲韻效果。例如：

> 霜黃碧梧白鶴棲，城上擊析復烏啼。

這句唯一的陽聲字（鼻音收尾）都落在頭兩字，上下聯開頭的兩個「拍子」形成了聲韻的對偶。而且上下聯這兩個字「**霜黃、城上**」都是舌根鼻音收尾。鼻音是帶有鼻腔的共鳴作用一種發音，聲音響亮，迴盪不絕。緊接著兩個綿長的陽聲字，上下聯都立刻接一個短促的入聲字「碧」和「擊」，形成音響上的強烈對比。上下聯的末三字白鶴棲和復烏啼又呈現了「重唇／牙喉／舌尖」的聲音排列，上下對偶得極為工整。像這樣的巧妙安排，在杜詩中觸目皆是。

二、杜甫善於運用的「頭韻」效果

「頭韻」指的是利用聲母規則性地反覆出現，構成複沓效果，塑造了韻律美感。杜甫經常運用「頭韻」效果，以達到「詩律細」的目的。例如「瞿唐峽口曲江頭」（〈秋興之六〉）這個句子運用了連續七個的爆發音聲母，來刻繪三峽的「灘險水急」，它們在唐代的聲母是 g-d-g-kʹ-kʹ-k-d 這種爆發音聲母，氣流一發即逝，形成連續的一個個短截的音，正好反映了長江三峽的「灘險水急」。

又如杜甫七律〈登高〉：**無邊落木蕭蕭下，不盡長江滾滾來**。音韻的對偶十分工整。二句的首字「無」和「不」皆雙唇音，上下聯

的次一字「**邊**」和「**盡**」皆收-n的陽聲字,「落木」是收-k韻尾的入聲字,對映下聯收-ng韻尾的陽聲字「長江」。接著用了重疊詞「蕭蕭」,是收-u的陰聲字,和下聯的「滾滾」,收-n的陽聲字,形成了陰陽相對的格局。這是杜甫精心雕琢所致。

　　清代的杜詩專家仇兆鰲,寫了一部《杜詩詳注》,提到此二句時,他說「落、下」二字似犯重,若以「木葉」對「江流」,庶免字複。公然改動了詩聖的詩句,可是,「木葉」二字,一收-k尾,一收-p尾,「江流」二字,一屬陽聲韻,一屬陰聲韻,音韻上變得凌亂散漫,失去了上下聯彼此諧和對比的效果。由此看來,仇兆鰲還只是一位文學家,缺乏聲韻學的根柢,用傳統文學家的思維,便忽略了詩中潛藏的聲韻奧祕,只從文學角度讀杜詩,就會犧牲了許多精彩之處,改動了杜甫原先的精心設計,反而造成韻律上的雜亂。因此,我們可以說,不懂聲韻學,就無法真正去賞析杜詩。

三、杜甫怎樣驅遣入聲字

　　在漢語裡,入聲是很有特色的一種聲音。詩人往往運用它的短促特性來塑造特殊的效果。我們來看看杜甫怎樣把入聲字的效果發揮得淋漓盡致!談到杜詩入聲的韻律模型,我們不妨先看看英詩如何表現其音樂美。英詩的「音步」和唐詩韻律在原理上是相同的。英詩的輕重交錯,跟漢語入聲與非入聲的交錯,其實道理也是一樣的,都是造成詩歌韻律美的重要手段。我們分析杜甫常用的節奏模型有下面幾種:

1. 短短長短短式

短	短	長	短	短

官高何足論,不得收骨肉。(〈佳人〉)

「不得收骨肉」即是「入入平入入」的模型，杜甫採用的這種格式是先用兩拍子短音，再放長一拍，再用兩拍子短音收尾，以此構成節奏感。

2.三角韻律

　　五言或七言，指的是五拍子或七拍子做一次大停頓的詩體。如果在停頓點的前面或者後面設計一個韻律，在聲音表現上會更加明顯。如果把某個類似的聲音，不僅安插在頭一拍（第一個字），而且讓這個類似的聲音在下聯相對位置出現時，讓它延伸一拍，那麼，這個韻律的感覺就更爲放大增強了。

　　詩句一開頭就出現這種效果的，我們稱之爲「首三角」，詩句末尾出現的，我們稱之爲「尾三角」。例如：

（首三角）
　　　殺人亦有限，
　　　列國自有疆。（〈前出塞〉其六）

　　上聯停頓處（首字）用入聲「殺」，下聯對應的位置就連續用兩個入聲「列國」，重複了短促的效果。有如下圖：

（停頓）

（停頓）

（尾三角）
　　　何時眼前突兀見此屋，
　　　吾廬獨破受凍死亦足。（〈茅屋爲秋風所破歌〉）

這兩句，上聯用入聲「屋」收尾，下聯就用了兩個連續的入聲「亦足」收尾。

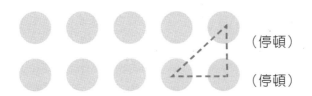

3. 短長間隔式（入聲隔字出現）

| 短 | 長 | 短 | 長 | 短 |

十口隔風雪。（〈自京赴奉先縣詠懷五百字〉）
舟楫恐失墜。（〈夢李白〉其二）

這種間隔出現的現象，在音感上會產生一長一短的節奏感（或先短，或先長）。先長式例如「舟楫恐失墜」（〈夢李白〉其二）。

4. 首尾短促式

| 短 | 長 | 長 | 長 | 短 |

老夫不知其所往，
足繭荒山轉愁疾。（〈觀公孫大娘弟子舞劍器行〉）

這種格式是短音布置在首尾，中間夾著一串長音。

5. 連續三音節短促音

合昏尚知時，鴛鴦不獨宿。（〈佳人〉）

這種格式是連續三拍子都用短截急促音，另外兩拍放長。可以是三短兩長，也可以是兩長三短。

6. 長長短長長式

| 長 | 長 | 短 | 長 | 長 |

把短音安插在正中央，這是唐詩的普遍規律，運用最廣，不僅僅是個人的風格特色而已，可以說是唐詩的體裁風格，或時代風格。

功蓋三分國，名高八陣圖。
江流石不轉，遺恨失吞吳。（〈八陣圖〉）

四、杜甫如何運用「句中韻」強化韻津感

押韻只在句末韻腳處，就音樂性而言，是不足的。所以，詩人往往會搭配句中韻，來強化韻律感。我們且看看杜詩的句中韻現象。歸納起來，通常杜甫會運用下面幾個模型。

一、杜詩句中韻的頂真現象
萬里悲秋常作客，百年多病獨登台。（〈登高〉）
（「客、百」二字皆-ak韻母。）
二、杜詩句中韻「上下聯對應」
霜皮溜雨四十圍，黛色參天二千尺。（〈古柏行〉）
（「四、二」二字皆-jei韻母。）

五、杜甫怎樣安排鼻音的共鳴效果

　　鼻音使音波在鼻腔中震動，迴盪不絕，造成了響亮的共鳴效果！杜甫又是怎樣安排的呢？我們來看看杜甫的鼻音韻律模型。杜詩〈前出塞〉之中下面這兩句全部用鼻音收尾，造成宏亮有力、迴盪不絕的共鳴效果！與內容黃沙滾滾的塞外景觀，以及邊疆戰爭的緊張氣氛，正好相呼應。

挽（-n）弓（-ng）當（-ng）挽（-n）強（-ng），
用（-ng）箭（-n）當（-ng）用（-ng）長（-ng）。

此外，杜甫還運用了鼻音間隔出現，造成一拍鼻音，一拍非鼻音的節奏感。例如：

陰陽間隔式——七個音節的節奏

　　1.一句中單數字為鼻音：**門**泊**東吳萬**里**船**。
（〈絕句〉）
　　2.一句中偶數字為鼻音：舟**人**指**點**到**今**疑。
（〈詠懷古蹟〉）

陰陽間隔式——五個音節的節奏

1. 一句中單數字為鼻音：鶯啼送客聞。

（〈別房太尉墓〉）

2. 一句中偶數字為鼻音：花隱掖垣暮。

（〈春宿左省〉）

六、［陽、入］的對偶現象

陽聲字和入聲字是漢語當中對立性最強的兩種發音，杜甫巧妙地排比這兩種發音──共鳴宏亮vs.短促收藏，於是塑造了音調鏗鏘的音樂性。例如：

萬里悲秋常作客，
百年多病獨登台。（〈登高〉）

上面標出的第一五六字，都具有鼻音[-m]、[-n]、[-ng]和爆發音[-p]、[-t]、[-k]在上下聯對立的狀況。這樣的格式，在杜詩中十分普遍。

七、杜甫對於合口字的安排──唇型的節奏性運動

「合口字」是嘴唇圓起來的發音，和展唇音相對，古代把圓唇介音叫做「合口」，把展唇介音叫做「開口」。開合交替變化，是唯一可以用眼睛看到的節奏。我們來看看杜甫做了什麼設計與安排：

合口字的韻律效果──圓唇首三角：（「終愧、未」三字合口）

終愧巢與由，
未能易其節。（〈自京赴奉先詠懷五百字〉）

合口字的韻律效果──圓唇尾三角：（「縣、風雪」三字合口）

老妻寄異縣（胡涓切），
十口隔風雪。（〈自京赴奉先詠懷五百字〉）

合口字的韻律效果——隔字合口：

開	合	開	合	開	合	開

花徑不曾緣客掃（〈客至〉）

這種韻律模式，會使得嘴唇形狀出現一展一合的規律性變化，自然表現了音樂的節奏性。以上這些韻律格式，是杜甫慣用的技巧。

八、杜甫低元音的布置

低元音是嘴巴張得最大的發音，音標用[-a]表示。杜甫總把這個音安置在特別的位置上。例如：

奇數字為低元音：（口型一大一小的節奏）
　　　　將軍下筆開生面。（〈丹青引〉）
偶數字為低元音：（口型一大一小的節奏）
　　　　雨腳如麻未斷絕。（〈茅屋為秋風所破歌〉）

縱向的韻律——篇章結構中，以低元音起頭（用開口度最大的音做每句的起頭）：

柯如青銅根如石。
霜皮溜雨四十圍，
黛色參天二千尺。（〈古柏行〉）

篇章結構中，首尾爲低元音（開口最大的音落在詩的停頓處）：

老夫不知其所往（〈觀公孫大娘弟子舞劍器行〉）
落日心猶壯（〈江漢〉）
何時倚虛幌（〈月夜〉）

篇章結構中，以低元音收尾（開口最大的音落在詩的停頓處）：

老去悲秋強自寬，興來今日盡君歡。
羞將短髮還吹帽，笑倩旁人為正冠。
藍水遠從千澗落，玉山高並兩峰寒。
明年此會知誰在，醉把茱萸子細看。

（〈九日藍田崔氏莊〉）

篇章結構中，奇數句首字爲低元音（用開口度最大的音做每聯的起頭）：

岱宗夫如何，齊魯青未了。
造化鍾神秀，陰陽割昏曉。
盪胸生層雲，決眥入歸鳥。
會當凌絕頂，一覽眾山小。（〈望嶽〉）

由此我們不能不歎服杜甫的確是善用低元音效果的能手。

九、杜甫如何安排音高的變化效果——聲調

聲調是音高的起伏變化，最富於音樂性了！詩人往往讓相同的**聲調音高再現**——使上下句旋律相呼應。我們用數目字1234來表示「平上去入」四聲，就很容易看出詩句聲調的規則性。

告歸常局促，苦道來不易。（〈夢李白〉其三）
3 1 1̲4̲ 4̲　2 3 1̲4̲ 4̲

三月三日天氣新，長安水邊多麗人。（〈麗人行〉）
1 4 1 4 1̲3̲1̲　1 1 2 1̲3̲ 1̲

褒公鄂公毛髮動，英姿颯爽來酣戰。（〈丹青引〉）
1̲1̲ 4̲1̲ 1 4 3　1̲1̲4̲ 2 1̲1̲3̲

紫駝之峰出翠釜，水精之盤行素鱗。（〈麗人行〉）
2̲1̲1̲1̲ 4 3 2　2̲1̲1̲ 1̲1̲3̲1̲

昔有佳人公孫氏，一舞劍氣動四方。（〈觀公孫大娘弟子
4̲2̲1̲1̲1̲1̲3̲　4̲2̲3̲3̲3̲3̲1̲　　　　舞劍器行〉）

與余問答既有以，感時撫事增愴傷。（〈同上〉）
2̲1̲3̲4̲3̲2̲2̲　2̲1̲2̲3̲1̲3̲1̲

汝陽三斗始朝天，道逢麴車口流涎，（〈飲中八仙歌〉）
2 1 1 2 2̲1̲1̲　3 1 4 1 2̲1̲1̲

高者掛罥長林梢，下者飄轉沉塘坳。（〈茅屋為秋風所
1 2 3 2̲1̲1̲1̲　3 2 1̲2̲1̲1̲1̲　　　　破歌〉）

長短音的對仗律——上下句聲調的「平入」相互形成對比：

白頭搔更短，渾欲不勝簪。（〈春望〉）
4̲1̲ 1 3 2　1 4̲4̲1̲1̲

北極朝廷終不改，西山寇盜莫相侵。（〈登樓〉）
4̲4̲1̲1̲4̲2̲2̲　1 1 3̲3̲4̲1̲1̲

白日放歌須縱酒，青春作伴好還鄉。（〈聞官軍收河南
4̲4̲3̲1̲1̲3̲2̲　1 1 4̲3̲2̲1̲1̲　　　　河北〉）

今夕復何夕，共此燈燭光。（〈贈衛八處士〉）

1 4 <u>4</u> 1 4　　3 2 1 <u>4</u> 1

死別已吞聲，生別常惻惻。（〈夢李白〉其一）

2 4 2 <u>1 1</u>　　1 4 1 <u>4 4</u>

一句之中仄聲的錯綜

　　這種韻律模型旨在使四聲皆備——讓同屬仄聲的上去入極盡變化，產生豐富的音高抑揚效果。事實上，格律不能只看平仄的變化，更應該注意同屬仄聲的「上去入」，詩人做了如何的設計與安排？下面標出的句子，一句中兼備了平上去入四聲。造成了每句中音高效果的豐富變化。

　　少壯能幾時，鬢髮各已蒼。（〈贈衛八處士〉）
　　3 3 1 2 1　　3 4 4 2 1
　　會當凌絕頂，一覽眾山小。（〈望岳〉）
　　3 1 1 4 2　　4 2 3 1 2
　　絕代有佳人，幽居在空谷。（〈佳人〉）
　　4 3 2 1 1　　1 1 3 1 4
　　但見新人笑，那聞舊人哭。（同上）
　　3 3 1 1 3　　2 1 3 1 4
　　今夜鄜州月，閨中只獨看。（〈月夜〉）
　　1 3 1 1 4　　1 1 2 4 3
　　遙憐小兒女，未解憶長安。（同上）
　　1 1 2 1 2　　3 2 4 1 1
　　野徑雲俱黑，江船火獨明。（〈春夜喜雨〉）
　　2 3 1 3 4　　1 1 2 4 1
　　曉看紅濕處，花重錦官城。（同上）
　　2 3 1 4 3　　1 1 2 1 1

朱門酒肉臭，路有凍死骨。（〈自京赴奉先詠懷五百字〉）
1 1 2 4 3　3 2 3 2 4
榮枯咫尺異，惆悵難再述。（同上）
1 1 2 4 3　1 3 1 3 4

不但五言詩如此，七言詩也做了這樣錯綜的安排：

態濃意遠淑且眞，肌理細膩骨肉勻。（〈麗人行〉）
3 1 3 2 4 2 1　1 2 3 3 4 4 1
昔有佳人公孫氏，一舞劍氣動四方。（〈觀公孫大娘弟子
4 2 1 1 1 1 3　4 2 3 3 3 3 1　　　舞劍器行〉）
英雄割據雖已矣，文彩風流猶尚存。（〈丹青引〉）
1 1 4 3 1 2 2　1 2 1 1 1 3 1
藍水遠從千澗落，玉山高並兩峰寒。（〈九日藍田崔氏
1 2 2 1 1 3 4　4 1 1 3 2 1 1　　　莊〉）
唇焦口燥呼不得，歸來倚杖自歎息。（〈茅屋為秋風所
1 1 2 3 1 4 4　1 1 2 3 3 3 4　　　破歌〉）
舍南舍北皆春水，但見群鷗日日來。（〈客至〉）
3 1 3 4 1 1 2　3 3 1 1 4 4 1
花徑不曾緣客掃，篷門今始為君開。（同上）
1 3 4 1 1 4 2　1 1 1 2 3 1 1
丞相祠堂何處尋，錦官城外柏森森。（〈蜀相〉）
1 3 1 1 1 3 1　2 1 1 3 4 1 1
映階碧草自春色，隔葉黃鸝空好音。（同上）
3 1 4 2 3 1 4　4 4 1 1 2 1
三顧頻煩天下計，兩朝開濟老臣心。（同上）
1 3 1 1 1 3 3　2 1 1 3 2 1 1

出師未捷身先死，長使英雄淚滿襟。（同上）
4 1 3 4 1 1 2　　1 2 1 1 3 2 1

　　為什麼聲調能造成韻律感呢？我們必須從聲調的本質來了解。漢語和英文都有一種超音段成分，在英文是不同音節中分配了輕重音，在漢語是一個音節中含有音高的變化，這些都是最富於音樂性的要素。所以英詩發展出了輕重律，中國詩發展出了平仄律。但是光講平仄還只是個粗淺的認識，事實上歷來偉大的詩歌作品，在仄聲中還有其安排，忽略了這一部分不談，許多詩歌的韻律美就會被埋沒了。

　　漢語的聲調通常有五度音高，分為平調、升調、降調、複合調幾種類型。如下表：

聲調符號

平　調	升　調	降　調	複合調
高平 ˥	高升 ˧˥	高降 ˥˧	降升 ˥˩˥
中平 ˧			
低平 ˩	低升 ˩˧	低降 ˧˩	升降 ˩˥˩

　　每一種漢語方言，都具有不同的調類和調值，例如閩南方言有七個聲調，其中還存在三重平調的對立，形成旋律優美的音高變化，例如下表的字：

pi44	悲啡卑	pi33	備避婢	pi11	祕費臂
ti44	豬知蜘	ti33	痔弟箸	ti11	置智緻
tsi44	脂	tsi33	舐	tsi11	志

si44	絲詩	si33	寺示	si11	施世
ka44	家	ka33	咬	ka11	教
tĩ44	甜珍	tĩ33	鄭		

　　早期的閩南語韻書有八音圖（八音通常是指所有中國方言的基本調類，閩南話實際上是七個聲調，上聲不分陰陽，所以下表用了同一個例字「滾」），正表明這種有趣的音高現象。

陰平	上	陰去	陰入
kun44 君	kun53 滾	kun11 棍	kut32 骨
陽平	上	陽去	陽入
kun24 群，裙	kun53 滾	kun33 郡	kut44 滑

　　從現代的方言聲調系統，我們可以感覺到其中蘊含的韻律性，古代也是一樣，唐代的四聲也具備了同樣的抑揚頓挫。杜甫擅用聲調長短對立效果，也就是利用平聲和入聲的對立效果，組合成鮮明的韻律感。例如聲調模型為114者（平—平—入的布局）：

1. **上下兩聯皆出現114（平平入）的聲律搭配**，使得「長長短」的旋律上下呼應。不過，出現此模型的位置不一定相對應。

　　　吳楚東南坼，乾坤日夜浮。（〈登岳陽樓〉）
　　　1 2 1 1 4　　1 1 4 3 1
　　　江漢思歸客，乾坤一腐儒。（〈江漢〉）
　　　1 3 1 1 4　　1 1 4 2 1

　　金粟堆南木已拱，瞿唐石城草蕭瑟。（〈觀公孫大娘弟子
　　1 4 1 1 4 2 2　　1 1 4 1 2 1 4　　　舞劍器行〉）

　　少陵野老吞聲哭，春日潛行曲江曲。（〈哀江頭〉）
　　3 1 2 2 1 1 4　　1 4 1 1 4 1 4

　　褒公鄂公毛髮動，英姿颯爽來酣戰。（〈丹青引贈將軍
　　1 1 4 1 1 4 3　　1 1 4 2 1 1 3　　　霸〉）

　　清秋幕府井梧寒，獨宿江城蠟炬殘。（〈宿府〉）
　　1 1 4 2 2 1 1　　4 4 1 1 4 3 1

　　已忍伶傳十年事，強移栖息一枝安。（同上）
　　2 2 1 1 4 1 3　　1 1 1 4 4 1 1

　　堂前撲棗任西鄰，無食無兒一婦人。（〈又呈吳郎〉）
　　1 1 4 2 3 1 1　　1 4 1 1 4 3 1

　　聽猿實下三聲淚，奉使虛隨八月槎。（〈秋興八首〉
　　1 1 4 3 1 1 3　　3 2 1 1 4 4 1　　　其二）

　　叢菊兩開他日淚，孤舟一繫故園心。（〈秋興八首〉
　　1 4 2 1 1 4 3　　1 1 4 3 3 1 1　　　其一）

　　寒衣處處催刀尺，白帝城高急暮砧。（同上）
　　1 1 3 3 1 1 4　　4 3 1 1 4 3 1

2. 開頭為114（平一平一入）的音律模式（「長長短」的旋律作為起音）

　　江流石不轉（〈八陣圖〉）
　　1 1 4 4 3
　　人生不相見（〈贈衛八處士〉）
　　1 1 4 1 3

清輝玉臂寒（〈月夜〉）

１１４３１

秋邊一雁聲（〈月夜憶舍弟〉）

１１４３１

崢嶸赤雲西（〈羌村〉）

１１４１１

秋天漠漠向昏黑（〈茅屋為秋風所破歌〉）

１１４４３１４

楊花雪落覆白蘋（〈麗人行〉）

１１４４４４１

丹青不知老將至（〈丹青引贈曹將軍霸〉）

１１４１３１３

無邊落木蕭蕭下（〈登高〉）

１１４４１１３

岐王宅裡尋常見。（〈江南逢李龜年〉）

１１４２１１３

人生七十古來稀。（〈曲江〉）

１１４４２１１

3. **收尾為114（平平入）的音律模式**（「長長短」的旋律作為停頓時的音高模型，造成停頓點的長短對立效果）

烽火連三月（〈春望〉）

１２１１４

今夜鄜州月（〈月夜〉）

１３１１４

戎馬關山北（〈登岳陽樓〉）
1 2 1 1 4
無使蛟龍得（〈夢李白〉其一）
1 2 1 1 4
明我長相憶（同上）
1 2 1 1 4
斯須九重眞龍出（〈丹青引贈曹將軍霸〉）
1 1 2 1 1 1 4
即從巴峽穿巫峽（〈聞官軍收河南河北〉）
4 1 1 4 1 1 4
匡衡抗疏功名薄（〈秋興八首〉其三）
1 1 3 1 1 1 4
朱簾繡柱圍黃鶴（〈秋興八首〉其六）
1 1 3 3 1 1 4
細推物理須行樂（〈曲江〉）
3 1 4 2 1 1 4
請看石上藤蘿月（〈秋興八首〉其二）
2 3 4 3 1 1 4

此外，聲調模型爲411者（入—平—平），構成「短—長—長」的旋律。例如：
1.開頭爲411（入—平—平），用「短長長」的旋律作爲起音。

射人先射馬（〈前出塞〉之六）
4 1 1 4 2
出山泉水濁（〈佳人〉）

41124
出門搔白首（〈夢李白〉其二）
41142
疾風高岡裂（〈自京赴奉先詠懷五百字〉）
41114
浩歌彌激烈（同上）
41144
獨留青塚向黃昏（〈詠懷古蹟五首〉其三）
4112311
即從巴峽穿巫峽（〈聞官軍收河南河北〉）
4114114
隔籬呼取盡餘杯（〈客至〉）
4112211
血污遊魂歸不得（〈哀江頭〉）
4111144
即今飄泊干戈際（〈丹青贈曹將軍霸〉）
4114113
玉山高並兩峰寒（〈九日藍田崔氏莊〉）
4113211

2. 結尾為411（入─平─平），「短長長」的旋律作為停頓時的音高模型，造成停頓點的長短對立效果）。

天地一沙鷗（〈旅夜書懷〉）
13411
驚呼熱中腸（〈贈衛八處士〉）

　　1 1 4 1 1

遺恨失吞吳（〈八陣圖〉）

　　1 3 4 1 1

未解憶長安（〈月夜〉）

　　3 2 4 1 1

崢嶸赤雲西（〈羌村〉）

　　1 1 4 1 1

暫時相賞莫相違（〈曲江二首〉其二）

　　3 1 1 2 4 1 1

錦官城外柏森森（〈蜀相〉）

　　2 1 1 3 4 1 1

西山寇盜莫相侵（〈登樓〉）

　　1 1 3 3 4 1 1

先帝侍女八千人（〈觀公孫大娘弟子舞劍器行〉）

　　1 3 3 2 4 1 1

芙蓉小苑入邊愁（〈秋興八首〉其六）

　　1 1 2 3 4 1 1

　　入聲的短促收藏，平聲字的綿延拖長，由此說明了杜甫極為擅長運用漢語聲調中對比性最強的平聲和入聲，來塑造詩歌的韻律效果。

　　古典詩歌的賞析，其中的韻律成分正是詩歌生命的所在。詩歌必然有其音樂性，這是毫無疑問的。但是，表達音樂性的方式，往往是多途徑的。很可惜的是，我們傳統詩歌的賞析，都被舊有的一套「詩詞格律」套牢了：所談的內容，除了押韻問題，就不外是對偶現象、平仄規律、雙聲疊韻等，這種被套牢的分析觀念，就這樣一直延續了千年之久。我們知道，文學語言的物質基礎，就是語音、詞彙和

語法，在音樂性方面，必然需要透過語音分析的技術，和有效的分析方法，才能夠展現出來。一千年前，佛教傳入中國，帶來了印度精湛的語音知識，帶來了「聲明論」、「悉曇章」，於是中國人開始了解一個漢字的發音，不是最小的單位，它還可以繼續分析為更小的元素。於是六朝時代興起了反切注音法、四聲八病，平仄律、永明體，文學在新興的語音學衝擊下，開展了新的局面，出現了中國詩歌史上登峰造極的近體詩。一部中古詩歌史的發展，完全受到語音學的引導。可惜的是，在這樣的語音學認識基礎上發展的詩詞格律知識，一直停滯在六朝的水平上，一直到現代，莫不如此。

今日，我們反思這個問題的時候，至少可以有三點認識：第一，二十世紀以來，新興的現代語言學，正如佛教傳入的時代一樣，再度衝擊著我們的學術發展：音韻知識的更新、文學詩歌賞析的語言層面探索，都得到了長足的進步與發展。對於古典詩歌的賞析，我們完全可以利用這樣新的優勢，更有效地揭發詩歌所蘊藏的語音奧祕、韻律奧祕。第二，現代聲韻學的發展，遠遠超越了清儒，今天我們可以利用精密的音標系統，擬定古音的音值，唐詩的發音，因而可以透過音標，重現在我們的眼前。唐代偉大詩人們的韻律奧祕，也可以透過我們了解的唐代語音，描寫出來，用唐音讀唐詩，這又是我們賞析古典詩詞的一大優勢。第三，現代韻律風格學的發展，作為語言風格學的一部分，也獲得了長足的進步。透過古今中外詩歌的比較研究，可以找出詩歌韻律表現手段的共性：無論是哪一種語言寫成的詩歌，都必然有其音樂性，而這些音樂性，不僅僅只看押韻而已。押韻只是表達音樂性的手段之一，我們還可以從頭韻現象、聲調搭配、句中韻、主元音的配置、唇形展圓的錯綜、入聲位置的設計、鼻音收尾的安插等等角度來進行分析。於是，詩歌的音樂性就無所遁形了。

有人也許會問，以上所歸納出來的格律，是否杜甫在作詩之先就已經訂定好？答案是否定的。任何詩人作詩當然會有些有意地按照某種聲音規則去排比，但是也有許多事前並無規劃，而是憑著經驗和感覺，下意識地蹦出了一些順口的句子，自己覺得不錯，就寫定下來

了。這是創作者常有的現象。如果換一個方向，在賞析者的角度，就必須要把具有韻律感，讓人覺得順口的因素具體地說出來。在唐詩中，杜詩最富音樂性，善於利用聲韻學知識來欣賞杜詩，才能深入體會什麼是「晚節漸於詩律細」！

思考與討論

1. 運用聲韻學的知識，如何使詩歌的賞析，能夠更進一步把其中韻律的奧妙挖掘出來，請試著從古典文學作品中做一測試，並加以討論。

2. 唐代詩人當中，杜甫對於韻律特別講究，我們可以從哪些角度切入，來了解杜甫作品的韻律現象？

3. 傳統上對於韻律的研究，只關注押韻問題，事實上是不足的。請思考看看聲母是否也可以擔負韻律的功能？

4. 什麼叫做「頭韻現象」？英文的詩歌非常講究「頭韻」（alliteration），試著用這個字作為關鍵詞，在網路上找出這種英文詩歌的韻律現象，並拿來和中文詩歌做比較。

5. 入聲字是一種發音短促、極具特色的發音類型，文學家常常利用入聲的短促特性來塑造節奏感和韻律效果，嘗試分析一家你最喜歡的唐代詩人，看看他怎麼驅遣入聲字。

6. 什麼叫做「句中韻」？試著從唐詩中找出「句中韻」的例子。

7. 鼻音是一種具有共鳴效果的發音形式，古代詩人如何利用這種迴盪不絕的共鳴效果，來塑造作品的韻律感？

8. 傳統文學理解的對偶，一般是指意義相對、詞性相對、顏色相對、數字相對等等。但是除此之外，更有聲韻相對，這是我們賞析古典文學作品不可忽略之處。其中技巧之一，例如具有鼻音共鳴效果的陽聲韻和短促收藏的入聲韻，彼此構成對偶現象。試就古典文學作品中，找出這樣的例證。

9. 古代語音學的開口、合口兩類，如何運用到古典詩歌的賞析上？

開合的交錯，可以產生怎樣的韻律效果？試加以思考和討論。

10. 發音中低元音[a]是開口度最大的音，文學作品往往利用這個低元音，做不同的交錯、排比、布置，讓朗讀的時候，能夠形成口型上張口度的規律性變化。試舉出古典作品中這樣的例證。

11. 聲調是一種音高的變化，本身最富於音樂性。試著觀察看看唐詩中如何運用四聲的變化來塑造這種音樂性。

12. 傳統文學家往往只注意到平仄的變化，事實上仄聲包含了三種不同的聲調，如何讓它們產生規律性的排列，這也是古典詩歌呈現韻律性的技巧之一。試就這個角度來觀察仄聲的安排。

第二十三章
由聲韻學看詩仙李白

一、李白詩歌研究的新視野

　　前一章我們介紹了杜甫的詩歌韻律，這一章我們再看看與杜甫齊名，而作品風格大不一樣的李白。李白是中國唐代著名的詩人，他的詩作傳誦千年，成為家喻戶曉的文化財的一部分。在中國文學史上，李白成為最偉大的詩人之一。

　　李白詩歌的賞析，歷來多半從文學角度切入，認為他的風格呈現著多樣化的特色，有如百川入海，表現了豐富的色彩和絢爛的光輝。他的作品有氣象雄偉的長篇，也有淡遠恬靜的小詩，在中國詩人當中，很少有這麼大膽的勇氣和創造性的破壞，任何傳統法則都在他的藝術力量下屈服了（以上見劉大杰《中國文學發展史》）。我們應該如何有效地去欣賞李白的作品呢？如何體會出他風格的多樣化呢？又如何發掘詩中的絢爛光輝呢？他的勇氣和創造性又在哪裡呢？這些問題，僅僅從文學的角度很難完整地陳述出來，一般也只能做一些抽象的形容與描繪。近年來語言風格學快速地發展，改變了中國傳統詩歌賞析的視野，不僅僅觀察文學作品中所呈現的情境內容、藝術效果、意象表現，更重要的是，開始注意文學作品所塑造的語言形式，從聲韻、詞彙、句法幾個方面來觀察作品的特色，描寫詩人運用語言的技巧與風格。於是，我們對於作品的賞析，就能夠從「所指」（signified）到「能指」（signifier），清楚地看到作品的完整樣貌。所以，語言風格學的發展以及其理論的應用，更有效地提升了我們對李白詩歌的鑑賞能力。

二、李白的詩人地位

　　李白（701-762），字太白，號青蓮居士。李白與杜甫合稱「李杜」。李白的祖籍是隴西成紀（在現今甘肅靜寧南）。武則天長安元年（701）出生，關於其出生地有多種說法，現在主要有劍南道綿州昌隆縣（今四川省江油市）青蓮鄉和西域的碎葉（Suyab，位於今日吉爾吉斯托克馬克附近）這兩種說法，其中後一種說法認爲直到李白五歲時（705）才和他的父親遷居到四川。安史之亂爆發以後，在756年12月，李白曾經應邀作爲永王李璘的幕僚，幫助平復叛亂。永王觸怒唐肅宗被殺後，李白也獲罪入獄。幸得郭子儀力保，方得免死，改爲流徙夜郎（今貴州桐梓一帶），在途經巫山時遇赦，此時他已經五十九歲。李白晚年在江南一帶漂泊。六十一歲時，聽到太尉李光弼率領大軍討伐安史之亂，於是他北上準備追隨李光弼從軍，中途因病折回。第二年，李白投奔他的族叔、當時在當塗（今屬安徽省馬鞍山）當縣令的李陽冰。同年11月，李白病逝於寓所，年六十一歲，葬在當塗龍山。唐憲宗元和十二年（817年），觀察使范傳正根據李白生前「志在青山」的遺願，將其墓遷至當塗青山。[1]

　　李白「五嶽尋仙不辭遠，一生好入名山遊」。他漫遊一生，創作了大量膾炙人口的山水詩。〈蜀道難〉就是李白山水詩中最富浪漫主義奇情壯采的代表。通過〈蜀道難〉，我們可以對李白山水詩的特色略見一斑。詩中表現了豐富的想像、大膽的誇張、奇幻的神話傳說，極富浪漫主義色彩。詩人一開篇就以極度誇張的手法和驚歎的語氣喊出「噫吁嚱，危乎高哉！蜀道之難，難於上青天」，接著用縹緲的神話傳說烘托奇險的氣氛。這類詩所以能如實繪出秀麗山川的本色，正是得力於詩人清麗自然的語言。說明了李白珍視語言的天然之美，反對過於雕飾的綺麗之風[2]。這一點，和杜甫很不一樣。

---

[1]　引自維基百科
[2]　引自百度知道zhidao.baidu.com

三、李白如何驅遣入聲字來塑造韻津感？

　　這一部分，我們來觀察李白的詩歌是如何表現其音樂性的。我們知道音樂性是所有詩歌的生命，是詩歌這種體裁有別於散文的地方，而中國傳統的文學家，能夠看到的詩歌韻律層面，不外乎對偶、押韻、雙聲疊韻、平仄等，這些其實都是建築在一千年前佛教輸入中國時帶來的語音學知識。東漢時代傳入中國的佛教同時也帶來了語音分析的技術、聲明論、悉曇章，這些知識促成了中國音韻學的發展，同時也促成了中國文學的重大變革。於是，文學產生了永明體、聲律論、四聲八病，接著就有了平仄律、近體詩，唐詩就是建築在這樣的基礎上的，沒有當時語音學的輸入，就不可能有唐詩的出現。近一百年來，現代語言學的輸入，使我們更具備了分析詩歌音樂性的能力，也使我們認識了傳統文學角度所論述的詩歌韻律層面是不足的。我們應當充分運用現代語音學以及韻律風格學的知識，把李白詩歌的韻律具體地呈現出來。而漢語韻律表現最有特色的是發音短促的入聲字，李白充分運用了漢語這樣的特性，在句子當中做了巧妙的搭配，塑造了李白特有的韻律風格。

1. 最常用的手段：把入聲字放在句子正中

　　唐代詩人都擅長運用入聲字的特殊效果來塑造作品的韻律感，入聲字是一種帶有塞音-p、-t、-k韻尾的字，塞音是一種氣流爆發音，因此具有一發即逝的短促效果。李白在唐代詩人中尤其擅長於入聲字的運用，形成了他作品的特殊風格。李白最常用到的一種格式就是把入聲字放在詩句的正中央位置，這樣就形成了「長長短長長」或「長長長短長長長」的韻律模型。使得短音的前面跟後面都有相等的長音對稱，造成了鮮明的節奏感。我們現就五言詩來看：

　　在李白作品中，〈月下獨酌〉四首（花間一壺酒）就大量出現入聲字置中的現象，例如：（入聲字加上外框）

花[xua] 間[kæn] 一[ʔjet] 壺[ɣuo] 酒[tsju]

暫[dzham]伴[bhuan] 月[ŋjuɐt] 將[tsjaŋ]影[ʔjɐŋ]

我[ŋɑ]歌[kɑ] 月[ŋjuɐt] 徘[bhuʌi]佪[ɣuʌi]

醉[tsjuei]後[ɣu] 各[pkak] 分[pjuən]散[sɑn]

相[sjaŋ]期[ghji] 邈[mɔk] 雲[ɣjuɐn]漢[xɑn]

　　又如〈下終南山過斛斯山人宿置酒〉，也一樣大量出現入聲字置中的現象，例如：

暮[muo]從[dzhjuoŋ] 碧[pɔkɐk] 山[ʃæn]下[ɣɑ]

相[sjaŋ]攜[ɣiuɛi] 及[ghjěk] 田[dhiɛn]家[kɑ]

青[tshiɛŋ]蘿[lɑ] 拂[phjuɐt] 行[ɣɐŋ]衣[ʔjəi]

歡[xuɑn]言[ŋiɐn] 得[tək] 所[ʃjo]憩[khjæ̌i]

　　其他如〈古風〉（大雅久不作）、〈長干行〉皆然：

揚[jaŋ]馬[ma] 激[kiɛk] 頹[dhuʌi]波[puɑ]〔〈古風〉（大
雅久不作）〕

憲[xiɐn]章[tɕjaŋ] 亦[jɛk] 已[ji]淪[ljuen]〔〈古風〉（大雅
久不作）〕

群[ghjuɐn]才[dzhʌi] 屬[ʑjuok] 休[xju]明[mjɐŋ]〔〈古風〉
（大雅久不作）〕

郎[laŋ]騎[ghje] 竹[ʈjuk] 馬[ma]來[lʌi]（〈長干行〉）

苔[dhʌi]深[ɕjem] 不[pjuɐt] 能[nʌi, nəŋ]掃[sɑu]（〈長干行〉）

相[sjaŋ]迎[ŋjɐŋ] 不[pjuɐt] 道[dhɑu]遠[ɣjuɐn]（〈長干行〉）

我們再看看李白的七言詩，入聲字往往安插在第四個音節，這也

是入聲置中的韻律設計。

西[siɛi]當[taŋ]太[thai] 白[bhɐk] 有[ɣju]鳥[tiɛu]道[dhau]

可[kha]以[ji]橫[ɣjuɐŋ] 絕[dzhjuæt] 峨[ŋa]眉[mjěi]巔[tiɛn]
（〈蜀道難〉）

明[mjɐŋ]朝[tjæu]散[san] 髮[pjuet] 弄[luŋ]扁[phjæn]舟[tɕju]
（〈宣州謝朓樓餞別校書叔雲〉）

三[sam]山[ʃæn]半[puan] 落[lak] 青[tshiɛŋ]山[ʃæn]外[ŋuai]
（〈登金陵鳳凰台〉）

揚[jaŋ]州[tɕju]花[xua] 落[lak] 子[tsji]規[kjue]啼[dhiɛi]
（〈聞王昌齡左遷龍標〉）

呼[xuo]兒[ɲje]將[tsjaŋ] 出[tɕjuet] 換[ɣuan]美[mjěi]酒[tsju]
（〈將進酒〉）

廬[ljo]山[ʃæn]秀[sju] 出[tɕjuet] 南[nʌm]斗[tu]傍[bhaŋ]
（〈盧山謠寄盧侍御虛舟〉）

名[mjɐŋ]花[xua]傾[khjuɐŋ] 國[kuək] 兩[ljaŋ]相[sjaŋ]歡
[xuan]（〈清平調〉）

沉[ɖhjem]香[xjaŋ]亭[dhiɛŋ] 北[pək] 倚[ʔjě]闌[lan]干[kan]
（〈清平調〉）

琴[ghjěm]心[sjem]三[sam] 疊[dhiɛp] 道[dhau]初[tʃhjo]成
[zjɛŋ]（〈盧山謠寄盧侍御〉）

兩[ljaŋ]人[ɲjen]對[tuʌi] 酌[tɕjak] 山[ʃæn]花[xua]開[khʌi]
（〈山中與幽人對酌〉）

李白還有一個特別的偏好，他還喜歡把入聲的「月」字安插在句子的正中央，例如：

煙[ʔjen]花[xua]三[sɑm] 月[ŋjuɐt] 下[ɣa]揚[jaŋ]州[tɕju]
（〈黃鶴樓送孟浩然之廣陵〉）

卷[kjuæn]帷[ɣjuei]望[mjuaŋ] 月[ŋjuɐt] 空[khuŋ]長[ɖhjaŋ]
歎[than]（〈長相思〉）

青[tshiɛŋ]天[thiɛn]有[ɣju] 月[ŋjuɐt] 來[lʌi]幾[kjəi]時[ʑji]
（〈把酒問月〉）

共[ghjuoŋ]看[khan]明[mjɐŋ] 月[ŋjuɐt] 皆[kɐŋ]如[ɳjo]此
[tshje]（〈把酒問月〉）

峨[ŋɑ]眉[mjěi]山[ʃæn] 月[ŋjuɐt] 半[puan]輪[ljuen]秋[tshju]
（〈峨嵋山月歌〉）

2. 另一種手段：一三五字或二四六字隔字出現入聲

李白另外一種運用入聲技巧的模型是讓短音和長音間隔出現，這
樣就形成了「長短長短長」或「長短長短長短長」的模型，構成了一
種比較短截的節奏變化。

勢[ɕjæi] 拔[bhuat] 五[ŋuo] 岳[ŋɔk] 掩[ʔjæm] 赤[tɕjɛk] 城
[ʑɛŋ]（〈夢遊天姥吟留別〉）

行[ɣɐŋ] 樂[lak] 須[sjuo] 及[ghjěp] 春[tɕhjuen]〔〈月下獨
酌四首〉（花間一壺酒）〕

欲[juok] 行[ɣɐŋ] 不[pjuɐt] 行[ɣɐŋ] 各[kak] 盡[tsjen]觴
[ɕjaŋ]（〈金陵酒肆留別〉）

3. 讓入聲字出現於該句首尾

李白的另外一種表現技巧是把入聲字安插在句子的首尾，因而形
成了「短長長長短」的韻律模型。這樣的設計是把短促音放在一個詩

句的大停頓處，也就是五言的首尾或者七言的首尾，都是篇章結構中的大停頓處，這種韻律安排也塑造了特殊的節奏效果。例如：

折[tɕjæt] 花[xua] 門[muən] 前[dzhiɛn] 劇[ghjɐk]（〈長干行〉）

月[ŋjuɐt] 兔[thuo] 空[khuŋ] 擣[tau] 藥[jɑk]〔〈擬古十六首〉（生者為過客）〕

　　甚至還在首尾安排了兩個入聲音節，形成整齊的「短短長短短」的節奏：

妾[tshjæp] 髮[pjuɐt] 初[tʃhjo] 覆[phək] 額[ŋɐk]（〈長干行〉）

4.「三角規律」是唐詩慣用的手法

　　李白還運用到另外一種唐詩常見的韻律表現方式，我們稱之為「三角韻律」。這是說在一聯當中的上下句開頭或結尾處使用了相同的聲韻表現，包含使用相同的入聲字，這樣的相同性，通常用三個字來呈現，排列成三角的分布。例如下句：

妾[tshjæp] 髮[pjuɐt] 初[tʃhjo] 覆[phju] 額[ŋɐk]，

折[tɕjæt] 花[xua] 門[muən] 前[dzhiɛn] 劇[ghjɐk]〔〈長干行〉（妾髮初覆額）〕

　　在這首詩中「妾、髮、折」三個字都是入聲，它們排列成三角的狀態，其原理在於一個詩句是一個大停頓，在這個大停頓的開頭，

接連的兩句都安插了相同聲韻效果的字，而其中一個詩句把這個相同的效果延伸一個音節（也就是一個字），從而強化了這一個聲韻效果。這種方式在其他的唐詩中較常出現，不過李白使用的頻率不高。

5. 聲音強烈對比：陽聲與入聲之相對

所謂陽聲字指的是鼻音收尾的字，在唐代漢語有三種不同的陽聲字，包括了-m、-n、-ng，這種鼻音收尾的字，發音由於有鼻腔的共鳴作用，顯得響亮而迴盪不絕，它的音響效果和短促收藏的入聲形成強烈的對比，這種對比往往被詩人拿來運用，**放在上下聯的對應位置上**，造成了韻律上的對偶現象。李白對於這種技巧的應用，在他的作品中十分常見。

孤[kuo]帆[bhjuɐm]遠[ɣjuɐn]影[ʔjɐŋ] 碧[pjɐjɡ] 山[ʃæn]盡[tsjen]，
唯[juei]見[kiɛn]長[ɖhjɑŋ]江[kɔŋ]天[thiɛn]際[tsjæi]流[lju]。

〈黃鶴樓送孟浩然之廣陵〉這是「碧、天」二字陽入相對。

十[zjep] 五[ŋuo]始[ɕji]展[ʈjæn]眉[mjěi]，
願[ŋjuɐn]同[dhuŋ]塵[ɖhjen]與[jo]灰[xuʌi]。

〔〈長干行〉（妾髮初覆額）〕這是「十、願」二字陽入相對。
有時李白會在詩句中安排多次的陽入相對：

相[sjɑŋ]迎[ŋjɐŋ] 不[pjuət] 道[dhɑu]遠[ɣjuɐn]，
直[ɖhjɔk] 至[tɕei]長[ɖhjɑŋ]風[pjuŋ]沙[ʃa]。

〔〈長干行〉（妾髮初覆額）〕這裡出現了兩組的陽入相對：「相、直；不、長」。

三[sam]山[ʃæn]半[puan] 落[lɑk] 青[tshiɛŋ]山[ʃæn]
外[ŋuɑi]，
一[ʔjet] 水[ɕjuei]中[ȶjuŋ]分[pjuɐn] 白[bhɐk] 鷺[luo]
洲[tɕju]。

〈登金陵鳳凰臺〉這裡出現了三組的陽入相對：「三、一；落、分；青、白」。

上面我們觀察了李白的入聲表現技巧，他的韻律組合，往往是本乎天籟，自然而不刻意雕琢，在自然中流露出韻律，和杜甫的刻意求「詩律細」，風格不同。韻律或聲音美的本質，就是有意或無意地讓相同或相似的聲音，有規律地反覆出現。李白的表現技巧當然不僅僅在入聲方面，本章只舉其一隅為例，讀者可以依照語言風格學的觀念和方法，把文學和聲韻學的知識結合起來，一定能拓廣文學的視野，更有效地賞析唐詩。

思考與討論

1. 找出李白的作品，觀察他如何安排短促的入聲字來造成韻律效果。

2. 「停頓」是構成詩歌韻律性的方法之一，例如七言詩以七個音節為一次大停頓，接著又以前四後三分隔做停頓，前四字又以「二二」做停頓，後三字以「二一」做停頓。請從停頓產生的效果來思考為何古人說：「一三五不論，二四六分明」？

3. 「停頓」的韻律效果，就像音樂的各種休止符一樣，有不同程度的區別。請從這個角度來觀察古典詩歌的停頓方式，並討論其中

的效果。

4. 選擇一首李白的作品，試著分析看看，當中的聲母有無規律性。

5. 古人談韻律，往往只分析平仄，其實，選用上去入哪個仄聲，和這首詩的整體韻律表現，是有關聯的。試試從李白的詩中觀察仄聲字，如何選用上去入，造成內部韻律的規律性。

6. 押韻一般都只注意到韻腳字，其實還有許多「句中韻」潛藏在詩句中，相互呼應，形成韻律感。試試從李白的詩中，找出這種現象。

7. 試從某一種韻律技巧，例如入聲的運用、「句中韻」的運用等等，來比較李白和杜甫不同的韻律風格特色。

第二十四章
上古歌謠的音樂美
《詩經》的韻律

一、語言風格學聯繫了文學和語言學

　　傳統的《詩經》賞析往往是從文學的角度切入，或者從經學的角度切入。從語言的角度欣賞這些上古歌謠的文章比較少見，特別是從現代語言風格學的方法和技術來賞析《詩經》的，更爲少見。語言風格學分支出來的「韻律風格學」，大大提升了詩歌賞析的新視野。語言是文學作品的載體，文學家、詩人都擅長驅遣語言，變化語言，從而塑造出屬於自己的風格特色。

　　《詩經》是一部古老的文學，歷來研究的著作很多，分別從不同的層面來分析《詩經》、探索《詩經》。在語言的角度來看，清儒就已經對《詩經》的押韻做了精細的聲韻分析，以《詩經》爲基礎，建立了上古的韻部分類系統。今天，我們更可以借助上古音的研究基礎，擬構出《詩經》的具體音讀，**還原了當時的語音**，並且用國際音標拼寫出來，透過這樣音值的擬定，完全可以**重現當時琅琅上口的歌謠面貌**。歌謠能夠傳誦於民間，依賴口耳傳播，必然有豐富的韻律節奏。過去由於上古音研究的不完備，很難看出《詩經》內含的這些韻律節奏，最多只能談談它的押韻而已。我們現在借重韻律風格學和上古音的知識，就可以進一步說出這些內含的韻律節奏，對於《詩經》的賞析提供了一套有效的方法。

　　過去從押韻的角度看《詩經》，會發現有些詩並不押韻，因而研究者稱之爲「無韻詩」，今天我們要深一層的檢視這些「無韻詩」，果眞沒有韻律嗎？當然不是，因爲它是傳誦於口耳的民謠，不可能沒有韻律。其實，這些作品的韻律不表現在韻腳的押韻上，而表

現在音節的其他部分，例如聲母、聲調的規律性排比，韻尾類型的錯綜運用，介音開合洪細的變化等等。如果能從這個角度來觀察這些「無韻詩」的韻律，逐句分析這些作品，我們可以發現即使是「無韻詩」，仍然是具有豐富的音樂性。

　　從二十世紀初以來，高本漢對聲韻學的擬音工作做了全盤的研究，之後又歷經李方桂、董同龢、周法高等學者的相繼研究與修正，使我們對上古音的了解有了長足的進步與發展。因此，對於《詩經》韻律的探索與分析奠定了很好的基礎，**這是清儒及古代學者研究《詩經》所無法具備的條件**。我們都知道《詩經》是一部歌謠，傳誦於民間，其中豐富的韻律是用兩千多年前的古音表現出來的，我們今天能夠把古音的研究還原到《詩經》當時的狀況，那麼《詩經》歌謠中的韻律就很容易描述出來了。

　　古人對於字音的分析只能做到聲母、韻母的二分，由此發展出雙聲疊韻的概念，現代我們更能夠把一個音節分析成聲母、介音、主元音、韻尾、聲調幾個成分，並依賴現代精密的語音學**說出每一個輔音和元音的特性**，我們由這些角度切入來觀察《詩經》的韻律節奏，這樣便能夠更完整地把《詩經》的歌謠特質呈現出來，透過聲母、介音、主元音、韻尾、聲調的觀察，找出其中的分布秩序，《詩經》的音樂性就無所遁藏了。

　　事實上，聲母、介音、主元音、韻尾、聲調就如同一個交響樂團的各種樂器，小提琴、低音大提琴、雙簧管、法國號等等，把這些個別的元素組合起來，就能夠形成一篇充滿音樂性的篇章，音樂和文學的道理是相通的，文學的韻律在我們感覺，是一個綜合的效果，然而**這些綜合的美感效果卻是從聲母、介音、主元音、韻尾、聲調巧妙的排比中獲得的**。這正是現代語言風格學所從事的工作。有了這樣一套理論框架做基礎，將來學習聲韻學的人，就可以把聲韻學作為一門應用的知識，而不再是象牙塔裡，少數人孤芳自賞的知識。也因而有能力結合文學，為文學開展出新的視野。

　　《詩經》的賞析，其中的韻律成分正是歌謠生命的所在。歌謠必

然有其音樂性，這是毫無疑問的。但是，表達音樂性的方式，往往是多途徑的。我們可以有三點認識：第一，二十世紀以來，新興的現代語言學，正如佛教傳入的時代一樣，再度衝擊著我們的學術發展：音韻知識的更新、詩歌賞析從語言層面探索，都得到了長足的進步與發展。對於《詩經》的賞析，我們完全可以利用這樣新的優勢，更有效地揭發詩歌所蘊藏的語音奧祕、韻律奧祕。不僅僅只是看「押韻」而已。第二，現代聲韻學的發展，遠遠超越了清儒，今天我們可以利用精密的音標系統，擬定上古音的音值，《詩經》的發音，因而可以透過音標，重現當時風華。第三，現代韻律風格學的發展，作爲語言風格學的一部分，也獲得了長足的進步。音樂性，不僅僅只看押韻而已。押韻只是表達音樂性的手段之一，我們還可以從頭韻現象、聲調搭配、句中韻、主元音的配置、唇形展圓的錯綜、入聲位置的設計、鼻音收尾的安插等等角度來進行分析。於是，詩歌的音樂性就無所遁形了，《詩經》也就有了新的生命。

二、《詩經》的頭韻研究

「頭韻」是運用聲母有規律的重複，塑造韻律感。

陳風·宛丘

子之湯兮，	tsjəgx	tjəg	thaŋ	gig
宛丘之上兮，	ʔjuanx	khwjəg	tjəg	djaŋx gig
洵有情兮，	skwjin	gwjəgx	dzjiŋ	gig
而無望兮。	njəg	mjag	mjaŋh	gig
坎其擊鼓，	khəmx	gjəg	kik	kwagx
宛丘之下，	ʔjuanx	khwjəg	tjəg	gragx
無冬無夏，	mjag	təŋw	mjag	gragx
值其鷺羽。	drjək	gjəg	lagh	gwjagx

坎其擊缶，	khəmx	gjəg	kik	pjəgwx
宛丘之道，	ʔjuanx	khwjəg	tjəg	dəgwx
無冬無夏，	mjag	təŋw	mjag	gragx
值其鷺翿。	drjək	gjəg	lagh	dəgwh

　　從上面的注音當中，可以歸納出其中蘊含的音樂性：

1. 「兮」字結尾：第一章四句皆以「兮」字結尾。
2. 複沓效果：第二、三章第一、二、四句複沓，只改換了末字，而末字本身又具有押韻效果。
3. 頭韻效果：第一章首句「子之湯兮」（ts-t-th-g-）與第三章首句「坎其擊缶」（kh-g-k-p-）皆是連續三個同部位的聲母。
4. 頭韻效果：第二章首句「坎其擊鼓」（kh-g-k-kw-）全爲舌根塞音聲母，屬於氣流爆發音，正模擬了擊鼓音響。

陳風・東門之枌ㄈㄣˊ

東門之枌，	tuŋ	mən	tjəg	bjən
宛丘之栩。	ʔjuanx	khwjəg	tjəg	hwjagx
子仲之子，	tsjəgx	drjəŋwh	tjəg	tsjəgx
婆娑其下。	bar	sar	gjəg	gragx

穀旦于差，	luk	tanh	gwjag	tshrar
南方之原。	nəm	pjaŋ	tjəg	ŋjuan
不績其麻，	pjət	tsjik	gjəg	mrar
市也婆娑。	djəgx	rarx	bar	sar

穀旦于逝，	luk	tanh	gwjag	djadh
越以鬷邁。	gwat	rəgx	tsuŋ	mradh
視爾如荍，	grjidx	njarx	njag	gjiəgw

貽我握椒。	rəg	ŋarx	ʔruk	tsjəgw

從上面的注音當中，可以歸納出其中蘊含的音樂性：

1. 第一章首句「東門之枌」（t-m-t-b-）爲舌尖音t-與雙唇音的交叉搭配。
2. 第一章第三句「子仲之子」（ts-dr-t-ts-），聲母皆爲舌尖音的組合，其中首、尾二字皆爲舌尖清塞擦音ts-，前後遙相呼應。
3. 第一章末句聲母「婆娑其下」（b-s-g-gr-），發音部位逐漸由前向後變化，發音器官形成如遞進階梯式的節奏。

陳風·東門之池

東門之池，	tuŋ	mən	tjəg	drjar
可以漚麻。	kharx	rəgx	ʔugh	mrar
彼美淑姬，	pjiarx	mjidx	djəkw	kjəg
可與晤歌。	kharx	ragx	ŋagh	kar

東門之池，	tuŋ	mən	tjəg	drjar
可以漚紵。	kharx	rəgx	ʔugh	drjagx
彼美淑姬，	pjiarx	mjidx	djəkw	kjəg
可與晤語。	kharx	ragx	ŋagh	ŋjagx

東門之池，	tuŋ	mən	tjəg	drjar
可以漚菅。	kharx	rəgx	ʔugh	kruan
彼美淑姬，	pjiarx	mjidx	djəkw	kjəg
可與晤言。	kharx	ragx	ŋagh	ŋjan

從上面的注音當中，可以歸納出其中蘊含的音樂性：

1. 複沓效果：三章之間，各章只更動兩字，形成韻律上的複沓。各

　　章第一、三句用字完全相同，第二、四句則分別改動末字。第二
句分別爲「可以漚麻」、「可以漚紵」、「可以漚菅」，第四句
分別爲「可與晤歌」、「可與晤語」、「可與晤言」。

2. 頭韻頂眞效果：各章第三句末字與第四句首字聲母皆爲k-，形成
頂眞效果。

3. 頭韻效果：第二、三章的末句分別爲「可與晤語」、「可與晤
言」，兩句間雖有一字不同，但聲母完全相同，皆爲「kʰ-r-ŋ-ŋ-」。

陳風・澤陂

彼澤之陂，	pjiarx	drak	tjəg	pjiar
有蒲與荷。	gwjəgx	bag	ragx	gar
有美一人，	gwjəgx	mjidx	ʔjit	njin
傷如之何？	hrjaŋ	njag	tjəg	gar

寤寐無爲，	ŋagh	mjidh	mjag	gwjar
涕泗滂沱。	thidh	sjidh	phaŋ	dar

彼澤之陂，	pjiarx	drak	tjəg	pjiar
有蒲與蕳。	gwjəgx	bag	ragx	krian
有美一人，	gwjəgx	mjidx	ʔjit	njin
碩大且卷。	djiak	dadh	tshjiagx	kwjanx
寤寐無爲，	ŋagh	mjidh	mjag	gwjar
中心悁悁。	trjəŋw	sjəm	ʔwjian	ʔwjian

彼澤之陂，	pjiarx	drak	tjəg	pjiar
有蒲菡萏。	gwjəgx	bag	gəmx	dəmx
有美一人，	gwjəgx	mjidx	ʔjit	njin

碩大且儼。	djiak	dadh	tshjiagx	ŋjamx
寤寐無為，	ŋagh	mjidh	mjag	gwjar
輾轉伏枕。	trjanx	trjuanx	bjək	tjəmx

從上面的注音當中，可以歸納出其中蘊含的音樂性：

1. 複沓效果：全詩三章用字相似度高，第一、三、五句用字完全相同，第二句分別為「有蒲與荷」、「有蒲與蕑」、「有蒲菡萏」，在第二章改動末一字，第三章改動末兩字。第二、三章的第四句則是只有末字不同，分別為「碩大且卷」、「碩大且儼」，用字上形成複沓效果，

2. 頭韻效果：前兩章的第二、四、五句末字聲母皆為舌根塞音：
第一章為「g-g-gw-」（荷-何-為-），
第二章為「kr-kw-gw-」（蕑-卷-為）。

3. 頭韻效果：第一、二章的第二句末字及第三句首字聲母皆為舌根塞音：
第一章為「荷g- / 有gw-」，
第二章為「蕑kr- / 有gw-」，形成頂真效果。

4. 頭韻效果：第三章第二句聲母為「gw-b-g-d-」，全部皆由濁塞音組合而成。

檜風·素冠

庶見素冠兮，	hrjagh	kianh	sagh	kuan	gig	
棘人欒欒兮。	kjək	njin	luan	luan	gig	
勞心慱慱兮。	lagw	sjəm	don	don	gig	

庶見素衣兮，	hrjagh	kianh	sagh	ʔjəd	gig	
我心傷悲兮。	ŋarx	sjəm	hrjaŋ	pjiəd	gig	
聊與子同歸兮。	liəgw	ragx	tsjəgx	duŋ	kwjər	gig

庶見素轊兮，	hrjagh	kianh	sagh	pjit	gig
我心蘊結兮。	ŋarx	sjəm	ʔjənh	kit	gig
聊與子如一兮。	liəgw	ragx	tsjəgx	njag	ʔjit	gig

從上面的注音當中，可以歸納出其中蘊含的音樂性：

1. 「兮」字結尾：全詩每句皆以「兮」字結尾，形成最後一拍的同質性。

2. 複沓效果：全詩三章用字相似，第一句只有第四字不同，分別爲「庶見素 冠 兮」、「庶見素 衣 兮」、「庶見素 轊 兮」。第二、三章第二句只有兩字不同，分別爲「我心 傷悲 兮」、「我心 蘊結 兮」。第二、三章的第三句也只有兩字不同，分別爲「聊與子 同歸 兮」、「聊與子 如一 兮」。相同的句型反覆出現，造成複沓效果。

3. 頭韻效果：每一章的首句，雖有一字不同，聲母分別是「庶見素冠兮hr-k-s- k- g-」、「庶見素衣兮hr- k- s- ʔ- g-」、「庶見素轊兮hr- k- s- p- g-」，改動的字皆選用塞音。

4. 頭韻效果：縱的來看，全詩三章第一句首字用字雖不完全相同（第一章爲「庶hr-、棘k-、勞l-」，第二、三章皆爲「庶hr-、我ŋ-、聊l-」），改動的字皆選用舌根音「棘k-」及「我ŋ-」，形成聲母上的整齊性。

周頌・清廟之什・維天之命

維天之命，	rwjid	thiən	tjəg	mjiŋh		
於穆不已。	ʔag	mjəkw		pjət	rəgx	
於乎不顯，	ʔag	gag		pjət	hianx	
文王之德之純。	mjən	gwjaŋ	tjəg	tək	tjəg	djən
假以溢我，	kragh	rəgx	rit	ŋarx		
我其收之。	ŋarx	gjəg	hrjəgw	tjəg		

| 駿惠我文王， | tsjənh | gwidh | ŋarx | mjən | gwjaŋ |
| 曾孫篤之。 | tsəŋ | sən | təkw | tjəg | |

從上面的注音當中，可以歸納出其中蘊含的音樂性：

1. 頭韻效果：第四句及第八句表現了頭韻現象
「m- gw- t- t- t- d-」文王之德之純
「ts- s- t- t-」曾孫篤之

2. 頭韻效果：最末句「曾孫篤之」（ts- s- t- t-），全句爲舌尖音組成。又選擇了齒頭音和舌頭音的兩兩交替。

3. 頭韻效果：第五句末字及第六句末字皆爲「我」（ŋ-）形成頂眞效果。

三、《詩經・小雅・蓼莪》的韻津之美

我們舉《詩經・小雅・蓼莪》篇爲例，來說明如何由音韻學的角度探索其中的韻律之美。這篇詩收入高中國文，課本的說解部分只強調了「人民勞苦，孝子不得終養」的觀點，完全忽略了它原是一篇音調鏗鏘、朗朗上口的歌謠，使〈蓼莪〉的面目成爲一篇枯燥的說教文學。

〈蓼莪〉的前兩章是：

蓼蓼者莪，匪莪伊蒿。哀哀父母，生我劬勞。
蓼蓼者莪，匪莪伊蔚。哀哀父母，生我勞瘁。

很顯然地，這兩章運用重沓反覆的方式造成韻律感，第二章只改動了兩個詞：「蔚」和「勞瘁」。作者利用四個音節爲一組的節奏單位，以四組構成一樂章，這種四乘四的音節，兩次重現，造成朗誦或歌唱上的強烈韻律感。

第一章的「劬勞」和第二章的「勞瘁」是同義詞，詞素「勞」在

兩個詞中位置不同，是為押韻的緣故。第一章「勞」放在下面是為了和「蒿」相押，它們都是上古宵部韻；第二章「勞」移到前面，是因為用「瘁」字和「蔚」押韻，它們都是上古微部韻。這兩章的體例是二、四句押韻。

反覆出現的「蓼蓼者莪」和「哀哀父母」雖然都不在韻腳句中，但這兩個句子本身卻充滿了音樂之美，和韻腳句的韻律表現是相輔相成、互為搭配的。因為由當時的發音看，「蓼」是幽部字，依董同龢的擬音，主要元音為圓唇的[o]，作者用疊字的方式重現這兩個音節，然後接著的兩個音節「── 者莪」分別是魚部與歌部，這兩部都是以[a]為主要元音，開口度很大。因比，「蓼蓼者莪」的音響形態就成了[o─o─a─a]，圓、展的交替變化了。至於「哀哀父母」則改了一個方式，不用主元音的交替變化，而用聲母的錯綜變化造成韻律效果，「哀」是唸為喉塞音的影母字。「父母」是兩個雙唇音的字。因此，這一句運用了「喉─喉─唇─唇」的方式造成強烈的音樂性，這是最深最後的音和最淺、最前的音的對比。

第三章是：

> 缾之罄矣，維罍之恥。鮮民之生，不如死之久矣！
> 無父何怙？無母何恃？出則銜恤，入則靡至。

前半的四句是「4─4─4─6」的節奏形式，末句開展為六個音節，以表現哀惜詠歎的氣氛。而每句中重複使用「之」字，也造成了明顯的節奏感。此外，在前二章中很少出現的陽聲字（帶鼻音收尾的音節），在此不斷出現，如「缾-ng-罄-ng-鮮-n民-n-生-ng」，運用一種鼻音共鳴的音響效果，來配合哀惜詠歎的感情。用韻方面，「罄」和「生」是耕部字，「恥」和「久」是之部字，形成一、三句和二、四句的交叉押韻。事實上，「之恥」、「之久矣」全是之部字，有相同的韻母類型，這樣的安排，也強化了韻律感。

後半的「無父何怙？無母何恃？」以連接兩個問句的方式組成，句法相似，都是「無—何—」的結構，而前句的聲母「m-b-g-g」和後句的「m-m-g-d」全用濁音，以低沉的音響造成哀惋的氣氛。前句的「唇—唇—喉—喉」搭配，也具備了明顯的韻律效果。在韻母上，又全是魚部、歌部字，主元音都是[a]，韻律性益發突出。「無母何恃」的韻母則改以[a-□-a-□]的間隔運用，造成「強—弱—強—弱」的變化。押韻方面，以「恃」和前面的之部字押。

末兩句「出則銜恤，入則靡至」，音節突轉為急切短促，不但改押入聲韻「恤、至」（「至」字上古為入聲），且全部八個字裡，竟有六個是入聲：「出則—恤」、「入則—至」，造成「短—短—長—短」的音節形式。充分反映了作者心情的激動。

第四章是：

> 父兮生我，母兮鞠我，拊我，畜我，長我，育我，顧我，復我，出入腹我。欲報之德，昊天罔極！

若以節奏看，此章分三部分：首二句是「—兮—我」的四音節句；其次是一連串的二音節句，直到「出入腹我」再展開為四音節，以舒其氣。末二句則以入聲為基調，不但押入聲「德、極」，且「欲報」也是入聲，造成了末尾八字中，有一半是短促的音節，這樣的音效安排，一方面在表現內心情感的激動，一方面是和前面一連串的「我」字構成對比。因為「我」字的發音屬上古歌部，主元音為[a]，是一種可以拖長的、高昂的音節。一連九個的「我」字是這一章的特色，「我」字和四音節句、二音節句的交錯配合，可以造成極為強烈的韻律感。特別值得注意的，是九個「我」字的前面，除了「生我、長我、顧我」三個外，其餘六個全是入聲字，這樣就一連串六次形成「短—長」的節奏，強化了韻律感。

第五、六章是：

　　南山烈烈，飄風發發。民莫不穀，我獨何害！
　　南山律律，飄風弗弗。民莫不穀。我獨不卒！

　　這兩章形成了整齊對稱之美。其中只更動了少數幾個字，但音律上仍是相諧的。如「烈烈」和「律律」都是發l-聲母的入聲字。「發發」和「弗弗」都是發p-聲母的入聲字。末尾的「害」、「卒」是同韻部的入聲字。疊字詞的運用和大量入聲的出現，是這兩章的特色，這也是爲表現韻律感而設的。全部三十二字中有十九字是入聲，占了一半，而入聲的分布又是和長音節的非入聲交錯出現，形成了「長—短」拍子的間雜節奏：

　　長長短短，長長短短，長短短短，長短長短！
　　長長短短，長長短短。長短短短，長短短長！

　　這有點像中古文學的平仄交錯，然而平仄是人爲的，是固定的，《詩經》的這種節奏卻是自然的，本乎天籟的。
　　五、六兩章頭一句都以收舌尖鼻音的陽聲韻開頭，連著兩個響亮的音節。然後接著兩個「l-t」的字，這是除了長短之外的韻律表現，其中舌尖部位的音反覆地出現：「南n-山-n烈烈／律律l-t」，這和下一句唇音的反覆出現形成對比：「飄p´-風p-發發p-／弗弗p-p-」。這種[p´-p-p-p]的音節形式正用來模擬風的聲響。「民莫不穀」句雖不入韻，但本身除了長短交錯的變化外，在聲母上又用了[m-m-p-k]的交錯形式，亦即「唇—唇—唇—牙」的音韻變化形式。第六章以「長短短短」收尾，與第五章的收尾不對稱，這是在整齊的局面中所做的一點變化。
　　全詩的音律由首二章的以陰聲韻爲基調，轉而成爲第五、六章的以入聲爲基調，顯示了全詩的情感，由和緩的感傷，轉而爲強烈的悲痛。這種用韻形式或全句的音響形式和情感內容的配合，也是我們賞

析文學作品值得留意的地方。

四、《詩經》的「無韻詩」

下面我們來看看一首被文學家歸類爲「無韻詩」的作品，其實當中是充滿韻律性的。

《周頌・武》的韻律

於皇武王！	ʔjag	gwaŋ	mjagx	gwjaŋ
無競維烈。	mag (mjag)	gjiaŋh	rwjid	ljat
允文文王，	rənx	mjən	mjən	gwjaŋ
克開厥後。	khək	khəd	kjuat (kwjət)	gugx (gugh)
嗣武受之，	sdjəgh	mjagx	təgwh (djəgwx)	tjəg
勝殷遏劉，	siŋ (hrjəŋ、hrjəŋh)	ʔrən (ʔjən)	ʔat	ljəgw
耆定爾功。	gjid	tiŋh	njarx (liarh)	kuŋ

從上表中可以看出這首詩呈現了聲音上的某一種規律性，由於聲音的規律性重複，朗誦的時候，自然會產生琅琅上口的感覺。

1. 首句各字的首尾音素（聲母、韻尾）皆爲舌根音（只「武」字的聲母例外），主元音皆爲a，且ag和aŋ交替出現，形成鼻音韻與塞音韻的轉換節奏。

　　　於皇武王！　　ʔjag　gwaŋ　mjagx　gwjaŋ

2. 第三句各字皆鼻音收尾，全句形成鼻腔的連續共鳴。

　　　允文文王，　　rənx　mjən　mjən　gwjaŋ

3. 第四句各字的**聲母**皆爲舌根塞音，形成**頭韻現象**。

　　　克開厥後。　　　khək　khəd　kjuat　gugh

4. 第五句各字之間形成**句中韻**，四字中有三字的韻母皆爲əg

　　　嗣武受之，　　　sdjəgh　mjagx　təgwh　tjəg

5. 從縱的結構看，各句的聲調在偶數句安排了入聲，單數句絕無入
　　聲。而和入聲相鄰接的一定是平聲。例如「維烈」、「開厥」、
　　「殷遏」都是「平入」的搭配。構成音高變化的極端對比。

　　　上古音的擬音各家會有出入，這樣也有可能影響到我們對《詩
經》韻律的判斷。這個問題，我們的解決方案是盡量找出擬音背後的
共同性，因爲擬音是一個表象符號，聲韻學家用這個符號來表現發音
的某種特徵，雖然會有不同，可是其深層的意涵往往是相通的。例如
上古的宵部和幽部，**董同龢**擬作**-ɔg和-og**、**李方桂**擬作**-agw和-əgw**，
表面看起來差別很大，但是擬音的背後所表示的聲音特質其實是一樣
的，它們只不過用不同的方法和手段來表現**宵部和幽部都具有「圓
唇、偏後」**的發音效果，只不過**董同龢**利用主要元音來呈現這種效
果，**李方桂則用圓唇舌根音韻尾來呈現這種效果。而宵部的發音開口
又比幽部大一些**，這個特質，他們的看法其實也是相同的，董同龢用
的是-ɔ和-o的對比，李方桂用的是-a和-ə的對比。因此，上古音擬音
各家的出入從這個深層因素來觀察，大部分問題是可以解決的。

　　　這樣的分析，也讓我們的聲韻學教學，能更落實在「實用」的基
礎上，擺脫「象牙塔裡的知識」的困境，讓學生產生一些興趣。讓學
生了解古典韻文的賞析，脫離聲韻學的知識，實際上是很難說清楚
的。《詩經》的賞析，其中的韻律成分正是歌謠生命的所在。這樣看
《詩經》，《詩經》就不僅僅是一部教化世人的經典，《詩經》透過

這樣的理解，就有了新的生命。

　　對傳統的《詩經》學，進行新的研究與探索，獲得的成果，能夠為《詩經》學開展出一條新的途徑，有助於我們對傳統國粹文化的進一步認識。同時，這樣的研究成果也可以應用在對外漢語教學上，因為語言學具有國際共通的符號系統，語言風格學也是國外能夠了解的一門普遍性學科，以這樣的方式來探索《詩經》，可以使外國人學習中文，了解中國古典文學、中國古典文化獲得一個更容易切入的門徑。

　　由上面的分析，我們可以做這樣的歸納：

1. 「無韻詩」仍然具有豐富的音樂性

　　過去從押韻的角度看《詩經》，會發現有些詩並不押韻，因而研究者把這些作品稱之為「無韻詩」，今天我們要深一層地檢視這些「無韻詩」，果真沒有韻律嗎？當然不是，因為它是傳誦於口耳的民謠，不可能沒有韻律。其實，這些作品的韻律不表現在韻腳的押韻上，而表現在音節的其他部分，例如聲母、聲調的規律性排比，韻尾類型的錯綜運用，介音開合洪細的變化等等[1]。如果能從這個角度來觀察這些「無韻詩」的韻律，逐句分析這些作品，我們可以發現即使是「無韻詩」，仍然是具有豐富的音樂性。

2. 「押韻」只是表達音樂性的手段之一

　　《詩經》的賞析，其中的韻律成分正是歌謠生命的所在。歌謠必然有其音樂性，這是毫無疑問的。但是，表達音樂性的方式，往往是多途徑的。我們可以有三點認識：第一，二十世紀以來，新興的現代語言學，正如佛教傳入的時代一樣，再度衝擊著我們的學術發展：音韻知識的更新、詩歌賞析從語言層面探索，都得到了長足的進步與發

---

[1] 竺家寧，〈論上古音與《詩經》的無韻詩〉，《語言研究》第三十二卷第三期（總第八十八期，2012年7月）（華中科技大學語言所，武漢），頁59-64。

展。對於《詩經》的賞析，我們完全可以利用這樣新的優勢，更有效地揭發詩歌所蘊藏的語音奧祕、韻律奧祕。不僅僅只是看「押韻」而已。第二，現代聲韻學的發展，遠遠超越了清儒，今天我們可以利用精密的音標系統，擬定上古音的音值，《詩經》的發音，因而可以透過音標，重現當時風華。第三，現代韻律風格學的發展，作為語言風格學的一部分，也獲得了長足的進步。音樂性，不僅僅只看押韻而已。押韻只是表達音樂性的手段之一，我們還可以從頭韻現象、聲調搭配、句中韻、主元音的配置、唇形展圓的錯綜、入聲位置的設計、鼻音收尾的安插等等角度來進行分析。於是，詩歌的音樂性就無所遁形了，《詩經》也就有了新的生命。

五、利用聲母來表達韻律的現象

　　利用聲母來表達韻律的現象，自古有之，聲母是一個字音的前半截，而押韻是靠一個字音的後半截，後半截能夠表現的韻律效果，當然前半截也一樣可以做到，在韻律學上，這種利用聲母表現韻律節奏的技巧，叫做「頭韻」。過去，文學家比較關注的詩詞格律問題，往往把焦點放在押韻問題上，忽略了聲母的韻律功能。事實上，我們可以把押韻看作是一種公定的格律，而頭韻則是文學家個人風格的表現。就研究角度而言，我們應該既關注押韻，也一樣要關注頭韻，否則就會忽略了詩歌中的許多音樂性，這是十分可惜的事[2]。

　　下面我們分五個方面來談談《詩經》聲母表現的韻律，第一是「聲母的頂眞效果」，第二「聲母的橫組合關係——反覆和交錯」，第三是「聲母的縱向呼應」，第四是「聲母構成三角韻律」。以下所採用的音值爲李方桂的上古擬音。

---

[2] 竺家寧，〈《詩經》語言的音韻風格〉，載第十一屆全國聲韻學研討會論文（嘉義：國立中正大學，1993年4月）。

1.聲母的頂眞效果

頂眞，亦稱「頂針」，原本是是一種文學修辭的方法，指上句的結尾與下句的開頭運用相同的字或詞，造成兩句的連貫性。例如《木蘭辭》：「歸來見天子，天子坐明堂。」「軍書十二卷，卷卷有爺名。」

然而，在字音結構上，也可以運用音節當中相似的音素，造成在部分聲音上，兩句相連串的韻律效果。其中，最顯著的就是聲母的頂眞。從《詩經》開始，民謠的朗誦就帶有這樣的效果[3]，而這種效果是朗讀者或歌謠創作者在不知不覺中產生的。朗讀者或歌謠創作者往往是無意間組成了這樣的句子，感覺不錯，就確定下來。當一個分析者，企圖說明爲什麼這些民謠會琅琅上口、音調鏗鏘，就必須運用語言分析的方法，把其中構成韻律的祕密揭發出來。聲母的頂眞，就是其中聲音美的一部分。我們利用上古音來看看下面的詩句：

〈王風・君子于役〉第一章的的二句末字「不知其期gjəg」及第三句首字「曷gat至哉」，聲母皆爲g-。

〈王風・大車〉第三章第二句末字「死則同穴gwit（胡決切）」，及第三句首字「謂gwjədh予不信」，聲母皆爲gw-。

〈魏風・十畝之間〉各章第二句末字與第三句首字形成頂眞效果。例如：

第一章第二句「桑者閑閑兮gig」，第一章第三句「行gaŋ與子還兮」；

第二章第二句「桑者泄泄兮gig」，第二章第三句「行gaŋ與子逝兮」；

這兩章第二句末字「兮gig」與第三句首字「行gaŋ」，兩句銜接之處聲母皆爲g-。

〈鄭風・緇衣〉全詩各章第三句「適子之館兮gig」的末字，與

3　屈萬里，《詩經選注》（臺北：正中書局，1995年台初版）。

第四句「還gwran予授子之粲兮」的首字，聲母皆爲g-。

〈鄭風・清人〉第二章的第一句「清人在消sjagw，第二句「駟sjidh介麃麃」，末字「消sjagw」與首字「駟sjidh」，聲母皆爲s-。

第二章第三句「二矛重喬gjagw」，第四句「河gar上乎逍遙」，末字「喬gjagw」與首字「河gar」，聲母皆爲g-。

〈鄭風・女曰雞鳴〉第一章第五句末字「將翱將翔rjaŋ」及第六句首字「弋rək鳬鴈與雁」，「翔rjaŋ」、「弋rək」聲母皆爲r-。

〈陳風・東門之池〉各章第三句「彼美淑姬k-」末字與第四句「可kh-與晤言」首字，聲母皆爲舌根塞音。

〈陳風・墓門〉第一章末句「國人知之t-」的末字與第二章首句「知tr-而不已」的首字，聲母皆爲t-。

〈陳風・防有鵲巢〉第一章第二句「邛有旨苕d-」末字及第三句「誰d-侜予美」首字，聲母皆爲濁塞音d-（誰，「視隹切」，禪母）。

〈陳風・澤陂〉第一章第二句「有蒲與荷g-」末字及第三句「有gw-美一人」首字，分別爲「荷g-／有gw-」，聲母皆爲舌根塞音。

第二章第二句「有蒲與蕑kr-」末字及第三句「有gw-美一人」首字，分別爲「蕑kr-／有gw-」，聲母皆爲舌根塞音。

〈小雅・伐木〉第一章首句「伐木丁丁t-」（b- m- t- t-）末字與第二句「鳥t-鳴嚶嚶」首字，聲母皆爲t-；

第八句「猶求友聲hr-」末字與第九句「矧hr-伊人矣」首字，聲母皆爲hr-；

第十一句「神之聽之t-」末字與第十二句首字「終t-和且平」首字，聲母皆爲t-。

〈小雅・采薇〉前三章中，首句「采薇采薇m-」末字與第二句「薇m-亦○止」首字，聲母皆爲m-。

此外，第五章第五句「四牡翼翼r-」末字與第六句「象r-弭魚服」首字，皆有頂眞效果。「象」字屬於邪母，李方桂考訂音讀爲rjaŋx。

〈鄭風・大叔于田〉各章第一句末字「大叔于田din」及第二句首字「乘djən乘馬」，聲母皆爲d-。

第三章第四句末字「兩驂如手hrjəgwx」及第五句首字「叔hrjəkw在藪」，聲母皆爲hr-。

〈王風・中穀有蓷〉各章第二句「嘆其乾矣jəgx」，「嘆其修矣gwjəgx」、「嘆其濕矣gwjəgx」，末字皆爲「矣gw-」；各章第三句皆爲「有gw-女仳離」，首字皆用「有gw-」。末字「矣gw-」與後一句的「有gw-」，彼此銜接，皆以gw-爲聲母。

2. 聲母的橫組合關係──反覆和交錯

韻律的表現可以有兩種主要的模型，第一種是橫組合的關係，第二種是縱聚合關係，也就是篇章結構的上下對應。這節我們來看看《詩經》韻律當中的橫組合關係，也就是每個句子內部，都由於相似聲音的反覆交錯，在朗讀上形成韻律性和節奏感。

〈周頌・清廟之什・維天之命〉第四句「文王之德之純」（m- gw- t- t- t- d-），後四字聲母發音性質相似，t-、d-皆爲舌尖塞音。

〈王風・黍離〉各章第三句「行邁靡靡」的聲母爲「g- m- m- m-」，舌根音後連續三個雙唇音。

〈魏風・十畝之間〉第一章的第二句「桑s- 者t- 閑gr- 閑gr- 兮g-」，後三字聲母連續爲舌根音g-。

〈王風・兔爰〉第一章第二句「雉dr- 離l- 于gw- 羅l-」，第一、三字爲濁塞音，第二、四字則爲流音來母字。形成濁塞音、流音交錯的組合方式。

〈陳風・宛丘〉第二章首句「坎其擊鼓」（kh- g- k- kw-）全爲舌根塞音聲母。形成一連串的爆發音，反映了擊鼓的聲勢。

〈陳風・東門之枌ㄈㄣˊ〉第一章首句「東門之枌」（t- m- t- b-）爲舌尖音與雙唇音的間隔搭配。

第一章第三句「子仲之子」（ts- dr- t- ts-），聲母皆爲舌尖塞

音與塞擦音的組合，其中首、尾處重沓了「子」字。

〈陳風・墓門〉第三章末句「顛倒思予」聲母爲「t-t-s-r-」，全用舌尖音，同部位貫串全句。

〈陳風・澤陂〉第三章第二句「有蒲菡萏」聲母爲「gw- b- g-d-」，全部皆由濁塞音組成，構成了全句的低沉效果。

〈檜風・匪風〉第一章首句「匪風發兮」與第二章首句「匪風飄兮」，聲母表現皆爲「p-p-p-g-」，由連續的三個p-加上一個句末語氣詞g-，連串的p-音正反映了風飄的聲音。

〈關風・九罭〉第二章第五句「公歸不復」，聲母爲「k- kw-p- b-」，前兩字爲舌根音，後兩字爲雙唇音，屬於「舌根-舌根-雙唇-雙唇」的組合。

〈小雅・四牡〉第五章第二句「載驟駸駸」（ts- dzr- tsh- tsh-），聲母皆爲舌尖塞擦音。

〈小雅・伐木〉第一章第六句「求其友聲」，聲母爲「g- g-gw- hr-」，全句皆爲舌根音。

第一章第十一句「神之聽之」，聲母爲「d- t- th- t-」，全句皆爲舌尖音。

第三章第九句「坎坎鼓我」，聲母爲「kh- kh- kw- ŋ-」，全句皆爲舌根音。

3. 聲母在篇章構中的縱向呼應

在這節裡，我們來觀察一下《詩經》當中篇章結構的問題，這是一種句子和句子之間，相互對稱呼應的縱向關係，作爲一個字音開頭的聲母，尤其表現了傳達這種韻律的關鍵角色。下面我們來看看《詩經》當中這種縱向的呼應關係：

〈王風・采葛〉第一、三章的首句：

「彼p- 采tsh- 葛k- 兮g-」

「彼p- 采tsh- 艾ŋ- 兮g-」

用字基本相同，第三字聲母雖不同，分別爲「葛k-」、「艾

ŋ-」，但皆爲舌根音，形成上下句之間相似的音韻效果。

　　〈陳風・東門之枌ㄈㄣˊ〉第二章與第三章首句，聲母分別爲：

　　「穀kuk且于差」（k- t- gw- tsh-）

　　「穀kuk且于逝」（k- t- gw- d-）

　　形成「舌根／舌尖／舌根／舌尖」的搭配。

　　〈陳風・東門之池〉第二、三章的末句分別爲：

　　「可與晤語」

　　「可與晤言」

　　兩句間雖有一字不同，但聲母完全相同，皆爲「k- r- ŋ- ŋ-」。

　　〈鄭風・羔裘〉第二、三章的第三句皆爲「彼pjiarx其之子」，

　　　　　　　　第四句分別爲「邦pruŋ之司直」、「邦pruŋ之彦兮」，

　　第二、三章的第三、四句首字，**聲母皆爲p-**。

　　〈鄭風・山有扶蘇〉兩章的第四句「乃見狂且」、「乃見狡童」，其中「狂gw-」、「狡kr-」二字皆爲舌根音，形成篇章結構中，上下的呼應。

　　〈鄭風・有女同車〉第一章的第一句「有女同車kjag」，

　　　　　　　　　　第二章的第一句「有女同行gaŋ」，

　　「車k-」「行g-」兩字皆爲舌根音。

　　〈鄭風・狡童〉第一章前兩句「彼pjiarx狡童兮」、「不pjəg與我言兮」，

　　　　　　　　　第二章前兩句「彼pjiarx狡童兮」、「不pjəg與我食兮」，

　　首字「彼pjiarx」、「不pjəg」，聲母皆爲p-，形成前兩句開頭在聲母上的相似性。

　　〈王風・大車〉第一、二章第三句爲「豈不爾思sjəg」、

　　　　　　　　第三章第三句爲「謂予不信sjinh」，

　　每章第三句的末字聲母相同。「思」、「信」兩字聲母皆爲s-。

　　〈鄭風・大叔于田〉第二章的第七句，

「叔hrjəkw　善djanx　射djiagh　忌gjəgh」、第三章第七句

「叔hrjəkw　馬mragx　慢mruanh　忌gjəgh」，

兩句首字皆爲「叔hr-」、末字皆爲「忌g-」，中間兩字「善」、「射」聲母皆爲d-，第二句中間兩字「馬」、「慢」聲母皆爲m-。上下形成「hddg」和「hmmg」呼應。

第一、二章的第三句「執轡如組」「t- p- n- ts-」和

「兩服上襄」「l- b- d- s-」

聲母發音部位相互呼應，呈現「舌尖音／雙唇音／舌尖音／舌尖音」的對應關係。

〈王風·揚之水〉各章第二句到第四句，首字聲母皆爲p-。

「不pjəg流束薪」

「彼pjiarx其之子」

「不pjəg與我戍申」

全詩共三章，每一章第三、五、六句末字聲母皆爲ts-。例如：

第三句「彼其之子tsjəgx」、

第五句「懷哉懷哉tsəg」

第六句「曷月予還歸哉tsəg」

全詩共三章，前兩句都是採用「揚之水hrjidx，不流束hrjuk薪」句型的複沓，各句第三個字雖不相同，但聲母皆爲hr-。三章在相應位置上，總共出現六次hr-聲母。

〈王風·丘中有麻〉第一、二章的第一句：

「丘khwjəg　中trjəŋw　有gwjəgx　麻mrar」

「丘khwjəg　中trjəŋw　有gwjəgx　麥mrək」

兩句用字基本相同，只有末字的「麻mrar」改成「麥mrək」而已，「麻」、「麥」兩字皆以mr-爲聲母。此兩句的聲母分布皆爲「kh-tr-gw-mr」，部位上產生前後的對立性，形成「後　前　後前」的整齊變化。

〈王風·葛藟〉每一章的第五句，其用字基本相同，只有末字不同，分別爲「謂他人父」、「謂他人母」、「謂他人昆」。其中第

一、二章聲母分別爲：

　　「謂他人父」「gw- th- n- b-」

　　「謂他人母」「gw- th- n- m-」

　　末字皆爲雙唇音。

　　第一、二章的末句用字基本相同，只有最後一字不同，分別是

　　「亦莫我顧（k-）」

　　「亦莫我有（g-）」

　　「顧k-」、「有g-」兩字都屬於舌根塞音。

　　〈鄭風・清人〉第一、二章的第二句：

　　「駟介旁baŋ旁baŋ」

　　「駟介麃bragw麃bragw」

　　末兩字雖用字不同，分別爲「旁旁b- b-」及「麃麃br- br-」，但聲母皆爲雙唇塞音。

　　〈鄭風・女曰雞鳴〉第三章首句：

　　「知子之來之」（tr- ts- tj- l- t-）及第三句：

　　「知子之順之」（tr- ts- t- d- t-），

　　每字聲母發音部位皆爲舌尖。

　　第三章第四句：

　　「雜佩以問之」（dz- b- r- m- t-），及第六句：

　　「雜佩以報之」（dz- b- r- p- t-），

　　雖然第四字聲母不同，但「問」m-、「報」p-兩字皆爲雙唇音，形成兩句韻律上高度的相似性。

　　〈鄭風・山有扶蘇〉第一章第一句

　　山srian有扶蘇sag、第二章第一句

　　山srian有喬松skəŋw，

　　其中「山srian」、「蘇sag」、「山srian」、「松skəŋw」，聲母皆爲s-。

　　第一、二章第三句「不見子都t-」、「不見子充th-」，雖然末字不同，但「都t-」、「充th-」兩字聲母皆爲舌尖塞音。

　　〈鄭風‧有女同車〉縱向來看，除第二章末句外，其餘每句第二字「女nrjagx」、「如njag」、「翱ŋəgw」、「玉ŋjuk」、「美mjidx」，皆採用鼻音聲母，在每一個樂句的第二拍都產生一次鼻腔的共鳴效果。

　　〈檜風‧羔裘〉第一、三章最後一句末兩字，雖用字不同，聲母皆為舌尖塞音，分別為：

　　勞心忉忉　　t-　t-

　　中心是悼　　d-　d-

　　第二、三章的末句，用字雖有兩字不同，聲母卻具有規則性，分別是：

　　聊與子同歸兮　l-　r-　ts-　**d-　kw-**　g-

　　聊與子如一兮　l-　r-　ts-　**n-　ʔ-**　g-

　　上下兩字聲母雖不同，但d-、n-皆為舌尖音，而kw-及ʔ-則皆為舌根音，兩句之間在聲母上具有相似性。再加上同字的部分，朗讀時，韻律性就更明顯了。縱的來看，全詩三章各句首字用字雖不完全相同，第一章依序為：

　　庶、棘、勞hr-　k-　l-，第二、三章為

　　庶、我、聊hr-　ŋ-　l-，形成聲母上下的對應。

　　〈陳風‧株林〉第二章首句：

　　駕我乘馬kr-　ŋ-　d-　mr-與第二句：

　　說于株野hr-　gw-　tr　d-

　　聲母發音部位有「後後前前」的對應。

　　〈豳風‧伐柯〉第一章中，依序是：

　　首句　「伐柯**如**何」

　　第二句「匪斧**不**克」

　　第三句「取妻**如**何」

　　末句　「匪媒**不**得」

　　每句第三字（節奏的第三拍）呈現「如n-不p-如n-不p-」的交錯現象。

〈豳風・九罭〉第一章末兩句：

我覯之子ŋ- 　　k- 　　t- 　　ts-

袞衣繡裳kw- 　　ʔ- 　　s- 　　d-

兩句之中，頭兩字皆爲舌根音，後兩字皆爲舌尖音。使舌位構成兩拍子的節奏變換。

〈小雅・魚麗〉一到三章中，每章前三句的末字皆爲舌尖音，如：

第一章　魚麗于罶（l-），鱨鯊（sr-），君子有酒（ts-）

第二章　魚麗于罶（l-），魴鱧（l-），君子有酒（ts-）

第三章　魚麗于罶（l-），鰋鯉（l-），君子有酒（ts-）

這是押「頭韻」的效果。朗讀時，凡停頓處，舌位總落到同一個位置上。

〈小雅・鴻雁〉第一章的前五句，第三字皆爲gw-或g-聲母，塑造了第三拍聲韻的同質性：

○○于gw-○

○○其g-○

○○于gw-○

○○于gw-○

○○矜g-○

〈小雅・祈父〉每章末句第三字的聲母皆相同，例如：

第一章末句　靡所止tjəgx居

第二章末句　靡所底tjidx止

第三章末句　有母之tjəg尸饔

〈小雅・我行其野〉第二章的每句第一字聲母皆爲鼻音。例如：

第一句　我ŋarx行其野

第二句　言ŋjan采其蓫

第三句　昏hnən姻之故

第四句　言ŋjan就爾宿

第五句　爾njarx不我畜

第六句　言ŋjan歸斯復

〈大雅‧**板**〉第二章中，第二、四、六、八句的第一字皆m-聲母，使同一聲母有規律地反覆出現。例如：

第二句　無mjag然憲憲

第四句　無mjag然泄泄

第六句　民mjin之洽矣

第八句　民mjin之莫矣

〈大雅‧**文王有聲**〉第四章和第五章中，第四、五句前兩字，皆以gw-或g-爲頭韻。例如：

第四章的第四句　王gwjaŋ后gugh維翰

第四章的第五句　**王gwjaŋ后gugh**烝哉

第五章的第四句　皇gwaŋ王**gwjaŋ**維辟

第五章的第五句　皇gwaŋ王**gwjaŋ**烝哉

第四章中，第一句到第四句末字的聲母呈現d- gw- d- g-的規律，情況有如押韻。例如：

第一句　王公伊**濯**dragwh

第二句　維豐之垣gwjan

第三句　四方攸**同**duŋ

第四句　王后維**翰**ganh

4. 聲母構成三角韻律

詩歌的上下兩句之間，往往在對稱位置構成音韻的和諧現象，有時利用聲母造成上下兩句的呼應，爲了強化韻律效果，通常第二句會把相同的聲母延伸一次，也就是接連兩個字的聲母都一樣，跟前一句相同位置形成聲母的和諧現象。這個道理，我們可以想像音樂中相同的拍子前後呼應，頭一句的拍子在下一句重複了兩拍，這樣，就使得在朗讀之間構成更鮮明的韻律效果。在心理上說，第一句出現的某一個聲音，在第二句的相同位置重複兩次，更加深了聽的人心理上勾起了韻律的記憶。這種一個字跟下句的兩個字形成和諧的現象，我們稱

之爲「三角韻律」。三角韻律的位置，一般出現在句末或者句首，因爲那是朗讀上的一個主要停頓點，停頓點的聲音效果是最鮮明而強烈的，押韻的位置設在韻腳處，也正是這個原因。例如：

〈大雅・板〉第三章中的第四句第二字，與第五句的一、二字，形成聲母爲ŋ的三角韻律。例如：

第四句　　聽我ŋarx囂囂

第五句　　我ŋarx言ŋjan維服

〈大雅・文王有聲〉第七章中，第三句的第三、四字與第四句的第四字，形成聲母爲t的三角韻律。例如：

第三句　　維龜正tjiŋh之tjəg

第四句　　武王成之tjəg

第五章中，第一句的第三字和第四字及第二句的第三字，形成聲母爲t的三角韻律。例如：

第一句　　豐水東tuŋ注tjugh

第二句　　維禹之tjəg績

第一章中，第三句的第三字和第四句的二、三字，形成聲母爲k-的三角韻律。例如

第三句　　遹rwjit求厥kjuat寧

第四句　　遹rwjit觀kuan厥kjuat成

中國文學作品當中有關韻律問題的研究，歷來著作很多[4]，但是一般都會從文學的角度切入，討論的問題不外平仄、押韻、對偶等現象，也就是不超出文學家所了解的「詩詞格律」的範圍。然而，詩歌韻律的表現是多途徑的，包含了每一個字音節結構中的諸要素：聲母、介音、主元音、韻尾、聲調等，這些聲音要素事實上都參與了作品的韻律表現，擔負著音樂性的功能。韻律的表現不僅僅是押韻的問題，韻母前面的聲母，事實上也擔負著重要的韻律功能，我們可以

---

[4]　屈萬里，《詩經選注》（臺北：正中書局，1995年台初版）。

說韻母的押律往往作爲「公定的格律」，而聲母的經營、運用、搭配、排比，則是詩人「個人的風格表現」，因此一首富有音樂性的詩歌，既有「公定的」格律，也有「個人的」風格表現，這樣就塑造了作品的完整韻律。過去的《詩經》學對作品的聲母現象很少做研究，我們希望彌補這方面的不足。這種工作一方面借重了上古音研究的成果，一方面運用了語言風格學的理論和方法，這兩個領域的交叉運用，使得《詩經》韻律的研究能夠做更深層的觀察。

思考與討論

1. 《詩經》是如何編纂起來的？其中歌謠分布的地域都在哪裡？
2. 你在讀本文以前，心目中的《詩經》韻律，主要是看哪些方面？讀過本文之後，是否可以更深入地嘗試探索《詩經》的音樂性？
3. 《詩經》有很多的韻律表現，是出現在聲母的規律性反覆上。試著找出這樣的例子，看看有多少種反覆的類型。
4. 《詩經》在句子的橫向組合方面，會產生哪些韻律效果（相同或相似的聲音有規律地反覆出現）？
5. 《詩經》在各句子之間的縱向組合方面（篇章結構），會形成哪些韻律效果？
6. 《詩經》的韻律，和音樂的美感表現，有哪些相似點？試做分組討論，也邀請學習音樂的友人參與。
7. 查一查英文的百科全書，「頭韻」（alliteration）在英文詩歌中是如何呈現的？
8. 《詩經》中有多少作品被前人稱為「無韻詩」？找出這些詩，依照本章說明的分析方法，看看其中的韻律。

第二十五章
聲韻學與華語文教學

華文教學，大陸稱為「對外漢語教學」，主要是教外國人學習中文的一項工作。通常我們會把這種教學工作看得很簡單，只不過學學ㄅㄆㄇㄈ，或ABCD，學會說「去上學」、「來上班」這類交際用語而已。其實，我們都知道，華語教學還必須具有相當的語言學基礎知識。不但是現代漢語，也應該具有古代漢語的常識才行。因為語言不是突然產生的，而是淵遠流長，有如一條連貫的長河。只知今，不知古，很多語言現象就只能知其然，而不能知其所以然，在教學上造成不便。聲韻學的目標正是了解漢語古今的變化和發展。所以，聲韻學的知識完全可以應用在華語教學中。

一、G和「雞」的差別

美國人學習華語的熱潮愈來愈盛，在學習過程中，也往往帶有美國的特色。例如G和「雞」的差別問題。這兩個字的發音，正好是中文和英文互相沒有的音。所以，美國人說華語，會把「雞」唸成G。中國人學英文，又正好反過來，把G唸成了「雞」。

美國的「G」字母，在發音上跟中文的「雞」並不相同，前者的發音部位在舌尖面，發音方法是濁音；後者的發音部位在舌面前，發音方法是清音。

但是，由於這兩個音，在各自的語音系統當中，呈現著「我有你沒有」的局面，因此在學習過程中，往往拿我的音來替代你的音。於是，美國人就常常把「公雞」、「母雞」說成了「公G」、「母G」；反過來看，中國人學英文，也往往會在「G」字母的旁邊，注上一個「雞」的音，用這種方法來幫助記憶和學習，於是，「G」字母在「中式英文」當中，通通被唸成了「雞」。這是在華語教學

中，應該注意的一個發音問題。

用音標注出這兩個字的差別如下：

「雞」[tɕi]（清音、舌面前）
「G」[ʤi]（濁音、舌尖面）

二、中文的稱謂──「爸爸」的來源

有一次，在華語教學中，一位美國學生很疑惑地提問，說有老師告訴他，漢代以前都沒有「爸」這個字，他說，他了解全世界的語言都會把父親叫做「爸爸」papa，或者這個音的變體，爲什麼孔子時代沒這個字？那他如何叫「爸爸」呢？

其實，如果我們運用一點聲韻學知識，這個答案不難解決。

聲韻學上，有「古無輕唇音」條例的應用，這個條例適用於全世界的語言，我們看下面英文這幾對字組的比較，它們都是同源詞，試比較同組中的前後兩個加粗的字母，不就是一個重唇音，一個輕唇音嗎？它們原來是由同一個音演化出來的。

foot：**p**edal　**b**rother：**f**raternal　**b**reak：**f**ragment
Latin **p**ater→English **f**ather

語言學家研究「爸爸」一詞，發現人類各主要語系，都存在這個詞，在這些語言中，「爸爸」一詞都是父親或父系的尊親屬。因此，我們可以推論：「爸爸」是人類最早出現的一個詞。可是，中文的「爸」字遲到魏晉時代才出現，先秦時代根本沒有這個字。那麼，先秦時代的孩子如何叫爸爸呢？爲什麼上古的中文和世界其他語言不一樣呢？

全世界的語言，稱呼爸爸都是papa，可是中文的「爸」這個字，

當我們讀《論語》、《孟子》這些書的時候，是找不到的。甚至連《說文解字》這樣的字典裡面，也找不到「爸」字。難道，中國古代的小朋友學講話，都不會叫「爸爸」，只會叫「父親」嗎？這是不合乎人類語言常態的。

「父」是一個很古老的漢字，它的字形是一隻手握著一支短短的權杖，表示家族中有地位的男子，用這樣的造字方式來表示「爸爸」的概念。在音讀方面，原先還不唸ㄈㄨˋ的音，那麼在孔子的時代，「父」字怎麼唸呢？我們可以帶入兩條聲韻規律，一條叫做「**古無輕唇音**」，今天ㄈ的音來自古代的ㄅ，「**古無輕唇音**」是語言演化的普遍性原則，英文的f往往也是從p變來的，father不就來自於pater嗎？

另一規律是「今天的ㄨ韻母，大部分由上古的魚部字變來，而魚部字原先是唸ㄚ音的」，這樣帶進「父」字的音讀，那麼它的上古唸法就是ㄅㄚˋ了。這是中文的「**元音大轉移**」現象（英文也有類似的現象，叫做The Great Vowel Shift）。在孔子時代沒有「爸」字，只有「父」字，「父」就唸作「爸」。到了魏晉以後，「父」字不唸「爸」了，於是在「父」的下面注一個音「巴」，於是「爸」字才誕生。所以，先秦的小孩仍然會叫「爸爸」。

我們查「父」字的反切注音，有兩個唸法：第一，唸濁音「扶雨切」（李方桂擬音bjagx，鄭張尚芳擬音baʔ）；第二，唸清音「方矩切」（李方桂擬音pjagx，鄭張尚芳擬音paʔ）。兩個唸法的聲調都是上聲，韻母也相同，差別只在聲母的清濁。

這兩個發音，在意義上是有分工的，濁音的「父」字是「家長率教者」，就是「爸爸」的意思，清音的「父」字是「男子的美稱」，也可以寫作「甫」，指「有才德的男子」，也可以作為一般老年男子的尊稱。例如：《史記・伍子胥列傳》「此劍直百金，以分父」、蘇轍〈釀酒詩〉「誰來共佳節，但約鄉人父」，這裡頭的「父」字都是清音的「父」，作「老翁」講。

其實「父」字的這兩個意義和發音是同源的，經過了引申、演

化，在發音方面，濁音清化，衍生了一個清音的唸法，兩個唸法在意義上又產生了分工，從最先「父親」的概念，引申孳乳，有了「老翁」的意思，又有了「男子美稱」的意思，再引申為「領導者」（例如教父），甚至引申為「始也」，例如《老子・第四十二章》：「吾將以為教父」，河上公注：「父，始也。」

由此可知，孔子的時代雖然沒有「爸」字，孔子仍然會叫爸爸，寫出來就是「父」字，用ㄅㄚˋ這個音叫爸爸，是全世界語言的共性，孔子也不例外。

上面的「父」字擬音，有的擬作[bjagx]，有的擬作[baʔ]，唸法上有細音（帶i）和洪音（不帶i）的差別，其實是一個音在不同地方的轉化，就好像「爹」字，唸「徒可切」，又「陟邪切」，前者音da（不帶i），後者音tia（帶i），表現在不同的方言中，有的唸ㄉㄧㄚ，有的唸ㄉㄚ〔有的回族方言把「爹爹」叫「大大」，溫州話把「爹爹、阿爹」叫做「大大、阿大」。又，《資治通鑑》記載匈奴稱父為「阿多」，宋程大昌《演繁露》卷四引《資治通鑑》德宗貞元六年回紇可汗有「唯仰食于阿多」之語，史炤釋之云：「虜（回紇）呼父為阿多。」〕〔史炤，南宋眉州眉山（今屬四川）人，字見可，一作子熙。曾監成都府糧料院。好學博古，以十年之力，著《資治通鑑釋文》〕。

這一點又符合了語言的共性，例如：英文除了叫papa之外，也可以叫「爹爹」daddy。從這裡我們又可以了解，人類語言中出現的三個最早的發音：「ㄇㄚ」、「ㄅㄚ」、「ㄉㄚ」，它們是人類**發音器官最容易組合的三個發音，它們都用來稱呼自己最親近的人。**

「父」的演化表列如下：

「父」[pa > fu] > 「父＋巴＝爸」papa、「父＋多＝爹」daddy

三、聲韻學與茶文化

外國人愛喝咖啡，中國人愛喝茶。華語教學當中，西方學生常常會提到和茶相關的許多問題，他們對茶文化充滿了高度的興趣。那麼，中國茶文化的產生和讀音有怎樣的關係呢？

中文有一個「茶」字，又有一個「荼」字，它們原是同一個字的化身。

原來，我們的祖先在野外採集茶葉來浸泡，作為飲料，其味苦而帶涼性，有益身心，慢慢地發現了把茶葉進行烘焙加工，製成了更精美的飲料，這就是茶文化的誕生。這種茶文化逐漸地又從中國散布到全世界，於是全世界的語言都用到了「茶」這個字。

在韓國話當中，「茶房」的「茶」唸作[da]；在閩南語和法文當中，把「茶」唸作[de]；在英文當中，把「茶」唸作tea。原來這些詞語都是由於茶文化的傳播，它們是從同一中國的古音演變出來的。從這裡我們看到了「元音高化」的過程，這正是語音演變的普遍性規則。

[da] > [de] > [ti]

原來，中文的「茶」和「荼」最早都來自於[da]的發音，到了現代華語當中，「荼」字保留了韻母，「茶」字保留了聲母，就像相依相惜的兩兄弟，仍然透露著它們同源的血親關係。

依據中文語音的發展規律，現代華語的ㄨ音都來自於古代的ㄚ音，所以「荼」字的本讀正是[da]，這是中文的「元音大轉移」現象。

下面我們再看看唐代的對音資料，也就是當時用漢字來標寫印度語言的發音，這些標寫譯音，保留了漢字當時發音狀態。例如：拘蘭荼華kuranta、軍荼kunda、烏荼國Odra、般荼迦pandaka、曼荼羅mandala、鳩槃荼Kumbhanda、滿荼manda、蹇荼khanda、羅荼

Lata。從這些對音，我們可以看出來，「荼」字當時的發音是[da]。
「荼」、「茶」的演化表列如下：

「荼」「茶」[da] > 閩南語、法文[de] > 英文tea[ti]
　　　　　> 國語[茶cha]、[荼tu]

四、齊桓公與曹大家的故事──魚部字的演化

聲韻學與華語教學還有哪些密切的關係呢？

外國人學習中文，往往對許多耳熟能詳的歷史故事感到興趣，
透過這些故事，既能進一步了解中國文化，又能提高學習中文的趣
味。教學中把許多歷史故事跟古代語音的互動關係，表現出來，必能
提升教學效果。這裡我們來看看「魚部」字的演化問題。

漢字中的「夫、吳、烏、圖、居、古、土」等字，都是上古的
「魚部」字。在先秦時代，它們不唸[u]的音，而是唸[a]的音。從原
本的低元音，發展成為高元音，這就是中文的「元音大轉移」。世界
上的語言都經歷過這種變化，例如英語1450至1700年間的「元音大
轉移」（The Great Vowel Shift）。

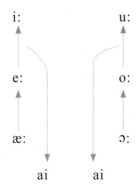

由這個演化表可以看出，低元音逐漸上升高化，到了頂端，最後

分裂成爲複元音[ai]和[au]。例如：

	1400	1500	1600	1700	1800	備註
feet	e:	i:	i:	i:	i:	腳
fool	o:	u:	u:	u:	u:	傻瓜
beat	ɛ:	ɛ:	ɛ:	e:	i:	打擊
foal	ɔ:	ɔ:	ɔ:	o:	o:	小馬[foul]
take	a:	æ:	ɛ:	e:	ei	取

中文的「夫、吳、烏、圖、居、古、土」等字，也經歷了「元音大轉移」，其發音由後低元音[ɑ]變爲[ɔ]，再變爲[o]，然後變成今天的[u]音。這是語音演化的共性。

齊桓公的洩密事件

《呂氏春秋》記載，有一天，齊桓公和管仲召開軍事會議，商量攻打莒城的計畫，當提到「莒」字的時候，齊桓公壓低了聲音，台階下的大臣及衛士們都感到好奇，一起注視著齊桓公的口形。沒過幾天，全國都知道了攻打莒城的這個計畫。桓公下令追查洩密的原因。管仲問東郭牙，他才報告說：「上次望見君王在台上討論軍事行動時，提到攻打的對象，雖然聽不到聲音，我卻注意到君王的口開而不閉，顯然指的是『莒』這個國家。」

讀了這段故事，一定會感到有些疑惑，因爲用我們現在的發音，「莒」字（ㄐㄩˇ）的口形並沒有張開很大，怎麼說「口開而不閉」呢？原來，上古的「莒」字屬「魚部」，古音學家的研究發現「魚部」字的發音原本是個開口度很大的[ɑ]（唸作「阿」）音。

下面舉幾個漢代佛經的音譯，和梵文發音作一對照，就可以知道當時的唸法了：

浮屠＝Buddha、莫邪＝Maya、伊蒲塞＝Upasaka、旃荼羅Canadala，這裡的「屠、莫、蒲、荼」都是魚部字，現代的發音，口形

都很小，可是在這些古代的翻譯當中，都用來對譯[a]音，口形都張得很大。

　　「莒」字當時的唸法近似ㄍㄚ，口形是張大的。齊國的這次洩密事件，若不了解聲韻學，就弄不清楚怎麼回事了（「莒」字李方桂上古擬音kjagx，白一平kja?，主元音都是開口度最大的低元音）。

曹大「家」爲什麼唸ㄍㄨ？

　　這個問題也和魚部的讀法有關。

　　東漢班固、班超的妹妹班昭，嫁給了扶風地方的曹世叔爲妻，才學很好，漢和帝經常請她入宮，指導皇后和妃子們讀書，於是宮中的人都尊稱她爲「大家」，其實就是「大姑」的意思，這是當時對於有才德的女子很尊敬的一種稱呼。爲什麼要用「家」來代替「姑」呢？因爲這兩個字的聲母都是「見母」（音k-），韻部都屬「魚部」，當時「家、姑」都唸作近似ㄍㄚ的音。既然音一樣，依據同音通假的習慣，書寫成文字時就無所謂用「姑」或「家」了。

　　我們可以查一查諧聲表，「姑」字從「古」得聲，由諧聲表可知，「古」字見於魚部，魚部的主要元音是-a。所以，「姑」字的上古音唸法是[ka]，「家」字的古音唸法也是[ka]（很多現代方言「家」字仍然唸[ka]），兩個字發音是相同的，自然可以通假了。

　　後世音變了，「姑」和「家」才變成不同的唸法。今天我們既不能改變古人寫定的字形，就只好更改它的音讀了。因爲只有唸成「曹大ㄍㄨ」，才能表現出它原本的涵義。

五、如何賞析〈登樓賦〉的三個樂章

　　外國學生閱讀中國文學名著，往往也需要聲韻學的幫助，例如家喻戶曉的王粲〈登樓賦〉：

　　　　登茲樓以四望兮，聊暇日以銷憂。覽斯宇之所處兮，實

顯敞而寡仇。挾清漳之通浦兮，倚曲沮之長洲。背墳衍之廣陸兮，臨皋隰之沃流。北彌陶牧，西接昭邱。華實蔽野，黍稷盈疇。**雖信美而非吾土兮，曾何足以少留！**

遭紛濁而遷逝兮，漫逾紀以迄今。情眷眷而懷歸兮，孰憂思之可任？憑軒檻以遙望兮，向北風而開襟。平原遠而極目兮，蔽荊山之高岑。路逶迤而修迥兮，川既漾而濟深。悲舊鄉之壅隔兮，涕橫墜而弗禁。昔尼父之在陳兮，有歸歟之歎音。鍾儀幽而楚奏兮，莊舄顯而越吟。**人情同於懷土兮，豈窮達而異心！**

惟日月之逾邁兮，俟河清其未極。冀王道之一平兮，假高衢而騁力。懼匏瓜之徒懸兮，畏井渫之莫食。步棲遲以徙倚兮，白日忽其將匿。風蕭瑟而並興兮，天慘慘而無色。獸狂顧以求群兮，鳥相鳴而舉翼，原野闃其無人兮，征夫行而未息。心悽愴以感發兮，意忉怛而慘惻。循階除而下降兮，氣交憤於胸臆。**夜參半而不寐兮，悵盤桓以反側。**

王粲（177-217），字仲宣，山陽高平（今山東鄒縣）人，漢末文學家，建安七子之一。在十七歲時遭逢董卓作亂，不得已逃離長安到荊州避難。史載他初訪蔡邕，邕即「倒屣迎之」，而蔡邕「此王公孫也」的一句介紹，就使在場眾賓客肅然起敬。王粲曾積極參與荊州牧劉表的一些活動，並讚頌劉表「荊衡作守，時邁淳德，勳格皇穹，聲被四宇」（《荊州文學記官志》）。

然而，劉表其人「外貌儒雅，心多疑忌」（《魏志‧劉表傳》），對於王粲不能加以重用。劉表還頗以貌取人，而王粲又偏

「貌寢」，儀表上略差些，就更為劉表所輕。王粲不但博聞多識，而且強記之力絕倫，唯其貌不揚，據《三國志》記載：

> 初，粲與人共行，讀道邊碑，人問曰：「卿能闇誦乎？」曰：「能。」因使背而誦之，不失一字。觀人圍棋，局壞，粲為覆之。棋者不信，以帕蓋局，使更以他局為之。用相比校，不誤一道。其彊記默識如此。

　　王粲的〈登樓賦〉三個樂章，分別表現了三種感情的變化：
1. 開朗舒暢的悠悠之情（平聲尤韻，元音收尾）
2. 思鄉的鬱悶傷感（閉口的侵韻–m類字）
3. 工作不順，志不得伸，激憤不平（入聲職韻收-k尾）

　　如果在華語教學中，我們不去強調字義的解釋，這點對外國人比較難，我們就用三個樂章的聲音效果，讓他們猜猜看，他們也能透過不同發音的特性，揣摩出三個樂章各自表達的是什麼內容感情了。尤其是使用拼音文字的西方學生，對聲音具有更高的敏感度，由聲音角度帶領他們進入中國文學的世界，是一條不費力又有效果的途徑。

六、「角」和「角落」的故事

　　我們通常說「屋子的一角」，也可以說「屋子的角落」，「角」和「角落」這兩個詞其實還不僅具有同義的關係而已，「角落」是一個連綿詞（中文詞彙的一種聲音造詞方式）。原來「角」字的發音是[klak]，這種發音形式叫做「複聲母」，後來逐漸消失了，留下了連綿詞的痕跡，用「角落」兩個字來反映原先[klak]的音讀。「角落」兩個字都是入聲，入聲具有短促的性質，因為「角落」要表現的是一個單一音節[klak]的分化，只有用短促的入聲，才能反映兩個字合而為一的狀態。上古音「角」字唸為[klak]，後世反映在許多痕跡上頭，例如從「彔」得聲的「觮」，就是「角」的異體字，經常用

在「宮商角徵羽」的五音上頭，說明了「角」字原來是帶有ㄌ的音（[klak]中的l）。又如朱熹的《詩集傳》，把「角」字注音爲「盧谷反」（這是古代的注音，叫做「反切」，表示它的聲母唸作ㄌ），不是也帶有了[klak]中的l嗎？再如漢代的智者「商山四皓」中有一位「用（音ㄌㄨˋ）里先生」隱居深林中，皇帝遇到困難的時候總是向他求教，情況有如英國亞瑟王佳美樂皇宮後園森林中住的老神仙莫林。這個「用」字其實就是「角」的分別文，原本是同一個字的孳乳分化（就像「大」字後來又加一點，分化出「太」字一樣的道理，「角」字卻是在頭上缺了一筆，分化出了「用」字），當「角」字的發音由[klak]演化成[kak]和[lak]兩個唸法之後，在字形上就分別寫成了角[kak]和用[lak]兩個字。

「角」的演化表列如下：

「角」[klak] >「角落」[kak][lak]

七、「孔」和「窟窿」是同一個詞嗎？

「孔」是一個洞，「窟窿」也是一個洞，其中「窟窿」是一個連綿詞，頭一個字「窟」又是一個短促的入聲字，其中的祕密就是「孔」的古讀正是[klong]，這個發音至今還以活化石的身分保留在侗台語當中。而連綿詞「窟窿」正是[klong]這個音消失之後殘留的痕跡，因爲kl原本是連續發音的輔音，一旦用兩個字來書寫表達，爲了不失原先連續發音的特性，所以**「窟」字選用了極短促的入聲**，這就是「窟窿」和「孔」同源的小祕密了。

「孔」的演化表列如下：

「孔」[klong] >「窟窿」[kulong]

八、閩南語「支、齒」和國語的對應關係

　　外國人在臺灣學華語，時常會聽到單位詞「一支」的「支」字在閩南方言中唸作「ki」；而「牙齒」的「齒」字，在閩南方言中唸作「khi」，這樣就和國語的唸法形成了一個嚴整的對應關係。這樣的關係，是怎麼發展來的呢？我們也可以從聲韻學上，了解它的所以然：

支上古音ski	> 中古tɕi（顎化）　> 國語tʂï（捲舌化）
	> 閩南語ki（失落s-）
齒上古音skhi	> 中古tɕhi（顎化）　> 國語tʂhï（捲舌化）
	> 閩南語khi（失落s-）

　　所以，看似不同的閩南語和國語音讀，實際上它們存在著這樣一種微妙的同源關係。

九、閩南語「京」和國語的唸法，如何追溯其淵源？

　　在臺灣地區，閩南話是一種強勢方言，來臺灣學習華語的外國人，經常會接觸到閩南方言。對於外國人來說，會覺得閩南語和國語的差異極大，但是，如果從歷史來源看，我們可以找出很多的對應規律。例如：閩南語的「京」字，唸作「kiã」，國語卻唸作「tɕiŋ」，乍看之下，聲母、韻母都不一樣，然而，它們的來源，都一樣是「kjaŋ」，循著不同的演化規則，而產生了閩南語和國語兩個唸法。其演化規則如下：

kjaŋ （先秦上古音陽部）	kiəŋ >　　　　　kiŋ>　　　　　tɕiŋ	國語
	（漢代轉入耕部）（央元音失落）（聲母顎化）	
	kiã	閩南語
	（鼻音韻尾失落，使主元音鼻化）	

思考與討論

1. 著名的古代才女曹大家的「家」字為什麼要破音唸成「ㄍㄨ」？試論述之。

2. 「爸」字產生於魏晉之後，那麼孔子時代，人們怎麼叫爸爸呢？

3. 閩南語有許多字的唸法直接保留了上古音的特徵，找找看，有哪些？

4. 找出〈登樓賦〉的全文，體會其內容情感與語音形式的密切關係。

5. 思考與討論，華語教學和古代的語音知識為何相關？

6. 考察「茶」字的唸法，在方言中有多少種區別？這些音讀如何從同一個來源發展出來？與爸爸這個唸法的發展，有何異同？

8. 聽聽看，西方人會怎麼念中文的「雞」字？中國人又會怎麼唸英文的G？分析其中的誤差在哪裡？

第二十六章
聲韻學和破音字的鑑別

一、漢字注音的性質

在世界上各種書寫系統當中，漢字是一種極為特殊的文字，它不像其他語言採用拼音書寫的方式。我們在漢字的表面看不出聲音，雖然部分形聲字的聲符也有表音的作用，但是經歷長時間之後，音會改變，使得漢字的形聲結構當中，並不能充分地反映出實際的發音。

由於漢字的這種特性，使得一個字古今寫法儘管相同，可是它的唸法未必相同，同樣一個漢字，在這個方言這樣唸，在那個方言那樣唸，也不盡相同，所以漢字背後的發音會隨著時間、空間而轉移變遷。了解這個道理，在我們面對古代文獻中注音資料的時候，就不能把現代的音帶進去解讀。如果古代文獻告訴你，「A音B」的時候，我們不能貿然地把B字的國語唸法帶到A上頭。因為，文獻中的「A音B」，只能表示在注音的那個時代和那個地點，兩個漢字的發音是相等的，但是這種相等的關係不會永遠存在，可能A字音變了B字沒變，也可能B字音變了A字沒變，這樣A就不再等於B了。所以，我們在解讀古代文獻中的注音資料時，必須要加入聲韻學的知識，了解注音字和被注音字發生了哪些變化，這樣才能正確地理解古代的注音，而不至於產生許多無中生有的破音字了。

二、身毒Sindhu是哪裡？

從東漢開始，印度文化就隨著佛教大量傳入中國，當時中國人把印度翻譯成「天竺」或者「身毒」，這樣的翻譯是如何形成的呢？我們看司馬遷的記錄：

《史記・西南夷列傳》曰：張騫曰：「臣在**大夏**時，見邛竹杖蜀布。問曰：安得此。大夏國人曰：吾賈人往市之**身毒**國，身毒國在大夏東南，可數千里。」

《後漢書・西域傳》也記載「**天竺**國一名**身毒**，在月氏之東南數千里。」。

其實文獻中，稱呼的印度的譯名還有：

賢豆（Hendou），狷篤（Kyendu），乾篤（Kiendu）
早期「印度」可以名為Giendu、Khiendu、Hindu、Sindu、Indu

據吳其昌先生《印度釋名》（發表於《燕京學報》第四期）統計，中國文獻對印度一名的漢語音譯有38種寫法。主要有：身毒、乾讀、捐讀、申毒、辛頭、新頭、信度、身度、懸度、天毒、天竺、信圖、賢豆、賢毒、印土、寅度、印度等，皆同音異譯。

依據《史記・司馬貞索隱》：「身音捐，毒音篤。一本作乾毒。漢書音義一名天竺也。」這就是現代有人把身毒唸作捐毒的來源。

查「捐」的反切，其實並不是「古玄切」，而是「**與專切**」，這就證明了，「捐」這個字，原先並不和「杜鵑」的「鵑」唸作一個音。「身毒」的讀音，現今的主要詞典注音：《辭海》作yuan，《辭源》作yan，《漢語大辭典》作yuan。可見身毒不能和現在國語的唸法破音為捐毒。「**與專切**」的捐毒是一個古代方言的唸法，真正和身毒對應的原文，是Sindu，身字的唸法正和現代閩南話的唸法相同，並沒有破音為捐毒的需要。

那麼，「天竺」對應的又是哪個音呢？「天」字在漢代有h-一讀，所以在音訓當中有「天，顯也」的記錄。表明天字和顯字的發音是類似的，它們的聲母都一樣是h-。顯字唸成h-的音，現代閩南話

仍然唸這個音。所以「天竺」對應的是Hindu，這樣的拼法正是「天竺」兩個字當時的漢語發音。印度更早的名稱，則是一個帶塞音的g-或k-，這個g-或k-反映在「乾篤」和「狷篤」這兩個譯名當中。後來這個塞音弱化爲擦音，變成了h-，於是就反映在漢譯的「天竺」、「賢豆」當中。再進一步，發生了顎化作用，便產生了Sindu這樣的唸法，反映在漢譯的「身毒」、「信度」當中。最後，聲母失落就變成了Indu，也就是今天「印度」的譯名了。所以，文獻中印度的名稱雖然很複雜，依據聲韻學的應用，我們可以了解其間經過這樣的變化：

　　Giendu（狷毒）、Khiendu（乾毒）→Hindu（天竺、賢豆）→Sindu（身毒、信度）→Indu（印度）

三、「伐木丁丁」的故事

　　「伐木丁丁」是源自《詩經》的成語，我們通常唸成「伐木ㄓㄥㄓㄥ」的音，原來是根據古代的注音：丁，陟耕反。我們如果對反切只知其一不知其二，就會用國語的唸法拚成了ㄓㄥ的音。因爲反切上字是「陟ㄓ」，反切下字是「耕ㄥ」。如果我們在教學上告訴學生，「丁丁」是伐木的聲音、是一個擬聲詞，大家一定會覺得很奇怪，爲什麼砍伐木頭的聲音會是ㄓㄥㄓㄥ呢？似乎和一般的經驗相違背。原來，在注音的當時，「陟」字不唸ㄓ音而唸ㄉ音，這個道理在聲韻學上叫「古無舌上音」，所以「丁丁」兩個字是ㄉㄥㄉㄥ的發音，這樣就可以理解爲什麼「丁丁」是擬聲詞了。所以，我們解讀古代文獻不僅僅要知其一：反切的拼音原則，還要知其二：聲韻上音變的規律。

四、「四牡龐龐」的故事

　　《詩經》還有另外一個擬聲詞：四牡龐龐，用來描寫四匹馬拉的

戰車在奔馳的聲音。可是我們用現代的國語來唸，會感覺「龐龐」這個擬聲詞不像戰車奔馳，比較近似開槍的聲音。原來，在上古音當中，二等字都帶有-r-介音，「龐」正是一個二等字，所以當時的發音近似bruŋ（據李方桂擬音）。了解這個道理，「龐龐」不就是戰車奔馳的聲音嗎？

五、佛門如何念「德行」？

我們常常聽到佛門子弟把「德行」唸成「德ㄏㄥˋ」，使「行」產生了一個陌生的唸法，其依據是什麼呢？原來，在唐代有一位慧琳大師編寫了一部《一切經音義》，這是古代佛教集大成的小學著作。裡頭的注音，把「德行」的「行」字注成了「胡孟反」，現代人又是知其一而不知其二，誤用國語的唸法來拼音，於是「胡孟反」就變成了ㄏㄥˋ。如果我們還能知其二，把歷史音變的常識帶進去，「孟」是二等字，「胡」代表牙喉音的聲母，漢語音變的規則有一條是：開口二等牙喉音，洪音會轉化為細音。所以，「胡孟反」到現在國語正確的唸法是一個細音，但有-i-介音。在這個-i-介音的前頭，聲母會發生顎化，由ㄏ的音變為ㄒ的音。所以，「德行」兩個字，慧琳大師想要告訴我們的是「德ㄒㄧㄥˋ」這個音，並不是「德ㄏㄥˋ」這個音。因此，「行」字實際上並沒有破音，不需要產生一個怪異的音讀「ㄏㄥˋ」，這是一個誤讀古書的結果。

六、「漁父」和「夸父」

「漁父」和「夸父」這兩個詞，有的人會把「父」字唸成第三聲，這樣的「父」字就多出了一個破音的唸法。事實上，這個音是不必要的，它的注音原本是「扶雨切」，是一個濁聲母的上聲字，依據聲韻學上「濁上歸去」的原則，國語應該唸作第四聲，改讀成上聲是依照原有的聲調類別來唸，不了解「濁上歸去」的原則，如果「漁父」和「夸父」當中的「父」字要遵照古讀，讀為上聲，那麼聲母不是也應該遵照古讀，不唸ㄈ聲母而唸ㄅ聲母了？如果聲母按照國

語，聲調卻依照古讀，不是造成了半古半今、不古不今的怪音來了嗎？所以，ㄈㄨˇ這個唸法是不必要的。

七、「滑稽」三部曲

「稽稽」這個詞有的人把它唸作「ㄈㄨˇ稽」，也有人有把它唸作「ㄏㄚ」「稽」，哪一個比較正確呢？我們如果從聲韻學上了解，「滑稽」的發音經過三次變化。第一步，上古音唸作「ㄍㄨˇㄍㄧ」，它是一個雙聲連綿詞；第二步，中古音變爲「ㄏㄨㄚˊㄍㄧ」，當時的語文學者認爲這樣就失去的它的雙聲本色，於是在「滑」字下面註明「音古」；第三步，現代音又演變爲「ㄏㄨㄚˊㄐㄧ」，可是有的人看到古書注的是「音古」，就以爲古人要我們唸破音字，就讀成了「ㄍㄨˇㄐㄧ」。這樣做，就忽略了當初古人爲什麼要注音爲「音古」的原因，是因爲要遷就下一個字的ㄍ音，可是現代國語下一個字已經不唸ㄍ音了，前一個字唸作「音古」不是就失去憑藉？使得「ㄍㄨˇㄐㄧ」這樣的音，既不符合雙聲的規律，又把前一個字依照古代的發音來唸，後一個字依照現代發音來唸，這樣不就形成了半古半今、不古不今的怪現象了嗎？由此可以知道，聲韻學的知識對鑑別破音字有多麼重要了。

八、「玫瑰」的殊聲別義

「玫瑰」一詞，有的人把後一個字唸成第一聲，原來唸成的第一聲的「玫瑰」指的是玉名，作花名講的「玫瑰」正確的唸法是第四聲「玫ㄍㄨㄟˋ」。在聲韻學上這種現象叫做「殊聲別義」，又叫作「四聲別義」。也就是說，遇到一個字有不同的詞性、不同的意義、不同的用法時，就會賦予一個不同的聲調。這種玉名、花名的區分，明清以來皆如此，所以明代的張自烈《正字通》、清代的《康熙字典》都註明「玫ㄍㄨㄟ」是玉名，「玫ㄍㄨㄟˋ」是花名。一直到現代流行歌曲「玫瑰玫瑰我愛你」還是唸成第四聲，所以玉名和花名的訛用應該是比較晚近的事。

九、「龜茲」和「庫車」

　　古代西域的國名「龜茲」一般會破音爲「ㄑㄧㄡㄘˊ」，其實這個地方就是現代新疆的「庫車」，這兩個譯名都是根據當地人的發音，轉寫成漢字的，所以這兩個詞的發音原本應該是一樣的。「龜」字在現代閩南話還有「ㄍㄨ」的唸法，所以「ㄍㄨ茲」和「庫車」發音十分近似（董同龢「龜」字的注音是kju）。所以，「龜茲」破音爲「ㄑㄧㄡ　ㄘˊ」未必妥當，雖然「秋」字古代可以從「龜」字得聲，這個地名卻不是用「秋」音。

思考與討論

1. 我們平常會遇到哪些破音字？試找一本這類的字典，觀察破音字之間的聲音關係。
3. 古代印度有哪些譯名？這些譯名之間，具有什麼聲韻上的關係？
4. 古代文學作品中，有許多擬聲詞，試著還原當時的發音，看看跟今天的擬聲方式有何異同？
5. 「伐木丁丁」中的丁字，當時是怎樣的一種聲音？如何依據聲韻學的知識推求出來？
6. 什麼是「滑稽」三部曲？它的發音歷經哪些變化？我們今天應當如何唸比較合理？
7. 翻閱《康熙字典》當中，「玫瑰」一詞聲調的唸法。

國家圖書館出版品預行編目資料

聲韻學：聲韻之旅／竺家寧著. -- 三版.
-- 臺北市：五南圖書出版股份有限公司，
2019.09
　　面；　公分
　　ISBN 978-957-763-601-0（平裝）

1.漢語　2.聲韻學

802.4　　　　　　　　　　108013440

1X5W

聲韻學──聲韻之旅

作　　　者 ─ 竺家寧

發 行 人 ─ 楊榮川

總 經 理 ─ 楊士清

總 編 輯 ─ 楊秀麗

副總編輯 ─ 黃惠娟

責任編輯 ─ 陳巧慈

封面設計 ─ 王麗娟

出 版 者 ─ 五南圖書出版股份有限公司

地　　　址：106台北市大安區和平東路二段339號4樓

電　　　話：(02)2705-5066　　傳　　真：(02)2706-6100

網　　　址：https://www.wunan.com.tw

電子郵件：wunan@wunan.com.tw

劃撥帳號：01068953

戶　　　名：五南圖書出版股份有限公司

法律顧問　林勝安律師

出版日期　2015年 9 月初版一刷
　　　　　2016年10月二版一刷
　　　　　2019年 9 月三版一刷
　　　　　2023年10月三版三刷

定　　　價　新臺幣520元

經典永恆・名著常在

五十週年的獻禮——經典名著文庫

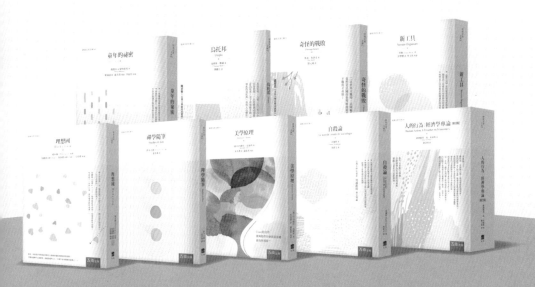

五南，五十年了，半個世紀，人生旅程的一大半，走過來了。
思索著，邁向百年的未來歷程，能為知識界、文化學術界作些什麼？
在速食文化的生態下，有什麼值得讓人雋永品味的？

歷代經典・當今名著，經過時間的洗禮，千錘百鍊，流傳至今，光芒耀人；
不僅使我們能領悟前人的智慧，同時也增深加廣我們思考的深度與視野。
我們決心投入巨資，有計畫的系統梳選，成立「經典名著文庫」，
希望收入古今中外思想性的、充滿睿智與獨見的經典、名著。
這是一項理想性的、永續性的巨大出版工程。
不在意讀者的眾寡，只考慮它的學術價值，力求完整展現先哲思想的軌跡；
為知識界開啟一片智慧之窗，營造一座百花綻放的世界文明公園，
任君遨遊、取菁吸蜜、嘉惠學子！